Perpetual
Búsqueda

BRIAN HUEY

Novela de la Serie Perpetua

Primera de la Serie

Segunda Edición

Elogios para PERPETUA

Perpetua cumple. Desde la compleja secuencia de apertura hasta los detalles ingeniosamente diseñados, el líder se embarca en un viaje delicioso… suficientes giros para mantener entretenido incluso al lector de ficción de alto octanaje más intenso.

—Dr. Michael G. Meacher, COO,
Instituto de Entrenamiento de Armas de Fuego de
Vista Frontal, Las Vegas, NV

Una gran historia… no pude parar de leer… fascinante. **Lleno de acción, suspenso y relaciones complejas.** *Perpetua* es un libro excelente.

—Linda Kester/Autor y Orador/ Palm Beach, FL

Te **atraes a este libro** sin darte cuenta… cautivante…

—Roz Morton/CEO/Media Mark/
Rock Hill, SC

Un paseo emocionante por la costa este de los Estados Unidos. ¡No pude dejar de leer!

—Robin Banks/ Proprietaries/ Coruisk House/
Elgol, Scotland, UK

El nuevo Robert Ludlam. *Perpetua* es una **lectura de trama fascinante, con saltos en el tiempo**. Detallado… y te trata como un lector sofisticado.

—Linda Franco/CFO/Lakeside Education
North Wales, PA

Lleno de **personajes interesantes y con una trama de muchos giros**… te hará pensar en el futuro de la energía y nuestros recursos naturales, y la diferencia que puede hacer una persona con una visión...

—Jerry McGuire/Charlotte NC

Perpetua es una **lectura compleja, trepidante, de suspenso e inteligente**, envuelta en una historia de amor nacida en el Bosque del Norte de Maine. Como Brian dice: "Disfruta el viaje".

—Shirley Reading/Agent Literaria/ La Agencia Scotland, Retirada/ Charlotte, NC

"*Perpetua* es una ficción bien investigada con **subtramas complejas** y fragmentos interesantes de información. Lo que más me molesta es diferenciar lo que es real y lo que es ficción".

—Dr. Steven Jaynes

Perpetua… le habla a la última célula de la corteza cerebral de "quién lo hizo"… tramas y posibilidades excepcionales… con más aventuras desgarradoras y tramas más intricadas que las últimas elecciones presidenciales.

—Rodger Harrison Cónsul General de Guatemala (Honorario) a los Estados Unidos

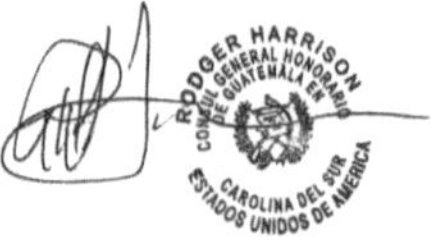

Me traje este libro en mis vacaciones y no pude dejar de leerlo… **personajes atractivos** y una historia con suficientes giros en la trama que te **hacen querer más**.

—Mark Black/ Vicepresidente Senior/Desarollo Corporativo/ Charlotte Pipe

Comienzo explosivo mantenido a lo largo de esta novela de suspenso. Espero la próxima novela de Brian Huey's.

—Phillip P. Joyce, Mars, Inc. Alto Ejecutivo/retirado. Chicago, IL

Esta emocionante historia es un viaje salvaje pero que podría suceder. Al mezclar las diversas agencias de inteligencia del gobierno de EE. UU., Los grandes intereses petroleros y los terroristas de Oriente Medio, *¡Perpetua te hace preguntarte quiénes son realmente los buenos o los malos!* Combina todo esto con la historia en desarrollo de las relaciones entre familias y amigos a nivel personal y tendrás una narrativa con muchos personajes intrigantes y giros de trama muy interesantes.

—Lee Jim Fleischer, Ill, retirada/Downers Grove, IL

Una novela intensamente apasionante que te lanza inmediatamente a la batalla del desarrollo de la energía, mientras que **giros y vueltas interesantes te aceleran hacia el clímax**. ¿Dónde está el libro # 2?

—Carolyn Souther/Engineer & Photographer/Atlanta, GA

Un tren que se escapa… Las personas y los lugares parecen familiares al principio, luego, al pasar por un túnel oscuro, el lector emerge en un mundo iluminado de intriga y suspenso.

—John J. Rego/Phunny Pharm Entertainment/ Cincinnati, OH

Esta es una aventura para leer. Es una historia que, aunque **extraordinariamente entretenida**, permanecerá contigo. Cada vez que vea otro aumento en el precio de la gasolina, o abra su factura de servicios públicos, recordará los **maravillosos personajes** de Brian y esperará que, en algún lugar, de alguna manera, un Mateo de la vida real esté trabajando en su laboratorio de investigación.

—Barry Reitman/Autor Memory Shock & Orador Publico/NY, NY

Hábilmente elaborado, *Perpetua* es una novela apropiadamente titulada que produce una corriente perpetua de giros y vueltas y lleva al lector a un **viaje memorable repleto de hechos históricos, temas actuales y personajes interesantes.** Los lectores se quedarán con ganas de subir a la próxima montaña rusa en esta atractiva serie.

—Devin Steele/Steele Media Group/Greenville, S.C.

<u>La Trilogía</u> **PERPETUA**
LIBRO 1 – BUSQUEDA
LIBRO 2 – ASESINOS
LIBRO 3 – SECUESTRADO
LIBRO UNO
CONTENIDO

Capítulo Título Personajes Cronología Locación

Dedicado a

El Espíritu Emprendedor
Cuando los hombres malos se combinan, los buenos deben asociarse; de lo contrario caerán uno por uno, Un sacrificio inédito en una lucha despreciable.

– Edmund Burke

Todos nosotros fallamos en igualar nuestros sueños de perfección. Entonces nos calificó en base a nuestro esplendido fracaso de hacer lo imposible.

– William Faulkner

Cuando veo a un hombre en bicicleta, no me desespero por el futuro de la raza humana.

– H. G. Wells

¿De qué sirve una casa, si no tienes un planeta tolerable donde podrías colocarla?

– Henry David Thoreau

Contents

Revelaciones

17 de Marzo del 1995

MATEO THADDEUS EATON se sentó en la grúa junto a Marcos, el gerente de la estación de Shell de Miami Beach. El autobús VW colgaba de la parte trasera del camión...

Era más de medianoche y podían escuchar el sonido del entretenimiento de South Beach cobrando vida a pocas cuadras de distancia.

Ayudó a María a subir al taxi y dirigió su atención a un hombre de pie en la calle, *Cracker Jack*. Era más alto que los dos agentes del FBI. Hablaron frente al restaurante cubano donde Mateo y María habían pasado la última hora hipnotizados por la intrigante historia de Cracker Jack. Marcos maniobró la grúa fuera del estacionamiento con el autobús VW a cuestas.

Los disparos estallaron.

"*¡Baja!*" Marcos les gritó que bajaran. Mateo empujó a María hacia el piso cuando una bala atravesó la puerta. Los engranajes cambiaron de primera a segunda, y sonaron más disparos.

"¡Nos disparan!" María gritó. "Marcos, ¿Qué diablos?"

En español, Marcos maldijo la lentitud del vehículo y dijo: "Chicos, mantengan la cabeza baja. Saldremos de aquí en poco tiempo". Marcos forzó el cambio de palanca a la tercera marcha, presionó el acelerador y el vehículo se sacudió hacia adelante.

Mateo miró por la ventana y sus ojos se encontraron con los de Cracker Jack.

Lo vio todo, absorbió cada detalle. Recientemente había soñado con un avión volando por encima de él, disparando al autobús VW, pero asumió que era porque leía demasiadas novelas de Jason Bourne.

No había avión, pero alguien estaba disparando. Las últimas palabras de Cracker Jack en el restaurante volvieron a él: *Necesito tu ayuda; podrías ser mi última oportunidad.*

Un agente del FBI le dio la espalda a Crack Jack en la esquina del edificio. El otro estaba disparando al otro lado de la calle. Su única protección: una palmera.

Mateo miró a los dos hombres que se cubrían detrás de una casilla postal de los Estados Unidos al otro lado de la calle. Había asumido que eran del FBI. Cracker Jack había dicho que esperaba reemplazos para sus actuales chaperones, los Hombres-G que lo tenían bajo custodia protectora.

"¡Detén el camión!» Gritó Mateo. "¡Tenemos que ayudar!"

"Cracker Jack me dijo que los sacara de aquí sin importar qué".

"No me importa lo que dijo. Está afuera expuesto".

Con eso, Marcos llevó al aparejo a una parada de arrastre a una docena de pies más allá del tiroteo. Mateo se acercó a María para abrir la puerta. Vio a uno de los agentes caer. Cracker Jack se sacudió y cayó contra la pared, aterrizando en la tierra. Una mancha roja floreció en su camisa blanca. Los dos Hombres-G yacían tumbados en la arena. "Le dispararon. ¡Le dispararon a Cracker Jack!" Mateo oyó gritar a alguien, y luego se dio cuenta de que era su propia voz. Debajo de la farola, los cuerpos yacían inmóviles, cubiertos de sangre.

"Tengo que ayudarlo", dijo Mateo, abriendo la puerta.

María puso sus manos sobre su pecho. "¡No! ¡Te dispararán!"

Marcos puso el vehículo en marcha. El fuerte olor a gasolina y gases de escape llenó el taxi. Con un temblor en su voz, Marcos dijo: "Es demasiado tarde, amigo, es demasiado tarde". Apenas esquivó un automóvil estacionado en la estrecha calle antes de tener el equipo bajo control.

Condujeron dos o tres cuadras antes de que una bala destrozara la ventana trasera a centímetros de la cabeza de Mateo.

"¡Tenemos que regresar, Marcos! Existe la posibilidad de que esté vivo".

Hizo una mueca y dijo: "Mi trabajo es sacarlos de aquí, y eso es lo que voy a hacer"

"¿Tu trabajo?"

El vehículo iba a cuarenta mientras las balas se movían en la parte trasera. Antes de que Mateo pudiera gritar, el camión apenas alcanzó a evitar golpear a un hombre pardo que con una mano sostenía una botella en los labios y agarraba un carrito de compras lleno con la otra. Se congeló en la animación suspendida un segundo antes de bucear como un atleta olímpico fuera de su camino. Marcos se desvió y golpeó grandes botes de basura antes de recuperar el control.

Mateo miró por la ventana trasera destrozada hacia el sedán verde que estaba alcanzando el autobús VW, rebotando como una bola de tether detrás de la grúaº. Un hombre al que Cracker Jack había llamado Cue Ball se asomó por la ventana del pasajero. Sonrió y niveló su arma. Mateo agarró el volante, y Marcos se opuso cuando se desviaron a la izquierda, apenas evitando a un grupo de peatones. Se movieron a un área de un parque de Ocean Drive, derribando unos bancos de hierro.

Marcos recuperó el control y Mateo soltó el volante.

"¡Hijos de puta!", Marcos grito.

"*¡Que locura! ¡No hay cinturones de seguridad!*", María lloró, agitando las manos.

"Díselo a mi jefe", disparó Marcos. "¡Si sobrevivimos!"

Murmuró algo que Mateo no pudo entender y giró el volante en el camino del sedán que se acercaba.

María grito, "*¡¿Qué estás haciendo?!*"

Mateo miró los ojos deslumbrantes de Cue Ball y luego a la pistola. Se tensó, esperando una bala. Antes de que Cue Ball pudiera disparar, la grúa chocó contra el sedán con tanta fuerza que Mateo pensó que el vehículo de cuatro toneladas se volcaría. En cambio, el impacto empujó el automóvil hacia arriba y cayó de espaldas, aplastando a los pasajeros como papas fritas en una bolsa. Las chispas volaron con el sonido del metal raspando el pavimento. El sedán parecía una bengala del Cuatro de Julio antes de chocar contra un pequeño muro de piedra, rodando dos, tres, cuatro veces, antes de aterrizar en la arena.

"*¡Madre Santa de Dios!*" Marco susurró, persignándose.

"Eso estuvo cerca. Maldita sea, Marcos", dijo Mateo. María también se persigno, luego se aferró a Mateo. El trío viajó hacia el oeste por la Fifth Street, hacia el norte por Alton y por la Calzada MacArthur, luego se dirigieron hacia el sur por la Ruta 1.

PARTE I:
Perpetuo Sol

CAPITULO UNO

Inventar

1955-1973

CAMERON T. JACKSON, Un físico cuántico de renombre mundial y pionero de la energía alternativa, amplió el concepto de que la energía que emana del sol, capturada por las celdas solares o fotovoltaicas, algún día encendería todas las luces, electrodomésticos y más. En su libro, *Capturando el Sol*, publicado en 1955, advirtió sobre el agotamiento inevitable de nuestros recursos naturales y la inminente dependencia del petróleo extranjero que conduce a conflictos geopolíticos y desequilibrios. El Dr. Jackson era un ambientalista mucho antes de que el término se hiciera popular. El escribió:

> Mi misión es avanzar en la teoría, el desarrollo y la aplicación de fuentes de energía de emulación natural, como la solar, el agua y el viento, y mediante la acción cuántica combinar la nanociencia emergente y otras tecnologías disponibles con la destilación de átomos y neutrones, para crear energía renovable, limpia y económica.

Aunque Jackson recibió elogios de la crítica internacional por sus teorías progresistas, los inversionistas mostraron poco interés en capturar energía del sol mientras abundaba el petróleo y el carbón. Él personalmente financió su propia investigación, confiando en subvenciones limitadas del gobierno.

Después de la inexplicable muerte de su esposa Karen Carson en 1959, Jackson llevó un estilo de vida solitario. Se concentró en su hijo y su trabajo, haciendo pausas solo por una botella de coñac. Mientras tanto, la actitud pública en torno a la energía cambió. El embargo petrolero de 1973 obligó a los consumidores globales a aceptar la realidad de los recursos limitados y agotables, inspirando el interés en las energías renovables.

El público a menudo malinterpreta e incluso teme a los genios. Más tarde, mucho después de la muerte de Jackson, dirían que era un hombre adelantado a su tiempo. Pero mientras vivió, pasó décadas en el laboratorio debajo de su casa. Vivían en un rancho de cuarenta acres junto al lago, al que su esposa llamó *Jackson's Place*. Durante diez años después de la muerte de Karen, los únicos visitantes al complejo fueron los suegros de Cameron, los Carson; un amigo misterioso que vivía en un velero frente a la costa de Florida; un agente desaliñado del FBI; y el repartidor ocasional.

Catorce años después de la primera publicación de la oscura, *Capturando el Sol,* el editor de Jackson solicitó una actualización. La segunda edición se vendió bien a bibliotecas, universidades e investigaciones.

Un artículo de una revista comparó las teorías de Jackson con la ciencia ficción de la novela *De La Tierra a La Luna* de Julio Verne, que causó una anticipación fanática del vuelo espacial en 1865. Jackson se encontró con un pequeño grupo de seguidores casi como de culto conformado por científicos, estudiantes y laicos. Sus detractores, en su mayoría grandes empresas, alegaron que era un alarmista, un alborotador, un criticón, un científico loco con ideas poco realistas.

La *Estrella de Indianápolis* publicó,

> Los estudios revolucionarios y las críticas agudas del Dr. Cameron Jackson han recibido reacciones encontradas en todo el mundo científico y político. Intenta provocar la desesperación, lo que equivale al miedo a la destrucción nuclear en los años 50 y a la fusión de los cascos polares de los 90. Imagine una reacción como la histeria de Guerra de los Mundos en 1938.

The New York Times informó el 31 de Octubre de 1938,

> Una ola de histeria masiva se apoderó de miles de oyentes de radio entre las 8:15 y 8:30 anoche cuando una transmisión de una dramatización de la fantasía de H.G. Wells, *La Guerra de los Mundos,* llevó a miles a creer que había comenzado un conflicto interplanetario, con marcianos

invasores esparciendo muerte y destrucción en Nueva Jersey y Nueva York.

El Dr. Jackson se rió entre dientes mientras leía el artículo y tomaba un coñac de Hennessey.

"Papá, volvieron a escribir sobre ti en el periódico".

"Déjame ver eso, hijo".

Se acercó al sistema de seguridad y pasó de un monitor a otro. Le dijo al niño de diez años: "H.G. Wells, ¿eh? Este reportero tiene mucha imaginación.

Tremont respondió: "También dijo que podrías ser como Galileo, Isaac Newton, Max Planck y el hombre que te dio ese frasco".

El Dr. Jackson tomó un sorbo del frasco, le lanzó a Karen una mirada de disculpa y susurró: "Al bastardo Wolfgang Pauli que me envió a esta misión peligrosa".

Universidad de Yale
1969

Cameron Jackson disfrutó de las críticas y entendió las comparaciones con la ciencia ficción. Era consciente de la tensión política y económica que causó. Aun así, eso no frenó sus críticas agudas sobre el Congreso, que no estaban haciendo nada con las formas de energía ecológica que estaban disponibles.

En mayo de 1969, su primera aparición en años, Cameron presentó la siguiente fase de su investigación. Su trabajo en energía solar lo llevó a un descubrimiento aún más sorprendente: la energía podría replicarse, ahorrando hasta el noventa y ocho por ciento de la energía actual sin efectos adversos en el medio ambiente.

Dos meses antes de que el Apolo 11 llevara a dos hombres en la luna, la marquesina en la puerta del Auditorio Davies decía:

Dr. Cameron Jackson

El Julio Verne de la Energía

Presentando: La Revolución de la Energía Alternativa

Con actualizaciones de su libro innovador, *Capturando el Sol*

El Decano de la Facultad de Física de Yale se paró en el podio y dijo, "No es casualidad que hayamos elegido al Dr. Jackson para esta ocasión, solo unas semanas antes de que los estadounidenses aterricen en la luna. Como un hombre antes de su tiempo, Julio Verne predijo submarinos, máquinas voladoras, rascacielos y lo más absurdo — un aterrizaje en la luna. El Dr. Jackson tiene la audacia de sugerir que algún día derivaremos toda la energía a las fuentes ilimitadas. Quizás otro decano se parará aquí algún día y comparará un nuevo visionario con el Dr. Jackson".

Jackson mira a la multitud. Sabía que sus sombras estaban aquí. Sin embargo, siempre están aquí. Estaban dispuestos a matar para obtener su investigación. Aunque tenía pruebas, dudaba en arriesgar la seguridad de su familia. Había tomado precauciones para que su hijo continuara con el trabajo si algo le sucedía, pero Tremont todavía era joven, y había mucho más por lograr.

"Damas y caballeros", continuó el decano, "Por favor, únanse a mí para dar la bienvenida al Julio Verne de la energía con doctorados de Harvard y MIT, y lo más importante, un doctorado honorario de la Universidad de Yale. Saben que no se los damos a chicos de Harvard a la ligera". Una risa se extendió entre la multitud con algunos vítores estudiantiles. "Te doy la palabra Dr. Cameron Jackson". La ovación duró varios minutos.

Jackson subió al podio. Se esforzó por ver la parte de atrás del pasillo donde estaban dos hombres de rostro severo que usaban gafas de sol y trajes oscuros. El único respiro que tenía de sus sombras estaba en casa, Jackson's Place

Una presentación de diapositivas apareció en una gran pantalla detrás de él. Presentaba una visión general de cuarenta años de historia de las fuentes de energías alternativas y renovables; los fracasos, los desafíos y los riesgos. Cerró con esto: "Como saben, hay rumores de que soy un científico loco y solitario". Eso provocó una risa entre la multitud. "Quizás tengan razón. ¿Qué he estado haciendo? Incluso algunos de ustedes se lo podrían preguntar". Hizo una pausa dramática. "Así está la cosa. Antes de finales de este siglo, presentaré una energía completamente nueva y potencialmente ilimitada". "Si vivo tanto tiempo". Él inclinó la cabeza ligeramente y se sentó.

Silencio total.

Aplausos dispersos.

"¿Dentro de treinta años? Imposible", susurró el Decano de Ingeniería Mecánica.

"Parece que el buen Dr. Jackson está muy adelantado a su tiempo", susurró el presidente de Yale, Kingman Brewster Jr.

"Por unos pocos siglos", dijo Paul Hessen con disgusto en su voz.

El Dr. Randall Parés ignoró a Hessen y le dijo a Brewster: "Por supuesto, esto proviene del hombre que introdujo la coeducación a Yale, este mismo año".

El Presidente Brewster sonrió. Aunque muchos alumnos se opusieron, había impulsado la idea desde que se convirtió en presidente en 1963. Si Yale iba a atraer a las mejores mentes del país, era imperativo abrir la escuela a las mujeres. [1]

"Esto es realmente ciencia ficción", susurró Hessen. Hessen, un antiguo compañero de clase de Jackson y actual profesor de matemáticas del MIT, fue el mayor detractor de Jackson. "¿De dónde obtendrá el financiamiento?"

"Quizás de la NASA", dijo un académico sentado a su lado. Ambos se rieron.

Cuando Decano Santos cerró la noche en el podio, el Dr. Jackson decidió ignorar el escepticismo obvio de sus colegas. Estaba feliz de dejarles pensar que estaba hablando de energía solar y no de una nueva forma de emulación de energía ecológica; algo a lo que él llamó nanotecnología.

Pero el tiempo es ahora, no a diez, treinta o cien años de distancia. ¿Pero cómo? ¿Cuáles deberían ser las primeras aplicaciones? Tal vez la calefacción y la refrigeración del hogar. ¿Fuentes de energía electrónicas? ¿Automóviles? Frunció el ceño. La pregunta más importante era si revelar su investigación en lo absoluto. Antes de que Karen muriera, juró que ninguna corporación o gobierno controlaría CJ Energy Cells. Estará disponible para todo el mundo por igual, o para nadie en absoluto.

Cameron se sintió mareado; había sudor acumulado bajo su cuello. Sacó su petaca del bolsillo de su abrigo. Sonriendo tímidamente a un profesor con la mandíbula floja en la primera fila, Cameron dio un largo tirón.

Mientras el decano continuaba, pensó en su brillante hijo. Aparte de su investigación, su única razón para vivir era Tremont. El Dr. Jackson había hecho todo lo posible para mantenerlo a salvo en su complejo de alta seguridad frente al lago. Pero se había doblegado ante sus fuertes cuñados que insistían en que Tremont asistiera a la escuela en Indianápolis, donde era el mejor de su clase y sobresalía en el baloncesto. Cameron se preocupaba durante el año escolar, a pesar de que sus suegros, la familia Carson de alto perfil, tenían la seguridad adecuada para un senador.

---

1 Desde que asumió la presidencia en 1963, el presidente Brewster defendió la coeducación contra la intensa resistencia de los antiguos alumnos. Si Yale iba a atraer a las mejores mentes del país, escribió, era imperativo abrir la escuela a las mujeres.

Con cada aparición pública, corría el riesgo de que siguieran sus amenazas. Tenía cartas y videos escalofriantes que decían que, si ofrecía su investigación a alguien más que a ellos, su hijo sería el próximo. Ni siquiera sabía quiénes eran. ¿El Gobierno? ¿Los cárteles del petróleo? ¿Individuos independientes? Había muchas facciones amenazadas por su investigación. Si supieran lo que realmente había descubierto, no se sabe hasta dónde llegarían. La carta y las cintas llegaron por correo urgente, y no podía arriesgarse a entregarlas a las autoridades.

Se frotó la frente. Los dolores de cabeza empeoraban con el tiempo, primero comenzaron cuando era un niño. Terminó en el hospital después de que su libro apareciera en los titulares. El verdadero dolor comenzó cuando perdió a Karen. ¿Por qué había aceptado este compromiso? Se levantó de su silla sin mirar al decano o la multitud y salió tambaleándose del escenario. Necesitaba llamar al Carson y ver cómo estaba su hijo. Necesitaba otro trago.

CAPITULO DOS

Amenaza
1973

DOCE HOMBRES VESTIDOS DE BLANCO ocupaban la extravagante sala de conferencias en el sótano del complejo de oficinas de Viena, Austria. Comieron khubz, pan de pita, hummus, kataifi, baba ghanoush y Um Ali. Combinaron el mezze o aperitivos, con café árabe oscuro y Shaitea.

Los hombres estaban de buen humor, excepto uno. El único con túnica negra, se sentó rígido en el otro extremo de la mesa. Los fundadores a principios de los años sesenta llamaron a su organización Hafiz Islam Bitrūl Saumba Shokran, que significa Protectores de la estabilidad y longevidad petrolera del Islam.

El jeque Mohammed bin Bandar, un hombre robusto de cincuenta y tantos años, se paró a la cabecera de la mesa, levantó la mano y sonrió. "Primero me gustaría dar la bienvenida a nuestros dos nuevos miembros a esta importante reunión en esta coyuntura crítica de nuestra historia: el jeque Hassan Al-Fawza de Arabia Saudita, que representa a la familia real", indicó a un hombre igualmente robusto en el centro a la izquierda que dio un leve asentimiento. El jeque Bandar luego se volvió hacia el hombre de negro y dijo: "Por favor, den la bienvenida a Omar bin Taliffan, que representa a los recién formados Emiratos Árabes Unidos".

"Como saben, me han pedido que sea portavoz del mundo para la OPEP. Vengo aquí hoy para enfatizar lo importante que es que todos estemos unidos por el bien de cada uno de nuestros países y el Islam. Vamos a poner el mundo patas arriba para el próximo anuncio".

Sabían lo que vendría después. No obstante, estaban ansiosos por escuchar el anuncio.

"Los países miembros de la OPEP no enviarán petróleo a países que apoyan a Israel". Hizo una pausa y dijo: "Insha'Allah", *si Allah quiere.*

La sala estalló en charla. Bin Bandar levantó las manos. "Nuestros países objetivo son Estados Unidos y sus aliados. Su importancia, la transcendencia de este grupo, se multiplicará exponencialmente, mis amigos".

El representante de Siria, un anciano estadista, dijo: "Estados Unidos y el Reino Unido no se quedarán de brazos cruzados".

"No hay mucho que puedan hacer, Mustafá", respondió el representante de Irán.

"No estoy de acuerdo, general Daneshvar's. Una vez que hagamos este anuncio, pondremos en marcha lo que ha estado sobre la mesa durante más de cien años. Estados Unidos y muchos países europeos incrementarán sus esfuerzos para disminuir su dependencia infantil que alimenta nuestro crecimiento económico".

El general asintió entendiendo. "Sí, Estados Unidos intensificará la exploración en el Golfo y Alaska... pero esto llevará muchas décadas".

Su líder interrumpió. "Tienes razón, lo que lleva al propósito de nuestra reunión de hoy. Ahora tenemos un quórum de los estados miembros y un momento propicio. Durante doce años, la OPEP ha creado continuidad entre cada estado miembro. La misión de Hafiz ha sido encubierta para mantener la estabilidad de la OPEP al mismo tiempo que protege nuestros intereses en todo el mundo. En los últimos años, hemos ganado el control del treinta por ciento de las reservas mundiales de petróleo". La sala resonó con afirmaciones bulliciosas. "Gran parte del éxito de la OPEP se puede atribuir a los esfuerzos de este pequeño grupo y sus asociados. Nuestra misión no cambiará con los futuros embargos contra Occidente".

El general Daneshvar's levantó una página de una pila de periódicos. "De hecho, enfrentamos los desafíos del pasado y tenemos mucho de qué estar orgullosos. Si permitimos que nuestros hermanos se duerman a los pies de la prosperidad, al final, habremos fallado. Con los esfuerzos hacia fuentes de energías alternativas y renovables, nuestra responsabilidad crece. En 1960, la mayor parte del mundo dijo que la OPEP no duraría, que controlarían nuestros campos petroleros. Ahora pagan por su escepticismo".

Sheik Bandar se asumió la palabra. "La OPEP ha hecho un movimiento estratégico este mismo mes hacia un aumento sustancial en el precio base del barril". Él sonrió. "Hoy, el mundo está pagando una prima por nuestro recurso natural. Las Siete Hermanas, ahora se llaman a sí mismas P7, y los líderes del oeste aprenderán a respetarnos. Nos reconocerán como una fuerza formidable, por generaciones". El grupo lo recompensó con gestos de aprobación y alabanzas a Allah.

"Este movimiento agresivo no viene sin un costo", continuó. "Han convocado a sus diversos consejos de energía e intentan controlar su adicción. Esperen represalias con nuestro próximo anuncio de embargo. Independientemente de nuestras diferencias sectarias, es nuestro mandato asegurar la longevidad de nuestras tierras y de nuestra gente. Ahora debemos aumentar nuestras medidas defensivas".

El hombre de negro se puso de pie, su alta figura se extendía sobre sus homólogos. Un gruñido profundo sofocó el ambiente festivo de la sala.

Como era su costumbre, el líder tomó asiento y el miembro más más nuevo tomó la palabra. "Ustedes son sabios para no engañarse con una falsa sensación de seguridad, mis amigos". Era el más joven en la habitación por diez años. Se vistió como un erudito, con sus atuendos negros y grises, desde su turbante hasta sus sandalias.

Omar bin Taliffan, representante de los Emiratos Árabes Unidos, formados en 1972. Una vez que los Emiratos se enteraron de Hafiz, presionaron a la familia nativa yemení bin Taliffan para que se uniera al grupo y protegiera sus intereses. El padre de Omar, Mohammed, antes de su muerte en un accidente aéreo con Mohammed bin Laden, exigió que su hijo asistiera. El liderazgo de los EAU no podría haber estado más complacido al escuchar que el hijo mayor y el patriarca de la familia serían su hombre. El padre de Omar bin Taliffan, un hombre autodidacta, había sido uno de los empresarios del Medio Oriente más poderosos y ricos de la historia. También era un amigo cercano y aliado de la familia real saudita. Omar tenía cuatro intereses comerciales principales: los miembros de los EAU que se contactaron con el grupo de construcción bin Taliffan para construir sus ciudades; su compañía y familia; su asociación con la familia bin Laden; y sus contratos con la familia real saudita. Aceptó este desafío con reservas, ya que sus responsabilidades con Hafiz estaban en conflicto con su propósito mucho mayor.

Después de varias formalidades agradeciendo a los líderes por invitar a los EAU y a él mismo a la reunión, Omar bin Taliffan cruzó las manos en su pecho y dijo: "Nos sentamos en nuestros lujosos estados y palacios en vidas protegidas mientras millones de musulmanes permanecen en la pobreza y la ignorancia. Abrimos nuestros reinos y negocios a la ideología occidental y perdemos nuestra identidad".

"¿Creen que los cristianos paganos y sus ovejas esperarán a que quebremos sus economías mientras ganamos fortaleza económica y política? Si es así, son lo que muchos han afirmado: viejos tontos que han perdido el rumbo". Citó el Corán, luego cerró los ojos para recitar una oración.

Algunos de los hombres en la habitación se quejaron. Abdullah bin Sultán, el único otro saudí presente, se enfureció y se puso de pie, el jeque Bandar levantó la mano, y el saudí se sentó. Los representantes de Irán e Iraq, sin amor que perder, parecían disfrutar el momento.

Bin Taliffan abrió los ojos y esperó silencio antes de continuar. "Usted, e incluso los viejos del país adoptivo de mi padre, se han vuelto gordos y felices con su riqueza, mientras que las ideas y el capitalismo occidental crecen en nuestras ciudades, escuelas y hogares". Echó un vistazo alrededor de la mesa. "Afirma proteger a nuestra gente y nuestro futuro. Al mismo tiempo, que discute los contratos con AT&T, IBM y McDonald's. No se equivoquen, el capitalismo occidental y los ideales representan las puertas del diablo al Islam". Señaló al representante de Arabia Saudita y dijo: "Permiten que el cáncer se aloje en vientres codiciosos. Le da refugio a sus socios infieles occidentales, dejándolos devorar nuestra forma de vida".

Los puños cerrados de Abdullah dejaron marcas en su palma. El joven oscuro, heredero de Bin Taliffan ejercía un poder que no estaba dispuesto a desafiar, incluso como un príncipe saudí. Los bin Taliffan fueron una de las dos familias que rescataron al gobierno saudí de su bancarrota a mediados de los sesenta a cambio de múltiples contratos de construcción de miles de millones de dólares.

Bin Taliffan permitió un ligero tirón en la esquina de su boca. "No nos dejemos arrullar por el opio de la riqueza. El principal objetivo de los infieles siempre ha sido convertir a los que rechazan a su Cristo y su democracia. No nos dejarán ser. Hasta el día de hoy, llevan cruzadas a nuestras tierras y asesinan a millones de personas en nombre de su Dios".

Se acercó a una imagen de un pozo de petróleo en Arabia Saudita. "El crudo bajo nuestros pies no es nuestro mayor activo. A medida que nuestra familia se ha beneficiado al construir los gobiernos y las civilizaciones por encima de estos ricos pozos, nos sentimos honrados por la fuerza que obtenemos de estos recursos que Allah proporciona a nuestra gente". Él aplaudió.

"Esta bendición también puede convertirse en nuestra mayor maldición.

Hemos estado en una guerra santa con Occidente durante un milenio. No pasará mucho tiempo, tal vez un siglo, tal vez dos, antes de que nos perdamos".

Su líder interrumpió. "Gracias, Omar. Como siempre, tu pasión es elogiable. Tu familia es una de las más respetadas del mundo. Como un joven ingeniero a solo unos años de la Universidad George Washington, trabajé con su padre y Mohamed bin Laden para diseñar puentes, edificios, mezquitas y gran parte de la infraestructura en Arabia Saudita, Siria y Kuwait. Todos estábamos tristes por la pérdida de su padre y su tío en ese trágico accidente de aviación".

Omar simplemente asintió.

Los historiadores de Oriente Medio sugerirían más tarde que la creencia infundada de que las agencias de inteligencia occidentales, en connivencia con el Mossad, fueron responsables de la pérdida de su padre. Que esto incluso provocó que se encendiera el extremismo islamista. El príncipe Hammad Outed de Qatar, cuyo país se sentó en una de las ventas de petróleo más ricas del Medio Oriente, se puso de pie para decir: "Estoy de acuerdo. Aunque me gustaría sugerir que avancemos en la reunión de hoy. Varios miembros tienen vuelos esta tarde". Omar se sentó.

Outed, heredero y sus cinco hermanos menores heredarían la mayor parte del depósito de petróleo de su país. Miró a la cabecera de la mesa y dijo: "Los estatutos de Hafiz fueron redactados en 1960 por mi abuelo, el rey Shaikh Ahmad bin Ali bin Abdullah Al-Thani, Sheik Bandar y la OPEP. Una vez que tengamos a la mayoría de la OPEP como miembros de esta organización, elegiremos oficiales para protegernos. La OPEP no puede asociarse con lo que hacemos desde esta sala para proteger nuestra región del mundo".

Continuó: "Como el Sheik Bandar y Omar bin Taliffan han señalado de varias maneras, hemos despertado una fuerza divisiva: un gigante dormido. Si no comenzamos a tomar medidas evasivas, nuestros nietos pueden encontrarse vendiendo alfombras en un mercado del desierto. He contado sus votos, Sheik Bandar actuará como nuestro Secretario General. Serviré como su asistente.

El representante de Irán, general Velayatollah Daneshvar's, se puso de pie para dirigirse a la asamblea. El general era un soldado holandés de Mohammed Reza Shah Pahlavi, el Shah de Irán, la monarquía iraní prooccidental. Él preguntó: ¿Y quién es tu gigante dormido, Hamaa? ¿EE.UU? Están despiertos y se han entrometido en nuestros asuntos desde 1948. ¿Tal vez se refieren a mi buen amigo Richard Nixon? Algunos de los hombres se rieron entre dientes.

"Nixon está ocupado con Asia Oriental y Rusia y su propia lucha interna en Washington; él es la menor de nuestras preocupaciones. Al igual que gran parte de la invención y el ingenio del siglo XX, Estados Unidos es el principal puerto para esta amenaza".

"Nos dejas en suspenso", dijo el Sheik Bandar.

"El representante iraquí, Ibrahim al-Maliki, un ministro de petróleo sunita nacido en Bagdad bajo Saddam Hussein estuvo de acuerdo. "Estamos a tu merced".

El príncipe Outed sonrió. Estaba a punto de hablar cuando alguien llamó a la puerta. Un adolescente con un carro rodante. Primero le entregó una nota al Sheik Bandar y, con un tono nervioso en su voz, dijo en árabe: "Pan negro dulce y especiado y el mejor café moca verde de Yemen, para su placer". Retrocedió por la puerta. El rico aroma del café más antiguo cultivado conocido en el mundo, cultivado a gran altura, llenó la habitación.

Sheik Bandar leyó la nota y dijo: "Parece que el Dr. Jean-Paul Esquirol, el físico líder en investigación de celdas de combustible, tuvo un desafortunado accidente. Recibió una sobredosis de medicamentos mientras estaba en el hospital en Francia y no se espera que sobreviva".

"Qué trágico", comentó Omar bin Taliffman. "Sin Esquirol, el desarrollo de celdas de combustible occidentales podría retrasarse una década. Insha'Allah". Todos los ojos estaban puestos en bin Taliffan cuando dijo: "Alá nos sonríe este día".

El príncipe Outed caminó hacia la pared del fondo mientras una gran pantalla blanca bajaba del techo. La primera diapositiva mostraba una casa de estilo californiano con cuatro grandes objetos rectangulares en el techo. La siguiente diapositiva reveló cientos de molinos de viento que bordean un escenario desértico. Otro mostró una cara familiar; Dick Gertenberg estaba parado al lado de un automóvil inusual. En un cartel sobre el auto se escribieron las palabras: *GM Electric Car (1973) -Prototipo del Futuro*. La siguiente diapositiva reveló una cita en negrita con letras blancas sobre un fondo negro: *Big Three, General Motors, Ford y Chrysler acuerdan trabajar juntos para reducir el costo de conducir para el estadounidense promedio*. Junto a una cita de un líder de la industria sin nombre:

Combatiremos el aumento de los precios del petróleo y

la creciente amenaza de que el Medio Oriente mantenga a Estados Unidos como rehén. Lo haremos produciendo automóviles con mayor eficiencia energética y diseñando nuevas formas de energía para impulsar el futuro. Nuestros esfuerzos combinados conducirán a una menor dependencia de los recursos naturales extranjeros y garantizarán un transporte asequible para las generaciones venideras.

El Príncipe Outed dejó la cita condenatoria en la pantalla durante unos minutos y luego siguió con una docena más de cuadros que representan otras formas experimentales de energía en acción en todo el mundo. Sin decir una palabra, hizo saber su punto. El gigante dormido, dijo Outed, no era un país sino un concepto que todos entendieron: formas económicas de energía. La siguiente diapositiva tenía una imagen en blanco y negro que revelaba a un hombre alto y rojizo detrás de un podio. Un letrero en el podio decía *Universidad de Yale*. El príncipe Hamaad se sirvió una taza de café moca verde. El grupo siguió su ejemplo para ponerse de pie y rellenar sus bebidas. Esperaron una explicación para la imagen en la pantalla.

Omar preguntó: "Eres un maestro del suspenso. Pero no estamos en su club de lectura mensual. ¿Quién es este hombre?"

Una vez que todos tomaron asiento, Outed dijo: "Ese hombre es uno de los padres modernos más respetados de la ciencia energética, un físico sin igual. Desde sus días en el MIT, ha estado investigando y desarrollando usos prácticos de la energía solar. Aunque Ericsson y Kemp experimentaron e implementaron muchos productos solares exitosos, fue este hombre quien propuso el uso extensivo de celdas solares, celdas fotovoltaicas, en los últimos cincuenta años".

El general iraní respondió: "La energía solar no es nuestra principal preocupación. Tomará doscientos años para que sea competitivo con los combustibles fósiles. Deberíamos estar más preocupados por la expansión de la energía nuclear".

Sheik Bandar miró a Outed y luego a Bin Taliffan. "Tal como está, la energía solar no es nuestro desafío. Estás en lo correcto. Los avances de las celdas de combustible podrían ser una tecnología más generalizada, pero al igual que la búsqueda de energía solar económica, los científicos han estado tratando de desarrollar una celda de combustible comercializable durante más de ciento cincuenta años". Bandar puso su dedo en la línea de luz del proyector detrás de él y señaló al hombre en el podio.

"Mientras los otros científicos trabajan en tecnología solar y de combustible, Cameron Jackson ha estado investigando y quizás ya está desarrollando algo de mucha mayor importancia. P7— "

"¿P7?" Alguien interrumpió.

"Nuestra competencia en los Estados Unidos es reacia a permitirnos fracasar. Las pérdidas en el Medio Oriente equivalen a la inestabilidad occidental a largo plazo".

"Entonces, ¿Apoyan nuestro embargo?" otro preguntó.

"Lo alientan. Nos dicen que Jackson está desarrollando una nueva forma de energía alternativa que podría reemplazar la energía nuclear. Una poderosa solución que se puede sostener en la palma de su mano.

La sala estalló con preguntas.

"Debe haber bastante de su investigación ya publicada", dijo el iraquí.

"Ese es el dilema. Después de que su esposa murió en el parto, el Dr. Jackson se retiró a su casa y laboratorio en un complejo seguro cerca de Chicago".

Omar bin Taliffan gruñó: "Si sus sospechas pueden verificarse, insha'Allah, entonces, como Esquirol, deberíamos rezar para que la desgracia también le ocurra al Sr. Jackson, ¿Están de acuerdo?"

Sheik Bandar palideció.

El príncipe Outed puso sus manos sobre la mesa y se inclinó hacia delante. "Lo que sea necesario, el Dr. Jackson debe ser detenido. Insha'Allah".

CAPITULO TRES
Angustia
1983

MIENTRAS EL SACERDOTE HABLABA en latín, Mateo miró las gruesas nubes oscuras que cubrían el cielo desde las montañas del norte hasta el pino del sur que tenía un horizonte arbolado. Incluso en Maine, era una miserable e inusual noche fría de primavera. Un rayo se extendió por el cielo, iluminando la colina por un momento. Respiró hondo por la nariz y reconoció el dulce aroma del ozono, producido, lo sabía, cada vez que un rayo destellaba y dividía dos partes de oxígeno en tres átomos de oxígeno inestable, O^2 en O^3. Siempre supo que las personas estaban destruyendo este hecho natural, y quería hacer algo al respecto, cuando creciera, por supuesto. También sabía que los niños de su edad no sabían ese tipo de cosas, y mucho menos entendían la química. Amaba ese olor.

Volvió a mirar a María Valdeorras y no apartó los ojos de ella hasta que el sacerdote comenzó el servicio junto a la tumba. Recordaba uno de sus vívidos sueños; estaba esta tumba, estaba María y había murciélagos, Pamola, animales del zoológico, un Lynz tratando de calmarlo y un hombre extraño con sombrero.

El servicio comenzó, y los rayos siguieron el estallido de un trueno lejano hacia el sur sobre el extenso Great Northern Paper Mill. Mucha gente en esta colina viva y muerta había trabajado en el molino.

El rayo delineó el monte Katahdin hacia el noreste. Por un segundo, creyó ver el contorno de un alce con alas: ¡El espíritu indio Penobscot! Su corazón se aceleró. El amigo de su hermano Micmac, Pete Marks, le contó a Mateo y al primo de Pete, Kyle Gespasian, historias sobre el espíritu enojado. Dijeron que este espíritu devoraba grupos de caza enteros por simplemente escalar la montaña prohibida. Llamaron al dios enojado, Pamola. La mayoría de las tribus creían que Pamola vivía en la cima del monte Katahdin.

Mateo contó los segundos entre el trueno y el rayo: *un mil, dos mil, tres mil.* El corazón de la tormenta se estaba acercando.

Su padre presumiría eso apenas a las siete, Mateo sabía más sobre meteorología que el meteorólogo del Canal Cinco. Podía escuchar la voz grave de su padre cuando dijo que Mateo sabía "¡Muchísimo más que ese maldito idiota que intenta fingir que es un Patriota!" No tenía idea de lo que eso significaba, pero lo hacía feliz.

La multitud se reunió en el cementerio de Willow Run en un semicírculo debajo de un enorme roble. No había sauces a la vista. Tal vez se referían a Widow Run y alguien lo escribió mal.

En la familia Eaton, los niños podían identificar los rasgos y usos de cincuenta especies de árboles antes de que supieran la diferencia entre un sustantivo y un verbo. El padre de Mateo era dueño de uno de los negocios madereros más exitosos de América del Norte.

La mayor parte de Millinocket vino al velorio realizado anteriormente en la parroquia St. Martin of Tours, la única iglesia católica en la ciudad. Salina Valdeorras fue la administradora ejecutiva del Sr. Eaton durante dos décadas, y la madre de María.

Mateo estaba de pie sosteniendo las manos de sus padres. Su hermano mayor estaba detrás de él, erguido en uniforme de gala con una mano en el hombro de Mateo y la otra con un gran paraguas negro sobre toda la familia. Estaba en casa con permiso de una asignación especial en el Medio Oriente. Nadie sabía lo que Sean hizo por los Marines; todo era de alto secreto.

Mateo miró a dos hombres que se alejaban del círculo. Uno que conocía era Dennis Weaver, el extraño posadero de Katahdin Sporting Lodge. Su madre siempre decía que no le prestara atención. El otro, un misterioso recién llegado al pequeño pueblo de los molinos, era el Sr. Estébanez, que se hospedaba en la posada. La gente del pueblo susurraba sobre el flatlander[2] y su peculiar interés en Millinocket.[2] Mateo había escuchado a los veteranos quejándose de los habitantes de las tierras llanas que querían apoderarse de su patio trasero, hacer cambios demasiado rápido, llenarse los bolsillos de dinero.

---

2 Mainer (Mainah) jerga incluye flatlanders (flatlandahs), que son de otros lugares. Puede ser flatlandar si la primera pregunta que hace es: "¿Dónde puedo ver un alce?" o "¿Dónde podemos ver un faro?" Puede ser un flatlander. O llevas una de esas camisetas turísticas. O si te vistes de frio. O si te vistes demasiado para el North Woods, o tu BMW de baja altura se atascó en las rocas.

Lo que sea que eso quisiera decir. Al final, las mujeres se habían encariñado con el señor Estébanez, y los hombres mantenían sus sospechas. Cualquiera sea su opinión, se dieron cuenta de que el desarrollo trajo empleos al área. El periódico fue principalmente positivo sobre su generosa donación al primer centro de ciencias de Maine, dedicado estrictamente al medio ambiente y las energías renovables. ¡Mateo sintió que había un nuevo Disney en su patio!

El único otro funeral al que Mateo había asistido en su corta vida fue al entierro sin ceremonias del señor Pibbs en una colina detrás del rancho familiar. El señor Pibbs era el viejo perro aserradero de su padre. A ese maldito perro no le gustaba nadie excepto Mateo. Fue disparado dos veces por cazadores, casi muere cada vez. Una vez tomó un lince. El veterinario dijo que tenía nueve vidas. El Dr. Yates dijo: "Odiaría ver al otro tipo". Mateo respondió: "Pero, no había otro hombre". El Sr. Pibbs finalmente falleció cuando fue atropellado por un vehículo de la compañía en el antiguo aserradero de Fire Road 13, cerca de los cementerios de Micmac. Él se estremeció. En ese caso, pensó, había otro tipo.

Mateo tenía curiosidad porque María no se veía triste. Escuchó a una mujer decir: "María todavía está en estado de shock". La señora Valdeorras era la segunda madre de Mateo. Se quedaba con ella cada vez que su madre viajaba, y ella le había estado enseñando español, y dijo que lo aprendía fácilmente. La familia Valdeorras era única como los canadienses franceses que se asentaron en el norte de Maine, y los italianos que construyeron los molinos. Un grupo de italianos aún vive en la esquina suroeste de la ciudad: Pequeña Italia.

Miró a su alrededor a todas las personas con sombras oscuras en sus rostros, vestidos de negro y con paraguas negros sobre sus cabezas. De los mil, casi una quinta parte de la población de la ciudad, que firmaron el registro en el velorio, alrededor de cien había desafiado el clima. Mateo había escuchado a su padre decir que el sacerdote y algunos familiares adinerados habían viajado desde el norte de España. Dos pueblos habían perdido a alguien especial.

Todos se parecían a los zombis que vio en una película en blanco y negro.

Contuvo el aliento. Esta vez, ella lo estaba mirando fijamente. Estaba anocheciendo y ella estaba bastante lejos al otro lado del gran semicírculo alrededor de la tumba. Sintió un dolor en el pecho. Era difícil apartar sus ojos de ella. Él notó la mano enorme sobre su hombro presionándola contra la pierna de un hombre grande. Cuando volvió a mirar a María, ella todavía lo estaba mirando. Decidió que ella no parecía un zombie en lo absoluto. Ella era una princesa atrapada en una tormenta. La lluvia la empapó, aunque estaba cubierta por tres paraguas. Su velo negro no podía contener los rizos que estaban hasta la mitad de su pequeño cuerpo. En sus manos, ella sostenía cerca de su pecho, un ramo de flores coloridas.

Se preguntó si uno podría morir de un corazón roto como su madre dijo que su bisabuelo había muerto después de la muerte de su esposo. Recordó haberse sentido un poco así cuando acarició al Sr. Pibbs por última vez. Si él se sentía así, María y su padre debían sentirse peor.

Se miraron mientras el sacerdote Friar Tuck dirigía el sermón en tres idiomas.

Mientras los hombres bajaban el ataúd al sepulcro fangoso, las tías Valdeorras de España se lamentaron.

Aun así, María no lloró. Mateo sintió una oleada en el pecho. Con María observando, quería ser tan fuerte como un roble.

La lluvia se calmó. El sacerdote concluyó persignándose, y la gente se dispersó para hablar con la familia. El padre de Mateo estrechó la mano del Sr. V con las suyas y caminó con su madre y su hermano hacia sus autos. Mateo no lo siguió. En cambio, se dirigió hacia los ojos ardientes de Great Northern Paper Mill. Dominaba la vista al sur del río como un viejo monstruo esperando consumir el pequeño pueblo y sus residentes. Un rayo de luz iluminó el cielo al noroeste de la fábrica, revelando el Monte Katahdin que ensombrece el monstruoso molino y todo lo demás en la región. Trató de sacudirse la extraña sensación ominosa y se arrodilló junto al antiguo roble.

"Hola, Mateo".

Mateo saltó cuando vio al recién llegado, el señor Estébanez.

Se arrodilló junto a Mateo. "¿Sabes quién soy?"

Mateo asintió con la cabeza.

"Encontré algunos juegos geniales lanzados por Scientific America. Pensé que te podrían gustar. Mis favoritos particulares son los crucigramas y acertijos". Le entregó una bolsa de plástico a Mateo y le dio un suave golpe en la barbilla. "Tienes un buen clima aquí arriba. Me recuerda a la primavera en Moscú. El señor Estébanez se levantó y bajó la colina. ¿Moscú? Mateo lo consideró. A partir de ese día, Mateo pensó en el extraño como 007.

Mateo sacó la navaja que su hermano había traído de Kuwait. Él sonrió. *El cuchillo que nunca iba a salir de la casa.* Talló en el árbol.

Unos minutos más tarde, alguien le tocó el hombro y pensó que se había metido en un gran problema, ya sea por cortar el gran roble o evitar que la familia se fuera. Todavía estaba arrodillado, congelado con su navaja de bolsillo medio incrustada en el árbol cuando Maia se inclinó, lo besó suavemente en la mejilla, le entregó una rosa amarilla y luego corrió por el camino de adoquines hacia su padre.

Mateo se giró para terminar de tallar cuando escuchó a su padre gritar su nombre. Inspeccionó su trabajo. Satisfecho, tomó la bolsa llena de revistas y corrió. Su hermano le dio una palmada en la parte posterior de la cabeza cuando saltó al asiento en la parte posterior del GMC Jimmy de su padre.

"Aquí".

Sean le entregó a Mateo un paquete.

"Un libro que mi amigo Tree pensó que te gustaría".

"Tree?" Mateo arrancó el papel y jadeó. Sería seguro decir que ningún otro niño de su edad podría haber entendido el valor de lo que tenía en sus manos.

Capturando el Sol, por Cameron T. Jackson.

En los años siguientes, Mateo vio a María por la ciudad y en el restaurante de su padre. Nunca olvidó el recuerdo de Willow Run o los sueños que tuvo antes del funeral, y los que tuvo desde entonces. Sus sueños más vívidos involucraban murciélagos, monjes tipo Kung Fu, fuego, tormentas, y Pamola, el Dios del Trueno Micmac, pero María siempre estaba allí también. Cuando se cruzaron en la calle, se detuvieron y se miraron el uno al otro, hasta que sus padres y sus tías cariñosas los arrastraron a un lugar u otro, rompiendo el hechizo. Cuando tenía diez años, pasó con su bicicleta por su casa y la sorprendió mirándolo por la ventana de arriba. Golpeó el buzón con el mango de su bicicleta y cayó sobre la hierba. Además de una pequeña abolladura en su orgullo, no resultó herido y sonrió salvajemente mientras su risa lo seguía hasta la siguiente cuadra.

Ella asistió a la escuela católica, y él fue a una escuela privada de preparación. No se veían mucho, pero él pensaba en ella a menudo. Sus penetrantes ojos negros lo ponían nervioso. Una noche, él y sus padres estaban cenando en el restaurante de su padre. El Sr. V mencionó que María comenzaría las clases en la escuela secundaria pública en el otoño.

Después de semanas de incesante súplica, finalmente convenció a su madre para que le permitiera transferirse de escuela. Su padre estaba demasiado preocupado con ELF como para resistir mucho.[3]

---

3 ELF: Eaton Tierra y Silvicultara

Mateo entró en la clase de inglés combinada de sexto y séptimo grado de la Sra. Pulaski. La sonrisa de María lo hechizó. Estaba mareado y pensó que podía retirarse y volver otro día.

La señora Pulaski lo guio a su silla a dos filas de distancia de María, que lo miró con valentía. Su rostro se sentía como si tuviera una quemadura de sol, y como si una rana saltara dentro de su estómago.

La Sra. Pulaski miró una tarjeta que sostenía en la mano y con preocupación en su voz dijo: "Mateo, ¿Trajiste tus píldoras?"

Mateo buscó en su bolsillo y sacó un pequeño recipiente plateado. "Sí, señora."

Durante el almuerzo, mientras una brisa giraba en pequeños tornados alrededor de sus pies, se sentaron juntos en un banco sin decir una palabra. En unas pocas semanas, no pudieron dejar de hablar. María seguía y seguía hablando de una cosa tras otra, lo que no molestaba a Mateo. Estaba intrigado cuando supo su nombre completo, María Teresa Bierzo Valdeorras.

"El nombre de mi padre es Felipe Juan Carlos Bierzo Valdeorras, pero todos en la ciudad lo llaman Phil. La familia de mi padre poseía cientos de acres de viñedos, y mi madre, un Bierzo, era la única hija del gobernador de la región. Salieron de España apurados debido a una disputa familiar entre los Bierzos y los Valdeorras. "¿No es eso romántico?" Ella sonrió y Mateo volvió a quedarse sin palabras. Se detuvieron en un banco del parque, y Mateo dejó las dos pilas de libros que insistió en llevar.

"Entonces, llegaron por primera vez a Boston cuando tenían dieciocho años, se casaron y tuvieron su luna de miel en el Katahdin Lodge. Las montañas les recordaron su hogar, así que abrieron el restaurante de cocina española de Godello". Godello se había convertido en un hito popular en el centro norte de Maine. "El nombre de Godello proviene del área donde aún vive mi familia extendida. Tengo muchas ganas de ir a visitar. También es el nombre del tipo de uvas que cultiva la familia de mi padre". Ella respiró hondo y miró a Mateo. "¿Qué?"

Mateo se apoyó contra un árbol. Se encogió de hombros y sonrió tímidamente.

Ella levantó las manos. "Lo siento. Mi padre dice que puedo ser abrumadora", dijo ella.

En cuanto al recién llegado, el Sr. Estébanez, se convirtió en tutor de Mateo. Se conocieron en la biblioteca o en la cocina de Eaton. La finca Eaton estaba a cinco millas al oeste de la ciudad, a una milla de Golden Road que atravesaba cien millas de bosques del norte de Maine desde Millinocket hasta la frontera canadiense. También pasaron una cantidad cada vez mayor de tiempo estudiando en el Katahdin Sporting Lodge, donde el Sr. Estébanez se quedó cuando estuvo en Maine.

El Sr. Eaton no estaba demasiado interesado en la relación inusual y contrató a un amigo de la familia, el investigador privado Joe Fazio, para vigilar al flatlander, el intruso. Su madre, Kate, parecía intrigada por el misterioso filántropo. Después de todo, ella diría, el Sr. Estébanez parece ser la única persona en la región capaz de desafiar académicamente a su hijo.

Mientras Mateo crecía en la remota ciudad de los molinos, poderes más allá de su imaginación más salvaje convergían en su mundo.

CAPITULO CUATRO

Resolver

Agosto 1989

A MIL DOSCIENTAS MILLAS del norte de Maine, a orillas del lago Michigan, un padre y su hijo estaban trabajando juntos en cálculos en una casa de estilo Charleston, con un porche envolvente, adornos decorativos y vidrieras, que llamaban Jackson's Place. Estuvieron juntos por primera vez en casi una década, en el laboratorio del sótano más elaborado y equipado que los mejores del MIT.

"Papá, estaba revisando estas cifras, y si estoy calculando correctamente, ¿Las pruebas han salido con un margen de error menor a .003? Has recorrido un largo camino mientras estuve en el extranjero".

Su padre no levantó la vista del microscopio, pero no pudo ocultar su emoción. "Y he podido estabilizar los metales, la oxidación y el intercambio atómico hasta el mismo margen. Los pequeños inspectores moleculares todavía son renegados, pero si están contenidos, nunca se disipan". Levantó la vista y dijo: "Creo que esto requiere una bebida".

Una vez de vuelta en la planta baja, Tremont estudió una pared llena de fotos familiares mientras su padre preparaba cócteles en el bar. Algunos de los bocetos de retratos se remontan a la Revolución Americana, con Andrew Jackson, el noveno presidente, del lado de su padre, y Lindsey Carson del lado de su madre. Carson era padre de doce hijos, incluido el hombre de la frontera, Kit Carson. Otra foto mostraba al abuelo de Tremont, el Honorable Senador Stephen John Carson. Pero para Tremont, las más míticas eran fotos de su propio padre.

Cameron y Tremont pasaron las últimas semanas de julio de 1989 en el laboratorio o en la playa con los perros, Popeye y Brutus. Compartían coñac por las tardes. La vida era fácil, como lo fue antes de que Tremont dejara Indiana para ir a la escuela de posgrado en Yale casi nueve años antes, luego se unió a los Marines.

El día que padre e hijo anticipaban se acercaba rápidamente. En DC, su padre presentaría su investigación a WCASE, el órgano rector de las energías alternativas y renovables. Su padre lo convenció de reservar vuelos separados. Tremont aprovechó la oportunidad para pasar unos días con sus abuelos mientras su padre volaba para encontrarse con un amigo en la ciudad de Nueva York.

Después de verificar la configuración del extenso sistema de seguridad y poner la cubierta de su nuevo Mustang GLX, pusieron a los perros en el SUV GMC Jimmy y se dirigieron a la ciudad tres horas al sur de su complejo de Indiana Dunes. Tremont dejó a su padre en el aeropuerto y le recordó que se encontrarían el martes en el reclamo de equipaje de Washington International en DC. "El Departamento de Viajes del Senado ya tiene una limusina preparada para nosotros, así que supongo que llegaremos con estilo".

"Como debe ser", dijo su padre.

Dos días después, Tremont dejó la extensa finca Carson y se dirigió al Aeropuerto Internacional de Indianápolis. Estaba emocionado y nervioso. Después de años de ridículo y toda una vida de investigación, su padre finalmente revelaría y sorprendería al gobierno y al mundo con el mayor cambio revolucionario desde los espectáculos, la imprenta o la computadora. Sabía que era peligroso, pero con la alta seguridad alrededor del Senado y viendo que ahora podía vigilar de cerca a su padre... todo debería estar bien. Eso esperaba.

Entonces, ¿Por qué lo dejé ir a Nueva York sin mí?

Algo lo inquietaba. Durante toda la mañana, llamó para verificar que tenía respaldo en DC. Primero, al Agente Flanagan, un agente del FBI que visita el Jackson's Place varias veces al año. Luego a su padrino. Luego a su abuelo, que estaría en el Capitolio cuando llegaran. Todas las llamadas fueron al correo de voz.

Su siguiente llamada fue a su mejor viejo ex amigo, Sean. Le dejó un mensaje. "No sé dónde estás, o si ahora nos estamos hablando. Kabul y Peshawar eran tormentas de fuego. No debería haberme ido antes de arreglar las cosas." Dejó caer el teléfono a su lado, luego lo devolvió a su oído y dijo: "Así que, si te tienen de vuelta en DC, mañana estaré allí con papá. Nos vemos a las 9 a.m. frente al Capitolio. Lleva tu arma. Podría necesitar tu ayuda." Hizo otra pausa, iba a decir más, pero terminó con: "Gracias. Ooh Rah".

Revisó el estuche de su arma bloqueada en el equipaje y tomó su boleto. En su camino a través de la seguridad, no podía librarse de la inquietud de que algo andaba mal. ¿Qué estaba pasando por alto?

Intentó concentrarse en el día. Su padre estaría revelando el mayor milagro energético desde la electricidad.

El statu quo estaba a punto de desequilibrarse.

PARTE II
Perpetuo Viaje

CAPITULO CINCO
Espíritu
Verano 1994

EL VERANO ANTES DE LA UNIVERSIDAD, Mateo compró un autobús Volkswagen de 1967 por el precio de mudarse del lugar de la montaña del difunto Sr. Pelletier. La familia realizó una subasta de bienes y planeó convertir la pintoresca casa de fin de siglo en otra posada con desayuno. Ya había seis de esas en la región de Katahdin, tres en Millinocket.

Sean estaba en casa de permiso entre misiones en el este de Asia. Extraoficialmente, le dijo a Mateo, que estaba trabajando encubierto en Corea del Norte. Algo sobre actuar como un hombre de negocios para obtener coordenadas de un objetivo. Mateo preguntó qué tipo de objetivo, y Sean cambió de tema.

"Te busqué anoche", dijo Mateo mientras Sean conducía su Jeep Grand Cherokee azul hacia el noreste por Millinocket Road.

"Puedes echarle la culpa a Pete Marks. Disculpa, el nuevo Guardabosques. El Sailor Son Saloon es lo mejor que le sucedió a ese callejón sin salida de Maine".

Entonces, Sean y Pete estuvieron bebiendo toda la noche. Sin embargo, no se veía desgastado, él pensó. Debe ser parte del entrenamiento militar. "Ayuh, pero el dueño y su camarera inglesa son un viaje, ¿Verdad?"

"Malvados y extraños. No son los primeros o los últimos habitantes de las llanuras que se esconden en Millinocket".

"¿Esconderse?"

"Solo una forma de hablar".

"Han estado abiertos solo un año, pero el lugar parece haber estado allí desde siempre. Estuve allí antes de las ocho, derribando a Molson Goldens. El lugar estaba vacío, excepto por Nick St. Adam tratando de decidir qué sombrero poner en la cabeza del alce. A las nueve, habrías pensado que Ben y Jerry volvieron a la ciudad. Todos me estaban comprando cervezas. Después de cansar a los viejos veteranos, Pete, John y yo, nos sentamos allí, intercambiando viejas historias de Micmac. Pete comenzó a hablar sin parar sobre Pamola...

"¡Pamola! Puedo recitar todas las historias del jefe Tanner".

"Bien, de todos modos, nadie conoce el folklore mejor que Pete; pasó su vida a los pies de los viejos jefes de Micmac".

"Y a Bouchard. Ese curandero me fastidió, lo juro".

"Nos hizo lo mismo a Pete y a mí cuando éramos niños. ¿Tienes esos sueños?

"¡Más como pesadillas!"

Ambos se rieron. "Te diré una cosa. Si alguna vez nos metiéramos en apuros con Pamola, todo lo que tendríamos que hacer es poner a Pete sobre él, él hablaría hasta matar al gran espíritu del pájaro alce".

El lugar de los Pelletiers parecía abandonado. Se detuvieron en el garaje. Mateo saltó y abrió la puerta. Cargaron el autobús verde VW clásico en el camión grúa ELF. Sean ajustó los controles del súper torno de 8,000 libras.

Como Maine no tenía títulos en vehículos hasta mediados de los años ochenta, se alejaron de la futura posada con desayuno con el nuevo juguete de Mateo rebotando en la parte de atrás. Sean se dirigió hacia el oeste en Fire Road 13, giró a la derecha en Fire Road 15 y luego pasó los antiguos cementerios hacia un camino de tierra tallado en una densa pared de árboles. Cuando salieron a la intemperie, había cinco edificios descuidados. En la parte delantera de un enorme granero que parecía fundirse en la colina detrás de él, había una señal desgastada: Eaton Land and Forestry, desde. 1937. Condujeron hasta el gigantesco granero y Sean retrocedió la plataforma hasta las puertas. Siguiendo la señal de Sean, Mateo saltó y abrió las dos puertas del granero.

"Recuerdo que papá dijo algo sobre este viejo lugar", dijo Mateo. Caminaron por los últimos modelos de automóviles y los tocaron con reverencia. Un Corvette azul metálico '64, dos Mustangs '64 y un Corvair rojo '66.

"Es bueno ver que el Sr. Johnson todavía viene aquí".

"Para alejarse de la señora Johnson", dijo Mateo con una sonrisa.

"Me llevó a la tienda para ayudarlo con los vehículos de la compañía y los esquiadores cuando nuestro viejo me pateó el trasero por una cosa u otra".

"He trabajado con el Sr. Johnson en la tienda de East Millinocket desde que tenía diez años", dijo Mateo. "Nunca mencionó que había autos en el granero, ni una sola vez".

Sean desencadenó el VW y lo bajó al suelo de grava y piedra.

Desgarraron el motor, limpiaron cada pieza meticulosamente y limaron los bordes ásperos.

Condujeron a Bangor al día siguiente en busca de piezas y un juego de neumáticos nuevos. Durante la semana siguiente, trabajaron largas horas. Pronto, el autobús estaba listo para una prueba de manejo.

"¿Todavía tienes sueños locos?" Mateo preguntó.

"¿Tú sí?"

"A veces. Bueno, todo el tiempo."

"Bouchard dice que los sueños son un presagio de lo que vendrá".

"¿Qué piensas?"

"Son solo sueños".

"¿Cuándo tienes que irte?" Mateo preguntó mientras salía de debajo del autobús en la enredadera del mecánico de seis ruedas.

"Lo siento hermano. Tengo un cambio de planes esta mañana. Vuelo a Bangkok mañana. Tendremos que suspender nuestro viaje de senderismo hasta la próxima vez". Apretó las tuercas de la batería y se rio por primera vez desde que había estado en casa. "Me encantaría ver la mirada en el rostro del anciano cuando vea este carro de paz y amor". Su padre sirvió durante las guerras de Corea y Vietnam y tenía fuertes sentimientos sobre los manifestantes.

Mateo se limpió las manos grasientas en la ropa. Se agachó y miró el pequeño motor.

Sean le entregó una cerveza inglesa Sea Dog Old Gollywobbler Ale. Tomaron un sorbo de la cerveza agria, y Sean preguntó: "¿Dónde consiguió Johnson estas?"

"Acaban de abrir otra cervecería en Bangor". Mateo sonrió. "Justo a tiempo. ¿Sabes que papá solo bebe Budweiser? Creo que solo almacenaré Gollywobbler en la escuela".

Chocaron las botellas de vidrio.

Sean apuntó su cerveza a Mateo. "Ve y esfuérzate en tus estudios, hermanito. No bebas debajo de la mesa todas las noches como Tree y yo hicimos en Yale. ¿Me escuchaste?"

"¿Tree? El que visitó justo antes de que te alistaras. Entonces, ¿Terminaron sirviendo juntos?

Sean evitó los ojos de Mateo y vertió gasolina en el tanque. "No importa", dijo. "Él y yo nos separamos hace años".

"Pero…"

"Dije que no importa", dijo Sean.

"Está bien, está bien", dijo Mateo. Después de una infancia viendo a su hermano mayor pelear con su padre, Mateo sabía cuándo quedarse callado. A diferencia de Mateo, por supuesto, Parker nunca dejaba a Sean con una respuesta corta. Ambos presionaban hasta que alguien se cediera.

"Está bien, aquí va". Sean giró la llave. Nada. Bombeó el gas dos veces y volvió a girar la llave. Hubo un pequeño ruido silencioso; El autobús VW se sacudió. El motor chisporroteó y aguantó. Sean saltó del asiento delantero, gritó y golpeó el parabrisas. Agarró a Mateo por los hombros y le dio un abrazo. Mateo sabía que, de alguna manera, este recuerdo con su hermano sería el mejor.

Sean se fue a Asia, Mateo trabajó en el interior del VW agregando piezas auténticas, como fundas de asientos con cuentas de madera que llegan desde San Diego. Antes de decirle a su padre, quería que se viera y oliera tan bien como corría.

Al día siguiente, María lo alcanzó en el granero. "Entonces, aquí es donde te has estado escondiendo todas estas semanas". Abrió las puertas, se sentó en el asiento y luego se arrastró hacia la parte de atrás.

Mateo levantó la escotilla y la miró con anticipación. "¿Y bien?"

"Todo lo que necesitamos aquí es una manta".

"Zorra".

Ella agarró la parte delantera de su overol gris para empujarlo hacia el vehículo. "Creo que tu pequeña furgoneta es muy, muy, muy linda". Ella lo besó en los labios.

Él se apartó. Podría no haber sido tan malo si no hubiera usado esa voz aguda de dibujos animados. «¿Linda? ¿Eso es todo lo que puedes decir, linda?

Es una obra de arte, una pieza de la historia estadounidense. Y es un autobús. No es una camioneta Un autobús.”

“Está bien, me encantan tus lindos derechos civiles y tu autobús de amor y no guerra”.

No era divertido, Mateo fue al frente de la tienda para abrir las grandes puertas dobles. “Es el día D. Es hora de que le cuente esto a papá”.

María hizo un puchero, pero condujo su Mazda de regreso al restaurante de su padre, dejando a Mateo para irse a casa. “No le va a gustar”, admitió en voz alta. Se detuvo en la propiedad de sus padres, y cuando se metió en el parque, le salió el tiro por la culata.

Su madre lo recibió en el camino de entrada, sonriendo. “Me recuerda a una camioneta que tenía el novio de mi hermana cuando estábamos en la universidad. Eran los hippies más viejos del Cabo. En el 69, lo llevaron a Woodstock lleno de una docena de espíritus libres. Dos quedaron embarazadas ese fin de semana y nadie fue arrestado”.

Su padre, por otro lado, era predecible. El señor Eaton estaba de pie en el porche con un hombre canoso de piel seca. Era el señor Johnson. Les enseñó a Sean y Mateo todo lo que sabían sobre motores.

Su padre dijo: “¿Qué vas a hacer con este pedazo de basura? ¿Ir a Oregón para unirte a una comuna? ¿Y qué tan seguro puede ser un vehículo con una delgada pieza de metal entre tú y el tipo que viene hacia ti? Mateo esperaba que al menos abriera una puerta o pateara un neumático.

“Es un clásico, papá. No es un pedazo de basura”. Y después de que su padre entró en la casa, dijo: “Y pensé que pospondría unirme a la comuna hasta después de la universidad”.

El señor Johnson se encogió de hombros como para decir *lo intenté* y bajó los escalones hacia ellos. Susurró: “La semana pasada me detuve en la tienda del antiguo granero. Soy uno de los pocos que recuerda que el lugar existe”. Dejó caer la colilla del cigarrillo al suelo, pero no antes de usarla para encender uno nuevo. “Será nuestro secreto. ¿Capisce? Fue a la parte trasera del VW y levantó la tapa del motor. Y dijo: “Tú y Sean hicieron un buen trabajo, Matt”.

Mateo sonrió radiantemente. “Tuvimos un buen maestro”.

Kate regresó al VW. Ella dijo: “Lo siento, cariño. Debes entender que mientras tu padre estaba en su segunda gira por Vietnam, todas las manifestaciones contra la guerra estaban ocurriendo, y esto,” pasó la mano por el costado del autobús, "representaba todo lo que detestaba. Entonces, ¿Tal vez podrías dejarlo ir?"

Su padre resopló: "Si cada policía de aquí a Bangor te detiene para buscar a un loco, no vengas a llorar para que pague tus boletos".

"Si condujera en una camioneta con tracción de cuatro ruedas, él todavía encontraría algo malo".

El Sr. Johnson dijo: "Algunos dicen que el autobús VW sigue siendo uno de los diez peores vehículos de todos los tiempos, a la altura de PACER, Gremlin, Pinto, Chevette y el ganador sin concurso de todos los tiempos". "El Vega", dijo Mateo.

"Ayuh. Mi hermano le tenía un Pinto 72 con el sistema de combustible defectuoso".

"Pusieron el tanque detrás del eje trasero en lugar de sobre él. El análisis de costo-beneficio de Ford consideró que era más barato pagar el daño que reparar un error de ingeniería de $ 11.00".

"Cierto. ¿Cómo lo sabes? De todos modos, ¡Mi hermano casi se frió como el pollo cuando ese camión lo golpeó en la espalda! La maldita cosa estalló en llamas. Así que, ten cuidado, Matty. Ten cuidado. No te vayan a disparar los veteranos ni nada". Mi Johnson subió a la camioneta de su compañía y condujo la larga Eaton Drive.

Unas semanas más tarde, Mateo subió al autobús y se fue para comenzar su carrera universitaria. María se quedó en Millinocket para terminar la escuela, luego se unió a Mateo en la Universidad de Maine el próximo otoño.

Vacaciones de Primavera
15 de Marzo de 1995

Marzo produjo temperaturas frías récord, y los estudiantes de Universidad de Maine esperaban pasar las vacaciones de primavera, preferiblemente en algún lugar caluroso.

Mateo colgó el teléfono en la percha fuera de su habitación y sacudió la cabeza. La llamada fue de un tío que vive en Homestead, al sur de Miami. El tío Carl era el hermano menor de su padre, a quien Mateo no había visto desde que era niño.

Mateo estaba tan ocupado con los finales y el entrenamiento en el equipo de remo, que no había considerado qué hacer para el descanso. Terminó dos trabajos, los entregó esa mañana y centró su atención en dirigirse a un correo urgente. Alcanzó el sobre en el estante sobre él y golpeó una fila de libros. Todos se vinieron abajo.

Sus ojos captaron un título muy usado, *Capturando el Sol*. Abrió la chaqueta y leyó la inscripción escrita a mano con tinta azul en la cubierta interior: *Mateo, las respuestas te rodean en cada átomo y neutrón. Mira tu entorno y en lo más profundo.*

Firmado, Cameron T. Jackson, PhD.

Recordó ese momento después del funeral de la señora Valdeorras cuando su hermano le dio el libro. Sean nunca dijo cómo obtuvo su firma personal.

Cuando alguien asesinó al Dr. Jackson, Mateo sintió que había perdido a un familiar.

Mateo sostuvo el texto sagrado por un momento. Pasó al centro y sacó una hoja de papel doblada. Era una nota de su mentor, el señor Estébanez.

> *Mateo;*
> *Te deseo lo mejor en Universidad de Maine y tu trabajo de correspondencia MIT. Nunca pierdas tu enfoque. Recuerda, puedes lograr todo lo que puedas imaginar que es posible. Los soñadores se convierten en poetas, pero los inventores cambian el mundo. Piensa a largo plazo. Eres único y estás en una posición ventajosa para ayudar a resolver la inminente crisis energética. Y tendrás toda la asistencia que necesitas en tu tarea. Si necesitas algo, deja un mensaje con Weaver en la posada.*
> *E*

Mateo volvió a colocar la nota en la funda del libro. La pila de papeles frente a él contenía los resultados de su laboratorio independiente de ciencias de la energía de nueve meses de duración, al que tituló Energía solar: avances en los años noventa. El documento de término fue parte de mantener una beca de seis años combinada de UMaine y MIT que había ganado en su último año de secundaria.

Había considerado salir del estado, sin embargo, UMaine le facilitó estar cerca de María al ofrecerle una beca académica y de natación completa, además de acceso completo a laboratorios y tecnología en el MIT. Él terminaría con un título universitario en ciencias aplicadas de UMaine y un segundo título del MIT en física cuántica.

El primer semestre pasó volando y Mateo había regresado a Millinocket para Acción de Gracias y Navidad. Aunque generalmente intercambiaban menos de cinco palabras juntos, el padre de Mateo dijo que quería que viniera a casa los fines de semana para trabajar en la oficina de ELF. Como Sean estaba dedicando su vida al ejército, la responsabilidad de hacerse cargo del negocio familiar podría recaer en él. Frunció el ceño ante la idea.

Mateo sintió que necesitaba un descanso para concentrarse en este gran proyecto y sus otros estudios. Pero junto con los extenuantes entrenamientos de natación, se zambulló en los ríos Penobscot y Stillwater antes del amanecer, cinco días a la semana, generalmente dando vueltas por la isla de Ayers, de dos acres. Cuando tenían tiempo, viajaban diez millas al noroeste hasta el lago Pushaw.

Metiendo el estudio de energía solar en el sobre exprés, salió corriendo del dormitorio, bajó los escalones de granito, de dos en dos, y luego se deslizó a través de charcos de hielo.

Mientras corría, miró hacia la oficina de correos de Memorial Union al otro lado del campus y luego al reloj de un edificio cercano. Tenía diez minutos. Con un ojo cerrado de nuevo por el dolor en su cabeza, corrió. Una vez dentro del bullicioso sindicato de estudiantes, volvió a leer la dirección en su paquete y la dejó en el conducto de correo.

Afuera, comenzó a trotar de regreso colina arriba. Se detuvo de repente, se inclinó y puso las manos sobre las rodillas. No otra vez, pensó con una mueca. Después de un momento, sacudió la cabeza, respiró hondo, miró la torre del reloj y comenzó a subir la colina. Si alguien lo viera, habrían pensado que estaba borracho. No esperaba a María hasta esa noche, podía tomarse su tiempo, tomar un poco de hielo y descansar.

"¡Mateo!" Una voz lo llamó desde atrás.

Se giró para ver a Chase y Corkey, dos de sus amigos del equipo de natación, corriendo para alcanzarlo. Se saludaron con golpes de puño.

Chase hablaba rápido y era de mentalidad empresarial, habló sobre un nuevo concepto para entregar bocadillos a los estudiantes, sobre una chica que había conocido, cuán difíciles eran sus exámenes parciales y cuán dolorido estaba por la dura semana de entrenamiento. "Entonces, ¿Qué estás haciendo en las vacaciones?"

"Acabo de pensarlo. Quizás Florida".

"¿Con la chica hermosa?" Dijo Corkey. "¿Tiene ella una hermana?"

Mateo se rio entre dientes: "No, ella es hija única. Mi tío me ha estado molestando para que vuele a Miami y lo visite. Es un poco raro porque no hemos estado cerca. Sin embargo, es genial, incluso aventurero". Mateo estaba pensando en la última llamada de su tío esa mañana. Había sonado casi suplicante cuando le pidió a Mateo que lo visitara. Dijo que tenía algunas cosas que mostrarle de sus años de volar carga a Centroamérica. ¿Qué podría ser tan importante que no pudiera decirme por teléfono? Él se preguntó. Además, solo había visto a su tío dos veces, tal vez tres veces en los últimos diecinueve años. "Es una especie de oveja negra del lado de la familia de mi padre".

"Entonces, ¿Por qué no ir?"

"¡Ayuh, iremos contigo!" Dijo Corkey.

Mateo vio una imagen instantáneamente de un viaje de 1,800 millas con esos dos y dijo: "Te lo haré saber. Si no tienen noticias mías, los veré en el agua cuando regrese".

Mateo volvió a correr colina arriba hacia su dormitorio cuando una ola de mareos lo alcanzó. Se detuvo y se apoyó contra una farola, luego se inclinó y vomitó. Su teléfono sonó y respondió. Era el señor E.

"No suenas bien, chico. ¿Estás bien?"

Mateo dijo que viviría y preguntó dónde estaba el Sr. E esta vez. Evitó la pregunta, como siempre, dando crédito a la teoría del espía de Mateo. Cuando Mateo mencionó la idea de Miami, el Sr. E estaba inusualmente excitado. Dijo que Mateo y María deberían ir y le preguntó si Mateo le dejaría algo a un amigo cuando llegara allí.

Mateo colgó, miró a su alrededor, puso la espalda en el poste y se deslizó hacia el suelo. Cerró los ojos y buscó en su bolsillo otra píldora.

María estaba en el último semestre de su último año en Millinocket y hacía frecuentes viajes de fin de semana al sur de la UMaine para ver a Mateo. Empacó dos maletas grandes, una mochila y una bolsa de cosméticos. En su mente, no volvería a casa hasta después de las vacaciones de primavera de UMaine. Esto significaba perder una semana de escuela.

Mientras conducía su viejo Mazda hacia el sur, pensó en su creciente afecto por Mateo. Decidió que sería mejor no dejar a Mateo solo durante largos períodos de tiempo con todas esas chicas universitarias. "Podrían aprovecharse de su ingenua naturaleza", les dijo a sus amigos.

Ella recuerda a Mateo con *esa, esa otra chica*. La sangre en su cuerpo se calentó con el pensamiento. Miró al osito negro de peluche que Mateo le había regalado en Navidad. Le devolvía la mirada desde el tablero. "Quiero decir, depende de mí mantenerlo fuera de peligro". ¿No es así? Ella tomó su silencio como una afirmación. "Gracias a Dios, pude librarlo de esa borracha de Boston. No había nada real en esa chica, excepto tal vez su dinero. ¿En qué estaba pensando? ¿Dios mío que es lo que estaba pensando este hombre? La mascota de UMaine permaneció en silencio. Tal vez no entendía el castellano español, reflexionó.

"Quiero decir, no se han hecho compromisos, pero la idea de él con cualquier otra chica, ¡Me vuelve loca!

Condujo por la autopista 95, sumida en sus pensamientos. Ambos habían estado tan ocupados con la escuela, los deportes y el trabajo que solo habían hablado algunas veces por teléfono y se habían visto por última vez durante las vacaciones de Navidad.

Pero cuando vio las señales de Orono, su interior sintió que miles de mariposas salían de sus capullos. "Él es realmente increíble, ¿No?" Levantó al oso y lo besó.

La puerta estaba abierta. Sé que cerré esa puerta, ¿No? Se preguntó Mateo, preocupado por el sistema estéreo que su hermano le envió desde donde fuera que estuvo el invierno pasado. Mateo entró en su dormitorio para encontrar a María sentada en la cama con la espalda apoyada en una gran pila de almohadas, con las piernas cruzadas, bebiendo de una botella de agua de manantial francés. Ella no podría ser más hermosa. Ella estaba completamente absorta en *La Mente del Asesino en Serie*.

"Ahí estás, guapo".

Ella saltó de la cama y le dio un fuerte abrazo. "Me estacioné en la colina y vi a Erich camino al dormitorio. Quería saber cuáles eran tus planes para las vacaciones de primavera; y para el caso, yo también."

"Chase y Corkey preguntaron lo mismo. Los conociste la última vez que estuviste aquí."

"Cierto, Chase, el futuro lobo de Wall Street y Corkey, el futuro anfitrión de Saturday Night Live".

"Lo recuerdas". Se rio entre dientes. "Quieren ir a donde sea que vayamos. Les dije que te encantaría eso."

Ella le dio un puñetazo en el hombro. Hizo una mueca y dijo: "Está bien, está bien, estoy bromeando. ¿Recuerdas que te dije que el tío Carl me ha estado molestando para que vaya a su casa en Miami?" Mateo se recostó en la cama y ajustó el hielo detrás de su cuello.

"¿Malo?"

"Estaré bien. Tomé una segunda píldora hace un rato."

Ella se sentó a su lado. "Se supone que solo debes tomar una".

"De acuerdo, mamá."

Ella fue al baño y regresó con una compresa fría y se la puso sobre los ojos. "¿Decías sobre el tío Carl? Recuerdo. Pensaste que era extraño después de todos estos años."

"Todavía lo hago, pero qué diablos, ¿Qué te parece? Podemos parar en las playas a lo largo del camino. Será divertido." La voz de Mateo se elevaba. No estaba seguro de si era la cercanía de su cuerpo o la posibilidad de pasar una semana a solas con ella. Ambas, decidió.

"¡Florida! Ya empaqué y estoy lista para cualquier cosa, excepto que necesito ir a comprar un traje, ¿Tal vez en Boston? Se recostó en la cama con los ojos muy abiertos, mordiéndose el labio inferior.

"Excelente." Había decidido ir incluso antes de ver a María. ¿Pero fue su decisión? Era como si se suponía que debía estar en Florida. Una serie de sueños vívidos se precipitó sobre sus párpados cerrados. No podía librarse de la sensación de algo surrealista, incluso espiritual, sobre este viaje. Pensó en voz alta: "Pasar tres días sin dormir puede hacer que un chico se vuelva loco".

María dijo, "No, es algo loco. ¡Florida suena fantástico! ¿Cuándo nos vamos? ¿Quieres que maneje?"

"Estaba pensando en tomar el autobús. Fue hecho para este tipo de viaje por carretera".

"Creo que encaja mejor en Woodstock o Los Ángeles, no en Miami". María se sentó en el borde de la cama.

Eso habría dicho su padre. Cuando María lo reprendió, lo hizo sonreír.

Presionó un pulgar y un dedo en el puente de su nariz y cerró los ojos. Tan pronto como no viera prismas, empacaría.

Ella se inclinó y lo besó con fuerza en los labios. Mateo sonrió, dejó a un lado la toalla y la bolsa de hielo y la miró.

Ella estudió su rostro. "¿Qué?"

"Nada, todo está bien. Entonces, empacaste, ¿Eh? ¿Qué le dijiste a tu padre?"

"Oh, él estará bien".

Mateo no estaba tan seguro.

"¿Sabes lo que amo de ti?" María preguntó.

"¿Y qué es eso?" Preguntó y se sentó.

"No importa. Tu ego ya es lo suficientemente grande."

Intentó agarrarla para una dosis de cosquillas, lo que ella odiaba más que nada.

"Adelante, dilo, quieres decirlo, hazlo". Cuando ella solo sonrió en respuesta, extendió la mano para golpearlo, y él la agarró por la muñeca.

"¿Por qué no lo dices?" preguntó ella haciendo pucheros.

Lanzó una línea imaginaria de una caña de pescar frente a él y fingió enrollarla.

"Tienes toda la razón". Ella lo empujó en el pecho. "¿Dónde está el chico romántico que sé que se esconde ahí?» Ella frunció los labios.

"Vas a extrañar tu hogar, ¿Verdad?"

"No en su vida, señor. Especialmente sin ti allá."

Mateo la miró a los ojos. "Oh, no sé, he extrañado estar en casa. Hemos tenido algunos momentos extremos. ¿Te das cuenta de que nos hemos conocido la mayor parte de nuestras vidas? Aprecio que siempre estés ahí para mí".

María tenía una mirada satisfecha en su rostro y caminó hacia el otro extremo de la habitación. "Siempre dije que iría a donde vayas solo para que fuera de la región de Katahdin. Quiero decir, me encanta allá arriba, y amo a mi papá, pero hay mucho que ver".

También sentía un fuerte apego a su ciudad natal de Millinocket y la región montañosa de Katahdin en el norte de Maine. Había disfrutado toda una vida de aventuras con María, sus mejores amigos, Johnny Fazio, el hijo del detective local, y Kyle Gespasian, su amigo Micmac que amaba el bosque y tener una roca como almohada más que nada, y Sean. Para disgusto de su padre, Sean solía llevar a todos los jóvenes a caminar y acampar en la naturaleza de Katahdin. María podría disparar una piña de un árbol a cincuenta yardas.

Se levantó y fue al lavabo del baño. "Extrañarías Millinocket y la región. ¿Qué pasa con los fines de semana que pasamos juntos en las rocas sobre Little Niagara Falls? No hay otro lugar en el mundo como ese". Se echó agua helada en la cara.

Mateo miró el libro que había traído. "Veo que todavía estás leyendo las mismas cosas horripilantes".

"¿Tienes algún problema con eso?"

"Eres un pájaro extraño, Clarice".

"Miedoso."

"Realmente necesitas conocer a Stephen King uno de estos días. Ustedes dos tienen mucho en común."

"Deberíamos ir a visitar; Hermon está cerca de Bangor."

Mateo sabía que la mayoría de los libros que leía María no eran solo historias de terror, sino también sobre psicología criminal o medicina forense. Realmente le gustó Forense después de ver Silence of the Lambs. La idea le ponía los pelos de punta.

Mateo recordó cómo hablaría sin parar de sus sueños, inventos y aspiraciones mientras ella leía. Podía verla en el musgo cerca de un arroyo, sentada con las piernas cruzadas, comiendo y manzana y sin levantar la vista de su libro repugnante ella decía: "Eso también me suena bien, Mateo". Dijo que él era el soñador y que ella estaba perfectamente contenta de ser parte de sus sueños. Le había dicho muchas veces que, junto con seguirlo hasta los confines de la tierra, tenía el corazón puesto en convertirse en una médico forense o investigadora de las escena del crimen y resolver los peores crímenes del mundo. Mientras tanto, él no tuvo problemas con la biología o la anatomía, ni siquiera con la disección. Eran las cosas sangrientas que la gente podía hacerle a otras personas lo que hacía que el estómago de Mateo se revolviera. Iba a ver una película de terror solo si María insistía, y solo porque no la dejaría ir sola.

María se abrazó a sí misma. "¿Recuerdas cuando estábamos en Millinocket Lake después de que terminé de leer sobre el asesino en serie de Savannah que ahogó a todas sus víctimas?"

"Claro", dijo y agarró un afgano que tejió su abuela Joyce. Se la puso sobre los hombros. "Fue la primera vez que te desmayaste cuando cruzamos el dique entre los dos lagos".

"Remaste hacia atrás, como si el Monstruo del Lago Ness estuviera detrás de nosotros".

"La visión del ahogamiento. Y Pamola."

"Es tan real; Lo veo en el día y luego nuevamente en mis sueños. Nos arrojan del bote y no puedo encontrarte". Ella cerró los ojos.

Mateo pensó en cómo María se enfermaba físicamente cada vez que cruzaran el área del dique. Era realmente inexplicable.[4]

---

4 El dique es una franja de tierra artificial creada en Spencer Cove por la Great Northern Paper Company para evitar que el agua fluya desde el lago Ambajejus al lago Millinocket en el otro lado. También sirvió a la evolución al transporte en

"La visión de tú y yo en el lago en una tormenta fue tan real que pude sentir el agua y luego ver esa maldita Pamola que el Jefe y Kyle pusieron en nuestras cabezas. Nos arrojó una ola y luego", cerró los ojos, "me ahogué".

En realidad, Mateo lo entendía. Sus sueños continuaban haciéndose más vívidos. Trató de aligerar el momento." Oye, pensé que todos los psicólogos están de acuerdo en que no puedes morir en un sueño". Se sentó a su lado.

"Eso es un mito. Es más estresante el sueño y el cuerpo libera adrenalina, por lo que es difícil volver a dormir. Pero los míos son sueños lúcidos, tal vez más como visiones."

"¿Cómo la diferencia entre un autobús y una camioneta?"

María le arrojó una almohada. "¿Quieres ver a *Seven* esta noche?" Él no respondió así que ella preguntó, "¿Qué estás pensando?"

Estaba pensando en cómo todavía no podía sacar a Hannibal Lecter de su mente, y lo último que quería hacer era ir a otra película de terror, incluso si estaba protagonizada por Pitt y Freeman, con Spacey como el asesino en serie. Pero él dijo: "Estaba pensando en cómo te gusta enfrentar tus miedos y en la diversión que hemos tenido; cómo de repente arrojarías toda precaución al viento; como infiltrarnos en el cine. ¿Y qué hay de esa noche que abriste el restaurante y cocinaste para mí? ¿Recuerdas cuando recorrimos el sendero de Daicey Pond y luego sugeriste que cruzáramos Little Niagara? ¡Incluso mi hermano lo pensaría dos veces!

Ella sonrió. "Es verdad. Nunca hubiera considerado hacerlo yo misma, pero sabía que me protegerías. Creo que es por eso que mi papá no hizo tanto escándalo hoy. Él sabe que nos mantendrás a salvo". Ella rio.

Amaba su risa. "¿Qué?"

"Me acabo de acordar", dijo, "hace tres veranos cuando trabajabas de noche para el centro comercial, y yo tenía un antojo insaciable de chocolate".

Era conveniente que Mateo tuviera las llaves de la confitería

---

camión desde el transporte de troncos en el agua a través de la cadena de lagos Pemadumcook.

de la señora McGregory. Todavía discutían sobre de quién era la idea de comprar chocolate. Habían perdido la noción del tiempo mientras sumergían los dedos en la batidora llena de chocolate negro.

"Las cosas se salieron de control cuando me untaste el chocolate en la cara", dijo.

"Tú empezaste."

"No importa", dijo ella.

En cuestión de minutos, la juguetona mancha de chocolate se había convertido en una pelea total. Se encontraron cubiertos de pies a cabeza. Riendo como hienas, limpiaron y condujeron hasta el borde sur del lago Millinocket.

"Todavía puedo sentir esa agua helada", dijo María. "Creo que fue la última vez que nos sumergimos juntos. ¿Por qué fue eso?"

Mateo sonrió tímidamente. Era diferente cuando eran preadolescentes. Esa noche se dio cuenta de que su mejor amiga había desarrollado el cuerpo de una mujer. Después de nadar, él se quedó en el agua hasta que ella fue a vestirse. Luego se apresuró hacia el banco y se puso los jeans sin quitarse la toalla.

Él dijo: «Fuimos descuidados, ¿No? Deberíamos habernos llevado la ropa al agua y haber eliminado toda la evidencia. Nos atraparon con el contrabando".

"Eso fue muy vergonzoso". María se puso las manos en la cara. "Apenas me puse el sostén cuando", hizo una pausa para saludar y cambiar a una voz profunda, "el diputado Dubois apareció fuera del bosque. Todavía me pregunto cuánto tiempo estuvo allí parado."

"A su edad, podrías haberle dado un ataque al corazón, lo que nos habría ahorrado muchos problemas".

"Creo que fue lo más emocionante que le ha pasado desde que McGrath se robó el sombrero en su cabeza en el juego de Homecoming". Seguro que pasó mucho tiempo buscando evidencia cuando realmente no era difícil de encontrar".

Había suficiente chocolate detrás de sus orejas y mucho más en sus ropas como evidencia irrefutable. Fueron castigados, además de tener que lidiar con la consternación de sus padres, tuvieron que trabajar en casa de la Sra. McGregory durante un mes, sin paga.

"El castigo no fue tan malo, pero me tomó un tiempo perder los kilos de más", dijo María. "Ahora date prisa y empaca tus dos pares de jeans y las cuatro camisetas".

Mientras él empacaba y se cambiaba, ella hablaba una y otra vez sobre las cosas que harían en Florida. Finalmente, interrumpió para decir: "Sabes, realmente aprecio cómo siempre me animas".

"¿Cariño? ¿Qué quieres decir?" ella preguntó con un guiño.

"Me refiero a mis inventos", dijo con una sonrisa. "Pero sí, eso también. Nunca hubiera ingresado al programa de becas del MIT si no hubiera sido por ti". Ella siempre escuchaba atentamente sobre un invento energético u otro, incluso cuando la mayoría de los detalles tenían que ser aburridos para ella.

"Pero hablando de visiones, tengo la idea de que este viaje va a cambiar nuestras vidas".

"¿Cómo?"

"No estoy segura", dijo ella.

"Bueno, en cualquier caso, tú, mi querida, eres mi arma secreta".

"No sé de qué estás hablando", dijo, pero estaba sonriendo.

"Cierto. ¿Qué tal cuando me inscribiste en el concurso Ciencia Smithsoniana?

¿Te refieres a la competencia nacional? Sabes que no hice eso por mi cuenta. El Sr. E me usó para que tú y tus padres completaran los formularios de inscripción. Ganaste, podría agregar, y luego ganaste ¿Cuántas veces más desde entonces? ¿Cinco?"

"Seis en realidad", dijo, y luego por la expresión de su rostro, se dio cuenta de que ella lo sabía. "El Señor. E realmente ha estado allí para mí, eso es seguro. Puede ser bastante persuasivo".

¿Has tenido noticias suyas últimamente? Se fue de Millinocket cuando te fuiste a la universidad en septiembre y no ha regresado".

"Solo una vez desde entonces, y luego, irónicamente, hoy. Él piensa que deberíamos ir a Florida".

Mateo extendió la mano hacia el conjunto de libros que habían caído sobre su cabeza antes. "Me envía algunos estudios interesantes sobre celdas de combustible realizadas en Alemania. Él cree que tienen defectos y quería que los revisara y le enviara mis sugerencias. Dijo que me pagarían por mi tiempo. Imagina eso."

"Es un hombre excéntrico, ¿no?"

Mateo se echó a reír. "Supongo que se podría decir eso".

"Reservado incluso".

"Escuché al Sr. Fazio decirle a mi padre que pensaba que el Sr. E estaba trabajando para el gobierno. Que era extraño que se interesara tanto por ti y tus estudios. Pero creo que es inofensivo. Esa fue la noche que me fui a casa temprano del trabajo en el restaurante, y nos encontramos en mi casa. Mi padre no debería haber estado en casa por al menos otra hora. Dios mío, casi nos atrapa. ¿En qué estábamos pensando?

"Pensar no tenía nada que ver con eso", dijo Mateo.

"¡Mi padre nos habría matado!" Dijo María.

"No, él me habría matado. Y te habría encerrado en la bodega hasta que tengas treinta. Es tu culpa por ser tan irresistible", dijo, arrojando una toalla mojada en su dirección. Ella extendió la mano y la agarró y lo derribó sobre la cama. Él levantó las manos en señal de rendición, se rio y se levantó de la cama. Envolvió la toalla y luego la guardó en su bolso. Estaba a punto de regañarlo por eso cuando saltó de nuevo a la cama, la agarró por la cintura y la atrajo hacia él.

"¿Recuerdas el día que nos conocimos?" Tan pronto como lo dijo, lo lamentó. La cara de María se oscureció.

Mateo la atrajo más fuerte contra su pecho. "Lo siento. Estaba pensando en cómo nos conectamos ese día".

"Lo sé. Todavía me cuesta hablar de eso".

Él tomó su mano, tomó sus dos bolsos y cerró la puerta. Mientras bajaban las escaleras, él dijo: "Perdón por desanimarte. Una vez que salgamos a la carretera, te sentirás mejor".

Ella sonrió y dijo: "Oye, una vez que nos metamos en la van solo se trata de encontrar un traje de baño y broncearse".

Bus, pensó, pero sabía que ella lo estaba molestando. No es una van, no es una camioneta. Es un bus. Subieron la colina hasta el tesoro de cuatro ruedas de Mateo.

CAPITULO SEIS
Enlace
1981

TREMONT SE SENTÓ EN EL BANCO, abrochándose los zapatos. Contempló su futuro después de la graduación. Aunque planeaba unirse a su padre en Jackson's Place, tenía que hacer al menos un desvío, una obligación que completar, antes de establecerse en el estilo de vida del científico sosegado.

Desde que tenía memoria, había mantenido el ideal solemne de que era su deber servir a su país en el ejército. Con el tiempo, formuló el objetivo de trabajar en la seguridad nacional. Sabía que la micro tecnología estaba disponible para proteger todas las áreas vulnerables del país, como las aerolíneas comerciales, la seguridad fronteriza y los servicios públicos. Pero pocos negocios o gobiernos estaban tomando medidas para hacer cambios. También sabía que era una gran burocracia y que los engranajes en la rueda del cambio abarcaban cuestiones complicadas. Pero eso no significaba que pudiera sentarse y no hacer nada al respecto. *Es toda responsabilidad patriótica y saludable del hombre que Dios le da.* Esas no son mis palabras, pensó Tremont con una sonrisa. Podía escuchar la voz de barítono de su abuelo retumbando en su cerebro. *No solo la responsabilidad de un patriota sino una obligación de los Carson.* Y los Jackson, reflexionó, volviendo a Andrew Jackson.

Su trabajo de posgrado en física aplicada y ciencias de la computación en Yale dominó su tiempo; eso y el rugby. Todavía estaba ansioso por ingresar al ejército en dos años y probablemente ingresaría al entrenamiento de oficiales el próximo año.

Sus pensamientos se evaporaron cuando golpeó el suelo. Mientras yacía en dos pulgadas de barro, jadeando, se encontró mirando a los familiares y brillantes ojos azules de su atacante. No le sorprendió ver a Sean Eaton, de Mill-algo, Maine, parado sobre él con una sonrisa triunfante. Sean tomó la mano de Tremont y lo puso de pie. Cuando finalmente pudo tomar un respiro, Tremont chilló: "Eso fue un golpe barato, Eaton. Será mejor que cuides tu espalda."

"Siempre lo hago, Tree". Él se rio y volvió corriendo al grupo con su equipo.

El club de rugby era una alternativa sádica a un deporte colegiado sancionado por la NCAA. Estudiantes duros, sin relleno, gritando y luchando se unieron para sacudir los cerebros de los demás fuera del aula en el centenario club de fútbol rugby de la Universidad de Yale. Hoy, Sean, seis pulgadas más bajo pero veinte libras más pesado, puso a Tremont en el barro dos veces. Tremont tomó represalias con dos tacleadas ilegales. Después de que el último golpe terminó el juego, Sean podría haberse enojado. En cambio, comenzó a reír con Tremont siguiendo su ejemplo. Pronto ambos equipos se reían como borrachos en una despedida de soltero.

Durante los siguientes dos años, fueron inseparables. Todos los fines de semana, tenían una aventura, incluida la competencia Hombre Hierro Canadá, el buceo en los Cayos de Florida y la escalada en cualquier lugar donde pudieran encontrar una montaña. Su profesor de Ética Jurídica se sentía frustrado porque se perdían casi todas las clases los lunes por la mañana o se durmieron cuando lo honraron con su presencia. Apodó a la pareja de delincuentes Huck y Tom, después de las famosas aventuras de Mark Twain.

Se conocieron cuando Sean estaba trabajando para obtener un título en derecho con especialización en justicia penal, criminología y cumplimiento de la ley. Aunque Sean tuvo problemas en la escuela secundaria, principalmente peleándose, se destacó en la Universidad de Maine y cuando fue aceptado en la Facultad de Derecho de Yale, todos se sorprendieron en casa; todos excepto quizás el tutor de Mateo, el Sr. Estébanez. Al igual que su padre y su abuelo, Sean tenía la intención de ingresar al ejército con la esperanza de llegar a la inteligencia militar. A diferencia de su amigo, Tremont, su motivación no era un gran ideal de patriotismo, sino la oportunidad de tener emoción, peligro e intriga sin parar. Sean le reveló a Tremont su plan a largo plazo de trabajar para la CIA u otra rama del servicio secreto, una vez dado de baja del ejército, como un héroe, por supuesto.

Solo unos meses antes de la graduación, estaban navegando en sus kayaks por un viaje de un día completo en el río Gauley, infame por algunos de los rápidos más salvajes del este de los Estados Unidos. A la mitad de lo que algunos guías llaman "El Maratón", Tremont y Sean se detuvieron para descansar antes de enfrentarse a la desafiante Pillow Rock entre dos rápidos de nivel cinco. La pareja se sentó sobre una gran roca que sobresalía sobre el río, suspendida en el aire.

Tremont había tomado una decisión. "Iré contigo."

Sean tomó un bocado voraz de un bocadillo con aliento blanco, sin condimentos. "¿De qué diablos estás hablando? Tú estás conmigo."

"Iré contigo", dijo Tremont mientras se comía un sándwich y desenvolvía otro.

"¿A dónde?»

"Los marines, descerebrado. Alguien tiene que vigilarte".

Sean pronunció unas pocas maldiciones y se rio. "No puedes hacer eso. Todo lo que has hablado durante dos años es volver a investigar con tu viejo. ¿Qué tipo de basura estás pensando?

"Lo hablé anoche con mi papá y él apoya mi decisión". Aunque pensando en la conversación con su padre, no pudo evitar sentir un dolor agudo en el corazón. Lo que su padre no dijo fue lo que más reveló. "Estoy seguro de que está preocupado por todos los disturbios en Medio Oriente", dijo, refiriéndose a una escalada en las actividades terroristas en el extranjero y la toma de rehenes occidentales por parte de extremistas iraníes. "Y él no lo diría, pero está decepcionado de que no esté en Jackson's Place este verano. Pero él está de acuerdo con mi decisión", ofreció de manera poco convincente. "Como él dijo, salvar al mundo de una catastrófica crisis energética puede esperar".

"¡Qué malvado!" Sean se rio y casi se atragantó con su tontería. "Ustedes dos creen que están en algo, ¿No? A Mateo le encantaría esa mierda."

"Espero conocerlo algún día. De todos modos, todo es teoría ", dijo aunque sabía que eso no era cierto. "En lo que respecta al ejército, irónicamente, convencer a la familia de mi madre será más difícil, pero el senador no discutirá".

"Ayuh, eso es correcto. Como yo, vienes de una larga línea de guerreros, solo que también tienes un montón de políticos de mala calidad", se burló Sean.

"Eres retorcido". Tremont se levantó y extendió la mano sobre su cabeza para estirar su largo cuerpo desde los dedos hasta las sandalias. "Esos rápidos no van a esperarnos todo el día, y todavía hay Sweet Falls. Puede que no quede nada de ninguno de nosotros para entregar a los marines.

Sean preguntó: "¿Te unirías de todos modos?" Terminó de ponerse su traje de neopreno, tomó su kayak sobre su hombro y caminó por la orilla del agua. "¿Quiero decir que si no me uniera?"

"Sí, lo haría. Quiero hacer muchas cosas, pero esta es una experiencia que necesito tener. Toda mi vida he estado haciendo lo que todos los demás quieren. No me malinterpretes, me encanta el baloncesto; los exploradores todavía me llaman para ser profesional, lo cual no está en mis planes. Y extraño trabajar con mi padre". Él cambió de tema. "Quiero que lo conozcas".

"Tal vez lo haga, algún día. Digamos, no te tomes esto mal, pero me parece un poco obsesivo, compulsivo y solitario".

"Obsesivo sí, pero no compulsivo. Todos los grandes inventores de la historia estaban obsesionados con sus productos. Si no lo estuvieran, no podrían soportar los cientos de fracasos que se necesitaron antes de alcanzar el éxito". Tremont estuvo tentado a revelar más sobre el trabajo de su padre, pero decidió no hacerlo. "Es seguro decir que está al borde de descubrimientos más sorprendentes".

"No se dice mucho sobre la naturaleza de su trabajo. Quiero decir, sé lo que he leído, pero ¿En qué está trabajando ahora?"

Tremont dejó su kayak en el agua. "Lo único que puedo decirte es que los paneles de energía solar palidecerán en comparación". Esperaba que Sean cambiara de tema.

Sean no lo presionó. Él dijo: "Me recuerdas a mi hermano, o él me recuerda a ti".

Tremont miró hacia otro lado y sonrió.

"Habría tenido más sentido que naciera en tu familia que con un montón de madereros. Mateo habla constantemente de la energía solar, la electricidad, la fisión y todo lo relacionado con la ciencia. Hace un año, estaba en casa durante las vacaciones y fui con él al espectáculo de ciencias de la Stearns High School; él solo estaba en el jardín de infantes. Fue todo lo que pudimos hacer para sacarlo del gimnasio, horas después de que terminó. Recuerdo que le dio sugerencias a un maestro que sintió que ayudaba a un alumno incorrectamente. Creo que fue un experimento de energía hidroeléctrica. Estoy seguro de que el maestro pensó que estaba molestando a mi hermano mientras debatían durante un rato, y resultó que Mateo tenía razón."

"Llámalo tonto o un designio del destino, pero no creo que sea un accidente que tú y yo nos hayamos conocido. La semana que viene vamos hasta Maine, para que puedas conocer a Mateo, mi madre y, por supuesto, mi papa". Sacudió la cabeza y luego escupió. "Eso será una experiencia. Por el bien de mi madre, debería decirle acerca de unirme al servicio en persona. Probablemente se molestará, especialmente cuando escuche que no voy a practicar leyes y ni volveré a ELF".

"No hablas mucho sobre él" Dijo Tremont.

"No hay mucho que decir. Es como un viejo oso atrapado en una trampa de acero"

"Ustedes dos no se llevan bien".

"Tenemos nuestros días buenos. Como cuando estamos al menos a doscientas millas de distancia".

"Espero encontrarme con él, tu madre y tu hermano pequeño. Tal vez algún el día pueda venir a Indiana y jugar en el laboratorio de mi padre. Disfrutaras de la seguridad; es más seguro que Fort Knox. Hasta entonces, parece que será mi trabajo evitar que te disparen en el trasero."

Sean sacudió la cabeza cuando terminó de sujetarse en su kayak. "Será al revés, Chuck. No hay un tanque lo suficientemente grande como para ocultar tu enorme estructura. Tendremos que mantenerte camuflado veinticuatro siete".

Empujaron sus kayaks hacia el río. Segundos después, la corriente los elevó diez pies por encima del nivel del agua, de lado a lo largo de la superficie lisa de Pillow Rock, donde el agua convergía por todos lados. Una oleada de agua arrojó las conchas de fibra de vidrio y la carga humana tan rápido y tan fuerte contra las rocas que colgaron en animación suspendida, casi al revés por un momento, antes de que la fuerza del agua los golpeara hacia adelante y hacia abajo en el río rugiente. No podían escuchar nada por encima de las olas atronadoras, gritaron como locos, con los ojos muy abiertos y una sonrisa de oreja a oreja.

CAPITULO SIETE

Divagar

15 Marzo de1995
10:00 a.m.

M ATEO PUSO LAS MALETAS DE MARÍA dentro del autobús. Él contuvo la lengua, pero ella lo sorprendió rodando los ojos. "¿Qué? No quería olvidar nada". Ella retrocedió para mirar el autobús VW. "Será divertido ir por la carretera en esta vieja cosa".

"Como le dije a mi papá el verano pasado..."

"Lo sé. Es un clásico".

"Cierto. ¿Recuerdas el autobús en la película de Harvard *Con Honores*? Usaron mi autobús.

"No usaron tu autobús".

"También podrían haber usado mi autobús".

Condujeron cuesta abajo hacia el sindicato estudiantil Memorial.

Ella lo agarró de la manga. "Señor, ¿Qué está pensando ahora?"

Mateo no se había dado cuenta de que se había retirado paulatinamente; odiaba cuando eso sucedía.

"Debería escribir un artículo sobre la capacidad de atención masculina, pero", se rio, "sería una página en blanco".

"Olvídate de la medicina forense, deberías ser una comediante".

En la parte trasera del estacionamiento del sindicato de estudiantes, un hombre acechaba en un gran sedán gris inactivo. Después de que Mateo pasó, el hombre salió del auto y se acercó a un teléfono público.

"Hasta ahora, todo bien", dijo en el receptor. "Parece que va según el plan". El escuchó. "No me verán a menos que yo quiera que me vean. Estaré en contacto."

Regresó a su auto y sonrió cuando vio a María salir de la camioneta, abrió la escotilla trasera y comenzó a reorganizar el equipaje. Se metió un chicle en la boca, entró en el sedán y recostó la cabeza en el asiento del automóvil.

Mateo entró en el sindicato de estudiantes y subió al mostrador postal. "Sandy, ¿El correo urgente se recogió a tiempo? Mi paquete tiene que estar en Boston por la mañana.

Mientras Sandy fue a revisar los paquetes, se volvió hacia la conmoción detrás de él. "Hola, Donna. ¿Qué pasa?" Miró por encima de sus hombros el tablón de anuncios cubierto de avisos de compañeros de cuarto, muebles y libros. Una de esas notas tenía números de teléfono escritos en la parte inferior para arrancar. Ninguno faltaba. La nota decía: ¡URGENTE! ¡NECESITAMOS IR A FLORIDA! ¡PAGAREMOS GAS! Darma Swenson y Donna Fisher.

Observó el equipaje de diseño. Donna era de la exclusiva Greenwich, Connecticut, y era hija de un destacado abogado y podólogo de Wall Street. Darma era de Los Ángeles e hija de un ejecutivo de la industria del cine que era famoso por... algo.

"¿A dónde vas?" Donna preguntó.

"Florida." Justo cuando lo dijo, se dio cuenta de su error. María lo mataría. Por favor, no lo digas, rezó.

Los tímpanos de Mateo casi se fracturaron. Le rodearon el cuello con los brazos y lo besaron en ambas mejillas.

"¡Mateo, eres los mejor!" Darima exclamó.

Estoy frito, pensó Mateo.

Sandy frunció el ceño cuando vio a las chicas y confirmó que el paquete estaba en camino a Boston. Aliviado de tener esa carga detrás de él, Mateo se centró en el nuevo desafío. Llevaba una bolsa debajo de cada brazo, y una en cada mano mientras Donna y Darma lo seguían. ¿Cómo las llamó Erich? Ah, sí, recordó, las gemelas.

Cuando se acercaron al autobús VW, Mateo le sonrió a María, pero su lenguaje corporal comunicaba que estaba enojada. Temeroso de dejar las maletas, hizo rápidamente las presentaciones y explicaciones.

Darma y Donna no estaban conscientes de la ira de María. Centraron su atención en el modo de transporte y sus caras de confusión.

"¿Llegará esto a Florida y de regreso? No estoy segura de que llegue a Greenwich", se quejó Donna.

"Tenemos estas furgonetas por todo Los Ángeles", agregó Darma. "Pero en mejores condiciones".

María le ganó a Mateo a su pequeño discurso. "Es un autobús, no una camioneta. Y bueno, es un clásico, y Mateo reconstruyó el motor él mismo. Esto nos llevará al infierno y de regreso si Mateo se lo pide."

"Eso es lo que temo", bromeó Donna.

Mateo sonrió, sorprendido por la defensa de María del autobús. Arregló sus maletas en la parte de atrás, cubriendo todo con mantas móviles. Se congeló, algo de uno de sus sueños se proyectó en el momento. Se volvió, esperando ver a su tío Carl y a un hombre con sombrero. Pero eso fue ridículo. Vio a un hombre apoyado contra un Cadillac gris, leyendo un periódico y fumando un cigarrillo.

Mateo cerró las puertas laterales y escuchó a Darma susurrarle a Donna que le hiciera gracia al leñador y cuando llegaran a Daytona, tal vez su tía podría llevarlas de regreso. Él les lanzó una mirada furiosa y se encogieron de hombros.

Mateo trató de darle un abrazo a María. Ella lo empujó y dijo: "¿Quiénes demonios son estas chicas? No estoy feliz de compartir este viaje con nadie más que tú". Ella le rodeó el cuello con los brazos y le dijo: "Pero no van a arruinar nuestro viaje por carretera, así que vámonos".

Decidió que no arriesgaría su suerte, ya que había suficiente estrógeno en las cercanías para alimentar un transbordador espacial. Después de levantar los asientos traseros ocultos y guardar su equipaje detrás, estaba a punto de subirse al autobús VW cuando vio a Erich parado en la acera con una enorme bolsa deportiva colgada al hombro. Sabía que Erich estaría esperando que el autobús del equipo lo llevara a él y al equipo de atletismo a Boston para tomar un vuelo al campo de entrenamiento olímpico de élite en Colorado Springs. Vio a Mateo y se acercó al autobús. "Parece que te diriges a Woodstock". A través de la ventana, pudo ver a Darma y Donna rodando los ojos.

María sonrió y se puso de puntillas para darle un fuerte abrazo a Erich.

"Sabes, amigo, de todas las cosas que podrías hacer esta semana, eliges Florida con tres hermosas damas. ¿Que estabas pensando?"

"Autobús", corrigió Mateo y levantó las cejas. "¿Viaje de entrenamiento?"

"Sí, Colorado para levantar pesas y entrenar con cincuenta atletas flacos y sudorosos. Me gusta más tu idea. ¿Tienes espacio extra?"

"Pensaremos en ti cuando vayamos a las playas, y aun así tendré tiempo para nadar y correr".

"Solo asegúrate de traerme algo interesante, como una belleza sureña de Savannah". Con eso, se dio la vuelta y regresó a la acera para encontrarse con el autobús del Departamento de Atletismo.

María subió al asiento del pasajero delantero, las chicas se abrocharon los cinturones de seguridad que Mateo había instalado el verano pasado y se dirigieron a la carretera.

Al salir del estacionamiento, Mateo llamó la atención del hombre apoyado contra el Caddy.

15 de Marzo de 1995 11:00 a.m.

Los cuatro viajeros salieron de Orono y condujeron por la carretera interestatal 95 pasando Bangor. La tensión era palpable. Intentó romper el hielo. María nunca se había aventurado más allá de la costa de Maine y había realizado uno o dos viajes escolares a Boston. Entonces, cuando Mateo preguntó a sus otros pasajeros sobre sus experiencias de viaje, dominaron la conversación hablando sin parar. Darma y Donna los llevaron alrededor del mundo, dos veces, antes de que el autobús VW llegara a la ciudad de Nueva York. Cuando pasaron por Greenwich, Mateo pensó en preguntarles por qué no se detuvieron y recogieron el Lincoln Navigator. Tenía la sensación de que los padres de Donna no estaban al tanto del viaje a Florida.

Cuando se detuvieron para poner gasolina, notó un Cadillac gris.

Todos fueron a la tienda de Stuckey. Cuando salieron, el Cadillac había desaparecido. "Coincidencia", se preguntó Mateo en voz alta.

"¿Qué es eso?" María preguntó.

«Nada.»

En Nueva Jersey, las rubias se habían cansado del aria de sí mismas y comenzaron una inquisición sobre María.

Mateo se sorprendió al escuchar a María explicar, especialmente sobre su madre. Tal vez hablar sobre su pérdida sería bueno para ella, pensó.

"Mi padre no se aventuró lejos de casa." Después de la muerte de mi madre, se desanimó en todo menos en cuidarnos a mí y al *Restaurante de Godello* ".

"Godello, ¿Cómo el vino?" preguntó Donna

"Mi padre nombró el restaurante por la uva que su familia cosechó durante generaciones en Ourense, en Galicia, la región noroeste de España".

"Godello's es un restaurante español muy tradicional", dijo Mateo. "La gente viene de New Hampshire, Vermont y Boston".

Darma dijo: "Mi padre filmó en España un verano, y mamá y yo pasamos un mes entero viajando y comiendo. No creo que hayamos llegado al glaciar".

María pasó por alto la pronunciación errónea. "Te encantarían los platos de mi restaurante: Mariscos, que es un plato de mariscos, y *Mecoras*, un delicioso plato principal de cangrejo araña... los *santisguinnos* son lo que llaman cangrejo de río aquí. Y, por supuesto, lo que el noroeste de España tiene en común con Maine son nuestros numerosos platos de langosta".

"¿Crees que es por eso que tu padre eligió Maine?" Mateo preguntó.

"Creo que estar cerca del océano era vital para él. Había demasiados restaurantes en la costa, por lo que eligió un pequeño pueblo que no tendría un restaurante español exclusivo. Eso fue hace muchos años cuando la ciudad era tres veces más grande que ahora. Si no hubiéramos perdido a mi madre..." María hizo una pausa y luego dijo más tranquilamente: "Papá había hablado de mudarse a Boston y abrir un restaurante ".

Mateo trató de levantar el ánimo. "María, cuéntales sobre tu plato favorito, aparte de mí".

"Oh, mis favoritos son las vieiras marinadas con vino y el pulpo guisado".

Mateo no era fanático del pulpo. Él dijo: "En Galicia, algunos restaurantes se especializan en pulpo".

"Se llaman *Pulperías*. Mientras nosotros vamos a un asador, los lugareños van a un restaurante de pulpo". Todos se rieron de esta peculiaridad.

Pasaron letreros hacia Baltimore y Washington. Mateo estaba hambriento. Ya había terminado dos paquetes de Fig Newtons y ya estaba comiendo una caja de Nilla Wafers. "También servimos platos clásicos españoles como la *Paella*, una sopa espesa a base de pollo y tomate gumbo, acompañada de *Tortilla de Patata, Gazpacho y Horchata de Chufa*".

"La bebida de los dioses", cita Mateo del menú.

"¿Qué es?" Donna preguntó.

"Un sustituto espeso y cremoso de leche, café u otras bebidas preparadas con *Chufa*, la rara nuez de tigre de España, que mi padre hizo que enviaran a sus primos porque es demasiado cara a través de los canales normales". Su padre solía enojarse mucho si tenía que sustituir con *Horchata de Almendra* cuando se quedaba sin Chufa. "Luego terminamos la noche con un dulce flan".

"Oh", exhaló Darma, "he probado eso en España. Es un pastel pecaminosamente delicioso. Me encanta el caramelo".

"Intenta controlarte, cariño. Guárdalo para los chicos de Florida", reprendió Donna.

"Cuando vengas de visita, puedes tener todo el flan que desees, o quizás quieras los churros favoritos de Mateo".

"¿Qué es eso?"

"Sigue hablando y me doy la vuelta y regreso a Millinocket", dijo Mateo. Sabía una cosa con seguridad. Escuchar a tres chicas hablar sobre comida, como si estuvieran hablando de algo completamente diferente, es la razón por la que a los chicos les encanta ver canales de comida.

"Los churros son masa frita espolvoreada con azúcar y servida con una taza de chocolate espeso y caliente. Pero incluso mejor que los postres, es el pan".

"Lo siento mucho, pero ¿Pan mejor que postres?" dijo Donna.

"Sí, señora", dijo Mateo, "la gente viene al restaurante de María solo por el auténtico *Pan de Horno*. Mi tío le pidió que lo enviara a Miami para las vacaciones. Es difícil de hacer e imposible de reproducir sin una buena receta, que, solo está en la cabeza del Señor Valledoras".

"Muy bien, cariño. Es verdad. Las recetas se remontan a muchas generaciones. Mi padre comenzó a cocinar con su madre muy desde muy joven".

Mateo no pudo evitar pensar que este viaje sería bueno tanto para María como para su padre.

9:00 p.m.

Mientras entrenaba, Mateo comía cuatro veces al día. Su primera experiencia con un restaurante Cracker Barrel fue una escena digna de un comercial. Pidió un desayuno completo de jamón ahumado de nogal americano, huevos, sémola, galletas y salsa, croquetas de patata y, como estaba en el menú, ¡Panqueques de arándanos de Maine! Mateo estaba tan feliz como siempre.

Las chicas comieron ligero y sacudieron la cabeza con asombro de que cualquiera pudiera comer tanta comida de una sola vez. Pero se desquitaron.

Mateo se dedicó a la difícil tarea de sacar a las chicas de la tienda de regalos. Había esperado llegar a Miami antes del día siguiente por la tarde, pero habían perdido mucho tiempo. Las chicas finalmente estaban en el autobús cuando notó el Cadillac. Debe ser el mismo auto, pensó. Estaba a medio camino del auto cuando el conductor comenzó a alejarse. Mateo aceleró y el conductor se fue. Qué demonios, pensó. Había oído hablar de una chica universitaria secuestrada en las vacaciones de primavera. Les diría a las chicas que tengan más cuidado en la próxima parada.

Mateo durmió mientras María conducía toda la noche, a través de Virginia, y hacia las Carolinas. Mateo se hizo cargo en Fayetteville, hogar de Fort Bragg. Pensó en su hermano que, según lo último que escuchó de él, estaba en Afganistán. Cruzaron la frontera de Carolina del Sur y pasaron docenas de vallas publicitarias coloridas cubiertas de sombreros y una caricatura llamada Pedro. ¿El sombrero? Él se preguntó. Dieciocho horas después de abandonar la Universidad, se acercaron a una llamativa atracción turística en Carolina del Sur, "al sur de la frontera".

María se despertó, se frotó los ojos y dijo: "¡Mateo! Creo que hiciste un giro equivocado. ¿Cómo llegamos a México? Observaron una caricatura pintada eclécticamente con un sombrero y un cartel al sur de la frontera. Pintados en colores brillantes, todos los edificios tenían fachadas. A lo largo de la carretera y flanqueando los edificios por todos lados había vallas publicitarias altísimas que anunciaban maní, fuegos artificiales, gafas de sol y sandalias. Todos los letreros usaban un inglés mal escrito, como *Pedrover glad you come and Pedro got 112 meelion Amigos who stay weeth heem..*

"Me recuerda a Tijuana, comprando con mamá".

"Alguien realmente necesita una lección de coordinación de colores", dijo Donna.

Las tres chicas salieron para estirar las piernas y entraron en la tienda. Mateo se aseguró de que estuvieran a la vista. María lo llamó desde los vestuarios.

"Entonces, ¿Qué piensas, guapo?" María dijo con una mano en su cadera, mostrando su nuevo bikini.

"Tengo que admitir que eso supera a todos los fuegos artificiales en la tienda y en China".

María sonrió "Respuesta correcta, señor".

Mientras María se cambiaba, Mateo se acercó para mirar las gafas de sol. Alguien lo agarró justo por encima del codo.

"Ven conmigo, Mateo".

Mateo intentó apartar el brazo, pero el hombre lo tenía agarrado fuertemente. Empujó a Mateo por la puerta lateral y hacia la parte trasera del edificio. Con un movimiento rápido, Mateo presionó al hombre y lo forzó contra la pared. Mateo se volvió, listo para defenderse, y los ojos del hombre eran familiares. Estaba sin palabras.

"Hola Mateo. Perdón por agarrarte, pero no quería que María me viera. Vayamos detrás del edificio".

Cuando doblaron la esquina, Mateo exclamó: "Señor ¡E! ¿Qué está haciendo aquí?"

"Pensé que te atraparía antes de que te fueras". Le entregó a Mateo un sobre de correo urgente. "Mantén esto oculto". Luego le dio a Mateo instrucciones detalladas sobre dónde y cuándo entregar el paquete.

Después de un apretón de manos y un abrazo de hombro lateral, Estébanez se alejó. "Espere, ¿Qué hay en el ..." pero el Sr. E se había ido. Mateo, preocupado por las chicas, se apresuró a regresar a la tienda de recuerdos. Todavía desconcertado, comenzó a pensar. ¿Cómo llegó él aquí? Si estaba dispuesto a venir hasta aquí, ¿Por qué no manejó la situación él mismo o lo envió en un correo urgente? ¿Y por qué yo?

Sintiendo el peso fantasmal de la conspiración a la luz de sus sueños, regresó a la parte trasera de la tienda, corrió a lo largo del edificio, miró alrededor del estacionamiento. Pero se había ido.

Dentro de la tienda, las chicas se habían ido. Corrió arriba y abajo por los pasillos y salió al autobús VW. Se inclinó y puso las manos sobre las rodillas, con la bilis burbujeando hasta su garganta. ¿Qué hay del Caddy? Si el tipo estaba con el Sr. E, ¿Por qué uno de ellos no le dio el paquete antes? ¿Por qué jugar gato y ratón por toda la carretera?

En el autobús de VW, las chicas comparaban artículos de sus compras. Mateo abrió las puertas al costado del autobús y retiró las gruesas mantas móviles. Luego levantó algunas maletas y colocó el gran sobre debajo. Después de colocarr en su lugar y las mantas móviles, se subió al lado de María y encendió el motor.

"¿Compraste fuegos artificiales?" María preguntó. Mateo no respondió. Ella le tocó el brazo. "¿Qué pasa?"

"Nada. Decidí que podríamos obtener los fuegos artificiales en el camino de regreso." Fingió una risa. "De esta manera no tendré la tentación de usarlos. No quisiera ser arrestado en Georgia o Florida". Mateo se sintió mareado y parpadeó ante los prismas que aparecieron frente a sus ojos. No otra vez, pensó.

María tomó su bolso y sacó una caja de plateada.

"Entonces, ¿Qué pusiste en la parte de atrás?" Preguntó Darma.

"Un par de gafas de sol en una de mis maletas", mintió, metiéndose la píldora en la boca y tomando un trago rápido.

"¿No los necesitarás para conducir?" Darma persistió.

Mateo condujo alrededor del enorme estacionamiento del sur de la frontera buscando el sedán gris. Nada. Y ni rastro del señor E.

María lo miro intrigada.

Condujeron a través de Georgia hasta que Mateo vio luces azules en el retrovisor. Él maldijo. Las chicas miraron atrás y vieron que la policía se acercaba rápidamente.

Mateo se detuvo y, desde su espejo lateral, vio con asombro como el oficial se acercaba. Esto lo había visto en uno de sus sueños.

"Este viaje se vuelve más interesante cada minuto", dijo con un suspiro.

Con el vientre abultado sobre el cinturón y una mancha de mostaza en su camisa gris, el oficial se paró detrás del autobús, anotó el número de la placa, apoyó la nariz grande contra la ventana trasera y luego se apoyó en el alféizar de Mateo. Su rostro estaba lo suficientemente cerca para que Mateo oliera su tabaco de mascar.

"Chico, ¿Sabes qué tan rápido estabas yendo?"

"Estoy seguro de que estaba dentro del límite de velocidad, oficial".

"No te creas inteligente conmigo. ¿De dónde sacaste este móvil hippie? dijo mientras escribía la multa en lo que parecía ser un cuaderno de notas de espiral en lugar de la citación habitual en un portapapeles.

"Lo encontré en una granja cerca de mi casa en Maine. Mi hermano y yo, él ahora está en el ejército en el extranjero, reconstruimos el motor y lo arreglamos".

"¿Está usted en el ejército?"

"No señor, estoy en la universidad".

"Debería cumplir con su deber, como su hermano".

"Sí señor."

"Intenta pintarlo con un color normal". Le entregó a Mateo el papel, que simplemente mostraba el nombre del condado, una multa por pasar veinte por encima del límite de velocidad y cien dólares al lado del monto adeudado. Mateo estaba a punto de argumentar que su autobús VW no podía superar en veinte el límite de velocidad, pero sintió que sería inútil. "¿Puedo escribir un cheque?"

"Claro que sí", dijo arrastrando las palabras. "Solo extienda el cheque a Buster Pawley".

"¿Quién es él?"

"Ustedes, universitarios yanquis, hacen demasiadas preguntas. Él es el magistrado local de Brunswick. Por supuesto, podrías venir conmigo a la cárcel del condado y ver al magistrado Pawley por la mañana para exponer tu caso." Extendió la mano para recuperar el boleto improvisado, pero Mateo lo retiró, sacó un bolígrafo y comenzó a escribir.

Mateo le entregó el cheque. Pensó que, dado que no estaba acelerando, Boss Hog vio las placas de Maine, y eso fue justificación suficiente para emitir un boleto. Había leído sobre el sheriff Tom Poppell, del condado de McIntosh. Mateo estaba bastante seguro de que no estaba lejos de Brunswick. El autor señaló que Poppell fue el último de los altos alguaciles. La comunidad de mayoría afroamericana lo había llamado Robin Hood. Durante treinta años, hasta su muerte, detuvo a los camioneros yanquis, los liberó de una parte de sus bienes y transmitió las ganancias obtenidas a los pobres. Él también entraría en tu casa, recordó Mateo, y se sentaría a cenar sin previo aviso, en cualquier parte del condado.[5]

"Joven inteligente. Entiendes las cosas muy rápido. Pero tienes que recordar una cosa."

"¿Qué es eso, señor?"

"Hay dos tipos de yanquis. Hay yanquis regulares, y hay malditos yanquis. Ahora, un yanqui llega al sur y pasa sin demasiado alboroto. Hasta donde sé, Floreeda es parte del norte.

El Jefe Hog parecía haber olvidado a dónde iba con esto, por lo que Mateo ayudó. "¿Y un maldito yanqui?"

"Un maldito yanqui, bueno, él viene al sur y se queda".

---

5 *Orando por Sheetrock*, de Melissa Faye Green (1991), Da Capo Press, cuenta sobre el Sheriff Poppell, uno de los muchos personajes reales que ayudaron a crear el estereotipo del sheriff del sur.

Darma comenzó a reír. Donna la golpeó tan fuerte que gritó.

El jefe Hog frunció el ceño y se inclinó hacia Mateo. El olor rancio del tabaco de mascar estaba provocando náuseas en Mateo. Por el rabillo del ojo, pudo ver que comenzaba a gotear por la barbilla de Hog.

"¿Ahora quién eres, chico? ¿Un yanqui normal o un maldito yanqui?

"Hoy somos simples Yankees, señor".

"Bien bien. Ahora todos ustedes, los Yankees, necesitan salir de mi condado y reducir la velocidad de esta mula mientras conducen".

Mateo se alejó y no comenzó a respirar normalmente hasta que vio las luces azules del Jefe Hog desaparecer en su espejo retrovisor.

"Entonces, no es una camioneta. No es un autobús. Es una mula ", dijo María.

"No creía que existiera gente como él", dijo Darma. "Mi padre realmente revisó el guion para volver a hacer el *Dukes of Hazzard*. Lo rechazó."

Donna resopló e imitó al Jefe Hog.

María hizo callar a Donna con un gesto. Luego susurró: "Realmente siento que hemos sido transportados de regreso a 1967".

Mateo masticó dos pastillas antiácidas. Unas pocas imágenes de películas pasaron por su mente sobre el viejo sur. Fingió una sonrisa displicente. La responsabilidad de la seguridad de María y de las gemelas Bobbsey pesaba sobre él. Su estómago se agitaba y revolvía: primero el Cadillac gris, luego Estebanez, y ahora esto. Las cosas vienen de tres en tres, pensó. Frunció el ceño. ¿Quiénes eran los gemelos Bobbsey?

Decidió que centraría su atención en llegar a Miami sin otro incidente, disfrutar de la playa, visitar a su tío, dejar el paquete del Sr. E y volver a Maine. Eso sonaba como un plan simple.

No sabía que se estaba gestando una tormenta de fuego en Miami Beach.

CAPITULO OCHO

Patriota

1981

AL GRADUARSE DE YALE con una maestría en física e informática y un doctorado asociado en ingeniería energética del MIT, Tremont se unió a los Marines con Sean Eaton. Primero llegó el campo de entrenamiento, y luego por su sargento mayor, fue asignado a una unidad de operaciones especiales ubicada en California. La familia Carson entró en estado de shock. El senador se enorgullecía de la decisión de su nieto, pero bajo la presión de su esposa en Indiana, tuvo que involucrarse. Por otro lado, aunque Cameron Jackson estaba decepcionado de no tener la compañía de su hijo, seguía apoyándolo.

Aunque era el líder mayoritario con el Senado en sesión, el abuelo de Tremont hizo los arreglos para viajar al Aeropuerto Bradley de Hartford desde DC. Llamó a un amigo en el Departamento de Estado desde el avión.

"Necesito que vayas a los documentos de capacitación de oficiales de Tremont antes de que la administración registre a mi nieto permanentemente en el sistema". Él escuchó. "Gracias Jack. Te debo una."

Una vez que llegó a Bradley, una limusina lo recibió. Le indicó al conductor que condujera rápidamente a New Haven. La rapidez con la que iban resultó en una multa por exceso de velocidad cuando pasaron por Nueva Bretaña, según los avisos el hogar de Stanley Tools. El falso patrullero de la carretera se volvió beligerante cuando el senador hizo referencia a su amistad con el gobernador de Connecticut William O'Neill.

Una vez que volvieron a la carretera, pensó en su nieto y en el recuerdo vivo de su amada hija, Karen. Aunque era un firme defensor de los militares y se sentó en el Comité de Servicios Armados del Senado, nunca consideró que la milicia fuera una opción para Tremont. Estaba seguro de poder disuadirlo de este capricho, esta locura temporal.

Lo que no sabía era que sus propios monólogos repetitivos sobre la historia militar de Carson contribuyeron a crear el carácter patriótico de Tremont.

Tremont se encontró con su abuelo en el McDougal Graduate Student Center, y se abrazaron. Siempre habían sido cercanos. Mientras tomaban un café —Tremont con un café con leche blanco bastante grande y el Senador, solo café, fuerte y negro— hablaron de todo, desde política hasta baloncesto: los Hoosiers estaban en descenso debido en parte al equipo de campeones del año pasado que se hizo profesional.

"Creo que deberían establecer una regla que los jugadores deben terminar cuatro años antes de que puedan ser seleccionados", dijo Tremont.

"Bobby Knight dijo que eras el sexto hombre al que mejor había entrenado".

«Alguien tuvo que calentar el banco», dijo Tremont, y ambos se rieron. "Así que... el elefante en la habitación..."

Tremont recitó su justificación para unirse al ejército. El senador Carson ofreció un "ya veo" sin interrumpir. La tarde se desvaneció.

Cambiaron a descafeinado, y el senador Stephen John Carson se resignó a la decisión de su nieto, aunque al regresar con abuela Carson con las noticias fue un pensamiento desalentador. "Sabes, realmente eres el hijo de tu madre. Ella era, al igual que tú, más terca que yo. Cuando hablo contigo, pienso en Karen, y mi corazón se llena de orgullo". El senador miró su café molido. Él dijo: "Los últimos veinte años parecen un día".

"No hay un día en el que no desearía haberla conocido. Eso no quiere decir que no aprecio cómo tú y papá han mantenido viva su memoria".

"Tu madre sabía lo que pensaba antes de que lo pensara, y ella siempre me llamaba. ¿Sabes cuánto le gustaba discutir conmigo? Siempre dije que habría sido una buena legisladora en el Congreso. Supongo que una carrera militar no estaría de más si alguna vez quisieras ingresar a la política".

"Lo tendré en cuenta", dijo Tremont con una sonrisa. "Espero calificar para operaciones especiales, estaré ocupado tratando de usar mis habilidades de ingeniería y ciencias de la computación contra los complots terroristas".

"Es una noble ideal. Me temo que el terrorismo es un problema que solo empeorará".

"Es solo cuestión de tiempo antes de que el fanatismo llegue a nuestras costas. Alguien atacará nuestra infraestructura o, tal vez, incluso nuestros aeropuertos. Necesitamos tomar algunas lecciones de Israel".

"Has pensado mucho en esto".

"Sí señor. Cuando salga, trabajaré con mi padre para diseñar equipos de seguridad que ayuden a garantizar la seguridad de nuestro país. Ya puedo ver eso junto con el trabajo de papá..." Tremont hizo una pausa. "Junto con su trabajo en soluciones energéticas, podemos comenzar una empresa centrada en tecnología avanzada de detección y evaluación".

El senador dijo: "Es obvio que has desarrollado una pasión por la seguridad de nuestro país y, por Dios, si no lo supiera mejor, pensaría que estás aprovechando nuestras sesiones a puerta cerrada".

Tremont se rio entre dientes. "Tal vez sí, abuelo. Quizás lo he hecho."

"Todos los problemas que planteaste están en nuestro plato todos los meses, pero estaré condenado si puedo lograr que el otro lado del pasillo mueva los fondos necesarios de los programas sociales a defensa y seguridad. Me temo que tomará una brecha importante antes de que todos se despierten".

"Escribí un artículo sobre eso en mi último año. ¿Lo leíste?"

El senador sonrió y asintió.

"Nuestra apatía con respecto al terrorismo y sus organizaciones hoy refleja los sentimientos generales antes del bombardeo de Pearl Harbor. ¿Qué se necesitará...?" Tremont se inclinó hacia delante y dijo: "Creo que acabo de tener una epifanía". Sacó un cuaderno de su mochila y comenzó a escribir y hablar al mismo tiempo. "Cuando se trata de eso, abuelo, todo a lo que papá ha dedicado su vida está directamente relacionado con nuestra seguridad nacional".

"¿Cómo se te ocurrió eso?"

"Se trata de dinero y petróleo, de poder. Las fuentes de energía exitosas y rentables disminuirían nuestra dependencia del petróleo extranjero y nos pondrían en una posición económica y estratégica aún más fuerte en el mundo".

"Cada año, archivamos la energía por prioridades más inmediatas y tangibles". Tomó un sorbo de su descafeinado. "Entonces, cómo ves todos estos problemas energéticos que afectan directamente a nuestra seguridad nacional, o más precisamente, ¿Cómo se entrelaza con una posible amenaza terrorista?»

Tremont estaba demasiado absorto en su escritura para responder.

El senador Carson dejó Yale y regresó a Hartford. Cuando llegó a la finca Carson, entró en una casa llena de familiares preocupados. Se metió en la gran sala y anunció: "Como siempre, Tremont hará lo que Tremont quiere hacer. Si quiere usar su talento y cerebro para ayudar a proteger el futuro de nuestro país, ¿Cómo puedo yo o alguien más culparlo por eso?" El senador esperaba cerrar el asunto sin profundizar en demasiados detalles.

"No es suficiente, Stephen. ¿Intentaste disuadirlo?" preguntó su esposa.

Se sentó en su silla de cuero negro suave, respiró hondo y dijo: "¿Cómo podría discutir con él? Casi todos los hombres de Carson han servido a nuestro país en las fuerzas armadas. Muchos sacrificaron su vida o sus extremidades durante una guerra u otra".

La señora Carson sacudió la cabeza. "Mejor llamo a Cameron. Tenía tantas ganas de tener a Tremont de vuelta con él. Debe estar extremadamente decepcionado". Ella salió de la habitación.

Seis nietos convergieron en su abuelo como las abejas en la miel. Uno por uno, los puso sobre sus rodillas. "John", dijo el senador, "¿Podrías agarrar la bolsa al lado de mi abrigo?" Preguntó. "Podría tener algo allí para los pequeños".

John, su hijo menor, administrador de la ciudad de Indianápolis, tomó la bolsa llena de golosinas y se la entregó a su padre. Se puso de pie girando su bebida y dijo: «Sabes, mi madre siempre favoreció a Cameron y parece ser la única que entiende sus costumbres extravagantes y excéntricas".

"John, creo que lo que te molesta es que no tienes idea de lo que es tan importante que debe mantenerse detrás de un manto secreto".

"Quizás, padre. Pero ella lo adora a él y a Tremont más que a cualquiera de nosotros.

El senador entregó los juguetes que había obtenido en el aeropuerto. Levantó la vista hacia su hijo expectante. "Sé que no entiendes a Cameron. Ninguno de nosotros realmente lo hace, pero déjame decirte, hijo, que un día el trabajo de un científico excéntrico va a cambiar este mundo. Recuerda mis palabras."

El senador Carson consideró las conversaciones inquietantes que tuvo con el senador Green, presidente del Comité de Energía y Recursos Naturales. Siempre hace preguntas peculiares sobre Cameron y Tremont; pero no es curiosidad casual, es más como si estuviera investigando. Luego James Seebert vino a su mente. Sabía que Green y Seebert eran amigos cercanos.

El senador Carson determinó que se pondría en contacto con el subdirector Harrington en el FBI y le pedirá que investigue una posible conexión entre los dos hombres.

CAPITULO NUEVE

Seguridad
1981

LA CAMIONETA DE ENTREGA se detuvo en la puerta de acero. El conductor revisó su manifiesto de entrega. Era nuevo en esta ruta que incluía no más de cinco paradas, la primera a más de sesenta millas de su ubicación central. Su día de diez horas incluyó dejar paquetes aquí, también en la oficina del parque estatal al este, y algunas áreas residenciales dispersas en el interior. El conductor se asomó desde su camioneta y presionó el botón debajo del altavoz.

Mientras esperaba una respuesta, volvió a leer sus notas de ruta: *tenga cuidado al tratar con el sistema de seguridad y el propietario*. Miró de derecha a izquierda, impresionado con la valla de acero de gran calibre que desaparecia en el bosque de pinos. Tomó nota de tres hileras de alambre de púas, que adornaban la parte superior de la cerca, a tres metros del suelo. Notó que la puerta frente a él tenía un refuerzo más pesado que las puertas de la Casa Blanca. Él lo sabía. El complejo solo carecía de marines armados y oficiales de servicio ejecutivo, aunque tuvo la sensación de que podrían aparecer en cualquier momento.

La suave voz computarizada femenina en el altavoz lo sorprendió. "Por favor, indique su nombre y su negocio".

"John Lomax, Government Express. Tengo un paquete para el señor Jackson que requiere su firma." Chasqueó la lengua y observó a una garza azul aletear hacia el lago Michigan.

"Por favor, escriba su código de seguridad".

John escribió el código que figuraba en el manifiesto que sabía que cambiaba con cada entrega.

"Gracias, Government Express. Vuelva a escribir su código de seguridad".

Lo volvió a escribir.

"Gracias, Government Express. Escriba el número de la guía aérea del paquete". Lomax no esperaba esto, y era un hombre al que no le gustaban las sorpresas. Escribió, y después de una larga pausa, el pestillo hizo clic y la puerta comenzó a abrirse. La voz dijo: "Puede conducir, Sr. Lomax. Su vehículo estará bajo vigilancia constante. Espere hasta que reciba más instrucciones". Lomax pensó que ese comando era un poco extraño.

Mientras se le informaba sobre esta tarea, se enteró de que entregaría sobres y cajas, y en ocasiones cajas de madera altamente aseguradas. Se enteró de que las cajas que llegarían, estarían marcadas como frágiles, de que cada una tenía una póliza de seguro de cincuenta mil dólares. Lomax sonrió, pensando que podría dejar caer la caja solo para ver si el seguro pagaría esa cantidad ridícula, y echar un vistazo a lo que era tan valioso.

Condujo por el camino de entrada, observando el terreno. La puerta se cerró detrás de él. Altos pinos finalmente se mostraron bordeando el camino. Había una magnífica casa blanca de estilo Charleston con hermosos detalles. En el porche había cuatro balancines Brumby de roble rojo, maceteros vacíos de follaje y dos estatuas que le recordaban a las bestias en El Presagio. John Lomax abrió su puerta y se acercó. Escuchó un ruido sordo a su derecha y luego a su izquierda. Maldijo y comenzó a retroceder. Sus ojos se dirigieron al letrero en el rellano: *Cuidado con los perros. No muerden. Ellos mastican.*

Cuando las estatuas se pararon y se estiraron, palideció.

"Por favor, permanezca en su vehículo hasta recibir más instrucciones. Gracias por su cooperación."

Lomax maldijo, aun retirándose mientras las bestias bajaban los escalones. Tenía entrenamiento militar para perros de trabajo y sabía que era importante mantener la calma. Se había enfrentado al enemigo en la guerra y estaba dispuesto a arrojar su cuerpo frente a una bala para el presidente, pero ser tomado por un perro no era el camino que quería seguir.

Su espalda tocó el camión de reparto. Dejó caer el paquete, abrió la puerta y saltó dentro. Cerró la puerta de golpe, jadeó cuando dos bestias saltaron, sus patas delanteras presionadas contra la ventana. Se inclinó hacia el asiento del pasajero con una mano en el interruptor de la ventana eléctrica. Podía sentir su aliento caliente cuando ladraron, y la ventana se cerró. Había visto lo que necesitaba ver. Por ahora. Necesitaba mantener este trabajo. Por ahora.

No esperó para ver cuál habría sido la siguiente instrucción. Terminaría sus entregas, averiguaría lo que pudiera de los guardaparques que manejaban la mayoría de las dunas y propiedades a lo largo del lago y luego soportaría el largo viaje de regreso a la estación. No es de extrañar que fuera tan fácil solicitar esta ruta cuando se mudó a la estación de Chicago. No habían podido mantener a un conductor en esta entrega. Se presentaría y conocería al dueño de este escondite secreto la próxima vez. Lomax sabía que esta era una tarea a largo plazo. Estaba cansado de las presiones diarias en Washington, y esto pagaba cinco veces más. Haría esto y luego regresaría a Dallas para retirarse y usar sus boletos de temporada.

De vuelta en el porche, los dos perros, uno con el gran paquete apretado en la boca, regresaron a sus puestos. Un perro colocó el paquete en una de las mecedoras Brumby; el otro ya estaba acostado, con los ojos cerrados, satisfecho con el agradable estiramiento.

Los dos rottweilers de mandíbula ancha fueron un disuasivo obvio para cualquier visitante que no prestara atención al claro mensaje de permanecer en el vehículo.

Arriba de los perros y las vidrieras que acentuaban la puerta de caoba, un letrero cuidadosamente tallado y delicadamente pintado crujió. En el letrero, estaban las palabras "Jackson's Place".

Alrededor de cien yardas a la derecha de la casa se encontraba un gran transformador eléctrico, más comúnmente visto en una ciudad que en tierras rurales con playas de arena. Varios cables recorrían unos pocos cientos de pies a lo ancho de la propiedad y se enroscaban a través de tres postes telefónicos antes de engancharse en esta casa fuera de lugar. A ambos lados de la casa, había paneles solares independientes de seis por diez pies, con más adornando en el techo. A pesar de su rápida salida, Lomax no podría haberse perdido una docena de molinos de viento, de al menos trescientos pies de altura que se extienden a lo largo de la propiedad. Rodeado por un espeso bosque de coníferas verde en el sur, oeste y este, con el lago Michigan en el norte. Cerca del porche trasero de la casa, visible sobre la línea del techo, una antigua rueda hidráulica de roble de cuarenta pies giraba lentamente en un arroyo que atravesaba la propiedad antes de desembocar en el lago Michigan.

A pocos metros de la esquina noreste de Jackson's Place, un guardabosques guiaba un recorrido por entusiastas de la naturaleza. De espaldas a la valla alta, dijo: "Damas y caballeros, han visto la mitad de las dunas que han maravillado a naturalistas durante casi un siglo. Un área muy diversa, este santuario de 15,000 acres se describe como la tierra donde la pradera, el pantano y el bosque se encuentran".[6]

Una mujer caminó hacia el agua para tomar fotos de los molinos de viento.

"Yo no iría allí, señora", dijo el guardabosque.

Un hombre preguntó: "¿Es cierto que un científico famoso vive detrás de esa cerca?"

"Sí, su nombre es Dr. Cameron Jackson. Dicen que es el tátara, tátara, tataranieto de Andrew Jackson, ese Jackson que recibió un contrato de arrendamiento de mil años en estas tierras. Uno de los descendientes del presidente Jackson donó la mayor parte de la tierra al gobierno, pero se quedó con este excelente inmueble".

El turista dijo: "Prefiere su tranquilidad y privacidad".

"Como científico, ciertamente tiene un lugar donde puede sumergirse por completo en su investigación".

La mujer con el gran zoom en su cámara continuó caminando hacia el agua mientras el guardabosque continuaba contando cómo otro guardabosque había escalado la alta pared de roca que se extendía una docena de metros hacia el lago. Terminó su historia diciendo: "Una sirena de ataque aéreo emitió un sonido tan fuerte que no pudo escuchar durante horas. Luego, una voz dominante dijo: 'Está invadiendo una propiedad privada protegida por perros guardianes, cercas eléctricas, sensores de movimiento y video vigilancia. Entre bajo su propio riesgo.'"

"¿Qué cree que se esté escondiendo?" preguntó otro naturalista.

"Supongo que trabaja en proyectos gubernamentales. Él es físico, ¿Entonces tal vez está relacionado con la energía nuclear? Quién sabe, pero tendría que ser algo importante". Se dio la vuelta y gritó: "¡Señora! ¡Oye!"

Cuando la mujer comenzó a escalar las rocas, la sirena dividió el aire,

---

6 Indiana Dunes National Lakeshore está en la costa sur del lago Michigan en Indiana. Repleto de abedules y pinos, humedales, dunas y senderos, el horizonte de Chicago se puede ver desde las playas. Además de Jackson's Place, más tierra adentro en el río Calumet, el sistema de parques ha restaurado la granja Bailly Homestead, la granja Chellberg y un puesto de comercio de pieles de 1822. –Los Diarios de Jackson (1950 – 1989).

terminando la conversación, enviando al grupo a una completa retirada, con las manos cubriendo sus oídos.

El Dr. Jackson estaba sentado en el estudio de la casa que su esposa había diseñado, establecido y decorado tres décadas antes, cuando sonó la sirena de la propiedad del norte. Esa era la tercera vez este mes. Giró su silla y apuntó un control remoto hacia la gran pared de monitores. Se rio entre dientes al ver a la joven salpicar en el agua, aunque se sintió mal por su cámara volando en el aire y astillándose en las rocas. Reconoció al joven guardabosque que se sostenía las orejas y corría para salvarla.

Rodó de vuelta hacia el álbum de recortes que llamaba su atención y tomó otro sorbo de coñac. Su página actual representaba la casa que había inspirado Jackson's Place. El Market Inn, en el histórico Charleston, Carolina del Sur, era una posada con desayuno donde él y Karen habían pasado su luna de miel.

Cerró el libro y lo colocó con cautela en los estantes de caoba a la derecha de los monitores y el centro de control del sistema de seguridad. Como todo en la casa, le recordaba a Karen, se mantuvo ocupado con su trabajo en el laboratorio. Pasó la mayor parte de su tiempo desarrollando sus soluciones patentadas para el agotamiento inevitable de los recursos naturales de energía fósil.

En raras ocasiones, viajó a universidades y agencias gubernamentales para recaudar fondos. Predicó sobre la necesidad de acelerar el desarrollo de fuentes de energías renovables y alternativas. De esos recorridos necesarios para recaudar fondos, la curiosidad se propagó tanto por los defensores como por los detractores. Los partidarios se unieron a su mantra, pidiendo un cambio. Los opositores temían la interrupción del statu quo. Jackson había demostrado que podía ofrecer tecnologías solares avanzadas, pero ¿Qué pasaría si pudiera encontrar una mejor fuente que fuera compacta y rentable? Podría costar miles de millones a industrias petroleras y automotriz y poten-cialmente volverlas obsoletas.

Jackson hizo revolvió su bebida y sacudió la cabeza. El mundo progresaba pero a paso de tortuga. Si no podían ayudarse a sí mismos, él tendría que darles un empujón. Simplemente tenía un poco más de trabajo que hacer en el laboratorio de energía más sofisticado del planeta, justo allí, bajo tierra en Jackson's Place.

Tomó otro vaso de coñac Hennessy. Se arremolinó, sumido en sus pensamientos, después de una inquietante conversación telefónica con su hijo,

Tremont. Sabía que otra furgoneta de reparto había entrado en el complejo y que Popeye y Brutus vigilaban el paquete. Al igual que con el recorrido por los aspirantes a naturalistas, lo había visto en una de las pantallas en la pared de los monitores de plasma al otro lado de la habitación. Tenía pantallas colocadas en toda la casa, para poder mirar cualquier parte de la propiedad desde los laboratorios, la cocina o su habitación. Cada monitor mostraba ocho vistas del compuesto expansivo que estaba en rotación. Los sensores de movimiento y sonido activarían las alarmas si algo con mayor peso que el de un mapache grande se encontraba a sesenta pies de la cerca electrificada que rodeaba la propiedad. A menudo, un ciervo o un oso negro sonaban la alarma por la noche, pero eso estaba bien. Se alegraba de despertarse y revisar las proyecciones de las cámaras de video nocturnas infrarrojas. La prueba de la efectividad del sistema le daba consuelo. Se durmió en su silla.

La alarma sonó a las 5:00 a.m. En un monitor, vio a una familia de ciervos alimentándose cerca de la valla oeste. Decidió ir al laboratorio. La cafetera se encendió a las seis. Mientras se vestía, imaginó, que en lugar de una familia de ciervos, era un equipo bien entrenado de terroristas iraníes cruzando desde Canadá, asaltando Jackson's Place para matarlo y robar su trabajo. Hace unos años, podría haber esperado a los rusos, pero ahora la amenaza podría provenir de muchos némesis.

Poseía bastantes armas, pero su favorita era una pistola calibre .45 hecha a medida, grabada con las iniciales "CJ" en ambos lados de la empuñadura. Su padre le había dado la pistola cuando se retiró de los Marines, justo después de la muerte de Karen. Cameron siempre mantuvo el arma cerca de él, ya sea en el laboratorio del sótano, bebiendo en el estudio o paseando por el recinto con los perros.

Después del funeral de Karen, su amigo más cercano y el padrino de Tremont lo habían ayudado a obtener gran parte del equipo de seguridad del complejo. También contó con la ayuda de un agente del FBI, Patrick Flanagan. Tanto su amigo como el agente también habían sugerido que Cameron mantuviera un arma cerca. Ambos habían acordado que era posible que lo que le sucedió a Karen fuera una advertencia con consecuencias fatales.

Sirvió otra copa de coñac y maldijo. El agente Flanagan era un novato, pero podría haberlo evitado si solo hubiera escuchado y convencido a su jefe, Harrington. Cameron tragó su bebida, tratando de borrar los pensamientos oscuros de su mente.

Contempló una imagen en la pared, de sí mismo en un gran velero, hombro con hombro con un apuesto hombre moreno y de baja estatura.

¿Cómo se hacía llamar ahora? El hombre era un misterio para la mayoría. Cameron se echó a reír cuando recibió la última caja de madera con una botella de vino caro y único, con una nota de su viejo amigo que llevaba solo la inicial, Z. En las últimas tres décadas, hubo ocasiones en que si su amigo no hubiera intervenido. Cameron no estaría aquí para continuar con su trabajo. Pero incluso su amigo no pudo detenerlos cuando más contaba. Incluso él no había podido salvar a Karen.

A la mañana siguiente, Cameron hizo una jarra de Bloody Mary's y presionó un gran botón rojo al lado de un montaplatos de gran tamaño. "Abajo te vas, Mary". Estaba en el laboratorio antes de las 7:00 a.m.

Diez horas después, escribió en un diario de cuero que había sido un buen día en el laboratorio. Cameron se acostumbró a denotar el progreso del día y cualquier idea o pista sobre dónde comenzar el día siguiente en uno de sus muchos diarios. No importa cuán seguro estuviera de recordarlo al día siguiente, las notas eran esenciales. La creatividad científica venia y se iba como al despertarse de un sueño. La visión podría desaparecer en momentos.

Consideró volver a subir en el montacargas. Tanto él como Tremont lo habían hecho más de una vez a lo largo de los años. En cambio, se puso de pie, se estiró y subió muchos tramos de escaleras, deteniéndose para establecer el sistema de seguridad en cada nivel. Estaba sin aliento cuando llegó al piso principal.

Cameron caminó hacia la ventana de la isla de la cocina que daba a la parte trasera de la propiedad, la hermosa rueda de agua, los molinos de viento y el lago Michigan a lo lejos. Doce postes cubiertas con lámparas halógenas iluminaban el recinto como en un juego nocturno de los Cubs. Los gigantes guardianes de los molinos de viento caían en cascada hacia las playas de arena. Abrió la puerta de la terraza y salió al aire nocturno. Cameron pensó en cómo disfrutaba de sus caminatas diarias con su hijo a lo largo de las prístinas playas, arrojando palos al lago para que Brutus y Popeye los buscaran. Pero no más desde que Tremont fue a Yale. Además de su coñac nocturno, su hijo y los rottweilers de gran tamaño eran fuentes de alegría fuera del trabajo. Silbó a los cachorros y, aunque rígido y cansado, bajó los escalones y se dirigió hacia la costa.

Brutus y Popeye pasaron corriendo a su lado, luego corrieron hacia él y se apoyaron en sus costados. "También extrañan nuestros paseos, ¿No es así, chicos?" Respondieron con aullidos bulliciosos, se arrojaron el uno al otro mientras él decía "Vayan", y se apresuraron hacia el lago. Cameron se unió a ellos en la orilla del agua y recogió palos para comenzar su antiguo ritual.

Aunque los cachorros podrían seguir así toda la noche, Cameron se cansó y se instaló en una plataforma de piedra caliza de Bedford de mil años, o un millón de años, dependiendo de si estaba hablando con un evolucionista o un creacionista. Hacia el oeste, pudo ver el horizonte de Chicago al norte del llamativo Gary, Indiana. Al este, podía ver las luces de la ciudad de Michigan. Brutus saltó sobre las rocas y se frotó contra su pierna. Cameron sonrió y le rascó detrás de las orejas. Celoso, Popeye apareció en el otro lado para obtener su parte. "No es una vida tan mala. Tengo a los cachorros y tengo mi Jackson's Place". [7]

Revitalizado por el aire fresco del lago, Cameron y sus compañeros de cuatro patas subieron las escaleras hacia la casa. Esta era otra de las muchas noches en que no quería salvar al mundo. Una vez dentro, terminó más borracho de lo habitual y con uno de los cigarros cubanos que le regaló su amigo Z. Recordó lo que pudo haber sido.

Estaba procesando el hecho de que su hijo dijo que no volvería este verano. De todas las cosas patrióticas locas que hacer, Tremont había ingresado en el programa de entrenamiento de oficiales de los Marines. Sabía que era parte de los planes a largo plazo de su hijo, pero secretamente esperaba que regresara a casa después de graduarse.

Se sentó en su escritorio y miró una foto de Karen, y dijo: "A veces hay demasiado de tu padre y de mi padre en ese chico", y luego como si ella hubiera respondido: "Lo sé, cariño, solo un sorbo más y me voy a la cama. Reduciré el consumo. Lo prometo." Hacía esa promesa casi todas las noches.

Después de unas horas, Brutus y Popeye entraron por la puerta mientras él tropezaba con el porche delantero. Se inclinó sobre la barandilla del porche y notó un familiar paquete de correo urgente rojo y amarillo, ligeramente masticado que dejó el día anterior otro repartidor que no podía seguir instrucciones simples.

Cameron cayó en uno de los Brumby Rockers y abrió el paquete. Sacó una cinta de video sin marcar y una carta escrita en papel blanco normal.

Todavía estamos observando y esperamos el derecho de prioridad en su investigación. Nuestra oferta sigue siendo

---

7 En 1816, dos años antes de que Indiana se convirtiera en estado, Andrew Jackson, el séptimo presidente de los Estados Unidos, un Tennessee, compró las Dunas de Indiana a la familia agrícola francocanadiense que poseía los 15,000 acres. La propiedad abarcaba veinticinco millas a lo largo de la costa del lago Michigan.

la misma. La mitad se pagará cuando lo entregue y la otra mitad cuando los prototipos estén operativos. La ventaja será que usted y su hijo puedrán vivir. El tiempo se acaba. No estamos impresionados con su sistema de seguridad. Es un inconveniente menor. Si quisiéramos estar en su casa bebiendo coñac y fumando sus caros cigarros, lo estaríamos. ¿Pero quién puede trabajar eficientemente con un arma en la cabeza? Seamos prácticos, Cameron. El FBI y ese torpe Flanagan no pueden protegerte. Y los marines no podrán proteger a Tremont. El tiempo se acaba. Cuando haya terminado, quite el letrero de Jackson's Place del porche y nos pondremos en contacto.

Cameron sabía que durante los últimos veinte años la misma persona había escrito estas cartas. Tenían el mismo tono y tenor y estaban escritos en la misma vieja máquina de escribir Smith y Corona, mostrando una debilidad con las teclas "n" y "t". Después de la repentina muerte de Karen, había presentado las cartas a los detectives de Homicidios del Departamento de Policía de Indianápolis y luego al Agente Flanagan. Quería venganza, pero ¿Contra quién? Tenía que proteger a su hijo. Mientras las cartas y los videos continuaban llegando, se lo guardó para sí mismo. Ni siquiera Tremont era consciente de su contenido. Había planeado revelárselo todo este verano. Eso tendría que esperar.

Transpiraba aunque el aire nocturno era fresco. Como de costumbre, la dirección del remitente era un apartado de correos de Washington DC, una dirección falsa, cuando Flanagan lo había rastreado. Las cintas de video eran genéricas e imposibles de rastrear. Él, su amigo Z y Flanagan lo habían intentado. La visión de Cameron se volvió borrosa mientras miraba hacia el frente de la propiedad. Sabía que no podían conocer la profundidad o incluso la premisa de su investigación. Algún día sería fácil replicar CJ Energy Cells, tan pronto como resolviera la combinación final. Él estaba cerca. En cualquier momento.

Supusieron que lo que estaba trabajando tendría un impacto significativo en el mundo. Tenían razón Diez millones de dólares eran mucho dinero, pero era sólo cambio en comparación con el impacto financiero que CJ Energy tendría en la industria, el gobierno y la economía mundial. Si esperaban obtener algo de él con intimidación y amenazas, estaban muy equivocados. O el mundo entero se beneficiaría por igual, o podrían enterrar el trabajo de toda una vida con él. Ningún gobierno, industria o monopolio controlaría el futuro de la energía.

Volvió a la casa tambaleándose a una acogedora habitación acústicamente perfecta donde él y Tremont habían instalado sus sistemas de audio y video. Insertó la cinta y se recostó en la esquina de una silla. El video reveló escenas silenciosas de él jugando con los perros en la playa, Tremont caminando en el campus de Yale, el senador Carson en los escalones del Capitolio, sobrinas y sobrinos jugando en sus campus escolares y otros miembros de la familia comprando en el centro comercial o trabajando en sus oficinas. Una amenaza para lastimar a los más cercanos a él si no cumplía.

Sacó la cinta VHS, la envolvió con una banda elástica y la dejó sobre el escritorio. Luego lo agarró y lo arrojó contra la pared. "Han pasado veinte años, bastardos". Los perros entraron en la habitación y se sentaron a los pies de su sillón de cuero. Les frotó las orejas a los cachorros. Antes de quedarse dormido, pensó en su hijo, su esposa Karen y el trabajo de su vida.

Él refunfuñó, "Seré más listo que ellos o moriré en el intento".

CAPITULO DIEZ
Búsqueda
16 de Marzo de 1995
Mediodía

ERA TARDE cuando vieron las señales de Jacksonville, Florida. Mateo miró el odómetro. Habían recorrido mil trescientas millas desde que salieron de Maine.

Todos vitorearon, bajo la ilusión de que ya casi estaban allí. Mateo no vio el letrero que decía 357 millas a Miami. Las chicas durmieron al menos la mitad del viaje, y él estaba usando en lo que quedaba en el fondo de su tanque de adrenalina. Había planeado detenerse en Daytona, para que pudieran ver el Speedway y conducir en la playa. Cuando vio que estaba a cincuenta millas de la carretera, cambió de opinión.

La siguiente parada fue dejar a Darma y Donna al sur de Daytona, en Port Orange. Después de algunos giros incorrectos, Mateo se detuvo en una comunidad cerrada. Qué diferencia haría el GPS algún día, pensó. Atravesar la puerta fue difícil. Mateo estaba seguro de que el guardia de seguridad cuestionó haber visto adolescentes desaliñados en el último modelo de VW.

"¿Acaban de regresar de Woodstock?" preguntó el guardia.

No había escuchado eso antes, pensó Mateo.

El guardia abrió la puerta y condujeron por el largo y exuberante camino, flanqueado por majestuosas palmeras. Impresionado, Mateo se detuvo en el camino de entrada de una hermosa casa de estilo español con un césped perfectamente cuidado al estilo de Florida y una vista al mar de primera calidad.

Una vez que Mateo descargó sus maletas, esperaba que volvieran contribuir para la gasolina. No tenía tanta suerte. Sacudió la cabeza.

Mateo y María estaban apoyados contra el VW, tomando el sol, cuando Donna bajó brincando por los escalones de la entrada.

"Mi tía no está en casa, Matt". Ella sonrió y sacudió sus pestañas. "¿Te veo el viernes?"

Donna regresó al porche y entró en la casa sin mirar atrás. Él y María subieron al VW y salieron del vecindario.

María dijo: "La próxima vez quizás no..."

Mateo la miró por encima de sus gafas de sol.

"Solo digo."

Mateo se detuvo en un Publix y sacó dinero del cajero automático antes de detenerse en Waffle House.

Después del Especial All Stars, se sintieron renovados y se dirigieron hacia el sur. Y fue entonces cuando escuchó por primera vez un ruido extraño en la parte de atrás.

Cuando se recargaron en Fort Lauderdale, María dijo: "¿Escuchas ese ruido en la parte de atrás?"

"Te ves exhausto. ¿Quieres que conduzca?"

"Hay mucho tráfico".

"No querrás decir que no puedo conducir tan bien como tú".

"Yo, um-"

Ella gruñó, cruzó los brazos alrededor de sus piernas y se durmió.

Condujeron las siguientes millas con el único sonido del ruido del motor.

Carl Eaton salió de su tranquila casa suburbana, miró la calle bien iluminada y miró su reloj. Los Eaton vivían en el área de Homestead, al sur de Miami. Carl era piloto de una aerolínea de carga y una vez tuvo la distinción de registrar la mayor cantidad de horas, sin incidentes, mientras transportaba carga hacia y desde países de América Central y del Sur. Eso es hasta que guerrilleros de las montañas dispararon su avión desde el cielo sobre El Salvador. Su copiloto murió en el impacto, y él pasó los siguientes años en rehabilitación.

Si alguien supiera sobre su ocupación paralela, su vida y la de su familia estarían en riesgo.

Después de meses de rehabilitación, Carl se recuperó, pero tuvo que dejar de volar. Hizo una pequeña fortuna en bienes raíces y continuó con su negocio de importación y exportación. Como actividad adicional, coleccionó y trabajó en autos antiguos.

Su esposa, Carol, salió de la casa y dijo: "Pareces preocupado".

Volvió a mirar su reloj y murmuró algunas maldiciones.

"Es muy temprano para preocuparse, cariño. Probablemente se cansaron y se detuvieron para descansar ". "Quizás."

Carol entró y su teléfono sonó. Él respondió y escuchó. Maldijo. "Dijiste que los niños no estaban en peligro. Si cualquier cosa les sucede a ellos, te haré responsable". Él escuchó. "¿Es eso una amenaza? Sabes dónde estoy. Sé dónde estás."

"Estoy en mi segundo viento. Pero el autobús está empeorando". Cuando ella no respondió, Mateo dijo: "Lo siento. Puedes conducir cuando quieras. Eres una gran conductora".

Ella le dirigió una mirada muy malvada, luego sonrió y dijo: "Hay un poco de tu padre en ti".

"Trabajaré en eso", dijo Mateo con seriedad.

Ella golpeó su hombro. "Oye, relájate. Es una cosa pequeña".

Una cosa pequeña, consideró. Mateo pensó en el sobre de correo urgente. Quería entregarlo, pero estaba dividido entre su promesa al Sr. E y llegar a la casa de su tío antes de que el motor explotara. Lo tomaré mañana, decidió. También le había dicho a su tío que estaría allí a la hora de la cena. Con menos confianza de la que sentía, dijo: "Dormiremos en las playas de Biscayne todo el día mañana".

"Maravilloso. Oye, sabes que es tan lindo tenerte todo para mí". María se deslizó y le dio un beso, luego se arrastró hacia atrás y nuevamente se quedó profundamente dormida.

El autobús VW sonaba como una máquina de vapor, incluso silbaba cada pocos minutos. Mateo estaba más que cansado. Vamos, solo unas millas más lejos. La cuenta del mecánico mataría su presupuesto para el semestre.

Decidió apostar que el motor aguantaría al menos hasta que llegaran a la casa de su tío. Él dijo: "¿Olvidé decirte que tengo que dejar algo en Miami Beach?"

"¿Dejar algo? No, no lo mencionaste".

"¿No lo hice? No es nada, solo un paquete".

"¿Algo de tu padre?" María preguntó con escepticismo.

"Algo como eso."

Ella frunció el ceño hacia él. Entonces volvió a ver el letrero. "¡Ahí está la salida a Miami Beach! No la pierdas. Recorramos el océano mientras estamos ahí, solo por unos minutos. Todavía estoy enojada contigo por evitar Daytona. Oye, ¿Sabes quién vive en Miami Beach?

"¿Mucha gente de Nueva York?"

"Sí, y uno de ellos es Thomas Harris".

Mateo levantó las cejas.

"Sabes, él escribió los libros de Hannibal Lecter. Quizás nos encontremos con él".

"Claro, *Clarice*, tal vez el estará caminando por la playa en medio de la noche", dijo, y luego se estremeció cuando lo golpeó en el hombro.

No mencionaría la inesperada visita del Sr. E al sur de la frontera, hasta que resolviera lo que está haciendo. "Creo que es una buena idea dejar que el motor descanse un poco. Entregaremos la carta y podremos dormir en el autobús por unas horas. De todos modos, es demasiado tarde para conducir hasta la casa de mi tío". Como si fuera una señal, el motor silbó y suspiró.

María asomó la cabeza por la ventana. "Puedo oler el océano y escuchar las olas. Vamos a caminar por la playa antes de dejar tu misterioso paquete".

Siguió los letreros de la I-95 a la 195 al este hacia Arthur Godfrey, que terminó en Collins. Giró en una calle lateral entre dos complejos de condominios, pensando que la playa debía estar en algún lugar en esa dirección. El autobús sonaba peor. Estaba oscuro como a medianoche. De repente, un terrible sonido rechinante provinó de la parte trasera del autobús como nueces traqueteando en una lata de café. Luego hubo un fuerte estallido, y todo el autobús se sacudió como si hubiera golpeado una bomba en la carretera.

El humo salía de la parte trasera del autobús. Mateo apoyó la cabeza en el volante y salió a investigar. Cuando dejó caer la puerta del motor, el vapor lo hizo retroceder.

"Malo, ¿Eh?"

"Sí, muy malo. No lo entiendo Sean y yo revisamos todo el motor".

Mateo cerró el capó y salió corriendo por el callejón hacia la playa. Bajó corriendo los escalones del paseo marítimo y salió a la playa.

María lo alcanzó. Ella se paró en lo alto de las escaleras del paseo marítimo y observó, mientras él pateaba la arena y agitaba los brazos.

"Vas a causarte un episodio, Mateo", gritó.

Mateo se sentó en la arena y miró las olas luminosas.

Respiró hondo y se volvió para ver a María, sentada en la parte superior del paseo marítimo, luciendo adorable con las rodillas pegadas al pecho. La expresión en su rostro era de diversión.

A Mateo le gustaba controlar sus emociones y la situación. Al menos de esa manera, cuando las cosas salían mal, solo él tenía la culpa.

Era tarde en la noche, y la posibilidad de encontrar un taller mecánico era escasa.

Volvió a subir al paseo marítimo.

"Mateo, Mateo", dijo con un chasqueando la lengua. "¿Te sientes mejor?"

Todo bien a excepción el colapso en un callejón oscuro donde no conocían a nadie. No me voy a preocupar, pensó para sí mismo. Caminaron de la mano hasta el paseo marítimo y volvieron a la calle. Mateo miró el autobús como si fuera una de esas caricaturas de autos muertos, con grandes X como ojos en los faros, y el humo aún salía por la parte trasera.

Mateo entrecerró los ojos cuando un hombre larguirucho, de más de 6 pies de altura, vestido como un personaje de Miami Vice, salió del humo. Un halo lo rodeaba a la luz de la lámpara e incitaba a una sensación de peligro potencial. Mateo buscó un arma a su alrededor, pero ahí no había nada más que concreto, el costado de un edificio y un gran contenedor de basura verde. Comenzó a reproducir escenarios de pelea en su mente.

María parecía curiosa pero no asustada. Ella susurró: "Este hombre alto me recuerda a alguien. Un cantante."

El hombre se apoyó en las sombras contra la puerta del lado del conductor del autobús, su cabeza sobre el techo del VW. Cuando se acercaron, notaron que sostenía una caja de Cracker Jack.

Una suposición lo pondría en algún lugar entre los treinta y los treinta años. Estaba afeitado llevaba pantalones caqui y una camisa blanca de seda sin pliegues, con un peinado rebelde, rizos rojizos. Su nariz prominente le recordó a Mateo el centro de los Boston Celtics. Cuando los vio venir, se bajó del autobús y salió a la luz de la luna con su rostro brillando en una amplia sonrisa. La altura, la tez rojiza y la sonrisa le parecían familiares a Mateo.

"Eso es todo", dijo María.

"¿Eso es qué?" Mateo dijo, sin apartar los ojos del hombre y preparándose para comenzar a golpear y patear.

"Barry Manilow."

"¿Qué?"

"Así es como se ve. Barry Manilow, excepto que mucho más alto."

"Larry Bird".

"¿Quién?"

"Larry Bird. Conoces el centro de los Celtics. Ahora es entrenador".

El hombre los interrumpió. "No sé sobre eso, pero me llaman Cracker Jack", dijo con una sonrisa aún más amplia. "Parece que ustedes, niños, tienen algunos problemas importantes con este clásico".

"¿Cracker Jack?" María susurró.

Bueno, pensó Mateo, él es la primera persona en este viaje que reconoce el autobús VW como un clásico. Él mantuvo la guardia en alto de todos modos. Por lo que sabía, este tipo podría ser un psicópata. Aun así, algo sobre él parecía familiar. Para ocultar su tensión, se echó a reír. "¿Es ese el primer nombre que se te ocurre? ¿La etiqueta en la caja?"

"Bueno, joven amigo, es el mango por el que paso estos días. Larga historia. Pero tengo tiempo, y parece que tienes tiempo."

El desconocido estrechó la mano de Mateo y asintió con la cabeza hacia María. Mateo pensó que parecía ser inofensivo, pero Sean había dicho a menudo, cuidado con el mapache amigable que aparece durante el día. Bueno, era de noche.

Mateo los siguió mientras caminaban hacia la parte trasera del VW, mientras María explicaba cómo habían terminado allí. Terminó diciendo: "Insistí en que nos detuviéramos a ver el océano".

"Bueno, me alegra que tu auto se haya averiado aquí en lugar de la autopista". El desconocido se dirigió hacia atrás y abrió la tapa del motor. El vapor se había calmado. Metió la mano detrás de la espalda y debajo de la camisa.

Mateo dijo: "¿Por qué llevarías un Mag-Lite debajo del cinturón?"

"Escucha, chico. ¿Sabes dónde estás? Este es un instrumento adecuado para disuadir a los delincuentes. Si tienes la costumbre de entrar en callejones oscuros y llenos de crimen, debes tener uno, o un arma".

Tenía un punto, pensó Mateo. Las armas en Maine eran similares a llevar una billetera. Su padre le hizo prometer que no llevaría un arma en este viaje. La reciprocidad de armas de fuego en diferentes estados era complicada. En este viaje, de Virginia a Florida no era un problema, pero los soldados en los cinco estados entre Maine y Virginia podrían encerrarlo y tirar las llaves.

Encendiendo la luz del motor, maldijo por lo bajo cuando se quemó la mano.

Mateo se inclinó a su lado, todavía cauteloso y listo para bloquear si el extraño apagaba la pesada linterna. De alguna manera le recordó a estar con Sean, mientras estudiaban juntos algún problema del motor.

"No sé, me temo que vamos a necesitar una bahía mecánica, elevador y piezas". Cracker Jack enumeró las piezas requeridas. Todo lo que Mateo escuchó fue caro y más caro.

"Eso es lo que estaba pensando", dijo Mateo a la defensiva. "Estos motores refrigerados por aire son raros. Tendríamos que encontrar un depósito de chatarra".

María se quedó en silencio detrás, pero Mateo sabía que ya estaba describiendo al hombre como un potencial caballero criminal: *bastante inofensivo, pero posiblemente por el robo de diamantes y pieles de alto nivel, o tal vez el fraude de valores.*

"Alguna sugerencia, señor—" hizo una pausa, "¿Jack?" Mateo se echó a reír. No pudo decir el nombre del tipo. Cracker Jack miró a María por encima del hombro de Mateo y sonrió. La luz de una farola brillaba en su rostro. Tan familiar, pensó Mateo, cuando se le ocurrió una idea espuria. La disipó como un imposible.

Mateo se había vuelto hacia el motor y no estaba prestando mucha atención cuando Cracker Jack sugirió que fueran a ver a su amigo en la estación de Shell y ver si podía remolcarlos.

Mateo estaba a punto de pedirle que repitiera el nombre del encargado de la estación de servicio cuando María se movió entre ellos.

"Mi nombre es María." Ella le ofreció la mano y la estrechó con firmeza. "Es un placer conocerlo, Sr. Cracker Jack".

María podía encantarle el cascabel a una serpiente, pensó Mateo. Cracker Jack parecía estar bajo su hechizo, ¿O era algo más?

"Así que, eres María. Es un placer conocerte."

¿Por qué lo diría de esa manera? Mateo se preguntó, repitiéndolo en su cabeza: Así que, ¿Eres María? Cracker Jack era carismático y encantador, ya que contaba una historia tras otra.

"Miren, ustedes dos vayan y díganle a Marcos que sería un favor para mí, y que él hará lo que sea posible. Digamos que me lo debe".

"¿Cuál dijiste que era su apellido?"

Cracker Jack no perdió el ritmo, "No creo haberlo dicho, pero es Estefon".

"Correcto."

María miró a Mateo con una expresión inquisitiva.

"Podría haber jurado que comenzó a decir Esteb, no Estef". Mateo susurró.

"¿De qué estás hablando?", Susurró María. "¿Quieres decir cómo Estébanez?"

"Tengo que hacer una llamada desde el restaurante", dijo Cracker Jack, "y llamaré a Marcos al Shell. Ya vuelvo". Y se paseó por la esquina.

"Me hizo muchas preguntas", dijo Mateo, "y no puedo creer cómo hemos hablado de nosotros mismos. Hay algo realmente familiar sobre este Jack".

"Su nombre es Cracker Jack", dijo María con una sonrisa. "Creo que es encantador. ¿Cuántos años crees que tiene?

"Estaba pensando en la edad de Sean", dijo. "He leído que las personas tienden a hablar fácilmente de sí mismas si solo les haces muchas preguntas abiertas".

"¿Abiertas?"

"Del tipo que no puedes responder con un no o sí. Creo que eso es lo que me estaba haciendo".

"En mi clase de psicología criminal, aprendí una gran técnica de entrevista", dijo María. "Al cambiar cada oración de la conversación en una pregunta, la gente le dirá a un completo extraño su segundo nombre, número de seguro social y talla de sujetador".

"Gracias a Dios que se fue antes de que pudieras revelar eso".

"Muy gracioso. También sentí que nos estaba analizando".

"O entrevistando", estuvo de acuerdo Mateo.

"Creo que ustedes dos podrían tener mucho en común".

Cracker Jack volvió a la vuelta de la esquina. "Lo siento chicos. Tuve que registrarme con mis Hombres-G. Ustedes dos parecen hambrientos. Después de hablar con Marcos, vengan al restaurante." Se giró y señaló. "Está a la vuelta de la esquina al final de este edificio. Mi departamento, gentileza del gobierno de los Estados Unidos, está justo encima del restaurante. Juanita se encargará de ustedes. Nos vemos allí en un momento". Se dio la vuelta y desapareció a la vuelta de la esquina.

Mateo y María se miraron con curiosidad. "G-Men", dijo Mateo.

"¿No significa eso el FBI?"

"Sí, así los llamaban, pero tal vez se refería a otra cosa. No me gusta cómo suena nada de esto, María".

"Creo que es emocionante, y creo que estás juzgando mal a Cracker Jack. Es un personaje, pero inofensivo, al menos para nosotros".

"Eres la psicólogo".

"Todavía no".

"Está bien, vamos a conocer a Marcos antes de comer algo".

Salieron del callejón, cruzaron la calle hacia la estación Shell. Su madre le había dicho que el tío Carl les advirtió que Miami Beach podría ser peligroso por la noche. El letrero retroiluminado de la estación Shell tenía la forma de una concha, una antigüedad, y el edificio de cemento, blanco alguna vez, tenía diferentes tonos de mugre y suciedad. Dos bombas de gas se desta-caban en el frente, como una pareja de soldados de plomo con cuerpos rojos y cabezas redondas amarillas.

Sentado en la oficina con las piernas sobre su escritorio leyendo una revista de carreras, había un hombre bajo, que vestía una camisa gris recién planchada con rayas rojas con un parche que decía Shell y una etiqueta con su nombre bordado, George.

"Hola, soy Mateo, y esta es María. Este tipo nos dijo que viéramos a Marcos, ¿Es él? ", Dijo Mateo señalando hacia el autobús.

Sorprendido, George dejó caer las piernas del escritorio y se levantó. Él dijo: "Mi nombre es Marcos, y Cracker Jack me llamó. Puede parecer loco, pero está bien. Ha ayudado a muchos en esta comunidad. ¿Qué puedo hacer por ustedes, muchachos?"

Mateo no tuvo problemas para seguir el español. Pasó los primeros seis años de su vida cerca de la madre de María y estos muchos años con sus dos tías cariñosas. Mientras observaba la apariencia ordenada de Marcos y la falta de grasa, o incluso un poco de suciedad en sus manos o debajo de las uñas, se le ocurrió algo más a Mateo. "María, pregúntale si cree que Jack ha estado alguna vez en Maine. Tengo la sensación de que lo conozco o lo he visto antes."

María lo tradujo al español y Marcos respondió "No sé sobre eso, Sr. Eaton. Cracker Jack ha estado en todo el mundo, pero aquí en Miami solo por algunas semanas".

Mateo ladeó la cabeza e intentó pensar si le había dicho a Cracker Jack su apellido. No lo creía así. ¿Y por qué Marcos tendría una camisa que diga, George? Estaba a punto de preguntar, pero Marcos habló primero. La conversación continuó en español.

"Mi mecánico, no está aquí hoy, y como es domingo, no podríamos obtener piezas de Miami hasta el lunes. Así que, Cracker Jack, ¿Dice que tienen familia en Homestead?

"Sí, su tío", dijo María.

Marcos caminó hacia el escritorio de metal gris y golpeó algunas llaves en una máquina de sumar desgastada. "Entonces por *cuarenta dólares*, te llevo *esta noche*".

Mateo se volvió para irse y preguntó: "Marcos, ¿Cuál es tu apellido?"

Marcos se volvió, sonrió y dijo: "Estefan. *¿Por qué?*

"Simplemente entendí mal lo que dijo tu amigo. Eso es todo. Gracias." Mateo hizo una mueca e hizo lo que llamó su personificación de Columbo. Él preguntó: "Entonces, ¿Cómo está el Sr. Estébanez?»

"¿Quién? ¿Estébanez? Creo que hubo un conquistador que gobernó Cuba después del descubrimiento de Cristóbal Colón en 1500".

Un gerente de Shell que estudia historia, consideró Mateo.

Mientras esperaban a que Marcos saliera del trabajo o terminara de leer su revista de carreras, regresaron al autobús VW. María se rio cuando abrió su puerta. En su asiento había una gran caja de Cracker Jack.

"¿Es este tipo es real, cariño?" María preguntó.

"Supongo que está un poco loco".

"Él tiene razón. Hubo un conquistador llamado Estébanez que se hizo cargo de Cuba. Intentaron domesticar a los aborígenes, pero al final, los virus europeos como el estreptococo mataron a las tres tribus. Estébanez fue el gobernador de La Habana, creo."

El Sr. E tiene más *explicaciones* que dar, pensó Mateo. Pero eso no es nada nuevo. Han sido tantas inconsistencias a lo largo de los años. Por ejemplo, se le ocurrió que no sabía el nombre de pila del Sr. E. Siempre se preguntó si Estébanez era su verdadero nombre. Cuando tenía unos diez años, abrió un pasaporte que el Sr. E tenía en el tablero de su auto alquilado. Tenía un nombre diferente, Antonio Brey, pero con la foto del Sr. E. Nunca le preguntó al respecto, ya que tendría que admitir que lo miró. ¿Quizás el Sr. E tomó prestado su nombre del conquistador?

Cerró el autobús, la víctima humeante de su largo viaje. Se alejaron del Shell, hacia el restaurante cubano abierto toda la noche, pasando primero por algunos bares concurridos.

Dos hombres caminaban hacia ellos, ocupando toda la acera. Mateo se hizo a un lado y llevó a María con él. Pero el más grande de los dos se movió y se topó con Mateo. Uno de los dos hombres bien vestidos que Mateo asumió que salían del bar de lujo tenía el ceño fruncido y el otro sonreía. Con un acento del Medio Oriente, el hombre sonriente dijo: "Por favor, disculpe a mi hermano y a mí". Con una leve reverencia, puso una mano sobre el hombro de su hermano y lo dirigió al otro lado de la calle. Mateo tomó el brazo de María y la abrazó.

Entraron en el restaurante que tenía poca luz.

CAPITULO ONCE
Recordar
1981

TODAVÍA SINTIENDO LOS EFECTOS del Hennessy Coñac, Cameron llegó al cementerio de la familia Carson en Indianápolis. Se sentó bajo la lluvia de primavera junto a la tumba de su esposa en un taburete muy gastado. El viaje era de casi trescientas millas de ida y vuelta, pero la visitaba al menos dos veces al mes. Bajo la presión de su sospechosamente repentina muerte y la presión de su padre, el senador, había sucumbido a enterrar a Karen en el cementerio de la familia Carson. Lamentó esa decisión ya que hubiera preferido que ella estuviera más cerca de él en Jackson's Place.

Húmedo y helado, tomó un trago largo y cálido de Hennessy. Contempló con ojos borrosos el frasco de cerámica de Moravia, bellamente diseñado, que le dio el físico alemán Wolfgang Pauli hace más de treinta años.

"Cariño, ¿Recuerdas la historia de esta botella?" el pregunto. "Bueno, te diré de nuevo si no te aburres demasiado con los detalles. Este gran hombre, Pauli, ganó un Premio Nobel por el Principio de Exclusión, el Principio de Exclusión Pauli. Para el profano suena un poco incierto, pero en pocas palabras, los electrones, los neutrones y los protones pueden poseer la misma energía o estado cuántico en un átomo". No estaría Pauli impresionado, pensó, de ver hasta dónde hemos llegado. "De todos modos, Pauli me dio el frasco en 1956 mientras asistía a la Conferencia Internacional de Energía. Supongo que estaba escuchando a un estudiante universitario arrogante presentar un caso medio creíble para el potencial de aprovechar de manera rentable la energía del sol". Se rio entre dientes, pensando lo idealista que era en ese escenario.

"Sabes, Pauli estaba enfermo y murió solo dos años después, de la edad que tengo ahora", dijo. "Se acercó a mí y a Craigo y me entregó este frasco".

Cameron arrugó la cara y dijo con su mejor acento alemán: 'Joven, si tiene la intención de ir en contra del establecimiento, necesitará esto'. Luego, se alejó".

"'¿Sabes quién era?', Dijo Craigo. Le dije que se parecía a alguien que vi en un libro de texto. Michael dijo: 'Él es Wolfgang Pauli, quizás la mente más grande de este siglo en física cuántica'. Solo miré esta exquisita botella multicolor, desenrosqué la tapa y olí. Mi cabeza se tambaleó hacia atrás y mis ojos se humedecieron, qué aroma tan embriagador. Mis disculpas, Karen, Hennessey me enganchó desde entonces."

"Tuve un problema tras otro en el laboratorio esta semana, y se me ocurrió algo. Pauli también era infame por El Efecto Pauli. Causo lo mismo cada vez que estoy en un laboratorio: ¡Desastre! El viejo Wolfgang Pauli tenía la reputación de entrar en un laboratorio solo para ver el experimento en proceso, autodestruirse". Se sentó en silencio.

"Ese agente del FBI, Flanagan, volvió a pasar por la casa. Soy rudo con él. Creo... creo que lo culpo" Miró hacia la oscuridad. "Y tu buen amigo, el padrino de Tremont, sí, de quien estaba tan celoso cuando nos conocimos... él continúa en contacto con los dos. No hay mucho que pueda hacer, pero si lo necesitamos, él estará allí". Tomó otro trago.

"¿Dónde estaba, cariño? Ah, sí, me quedé allí mirando mi nuevo trofeo: este frasco. Estaba lleno hasta la cima con coñac. Cuando Pauli murió, todo el departamento se reunió en el techo de la Biblioteca de Ciencias Hayden Barker y brindaron por su fallecimiento. Enviamos nuestros vasos y botellas al callejón de abajo."

Cameron se levantó de su taburete y brindó por Wolfgang Pauli. Sus ojos se llenaron de más lágrimas. Él le contó sobre su hijo. Tremont tenía diez veces el potencial que alguna vez tuvo. "Sé que también estás orgullosa de él. Se unió a los marines, pero no tengo que preocuparme, porque Tremont tiene su propio ángel guardián."

"Es difícil trabajar sin él aquí. No le dije eso. Lo que no sabe es que CJ Energy está listo. Podría haber revelado los resultados hace unos años, pero estaba esperando que Tremont terminara sus estudios. No lo sé, tal vez nunca los revele, si solo hubiera hecho lo que me pidieron, todavía estarías aquí conmigo". Se sentó y enterró la cabeza en sus manos. "Dime qué hacer, Kay". Se limpió la nariz.

"Tienes razón, tengo mucho trabajo corporativo que hacer en células solares y otras cosas. Cuando Tremont llegue a casa para siempre, veremos qué piensa el mundo de CJ Energy. Una vez que se haga público, P7, Hafiz y los otros delincuentes no deberían tener motivos para lastimar a Tremont".

A menos que su motivo sea la venganza, pensó. Se puso de pie y dobló la silla. "Vigílalo, Kay. Ya sabes cómo es él. Es terco como tu padre, impetuoso como yo y un idealista como tú".

"Dios, te extraño, Kay. Estoy manteniendo bien el lugar. No ha cambiado mucho, excepto el laboratorio y toda la mierda de seguridad. Lo siento". Ella odiaba las blasfemias. "Pero sigo siendo un hijo de puta solitario. Lo siento de nuevo, cariño. Pero te veré cuando termine mi trabajo aquí". Besó su lápida, prometió dejar de beber y sacudió un poco de tierra del reluciente mármol blanco. La inscripción decía:

Esposa, hija y amiga perfecta.

Karen "Kay" Carson Jackson

Nacida el 3 de marzo de 1935

Se ha ido a ayudar a Dios a organizar el cielo, 17 de agosto de 1959

Cameron dejó caer el taburete. Tropezó tratando de alcanzarlo y vio un movimiento. Sacó su .45. «¿Quién está ahí? Por Dios, yo...»

Cuando tropezó en el estacionamiento, las llantas chirriaron y vio desaparecer las luces traseras de un SUV a la vuelta de la esquina.

CAPITULO DOCE
Genio
1981

MATEO ERA UN NIÑO cuando Sean llevó a su mejor amigo, Tremont, a Millinocket. Tremont salió al porche donde Mateo estaba sentado con lápiz y papel. Una mezcla de collie desaliñado de pelo largo yacía a su lado. Los ojos del perro siguieron cada movimiento de Tremont. Ambos estaban callados, y Mateo fingió no notar al flaco gigante pelirrojo. Tremont estaba parado en el extremo opuesto del porche, apoyado en uno de los seis postes de roble, que sostenían un enorme saliente, que rodeaba el frente de la casa de estilo colonial. Observó a Mateo.

Pasaron varios minutos antes de que Tremont hablara. "He escuchado mucho de ti de tu hermano. ¿Puedo ayudar?

Sean Eaton estaba dentro de la casa, discutiendo acerca de unirse a los Marines con su padre. Por ahora, ambas voces eran gritos de acusaciones e insultos. Mateo no se inmutó, pero molestó a Tremont. No podía recordar una discusión entre él y su padre, aunque había sido testigo de muchos altercados entre su padre y su abuelo, el senador Carson.

El joven Mateo continuó concentrándose en la tarea que tenía delante. Tremont se acercó más.

Algo se estrelló dentro. Ambos escucharon a la Sra. Eaton. "Por favor, no peleen, y tengan cuidado, esa es la porcelana de mi bisabuela. Ha sobrevivido durante cuatro generaciones, pero cómo sobrevivieron veinte años con ustedes dos, ¡Nunca lo sabré! Ahora siéntense y coman tarta."

Se acercó a la puerta y dijo: "Tremont, ¿Te gustaría tarta de manzana y café o té?" Las orejas del perro se alzaron cuando escuchó la palabra tarta. Sus ojos siguieron a la Sra. Eaton.

"No, señora, pero gracias de todos modos", dijo Tremont.

"¿Mateo?"

"¿Queda pastel? ¿Chocolate alemán?

"No, sabes que solo hago eso en tu cumpleaños. Pero hice un pastel de zanahoria el domingo y creo que hay un pedazo con tu nombre".

Mateo frunció el ceño, sin levantar la vista de su periódico. "No, gracias, mamá".

Ella le trajo un vaso de leche y una píldora antes de regresar adentro.

Mateo ignoró los gritos. Tremont notó su enfoque. Como Mateo no había reconocido su presencia en el porche, Tremont se sentó al lado del niño y fingió no mirar por encima del hombro.

Alguien golpeó una mesa. El padre de Sean dijo: "Nunca piensas en nadie, sino en ti mismo. ¿Qué pasaría si me pasara algo? ¿Quién supervisaría las cosas en los molinos? Cuando murió mi padre, yo..."

"¡Lo sé! ¡Estaba con el abuelo ese día! No te va a pasar nada, viejo. Eres demasiado insoportable como para morir antes de tiempo. Además, si trabajáramos juntos, nos mataríamos en un año".

Sobre el hombro de Mateo, Tremont estudió un dibujo de lo que parecía ser un molino de viento, muy parecido a los que su padre había instalado en Jackson's Place. Excepto, la imagen de Mateo incluía paneles solares auxiliares indicados por una flecha que apuntaba a grandes rectángulos que corrían verticalmente a cada lado del poste, con las palabras garabateadas "paneles solares". Eso justificó las sospechas de Tremont de que, tal como Sean había dicho, Mateo era un joven Cameron Jackson.

"¿Siempre te sientas e inventas, dibujando así?"

Mateo levantó la vista y sonrió. "Todos los días".

"¿Qué estás tratando de resolver aquí? Veo paneles solares. ¿Qué sabes sobre la energía solar?" Le preocupaba que pudiera intimidar al niño, pero por el contrario, Mateo lo miró directamente, analizándolo.

"Eres el chico de la ciencia, del que me habló mi hermano. He querido hablar contigo durante mucho tiempo", dijo Mateo.

Tremont casi se rio en voz alta. Pensó, ¿Qué podría ser mucho tiempo en la vida de un niño?

"Lo escuché llamarte Tree", dijo Mateo y volvió a su dibujo.

"Deberías escuchar como mi padre y mi abuelo me llaman".

Mateo intervino: "Bueno, estaba pensando que todos esos molinos de viento en California no funcionan todo el tiempo, pero tienen sol todo el tiempo. Entonces, si podemos obtener energía del sol, los molinos de viento funcionarían todo el día y luego tendrían suficiente energía para continuar durante la noche".

Aunque rodeado de gente inteligente, este chico era más de lo que esperaba. No solo era inteligente, sino que también tenía una afinidad natural por la ciencia y la ciencia de la energía. Tremont no podía esperar para contarle a su padre sobre Mateo.

"¿Cómo te interesaste en los molinos de viento y paneles solares?" Preguntó Tremont.

Mateo se encogió de hombros.

Habiendo olvidado que estaba hablando con un niño que apenas había salido de la guardería, Tremont cambió de tema. "Me di cuenta cuando salí al porche, que parecías perplejo-"

"¿Perplejo?"

"Confundido. Parecía estar confundido acerca de algo".

Mateo lo miró incrédulo.

"Quiero decir, cuando salí, estabas trabajando en alguna parte de tu diseño".

"Sé lo que quisiste decir. Solo necesitaba contexto".

Tremont se cubrió la sonrisa con la mano. "¿Y?"

"Debe haber una manera de generar la misma energía con algo mucho más pequeño. Algo así como la computadora de mi papá. ¿Sabías que solían llenar todo un edificio y ahora se encuentra en su escritorio?"

"¿Usas la computadora de tu papá?"

"Quiero decir, si alguien puede encogerse. ¿Viste esa película en blanco y negro donde el tipo tenía esta gran máquina, y encogió todo ya todos a su alrededor? Amo esa película. A veces me imagino que así es como redujeron la computadora".

El camino de la lógica de este niño cautivó a Tremont. "Mi padre ha pasado toda su vida tratando de hacer exactamente lo que has descrito, Mateo.

Tomar la energía del sol o el viento o la acción química en el agua y captúralo en un pequeño recipiente".

"¿Recipiente?"

"Un gabinete como el que alberga la computadora, como una batería, pero con la capacidad de regenerarse y no desgastarse", continuó Tremont. Hablaron un rato más y luego le preguntó a Mateo qué libros tenía sobre energías alternativas.

"Tengo algunos libros para niños y les he pedido a mis maestros algunos libros reales"

"Libros reales", dijo Tremont, graciosamente.

"Le pedí libros específicos sobre paneles solares. Ella nunca los consiguió para mí."

"Apuesto a que ella no creía que pudieras entender los conceptos. Te enviaré algunos libros que creo que disfrutarás y otros que puedes conservar para cuando seas mayor".

Tengo la sensación, Tremont consideró, de que en un par de años podrás comprender la mayor parte de Capturando el Sol.

A medida que avanzaba la noche, a Tremont le resultó fácil hablar con Mateo sobre los acontecimientos mundiales, la arqueología, la geografía, la política y el tema favorito de ambos; la ciencia y los inventos. Mateo fue paciente mientras Tremont explicaba varios conceptos.

Al atardecer, los dos muchachos se enfrentaron a las cadenas montañosas del norte de Maine, hacia la frontera de Canadá. Sean y su padre seguían discutiendo, ahogando a Kate. Tremont le contó brevemente a Mateo sobre el trabajo de Cameron Jackson. Vislumbró una comprensión conceptual rudimentaria en los ojos de Mateo. Unos minutos más tarde, Sean salió disparado y casi saca la puerta de sus bisagras.

"Vamos, Tree. Es un imbécil y siempre lo será." Sean se agachó y puso su mano sobre la cabeza de Mateo. "Te veré más tarde, hermanito. Sigue enviando copias de tus dibujos, ¿De acuerdo?"

Mateo parpadeó con fuerza contra las lágrimas.

Sean se arrodilló. "Lo siento, no podemos ir de excursión. La próxima vez, lo prometo. Y dispararemos a esa .22 Verminator. ¿De acuerdo?» Cuando Sean intentó revolver su cabello, Mateo se lo eludió. Sean bajó corriendo las escaleras y salió al Land Cruiser.

Tremont se volvió hacia Mateo, que ahora dibujaba líneas imaginarias en los tablones de pino. "Escucha, chico, tu hermano habla de ti constantemente. Ustedes dos tienen un vínculo especial. Oye, volveré. Ambos volveremos pronto con muchas buenas historias". Mateo todavía no levantaba la vista, y Tremont vislumbró a la Sra. Eaton, de pie en la puerta, escuchando. "Tú y yo seremos grandes amigos. Te lo garantizo. Y te escribiré y te enviaré algunas ideas para tus proyectos de ciencias de clase. ¿Te gustaría eso?"

Mateo se frotó los ojos con el puño cerrado y asintió. Tremont sonrió y Mateo no lo eludió cuando Tremont le despeinó el cabello.

"Cuida de mi hijo, Tremont", dijo Kate.

"Lo haré, señora".

Cuando Tremont salió del porche, Mateo dijo: "Voy a hacer un dibujo de mi máquina de lluvia para ti. Creo que funcionará, pero no estoy seguro".

"Apuesto a que lo hará".

"Solo tengo seis años, ya sabes..."

Tremont se alejó, sacudiendo la cabeza. Murmuró: "Sí, solo seis, un niño genio que ama los proyectos de energía cuántica. ¿Cuál es la posibilidad de eso?"

Mateo observó el todoterreno recorrer el largo camino de entrada. Parker salió de la casa, se cruzó de brazos y miró al SUV sin decir una palabra. Volvió a la casa y se pasó una mano por la frente.

Kate pasó a Parker y salió al porche. "Está enojado, Mateo, pero debes saber que también está orgulloso de Sean y tal vez un poco asustado por él". Ella le dio unas palmaditas en el hombro y luego se retiró a la casa. Mateo acarició la cabeza de Nuke y dijo: "Sabes, creo que a Tree realmente le gustaron mis dibujos e ideas". Mateo no volvió a ver a Tree por otros catorce años.

CAPITULO TRECE

Honor

1982

DESPUÉS DE SALIR DE MILLINOCKET, Sean y Tremont regresaron a New Haven, donde cargaron el Land Cruiser de estilo safari de Tremont con una rejilla en la parte superior y una parrilla de hierro negro en el frente construido para desviar un rinoceronte de carga. Se despidieron de Yale y viajaron las setecientas millas al sur hasta Camp Lejeune en Jacksonville, Carolina del Norte.

Ni Sean ni Tremont tuvieron problemas con el campo de entrenamiento. Casi. Sean y el sargento Schmolz no se llevaban bien.

Tremont dividió su tiempo de licencia entre Jackson's Place e Indianápolis con los Carson's. Sean conoció a las damas y los camareros de North Myrtle Beach. El departamento local del sheriff le proporcionó a Sean alojamiento en dos noches diferentes.

Recibieron sus órdenes y los enviaron a Miramar, California, unidos a la Tercer Ala de Aviones Marinos. En Miramar, fueron promovidos y se unieron a un grupo secreto de inteligencia antiterrorista marina recién formado. Junto con otras dos docenas de otros marines, pasaron un mes en el desierto, entrenando con profesionales experimentados de inteligencia militar y personal civil de la CIA. Ahora eran oficialmente oficiales de inteligencia militar de la Marina. Dentro de los marines, eran conocidos como tejones por la forma en que se infiltraron en los campos terroristas y los arrojaron a la intemperie.

A las pocas semanas de completar su entrenamiento, los Badgers fueron enviados a Kuwait para hacer frente a un aumento en la toma de rehenes de

Estados Unidos y la NATO en Irán y Siria por parte de extremistas islámicos. Llegaron a la parte más peligrosa del mundo, mientras Irán e Irak luchaban en otra guerra. En Kuwait, aprendieron árabe y farsi, reclutaron informantes y entrenaron a moderados islámicos para infiltrarse en células terroristas. Eran parte de, y pronto lideraron, misiones encubiertas en toda la región.

Después de su gira en Irak, los Tejones llegaron a Pakistán para asesorar a los muyahidines, integrados por los insurgentes talibanes y de Al Qaeda, sobre la guerra contra la República Democrática de Afganistán (RD) apoyada por la Unión Soviética.

Tremont pensó que era irónico que su misión fuera trabajar con un grupo fundamentalista islámico extremo para socavar la ocupación soviética de Afganistán. Le dijo a Sean: "Si los muyahidines logran derrocar a la RD y los rusos, volveremos a luchar contra los talibanes y al-Qaeda en los próximos años.

Meses después de llegar a Islamabad, Tremont se sentó solo, junto a un pequeño incendio en las afueras de Jalalabad, la capital de la provincia de Nangarhar en Afganistán. Le encantaba estudiar la historia de este antiguo lugar cerca del Paso Khyber. Ahora, solo se preguntaba cómo había llegado aquí.

Se colocó en las sombras, de espaldas al fuego, sin querer cegar su visión nocturna o ser un blanco para un francotirador comunista. Sentados alrededor del fuego, al menos a cuatro o cinco pies de las llamas, había una docena de luchadores por la libertad muyahidines. A Tremont no le gustaba su compañía. En su opinión, los talibanes serían un régimen mucho peor. Si los derechos humanos, particularmente para las mujeres, no fueran ya horrendos, los talibanes harían retroceder a Afganistán a la Edad de Piedra. Él enviaba informes semanales a sus superiores, sin esperar que obtuvieran tracción. Su abuelo luego le confió que su comité recibió las observaciones de Tremont del Pentágono. La revisión de Tremont también llegó al presidente del Estado Mayor Conjunto y la agenda de información de POTUS. El senador Carson dijo que el presidente Reagan esperaba reunirse con Tremont, lo que no es irónico, y fue poco después que Sean y Tremont fueron presentados al ayudante de seguridad nacional, Oliver North.

Mientras tanto, el actual Poder Ejecutivo de los Estados Unidos colocó secretamente agentes del servicio secreto nacional y militar en todo el mundo. El objetivo a largo plazo era difundir el ideal de libertad y democracia, llevando la lucha a los terroristas antes de que la trajeran a los Estados Unidos.

Tremont luchó a la luz del fuego para escribir su carta semanal a su padre. Escribió que tomaría un par de cientos de años después de plantar estas semillas para ver resultados, para afectar siglos de sociedades religiosas tribales y de postura firme del Medio Oriente. "Somos plantadores de semillas", dijo Tremont en voz alta, satisfecho de sí mismo.

"¿Qué fue eso?"

Sean intentaba descansar la cabeza en su mochila.

"Estaba pensando que si lo que estamos haciendo tiene algún valor, o si estamos poniendo esto en marcha para nada. Si estos fanáticos se apoderan de Kabul según lo planeado, echarán al país cinco siglos atrás".

"Esa no es nuestra decisión. La Casa Blanca quiere que salgan los soviéticos. Prefieren luchar contra los talibanes, dentro de diez o veinte años, que tratar de vencer a los soviéticos solo en esta parte del mundo".

"Entonces, están los soviéticos afuera y cualquiera adentro".

"Exactamente."

Tremont se echó a reír. "Somos peones".

"Malditos y muy peligrosos peones, mi amigo. ¿Qué estás escribiendo?

"Una carta a mi papá. Le haré saber que pronto estaré en casa".

"Te has anotado para algunas recorridos más».

"Ah, ahí es donde te equivocas. Agregué un apéndice a mi última comisión. Estoy mes a mes, hermano. Tan pronto como termine esta misión, me dirigiré a casa y cambiaré mi rifle por una pistola de soldar".

Sean se sentó y miró a Tremont por un largo tiempo. "Nunca mencionaste eso".

"No estaba seguro hasta ahora".

Sean se recostó y dijo: "Yo no, hombre. Muerte o retiro, me estoy acostumbrando a estas rocas y a mis amigos antiamericanos".

Tremont sabía a dónde se dirigía, así que lo dejó descansar y volvió a su carta.

"Oye, ¿Tu padre todavía está trabajando en el mismo proyecto del que me hablaste en Yale?"

"El mismo proyecto".

"¿Todavía eres un creyente?"

"Todavía soy un creyente".

"Eso es genial. Le di a mi hermano los libros de tu padre, y hubieras pensado que le regalé una motocicleta".

"Me alegra que le hayan gustado", dijo Tremont y contuvo el aliento hasta que pudo escuchar la respiración agitada de Sean. Una vez más, estaba complacido de que la conversación no hubiera ido más allá. Estaba cansado de mentirle a Sean sobre cuánto sabía sobre Mateo. Lo último que escuchó fue que Mateo había ideado una nueva forma del sistema de conversión de energía hidroeléctrica. El concepto de Mateo era único, aunque el MIT tenía proyectos similares, y su padre había trabajado con un equipo de investigadores de energía hidroeléctrica en los años cincuenta. Para un niño, considerar las posibilidades de la energía hidroeléctrica por su cuenta y desarrollar un prototipo, era sorprendente. Si Mateo podía hacer eso antes de estar en la escuela secundaria, ¿Qué podría lograr en la universidad?

Tremont no podría haber elegido un mejor aprendiz. ¿Es eso lo que era? ¿Un aprendiz? ¿O algo más? Una garantía, quizás. ¿Y qué poseyó a el tío Félix para hacer de Millinocket un segundo hogar? Pensó que lo sabía. Se sintió un poco culpable por trabajar detrás de escena en la vida del niño sin el conocimiento de Kate y Parker. Considerando el peso del trabajo de su padre y el impacto en el futuro de la civilización, podría vivir con un poco de culpa.

Su padre se acercaba a la finalización de sus experimentos y pronto estaría listo para desarrollar un prototipo. Solicitaría una descarga de los marines cuando llegara ese momento y tal vez mantenga su estado activo en la Guardia Nacional. Tremont se comprometió a dedicarse al trabajo de su padre a tiempo completo. Imagínalo, pensó mientras doblaba la carta y colocaba la dirección, si Estados Unidos y otros países desarrollados ya no dependían del petróleo extranjero, sino que podían estar seguros de forma independiente en su consumo de energía sin agotar otro ápice de los recursos naturales del planeta.

Tremont no había estado dormido por más de unos minutos cuando las balas comenzaron a volar por encima de él y luego se resquebrajaron de las rocas a su alrededor. Se lanzó por su rifle M-249. Sean ya estaba tirando tierra al fuego, y se retiraron a las rocas mientras las balas rebotaban a su alrededor. Podía escuchar los gritos de los talibanes pakistaníes que luchaban duramente, mientras el enemigo disparaba M-16 de fabricación estadounidense y los distintivos rifles de asalto Kalashnikov rusos, los AK-47, eligieron a sus aliados en el lado oeste del fuego.

Atrapado detrás de una roca, maldijo a los políticos en el congreso por permitir que las armas estadounidenses lleguen a las manos de sus enemigos.

Miró por encima de las rocas. La luna iluminaba el área, una ventaja para el tirador.

Su última misión, después de Irak y antes de Afganistán, incluyó participar en una asignación de guardia altamente clasificada. Tremont y Sean conocieron al teniente coronel Oliver North en Ginebra, Suiza. Ollie dijo que todo lo que no sabían era lo que fundamentalmente necesitaban saber.

Con el uniforme de gala de la Marina completo, estaban de guardia fuera de la suite presidencial del ático en el Hotel President Wilson. Ollie sugirió que llevaran dos estuches adicionales de munición. La campana sonó en el ascensor, la puerta se abrió. Dos agentes del servicio secreto salieron, miraron arriba y abajo del pasillo y asintieron. Ambos dijeron: "Todo despejado", y tres funcionarios de alto rango salieron del ascensor: el director de la CIA William Casey, el vicepresidente y ex director de la CIA George HW Bush, el vicealmirante asesor de seguridad nacional, John Poindexter, y el secretario de Defensa Casper. Weinberger.

Los hombres entraron en la suite presidencial donde el primer ministro iraní Banisadr y su séquito esperaban.

El acuerdo alcanzado en el Wilson fue un misterio, pero a medida que pasaron los años, se enteró de que era un acuerdo para intercambiar armas para el regreso de los rehenes. Ollie les dijo que las armas estadounidenses habían estado filtrándose a través de Irán desde la incapacidad de Carter para liberar a cincuenta y dos rehenes estadounidenses antes del fin de su administración. Reagan obtuvo su liberación solo unos meses después. Tremont había aprendido del senador Carson que las reuniones habían continuado después de su noche encubierta en el Wilson. Más ofertas. Como no tenían rehenes, los iraníes supuestamente comerciaban con petróleo.

Un disparo rebotó en la roca sobre la cabeza de Tremont. Cinco hombres talibanes yacían muertos o heridos cerca del fuego ardiente.

"Apunta por mí", susurró Sean, "date prisa".

Tremont fue a una bolsa de suministros de lona y agarró un telescopio M121. Se arrastró hasta la cima de la roca. *Sonido vibrante*. La bala de los francotiradores rebotó a centímetros del hombro de Sean.

Sean ajustó el alcance de su rifle. "Lo tengo en la mira. Necesito elevación Solo tendré una oportunidad, y él se habrá ido"

"Dónde".

"Arriba de esa cresta, a la derecha de los arbustos de espino y a la izquierda de la roca que parece tener orejas de zorro".

Tremont fijó el alcance en su trípode. Lo alineó hasta las orejas de zorro y luego cambió el alcance a una pulgada. "Lo tengo. 863 metros". Tremont susurró los ángulos de elevación e inclinación. Escuchó mientras Sean se ajustaba la holgura y hacía clic en una corrección visual en el visor Barrett M82 .50. Sean respiró hondo tres veces y exhaló una última.

Tremont susurró: "Envíalo".

Sean presionó y se había ido.

Tremont vio al francotirador ruso sacudirse y desaparecer. Apartó sus ojos del alcance. "Que-"

Sean había desaparecido.

Tremont corrió hacia el fuego y ayudó a arrastrar a los sobrevivientes para que se cubrieran. Durante las siguientes horas, se dispararon cuatro tiros en la oscuridad.

Tremont y un médico sobreviviente trabajaron en los heridos. Intercambiaron en servicio de centinela. Tremont estaba de guardia una hora después cuando escuchó a alguien que venía de la colina detrás de él. Sacó su SIG P226 de su funda y se presionó contra una roca.

Sonó un chirrido de halcón que le dio escalofríos. Siempre lo hizo Sean había dicho que era el sonido de Pamola, el dios del trueno, un infame águila-alce que causó tormentas, muertes y desapariciones significativas. Lo curioso fue que Sean lo dijo como si lo creyera.

Sean se deslizó desde la parte superior de la roca y aterrizó al lado de Tremont.

"¿Cuántos?"

"Había cuatro", dijo Sean. "Dos rusos".

Tremont no tenía dudas de que, entre la espina de camello, el alga marina y el ajenjo, había cuatro hombres más listos para las bolsas de cadáveres.

Por la mañana, revisaron y etiquetaron a sus muertos. La fuerza opositora había perdido once, incluidos los cuatro que Sean persiguió en la noche.

Tremont cambió las vendas empapadas de sangre con la ayuda de un hombre alto y callado, que conocían como Usama bin Mohammed bin Awad bin Laden, el hijo menor de la undécima esposa de su padre multimillonario. A Tremont no le gustó la forma en que Bin Laden lo miraba, con una mirada de odio. Sin embargo, fue impresionante, cómo incluso los soldados muyahidines mayores siguieron sus órdenes.

Tremont decidió que necesitaba seguir adelante con su vida. Es hora de irse a casa.

CAPITULO CATORCE

Terror

1983

((• UN ESTUDIANTE UNIVERSITARIO, una madre y su pequeño hijo, muertos en una explosión! Cientos han sido hospitalizados con heridas", informó la presentadora de ojos oscuros de la Red de Noticias de Austria. El coche bomba en Israel fue el tercer atentado en un área civil este mes. Se detuvo a mitad de la oración cuando le dieron un trozo de papel. Ella le dijo a la cámara: "El jeque Mohammed bin Bandar, secretario general adjunto de la OPEC, fue asesinado en Egipto. Según una fuente, Mohammed bin Bandar había estado en una acalorada batalla con otros miembros de la OPEC sobre lo que algunos consideraban sus posiciones pro-occidentales. Aquí en ANN, hemos estado cubriendo esta controversia y... Se llevó la mano a la oreja. "Ahora tenemos una transmisión en vivo fuera del Hotel El Houssain, en el bazar Khan El-Khalili. ¿Sudir?"

A dos cuadras de la sede de ANN, veinte hombres se sentaron alrededor de una mesa de mármol adornada. La sala exhibía un colorido tapiz de seda del Medio Oriente, enormes alfombras persas y muebles de mármol tallados a mano. Pinturas al óleo originales colgadas en dos paredes. Una representaba paisajes desérticos, y otro mostraba tres imperios islámicos medievales. Docenas de fotografías colgaban en otra pared, mostrando campos petroleros y refinerías. En la parte inferior de cada imagen enmarcada y enmarañada, había una etiqueta grabada en plata que enumeraba las ubicaciones; Bahrein, Kuwait, Qatar, Irán, Iraq, Arabia Saudita, Egipto, Siria y varios estados o emiratos de los Emiratos Árabes Unidos.

Hafiz Islam Bitrūl Saumba Shokran se reunió en una sala de conferencias en un piso subterráneo de un edificio en el complejo de mármol de la OPEC en Donaustrasse 93 en el centro de Viena. La sede austríaca de IBM estaba a la izquierda y el Banco Austria a la derecha.

Afuera, más de una docena de soldados de la policía militar austriaca GEK Cobra estaban de guardia, todos con rifles automáticos. Las fuerzas especiales de Cobra se desarrollaron en 1972 para proteger a los inmigrantes judíos después del ataque a los atletas en los Juegos Olímpicos de Munich. Los Cobras también ayudaron a poner fin al asedio liderado por el infame asesino, el Chacal en 1975.

Dos soldados Cobra estaban de guardia fuera de la sala de conferencias. Aunque eran ciudadanos austriacos, sus características eran claramente diferentes a las de sus compañeros Cobras. Anteriormente, cada miembro de la junta de Hafiz salió del ascensor y saludó a los soldados: "As-salāmu' alaykum, Ahmed, As-salāmu 'alaykum, Saleh." Los hermanos Jobrani Maher eran bien conocidos.

Dentro de la sala de conferencias, el asiento en la cabecera de la mesa estaba vacío. Las dos pantallas en la pared paralizaron a los hombres. Una pantalla presentaba las noticias locales austriacas con subtítulos en árabe. La otra pantalla sonó con el informe de noticias de Al-Jazeera.

"Es una gran tragedia", dijo un miembro de la junta, mientras se tocaba la frente, los labios y el pecho antes de inclinar la cabeza. "Era un gran hombre. Un hombre muy grande, con la mano de Allah sobre su hombro. Que encuentre su paz y nos guíe a través de estos tiempos difíciles".

La mayoría de los hombres asintieron de acuerdo. Un hombre, alto, de túnica oscura con una barba canosa de longitud media, de largos ropajes negros y grises, sandalias y turbante, no parecía preocupado por la noticia.

Antes de que el reportero concluyera, la figura alta apagó las pantallas. Todos los ojos estaban puestos en él, ya que primero se dirigió a la cabecera de la mesa, se quedó quieto por un momento y luego paseó por la habitación.

Omar bin Taliffan dijo: "La mayoría de nosotros estamos de acuerdo en que Mohammed bin Bandar era débil cuando se trataba de decisiones políticas cruciales que afectaban nuestras ganancias, nuestra estabilidad y nuestra propia existencia."

"Hemos estado jugando directamente en manos del Occidente", dijo el nuevo presidente de Hafiz. "Todo lo que había predicho ha sucedido. La OPEC se está debilitando a medida que el desarrollo en el Golfo de México y el Mar del Norte continúan. La exploración en Alaska, Siberia y China está en el horizonte. El combustible fósil se enfrenta a la extinción en la era nuclear.

Desde que mi padre y mis tíos ayudaron a formar estos consejos, la misión de este grupo ha sido proporcionar estabilidad, protección y equilibrio. ¿No es esto lo que Hafiz Islam Bitrūl Saumba Shokran quiere decir en su interpretación más pura?"

Bin Taliffan gruñó. "¿Qué hemos hecho en la última década para asegurar nuestro futuro corporativo? Desde la formación de Hafiz, ¿Qué hemos logrado?" Algunos de los miembros revisaron los papeles. "¡La shayy! Nada, amigos míos. ¡Nada!" Desde 1973 y el embargo petrolero, el grupo se había duplicado de su membresía original de doce países. El subsecretario general Bin Bandar había liderado sus actividades políticas y comerciales, ignorando presuntos negocios ilícitos, asesinatos y terrorismo patrocinado. Con bin Bandar fuera de la escena, solo quedaba un estadista mayor para objetar. Los bin Taliffan reemplazaron con éxito a los jeques mayores, ministros de petróleo y príncipes de esta sociedad secreta. Los miembros más jóvenes de la familia admiraron al extrañamente carismático Omar bin Taliffan, un líder islámico franco que llamaba a la Jihad contra Occidente. Muchos en Occidente creían que la única diferencia entre Omar y su primo extremista, Osama bin Laden, era que dirigía su red desde salas de juntas en lugar de campamentos y cuevas de entrenamiento terrorista en el desierto.

El jeque Hassan Al-Fawza de Arabia Saudita, el último de la vieja guardia, un fundador de Hafiz retorcía las manos.

Llamaron a la puerta. Taliffan señaló a Nafed, un sirviente, y al guardia Cobra que lideraba dos hombres. Los hombres anglosajones parecían fuera de lugar. El primer hombre, de poco menos de un metro ochenta, tenía cabello castaño arena, ojos azules llamativos y una prominente barbilla hendida. Llevaba pantalones cortos Docker largos, una gorra de los Dallas Cowboys, sandalias y una camisa arrugada de manga corta abotonada. Sacó tres gruesas carpetas de papel manila de una cartera de lona gastada.

El segundo hombre, vestido con un traje a rayas, llevaba un maletín de cuero. Tomaron asiento mientras su anfitrión acechaba por la habitación.

El jeque Hassan Al-Fawza se puso de pie. "¡Exijo saber qué está pasando!" le dijo a Omar bin Taliffan. "¿Usted y estos estadounidenses tuvieron algo que ver con el asesinato de Bandar?"

"Somos canadienses", dijo John Lomax, con una sonrisa irónica y chasqueó la lengua.

La sala quedó en silencio. Al-Fawza se aclaró la garganta. "No se puede tomar la posición del jeque Mohammed bin Bandar sin una votación. No lo aceptaremos". Miró alrededor de la habitación y no encontró apoyo. "¿Y qué hacen estos hombres aquí? Esta es una sesión cerrada. Me ocuparé de esto con los mimbros de la OPEC más tarde hoy".

"Por favor, siéntese, mi querido tío. ¿Cuánto tiempo lleva usted y mi padre siendo socios comerciales y amigos? ¿Cuarenta años? Por favor beba y coma. Todo se revelará en una hora, se lo prometo" Taliffan estaba ahora detrás del viejo jeque. "No se ve bien, tío. ¿Puedo hacer que Nafed le traiga algo de la enfermería?

Aunque la habitación era bastante fresca, el jeque se secó el sudor de su cabeza. Él respondió con una voz quebrantada, "Me siento bien, pero ¿Por qué estás—"

Taliffan extendió los dedos sobre los hombros del hombre. "Todo se revelará a tiempo, insha'Allah".

"¿Canadá?" Taliffan regresó a la cabecera de la mesa. "Permítanme presentarles al senador Wayne Green de Texas, y su socio..." hizo una pausa mientras él y los ojos del otro hombre se cerraron: "Sr. Smith. Representan a aquellos en los Estados Unidos que comparten nuestros objetivos. Para continuar aumentando nuestro dominio en el mercado mundial, debemos evitar los errores del pasado, como el embargo fallido de principios de los años setenta. El resultado inesperado fue el empoderamiento de los defensores de la energía nuclear y los conservacionistas de las energías renovables, creando un enemigo silencioso pero mortal para nuestra forma de vida..."

Todos los ojos se volvieron hacia Al-Fawza, el anciano, mientras se levantaba, se agarró el pecho y cayó sobre la mesa de mármol, con la cabeza rebotando en la sopa.

Sin inmutarse, el hombre al lado del jeque miró a Taliffan en busca de dirección. El senador se levantó, derribó su silla y retrocedió contra la pared. Lomax sacó algo del bolsillo, se recostó en la silla y comenzó a masticar un chicle. Él jugueteó con el envoltorio.

"Sí, por supuesto, primo Mahmoud, revisa a nuestro tío".

Mahmoud, un ex teniente de al-Qaeda, y primo hermano de Omar, Ahmed y Saleh, se unió a la sociedad secreta para reemplazar al general Daneshvar's, quien se enfermó y luego murió en Viena el año anterior. Para Al-Qaeda, Mahmoud había desarrollado un plan a largo plazo para infiltrarse en los EE.UU. con adolescentes, donde se capacitaron en aviación, ciencias de la energía, seguridad y negocios. Mientras ese programa se filtraba, Bin Laden quería sesiones informativas periódicas sobre el progreso con los esfuerzos disruptivos para eludir la industria de combustibles fósiles del Medio Oriente que indirectamente cortaría los fondos de Al-Qaeda. Sin amor perdido entre los iraníes y los yemenitas, el general Daneshvar's amenazó con exponer a bin Laden y bin Taliffan demasiadas veces. Al igual que con el Secretario General bin Bandar, los medios de comunicación habían aludido al juego sucio con respecto a la muerte de Daneshvar's, pero una investigación realizada por la policía de Viena y el gobierno iraní no fue concluyente. Al dar la bienvenida a Mahmoud como el reemplazo de Daneshvar's, Omar había dicho: "Un primo de confianza más y un chií menos por el que preocuparse".

Mahmoud sintió el pulso. Él anunció: "Está muerto".

La puerta se abrió y los dos Cobras, Ahmed y Saleh, entraron en la habitación. Taliffan sacudió la cabeza. "Nuestro tío será extrañado. Por favor, ayuda a Nafed a llevarlo a la enfermería hasta que tengamos tiempo de llevarlo al hospital" Levantaron el cuerpo del jeque y lo sacaron de la habitación.

Taliffan hizo un gesto a los estadounidenses.

El senador se levantó, se sentó, retorció las manos, respiró hondo y volvió a colocarse las gafas. Presionó sus manos temblorosas sobre su almohadilla amarilla como si estuviera alisando las arrugas de una camisa. "Caballeros, como dijo el príncipe Taliffan, tenemos mucho en común. Nuestros objetivos son como los suyos". Lanzó una diatriba contra la actual situación global, política y económica, en relación con la industria petrolera. "Si nos sentamos y permitimos que hombres como el Dr. Jackson tengan éxito, es posible que solo pasen cincuenta años antes de que Estados Unidos y Europa tengan una fuente independiente de energía. Francia ya inició la construcción de la planta nuclear más grande de Europa y espera estar libre de combustibles fósiles en unos años. Me preocupa la inestabilidad económica mundial. Para resumir, debemos trabajar juntos para asegurar a nuestros constituyentes..."

"Las Siete Hermanas, ¿P7?" Taliffan interrumpió para aclarar.

"No estoy familiarizado con eso". Se aclaró la garganta y Omar gruñó.

El senador continuó: "Para que conste, muchos líderes dentro de la industria, la mayoría de los gobernadores de estados productores de petróleo como Texas, Louisiana y Alaska, no están de acuerdo conmigo, con nosotros. Pero nuestros componentes incluyen cientos de otras compañías y muchos gobiernos que dependen de la estabilidad del sector petrolero". El senador pasó una página y dijo: "Debemos evitar que los suministros competitivos de petróleo crudo ganen disponibilidad para asegurarnos de que nuestra demanda de petróleo se mantenga constante".

"Nuestro combustible", dijo Omar.

"En parte".

"En gran parte".

"Es importante que nuestra demanda de petróleo se mantenga constante. Podemos hacerlo a través de medios legislativos y económicos. Mientras presido el Comité de Energía y Comercio, hemos logrado frenar su crecimiento al no asignar fondos para investigación y desarrollo.

Sus padres", señaló alrededor de la habitación, "sus padres y yo acordamos hace mucho tiempo que debemos obstaculizar aún más el crecimiento de otras formas de energía. Con", se aclaró la garganta, "con métodos no violentos. Notará que el doctor Jean-Paul Dominique Esquirol es ahora un residente permanente del Hospital Pitié-Psychiatrique. Los avances de su fundación en micro energía hidroeléctrica se han retrasado por más de una década".

"Y, senador, ¿Cómo cree que llegó allí? ¿Suerte?" Dijo Omar.

El senador no miró en su dirección y tartamudeó.

Omar continuó: "La amenaza de la que tenemos curiosidad está en su propio país".

La cabeza de Smith asintió y abrió los ojos. Miró alrededor de la cámara. "No se preocupen, amigos. Tengo a mi querido Cameron Jackson bajo vigilancia las 24 horas." Se rio entre dientes. "Debo decir que me estoy convirtiendo en todo un fanático de Tchaikovsky y Mendelssohn". Estudió sus miradas en blanco y dijo: "Si deja su complejo con su misterioso pequeño experimento de energía y se dirige a Washington, lo sabremos. Ustedes, muchachos, mantengan su parte de mantener un suministro jugoso de petróleo disponible, y mantendremos a su competencia en línea, incluidos el Dr. Jackson y sus amigos... ¿Cómo se llaman a sí mismos, Senador?"

"La Orden Fraterna de la Energía Alternativa", dijo el senador, con un gruñido. "Un grupo de intelectuales del MIT".

"Jackson es el intelectual más inteligente de todos", dijo Smith.

CAPITULO QUINCE
Transferencia
17 de Marzo de 1995
1:00 a.m.

JUSTO CUANDO MARÍA DIJO: "Me pregunto si Cracker Jack volverá", él entró por la puerta. Escucharon su voz melódica decir: "*Juanita, hola guapa. Se ven hambrientos. Prepara lo que sus corazones deseen.*"

Juanita era una chica latina compacta de veintitantos años. "*Si, mi querido, enseguida. Será un placer*", dijo ella.

"*Gracias, mi amor. Tan bella y amable como siempre.* Póngalo en mi factura, o mejor aún, póngalo en ya sabes de quién es la factura. Pueden pagarlo".

Juanita sonrió maliciosamente a Cracker Jack, y María le susurró a Mateo: "Algo está sucediendo entre esos dos, y no son solo tocino y huevos".

Cracker Jack se acercó y se sentó junto a Mateo. Estiró sus largas piernas y les dirigió una sonrisa radiante.

Cuando Juanita tomó su larga orden, Cracker Jack se rio entre dientes. "Pensé que ustedes dos lucían famélicos"

"Uno no puede vivir solo de Cracker Jack" Dijo María "pero luce como que Juanita podría hacerlo"

"Realmente" dijo él, y su sonrisa desapareció. Se inclinó hacia Mateo y María. "Les voy a contar la historia más increíble. Lo que diré, no se lo pueden repetir a nadie, nunca. Luego de conocerme, es muy tarde para volver atrás. Que sepan lo que estoy a punto de decirles los puede poner en peligro" Toda su atención estaba en ellos.

Aunque estaba intrigado, Mateo se sentía un tanto sarcástico "Creo que hasta cierto punto, estás bromeando con nosotros. Te diré algo, lo menos que podemos hacer es escuchar"

Cracker Jack sonrió "Ha sido un placer. Sé que es difícil de imaginar, pero puede ser mi última oportunidad para ahorrar décadas de investigación".

"¿Antes dijiste que tenías que registrarte con tus G-Men? Ese es el FBI, ¿Verdad?" María preguntó.

"Así es."

"¿Te han arrestado formalmente?"

"No, me retienen bajo una oscura ley de riesgo de seguridad nacional. Flanagan cree que está ayudando".

"¿Flanagan?"

"Me tienen bajo arresto en el departamento. No me han acusado".

Mateo estaba intrigado pero escéptico. "Apenas parece legal o estadounidense para el caso".

"Mis abogados están haciendo todo lo que pueden, pero esta es la primera oportunidad que tengo de hablar con alguien que no sea Marcos en semanas. Lo más importante es poner la vida de mi padre en manos seguras, en un lugar seguro".

"¿Por qué no confiarlo al FBI?" María preguntó.

"El gobierno es la mitad del problema. No, tienes que ser tú."

"Ni siquiera me conoces".

"Si aceptas ayudarme, Marcos sabrá qué hacer y él se encargará de que seas compensado. El dinero no es problema."

María levantó las manos. "Estoy confundida, Cracker Jack. ¿Por qué quieres que te ayuden dos universitarios? ¿Por qué crees que podríamos?

Cracker Jack les habló de la necesidad casi obsesiva de su padre de obtener la mayor seguridad. "Temía que algún día alguien o alguna institución robe o destruya el trabajo de su vida, ya sea para satisfacer su avaricia o por temor a que el éxito de Papá amenace su negocio o gobierno".

Mateo pensó que todo lo que Cracker Jack dijo era plausible y factible. Su escepticismo se desvaneció. El hombre estaba loco o era hijo de un genio o tal vez ambos, pensó Mateo. Es gracioso, pensó. Si hablaba de eso, la mente de Mateo daba vueltas. ¡No podría ser! Él pensó. ¿Podría?

"¿Cuánto tiempo te han estado reteniendo?" María preguntó.

"Por los últimos tres meses. Hasta que me suelten o..." Cracker Jack hizo una pausa y respiró hondo. "O tenga un accidente conveniente". Se puso las manos detrás de la cabeza y miró hacia el techo.

A Mateo se le ocurrió que cualquiera cerca de Cracker Jack podría estar en peligro.

Se sumergieron en una segunda porción de huevos revueltos mientras Cracker Jack continuó: "Crecí trabajando con mi padre. El laboratorio de nuestra casa era mi patio de recreo. Tiene más de cien patentes sobre innovaciones energéticas, incluidos algunos de los primeros paneles solares activos".

"¡Paneles solares!" Mateo exclamó con la boca llena de huevos. "¿Cuál es su nombre?"

Cracker Jack levantó una mano. "Todo a su debido tiempo, Watson, todo a su debido tiempo".

Mateo farfulló y María le golpeó la espalda.

Apenas podía contener su emoción. "He leído muchas de las investigaciones de tu padre". Mirando a María, continuó: "Cameron Jackson abrió el camino para cualquier otro científico de energía alternativa. Obtuvo muy poco crédito por ser el primero en desarrollar un panel solar eficiente. Luego, después de escribir Capturando el sol, la tragedia golpeó y desapareció de la red. Mi asesor del MIT, el Dr. Hessen, dijo que el Dr. Jackson se había vuelto loco". Mateo se preguntó por qué al Dr. Hessen no le gustaba tanto el Dr. Jackson.

"Hessen, hmm, sí", dijo Cracker Jack, luego sonrió y asintió. "Ah, y Russel Ohl en realidad patentó las primeras células solares en 1946, y mi padre pasó a patentar mejoras específicas en las nuevas generaciones de células fotoelectroquímicas, de polímeros y más recientemente de nano cristales. Detrás de escena, con un grupo de tipos locos llamados la Fraternidad..."

"¿La Fraternidad?" Dijo María.

Con una risita, Cracker Jack agregó: "Sí, sus amigos más cercanos, Dimitri, Sergio y Randall. Te los presentaré algún día. Entonces, papá había estado involucrado en la investigación y el desarrollo de casi todo tipo de fuente de energía alternativa que puedas imaginar, y algunas que ninguna persona común podría imaginar. Fue uno de los pioneros de las celdas de combustible, pero cuando los que consultó no escucharon, y gastó miles de millones de dinero de los contribuyentes, se fue para concentrarse en algo con mayor impacto que la invención de la electricidad".

María sacudió la cabeza. "Estás hablando con la persona correcta. Sueña con inventar algo... ¡Ay!" Ella lo pateó devuelta y lo golpeó en el hombro. Intercambiaron una mirada.

Cracker Jack se echó a reír.

María continuó: "Mateo quiere hacer algo que mejore el mundo, como paneles solares, molinos de viento, electricidad, hidroelectricidad y celdas de combustible. Incluso ganó un Smithsonian nacional..."

"María", imploró Mateo.

"Sólo digo."

"Lo sé." Cracker Jack hizo una pausa. "Quiero decir, supuse que ese sería el caso antes, ya que hablaste sobre tu especialización en UMaine y tu selección de cursos".

Mateo miró con curiosidad a Cracker Jack. Algo no estaba del todo bien, pensó, pero siguió adelante. "He considerado trabajar en alguna forma de ingeniería energética y física cuántica. Así es como se designan mis becas".

Mateo miró a María, que estudió a Cracker Jack. Mateo sabía lo que estaba haciendo. Ella había encontrado el sujeto perfecto para estudiar, él pensó, además de mí. "Entonces, Sr. Cracker Jack Jackson, ¿Cuál es tu primer nombre? Creo que lo leí en alguna parte una vez, pero no puedo recordarlo. ¿Terry o Trevor?" Mateo notó una leve vacilación.

"En realidad me nombraron en honor a mi padre".

"Tenías razón sobre las percepciones. Para algunas personas, mi padre era el científico loco de Indiana, el yerno de la rica herencia política de Carson".

"El senador Carson. ¿Creo que tenía más tiempo en el Senado que Strom Thurmond?" Dijo María.

"Casi. Conoces a tu gobierno estadounidense", observó Cracker Jack.

"Realmente no. Solo recuerdo que él y Thurmond ejercieron mucho poder y ayudaron a derrotar a mucha legislación progresista. ¿Quién es ese senador que defendió a los ancianos?"

"Pepper. Claude Pepper."

"Te refieres a la legislación liberal", intervino Mateo y recibió una patada.

Luego le dijo a Cracker Jack: "De ahí la herencia".

Cracker Jack asintió, "Falleció hace solo unos años. En cuanto a mi padre, cualquiera que conozca la ciencia sabía que no estaba loco..."

"Es un ícono", coincidió Mateo.

Cracker Jack asintió, claramente complacido con el cumplido. "Piensa en las muchas formas de energía de las que dependemos hoy: reforma de energía eléctrica, solar, eólica, hidráulica y nuclear. Mi padre hizo contribuciones en todas estas áreas".

"Junto con... la Fraternidad", dijo María.

Cracker Jack se echó a reír. "Sí, y su enfoque estaba en aprovechar formas naturales de energía. Es limpio, ordenado y potencialmente menos costoso si se puede alcanzar la masa crítica".

"¿Masa crítica?" María preguntó.

Cracker Jack se echó a reír. "Sí, y su enfoque estaba en aprovechar formas naturales de energía. Es limpio, ordenado y potencialmente menos costoso si se puede alcanzar la masa crítica".

"¿Masa crítica?" María preguntó.

Mateo intervino: "Ese es el punto en la parte superior de una curva de campana o donde dos ejes se cruzan en un gráfico donde el beneficio es igual al costo o la demanda es igual a la oferta, y el producto despega como si tuviera una mente propia. Como que un día no había computadoras personales, y parecía que al día siguiente estaban en casi todos los escritorios del mundo".

"Masa crítica", dijo Mateo.

"Creo que me quedaré en psicología", dijo María.

"Excelente", exclamó Cracker Jack. "El problema es que la masa crítica podría llevar décadas en cualquiera de las fuentes de energía alternativas limpias, tal vez más. Mi padre es en parte responsable de cientos de proyectos subsidiados por el gobierno en todo el mundo. Antes de que yo naciera, construyó un complejo en un gran terreno, que le dejó su padre. Después de la muerte de mi madre, pasó su vida investigando y desarrollando sistemas de energía, la mayoría de los cuales nunca han sido vistos por el público".

"Perdiste a tu madre", dijo María. "Lo siento."

Cracker Jack la miró con ojos conocedores. "Ella murió en el parto".

"Perdí a mi madre".

"Lo sé, lo siento", dijo.

"¿Ya lo sabías?" Mateo preguntó.

Cracker Jack se enderezó y dijo: "Pero todo esto es otra parte de una historia muy larga. Puede que no tengamos mucho tiempo. Sus experimentos cubrieron nuestro complejo en el lago Michigan. Instaló una docena de turbinas eólicas en nuestro patio trasero. Teníamos suficientes paneles solares para iluminar la ciudad de Nueva York y, mi favorito, papá construyó un antiguo molino de agua al estilo danés. Era un espectáculo digno de ver."

María estaba a punto de comentar, probablemente sobre el molino de agua, cuando Mateo intervino. "¿Mencionaste celdas de combustible?"

"Papá reconstruyó un viejo tractor que funcionaba completamente con una celda de combustible de hidrógeno y oxígeno de veinte kilovatios. Era tan confiable como el amanecer. El concepto y los primeros modelos de trabajo han existido desde mediados de la década de 1840. Mi padre desarrolló las variaciones modernas que ahora se usan en el espacio, prototipos de automóviles y cientos de otros mercados de prueba. Pero concluyó que el costo era prohibitivo y que había pocas posibilidades de hacer un producto final que fuera estable y comercializable. Y el desperdicio de la batería es un peligro ambiental. Comenzó a decirle a la gente que ahorre su dinero".

"Eso debe haber molestado a los inversores", dijo María.

"En efecto. Desde entonces, las industrias gubernamentales y privadas han invertido miles de millones. Las mismas personas a las que ayudó a poner en el negocio lo excluyeron".

"Tienen mucho que perder", observó María.

Juanita puso sobre la mesa tres tazas pequeñas de café con leche.

"Si. Después de descartar las celdas de combustible como un callejón sin salida inevitable, papá volvió su atención al uso del mismo concepto de capturar energía de la fuente más natural. La reacción entre los neutrones y los protones en un entorno estable agitado por el conjunto perfecto de sólidos, que..." Cracker Jack se inclinó hacia adelante, juntó las manos y apuntó con sus dos dedos índices hacia Mateo, "lo que provoca una energía que se reproduce".

El corazón de Mateo latía con fuerza. "Una fuente de energía de auto reposición".

Cracker Jack se recostó en su asiento y tamborileó sobre la mesa. "Eso es exactamente lo que propuso: energía que no depende del reabastecimiento de combustible, nunca. Mi padre pasó décadas creando energía casi perpetua".

Mateo respiró hondo. "Lo sabía. Simplemente lo sabía. No podía pensar en otro científico en el mundo que pudiera igualar la brillantez de Cameron Jackson."

Mientras esta información se asentó en un silencio prolongado, Juanita sirvió café expreso en pequeñas tazas coloridas. Mateo tomó un sorbo de su café con leche y dijo: "Guau, esto es dulce".

"¿Qué pasó con Popeye y Brutus?" María preguntó.

"Los dejé con mi tío Panhandle en Florida cuando me fui a Europa". Miró hacia abajo mientras agitaba su expresso cortadito. "Ambos murieron desde entonces".

"Lo siento", dijo María.

"Los rottweilers solo viven de ocho a diez años. Eran la segunda generación. Papá trajo a casa Popeye y Olive Oil cuando yo tenía cuatro años. Vivieron hasta los trece años. Los dos estábamos muy tristes cuando los perdimos, así que fue a St. Louis y trajo a casa a Popeye y Brutus".

"¿Qué has estado haciendo desde la muerte de tu padre?" Mateo preguntó, esperando que esto llevara la discusión al interés de Cracker Jack en él.

María se sorprendió y dijo: "Lo siento. No me di cuenta..."

"Gracias. Ha sido difícil". Cracker Jack suspiró y continuó: "Estos últimos años, he retomado donde lo dejó mi padre. Pasé un tiempo en el ejército con la intención de volver a casa y ayudar a mi padre con su investigación. Perdí mucho tiempo con él."

"De todos modos, me vigilan muy de cerca como para lograr algo, y tengo algo que necesita ser terminado..." su voz se apagó.

"¿Quiénes son?" María preguntó.

Lo consideró antes de responder. "Necesito enfocar mi atención en cuidar a algunas personas peligrosas".

"¿Los que están tratando de robar la investigación y los inventos de tu padre?" María preguntó.

Cracker Jack asintió sombríamente. "No dejaré que la muerte de mi padre sea en vano".

María trató de aligerar el momento y dijo: "Mi padre solía decir que si podía embotellar mi energía, podría ganar millones".

Cracker Jack mostró la sonrisa más desarmadora. "Mi padre dijo lo mismo. Y luego lo hizo. Energía embotellada, quiero decir. A mi papá le gustaba ver nuestros molinos de viento." Él decía: "Puedo embotellar esa energía, hijo, y usarla cuando lo desee".

"Hay baterías, por supuesto", dijo María.

"Sí, la batería fue el primer paso, colocar energía química finita en un cilindro que solo se puede maximizar cuando se combina con electricidad. ¿Cuál ha sido el problema obvio desde que se introdujeron las baterías en Bagdad hace más de dos mil años?"

"Pérdida de energía constante y rápida".

"Correcto, lo que lleva al desperdicio desechable de miles de millones de baterías", dijo María. "¿Qué pasa con las recargables?"

"Ese era el siguiente paso lógico si los consumidores estaban dispuestos a tomarse el tiempo para recargar. Pero, como las celdas de combustible, sigue siendo una venda, no una cura".

"Correcto. Las baterías recargables, como nuestra discusión sobre las pilas de combustible, tienen una vida limitada", dijo Mateo.

"Cierto, y la gente tira las cosas a la basura. Entonces, en lugar de tratar de cambiar la percepción y los hábitos del consumidor, la industria debe proponer soluciones más desechables. Por ejemplo, cada dos años, el suministro completo de las computadoras del mundo se vuelve obsoleto. Nuestra propia innovación crea la necesidad de soluciones de reciclaje".

María intervino: "Aun así, menos del uno por ciento de los desechos se recicla".

"Puedes trabajar en ese problema a continuación". Cracker Jack se echó a reír.

Mateo frunció el ceño. "¿A continuación?"

"Escucha, mi padre dedicó su vida a encontrar soluciones para el agotamiento de nuestros recursos energéticos naturales".

"¿Pero se puede lograr una solución económica en nuestra vida? Es mi sueño, pero..."

"Mi padre pensó eso. Y encontró la solución."

"Energía perpetua". Mateo se había estado muriendo por decirlo. Tuvo años de vívidos sueños sobre las posibilidades. Si lo que dijo Cracker Jack era cierto...

"Casi perpetua". Cracker Jack se recostó en la cabina con una sonrisa de satisfacción.

María rompió el prolongado silencio. "Sabes, sospecho que tienen más en común que tu amor por las energías renovables. ¿Nunca has oído hablar de la teoría de los cinco grados de separación?

"Creo que son seis grados", corrigió Mateo y se estremeció, esperando otro golpe en el hombro. En cambio, Cracker Jack meditó.

"Bueno, en realidad, ambos tienen razón. Todos en la tierra se conectan a través de una cadena de conocidos, con no más de cinco intermediarios. Más tarde se cambió a seis grados…"

"Para incluir el sujeto", dijo Mateo.

"Fascinante", dijo María mientras miraba a Mateo. Ella cambió de tema. "Estás diciendo que a tu padre se le ocurrió la invención del siglo, posiblemente frenando o resolviendo el calentamiento global, algo que podría ayudar a millones de personas en todo el mundo. ¿Qué podría ganar alguien al detenerte?"

Mateo frunció el ceño y María dijo: "Mateo ha decidido enfrentarse a Al Gore y Kioto al publicar su propia teoría, que el ciclo de calentamiento es normal y se revertirá naturalmente".

"De cualquier manera", dijo Cracker Jack, "eso sería un gran salto, pero para responder a su pregunta, muchas empresas e industrias tienen mucho que perder. La gente matará por lo que hay en tu billetera. Imagina lo que están dispuestos a hacer cuando miles de millones de dólares están en juego".

Mateo acercó su mano a la cicatriz pulsante en la parte posterior de su cuello, y luego a la cuerda. ¿Una señal? Miró a su alrededor. Todo estaba en silencio, incluso en paz. "¿Trabajaste con tu padre en la investigación?"

"Hasta que entré en el servicio. Como dije antes, podría haber estado trabajando con él".

Cracker Jack se frotó las lágrimas de los ojos y dijo: "La siguiente etapa fue hacer un prototipo que funcione y comenzar un proyecto de prueba beta. Estaba listo para hacer eso hace unos años cuando mi tío…"

Su breve vacilación no se pasó desapercibida por Mateo.

"…Cuando me informaron que estaba bajo vigilancia. Unas semanas después, alguien saqueó mi departamento".

"¿FBI?" preguntó María

"Quizás, pero las compañías, los gobiernos y los delincuentes están interesados en obtener el trabajo de mi padre. Quienquiera que fueran… o son… lo mantuvieron bajo vigilancia todos esos años, pero tuvieron dificultades para mantenerse al día con el extenso sistema de seguridad de papá ".

"Descubrí por las malas que incluso el conductor de la entrega era un espía. Hubo dos robos, pasando la seguridad."

"Entonces, ¿Los tienes en cámara?" María preguntó.

Cracker Jack asintió con la cabeza. "Pero vestían equipo de sigilo negro".

"Incluso neutralizaron los perros de mi papá".

"¿Los mataron?" La voz de María alcanzó una octava más alta.

"No, gracias a Dios, simplemente los noquearon. Pero las dos veces estuvieron caminando de lado durante semanas. Tendrían que haber sabido que Popeye y Brutus estaban allí."

"¿Quizás el repartidor?"

"¿Se llaman Popeye y Brutus?" María preguntó con una sonrisa. Mateo y Cracker Jack también se rieron.

"¿Obtuvieron toda su investigación?" Mateo preguntó.

"Pensaron que sí, pero mi padre los engañó. A un consorcio de físicos cuánticos le tomaría una década reconstruir el trabajo de mi padre. Incluso entonces, tendrían que tener suerte. Gran parte de la investigación de mi padre estaba en su cabeza".

"¿Y ahora en la tuya?" Mateo concluyó.

Cracker Jack sonrió.

"¿Dónde has estado? ¿Quiero decir antes de que vinieras a Miami?" María preguntó.

"Me siguieron hasta Miami, de donde apenas escapé. Desde allí, he vivido en Londres, San Francisco y, más recientemente, en Escocia".

"En serio ¿En qué parte?" Mateo preguntó.

"Los confines de la tierra", dijo con una sonrisa. "Te contaré sobre ese lugar encantador en otro momento. Todavía estaría allí, pero le pusieron los tornillos a la familia de mi madre, sabiendo que eso me dejaría sin aliento. Mi tío encontró dispositivos de rastreo en todos sus autos e incluso en el yate de mi abuelo. El FBI me arrinconó y me he quedado atrapado aquí. Un pato sentado, nada más y nada menos. "

"¿De quién más sospechas, además del FBI?" María preguntó. "Tengo la intención de contactar a algunos grupos de derechos civiles".

"Desearía que mi detención ilegal fuera la peor parte de mis problemas. Hay grandes conglomerados con recursos infinitos y gobiernos corruptos, que harían cualquier cosa para ser los primeros en el mercado con la respuesta a la inminente crisis energética".

"Y, como dijiste, aquellos que podrían preferir destruir tu producto antes de que el producto los destruya".

"Precisamente. Algunos miembros deshonestos de la industria petrolera, parte de un grupo llamado P7, están en una situación difícil, y ni siquiera están seguros de lo que tenemos. Mis abogados disuaden a compañías, individuos y gobiernos. Quieren el primer derecho de rechazo y han ofrecido siete dígitos como bono de firma. Les dije que no tengo la investigación. Una vez que las fórmulas estén activas, un país o grupo podría retener al resto del mundo como rehén".

"En cierto modo, el combustible fósil hace eso ahora", intervino Mateo. "Los precios del gas se triplicarán en la próxima década, y las ganancias de las compañías petroleras se dispararán. Los conglomerados petroleros, especialmente la OPEC, utilizan el miedo y la escasez de demanda, como el embargo y la Guerra del Golfo, para elevar los precios".

María preguntó: "No entiendo. Si no saben cuál es su producto, ¿Por qué tanta atención? "

"Solo saben que papá hizo avances significativos en tecnología energética. Saben que papá fue el primero en acelerar la comercialización de energía solar y de celdas de combustible, y quieren lo que sigue".

"¡*Esos ladrones avariciosos*!" María exclamó, golpeando su puño sobre la mesa.

Mateo extendió la mano para coger el vaso antes de que cayera al suelo y luego dijo: "Ladrones codiciosos es correcto".

María apenas se dio cuenta cuando Mateo limpió el agua. Ella dijo: "Algo como esto pertenece al mundo entero, ¿No crees? ¿Ninguna compañía, gobierno o persona?"

"Precisamente, mi querida María. Precisamente."

PARTE III

PERPETUA TRAGEDIA

CAPITULO DIECISÉIS

Tutor
Primavera 1987

MATEO ESTABA EN CUARTO GRADO cuando su madre llevó a su padre a una conferencia de padres y maestros. Cuando Parker puso en marcha la gran camioneta de doble rueda trasera a la cual llamaban la mula, se quejó, "No veo por qué tenemos que escuchar lo que ya sabemos. El niño nunca ha tenido nada más que las mejores calificaciones".

Kate dijo: "Parker, cariño, al menos todo es positivo. Los únicos viajes a la escuela cuando Sean crecía, eran cuando estaba en problemas".

"Ciertamente", se quejó Parker, "Sean podría haber tenido un asiento permanente en detención. Al menos está usando esa energía para llevar el infierno a nuestros enemigos".

Mateo se sentó en silencio en la parte de atrás y los escuchó discutir. Mateo intentó una vez más, "Sabes, no tengo que estar allí. Ella me ve todos los días. Me alegraría quedarme en casa y hacer los quehaceres."

"¿De cuántas maneras necesito decir que no? Si vuelves a preguntar, no podrás sentarte durante una semana".

"No seas tan duro con él, Parker". Se volvió hacia Mateo y le dijo: "Quizás la próxima vez, cariño".

Una vez que llegaron a la escuela, se sentó en una silla fría de metal fuera de su salón de clases, mientras sus padres hablaban con su maestra, Shirley Reading. Se entretuvo uniendo varios apellidos con su primer nombre. Shirley Arithmetic, Shirley Writing, Shirley Quantum.

De su bolsillo trasero, tomó una revista de crucigramas Scientific America enrollada y destrozada que le dio el Sr. Estébanez. En el frente había una foto de los últimos ganadores del Premio Nobel de Física. Georg Bednorz y Alexander Muller habían ganado el prestigioso premio por su gran avance en la superconductividad de la cerámica. Bednorz parecía muy joven. Me gustaría ganar eso, determinó. Miró un acertijo que el Sr. E le había enviado. *¿Qué palabra de ocho letras puede tener solo una letra?* Mateo respondió en unos segundos. Luego ideó una que confundiría al Sr. E. *¿Qué palabra de ocho letras sigue siendo una palabra mientras quita una letra a la vez, hasta que termina con una letra, y sigue siendo una palabra?* Luego trabajó en un crucigrama del New York Times titulado "Grandes científicos". Era un crucigrama del sábado, el más difícil.[8]

De camino a casa, Mateo tenía curiosidad por saber por qué su madre y su padre discutían sobre el Sr. Estébanez. Su madre no entendía por qué su padre tenía un problema con un hombre que estaba proporcionando tanto para las escuelas de la zona. Su padre dijo que no tenía problemas con ninguna de sus filantropías, pero que tenía problemas con un hombre extraño que mostraba interés en su familia, particularmente en su hijo impresionable.

Mateo decidió que no era impresionable y que su madre tenía razón en esto.

Un ciervo saltó por el camino del camión. Parker casi lo golpea. El maldijo. "¿Y qué piensas de él viviendo allí en la cabaña deportiva con ese excéntrico viejo Weaver? Escuché que todo lo que hacen es fumar cigarros y beber vino todo el día".

"Estás escuchando demasiado a Joe Fazio". Dijo su madre. "No todo es una conspiración, querido".

"La maestra de Mateo cree que camina sobre el agua. Pensé que la conferencia era sobre Mateo. Ustedes dos hablaron más sobre ese cubano que..."

"Como cualquier otra mujer en la ciudad", dijo Kate, produciendo otro gruñido de su padre.

Mateo dijo: "Me gusta. Me dio un montón de revistas geniales la última vez que estuvo en la escuela. Miró mis dibujos e ideas. Y él es la única persona que conozco que está interesada en la ciencia de energías alternativas y renovables".

"¿Qué tiene de malo la energía nuclear y el petróleo?" Parker Eaton preguntó.

"Bueno, la nuclear es energía alternativa. No es renovable. Y es peligrosa. La energía eólica y solar son renovables. El petróleo no es renovable y nos

---

8 Epolevne. Gnitrats

quedaremos sin él algún día". Mateo se sentó hacia adelante, hasta que su cabeza y hombros estuvieron casi en el asiento delantero. "El petróleo contamina, y pronto nos quedaremos sin él", hizo una pausa, "y no tenemos solución para el subproducto desechable. Quiero diseñar la próxima generación de paneles solares utilizando el viento y el agua, como fuente de respaldo. Ya se ha hecho antes, pero mis modelos son más pequeños, más eficientes y costarán menos".

"Todo esto tiene mucho sentido para ti, ¿No es así, cariño?" preguntó su madre.

Cuando Mateo no respondió, Parker dijo: "Entonces, ¿Cómo crees que este cubano encaja en tus planes?» Todavía estaba molesto, pero curioso.

Su madre intervino: "Cuando el Sr. Estébanez termine su proyecto, Mateo tendrá un buen lugar para estudiar hasta que se vaya a la universidad. Ha estado suscribiendo y obteniendo subvenciones para el primer centro de ciencias ambientales de la región. No habrá nada parecido en este lado de Boston. Agregará algo de vida a esta ciudad moribunda".

Parker se quejó de una pérdida de dinero de los contribuyentes.

Llegaron a la finca Eaton justo antes de las nueve. Mateo corrió directo al congelador, sacó una bote de helado de Cherry & Amour de Ben & Jerry y se sentó a la mesa antes de que su padre pudiera exigirle que se acostara.

"¿Tenías edad suficiente para recordar cuándo fuimos a ver el helado más grande del mundo, en St. Albans?" Preguntó su madre.

"Recuerdo. Y luego el señor Fazio les hizo conducir el Cowmobile, ¿No?"

"Cierto. No puedo creer que lo recuerdes. Ben y Jerry lo condujeron aquí después de Boston y Bangor. Lo que quizás no sepa es que lo llevaron a Cleveland..."

"Eso está en el oeste".

"Sí", se rio entre dientes, "en Ohio. ¡Se incendió!"

"¿Me pregunto cómo se vería el Cowmobile en llamas?" Mateo imaginó el helado frito de Godello. Creo que haré un pequeño molino de viento con energía solar para generar la electricidad para congelar el helado, determinó.

Su madre se instaló en la mesa y comenzó a escribir en una libreta forrada. Parker regresó a la cocina, tomó una cerveza de la nevera y se apoyó contra el mostrador. Su madre comenzó a hacer preguntas sobre su picnic anual de la compañía. Su padre dijo que mantuviera el costo bajo y que ella podría cancelarlo para lo que le importaba. Dijo que tenía suficiente de qué preocuparse con las ventas de madera y el volumen de pulpa en un mínimo histórico.

"Seguramente podría usar la ayuda de Sean. ¿Crees que él recuperará su comisión?"

"Deberías decirle que lo necesitas", dijo Kate.

"Él sabe."

"Casi nunca hablas con él cuando llama". Cuando Parker no respondió, ella dijo: "He notado que Sean está cambiando y no para mejor. Se enoja por todo, y otras veces está abatido y distante".

Mateo había comido aproximadamente tres cuartos del Cherry Amour. Intentó ser invisible. Extrañaba a Sean y esperaba que volviera a casa para siempre, para que pudieran pasar más tiempo haciendo de mochileros y trabajando en motores.

Su padre se dio la vuelta y se sentó. "Siempre ha tenido un chip en el hombro", dijo su padre sin su dureza habitual. "El tipo de trabajo que está haciendo te hace más duro o te escupe. Cuando estaba en el país ", dijo, refiriéndose a Corea y Vietnam, "conocíamos a nuestro enemigo, aunque era difícil sacarlos de las densas selvas. Buscar terroristas en el desierto y las cuevas es un juego completamente nuevo. Se necesitan hombres como Sean."

No hace mucho tiempo, Mateo abrió el arcón de cedro en la habitación de sus padres y encontró el Corazón Púrpura y la Estrella de Plata de su padre. No podía preguntarle a su padre acerca de ellos, ya que mencionarlos revelaría cómo los conocía. Su madre dijo que su padre era coronel de pájaros cuando los marines lo despidieron. Más tarde, Sean explicó que el pájaro completo diferenciaba a un coronel de mayor rango de un teniente coronel, y dijo que su padre estaba en el DOD DIA con una breve explicación. Entonces, Mateo concluyó; su padre era un héroe que abandonó honorablemente a los marines cuando el abuelo murió de un ataque cardíaco masivo.

Mateo saltó cuando su padre ladró: "¿No deberías estar en la cama?" Mateo miró el bote de helado vacío y se preguntó a dónde había ido

Su padre terminó su cerveza y se paró en el fregadero mirando la brillante luna gibosa menguante que se cernía sobre las montañas Katahdin. "Hablaré con él la próxima vez que llame. Como dije, podría usar su ayuda por aquí. No veo ningún uso de Mateo por algunos años", dijo, "y como siempre, no puedo depender de mis hermanos. Jim está ocupado con sus muebles y gabinetes. Darrell probablemente se retirará de la enseñanza pronto, pero no creo que regrese". Darrell ejerció en Springfield College, donde enseñó silvicultura. "Y maldita sea, Carl, no ha tenido la decencia de visitarlo. ¿Quién demonios sabe lo que hace? No me sorprendería saber que trabaja para la CIA".

"¿En serio?" Dijo Mateo.

"¿Sigues despierto?" Parker ladró.

La madre de Mateo le recordó a su padre que habían pagado para que sus hermanos mayores fueran a la universidad y la escuela de posgrado, compraron el equipo para la tienda de gabinetes y ayudaron a Darrell a obtener el puesto de profesor. También le recordó que era su terquedad lo que había mantenido a Carl a distancia. Según su madre, Carl, un ex piloto de la Fuerza Aérea, volaba carga entre Miami y América Central. Justo cuando se imaginó al Sr. Estébanez como un 007, pudo ver al tío Carl atrapando los carteles de drogas, esquivando balas y saltando de un avión que se estrellaba.

Su padre parecía no estar escuchando. "Veo que la industria de la pulpa está empeorando mucho antes de mejorar, y si algo me pasa... puedes vender todo, y eso debería ser suficiente para cuidar de ti y Mateo de por vida".

Aún en silencio, Mateo fingió sacar helado del cartón vacío. Pensó que era mucho más cómodo sentarse aquí y escuchar las últimas noticias familiares que en lo alto de las escaleras.

"No sé si Mateo entrara en el negocio", dijo su madre. "No me sorprendería que continuara estudiando con una beca completa".

"Es un niño brillante, le daré eso. ¿Supongo que estás diciendo que no debería esperar que él se haga cargo de ELF? "

Como solía hacer, Mateo imaginó a los Siete Enanitos corriendo por la cocina y ahogó una risita. Mateo quería decir que estaba sentado aquí, pero se lo pensó mejor.

"Es por tu arduo trabajo, querido, que tendrá la oportunidad de seguir sus sueños".

"¿Sueños? Es solo un niño, Kate. ¿Cómo podría saber lo que quiere hacer con su vida? Trabajaba diez horas al día, barriendo los pisos del aserradero cuando tenía su edad".

Te dije en el camión lo que planeaba hacer, pensó Mateo.

Parker fue al bar y sirvió un whisky escocés alto.

"Una mirada a su biblioteca de libros y a sus muchos blocs de dibujos de molinos de viento y otros artilugios te dirá todo lo que necesitas saber sobre tu hijo".

Su padre señaló primero a Mateo y luego a las escaleras.

"Sí, señor", dijo Mateo, saltando de la silla y tirando la caja de cartón a la basura. Cuando su padre estaba fuera del alcance del oído, le dijo a su madre: "¿De verdad crees que tengo la oportunidad de obtener una beca para el MIT?"

"Por supuesto, cariño. Podrás elegir a donde quieras ir. Aunque me atrevo a decir, no podrías hacerlo mejor que MIT. Y estarías cerca de casa. "

"¿Y el señor Estébanez? ¿Qué piensas de él?»

Mateo pensó que tenía una expresión extraña en su rostro, como cuando abrió un regalo en su cumpleaños o cuando comía un bocado de chocolate negro. "Es inofensivo y una bendición. Dios mío, con su encanto podría hasta tomas las joyas de la reina"

Se giró rápidamente y llevó su taza de té al fregadero. Se dirigió a las escaleras, más allá del sonido de la madera aserrada de la sala de estar.

Se cepilló los dientes y luego él y Nuke saltaron a la cama y se metió debajo de las sábanas. Giró un interruptor que había manipulado y miles de pequeñas estrellas se iluminaron en el techo. Estaba contento de que el Sr. E y su madre se llevaran tan bien. Su madre creció en una familia acomodada en Martha's Vineyard y asistió a las mejores escuelas preparatorias. Y todo lo que sabía sobre el Sr. E era que vivía en un bote, cuando no estaba aquí, en algún lugar entre Florida y Alabama. Bueno, el Sr. E había enloquecido a la comunidad, eso es seguro.

Mateo ordenó algunas constelaciones en orden alfabético, Andrómeda, Antlia, Apus, Acuario; cuando llegó a Coma Berenices, soñaba con construir pozos en lugares lejanos con aldeas alimentadas por los molinos de viento solares de Mateo Eaton.

Johnny Fazio fue uno de los mejores amigos de Mateo. El padre de Johnny, Joe, era un investigador privado local, y su objetivo era descubrir quién era este misterioso aventurero que se metió en la ciudad. El hombre no parecía tener trabajo, no tenía parientes en el área y hacía demasiadas preguntas sobre los Eaton.

Joe Fazio, con rasgos sicilianos de aceituna oscura, de pie medio ancho como él, entró en el vestíbulo del Katahdin Sporting Lodge, con un agente del condado de aspecto nervioso que lo seguía de cerca. Con aspecto de portador de un manto en un funeral de la mafia, Fazio se acercó a Estébanez y al propietario, Dennis Weaver, mientras jugaban ajedrez en la biblioteca. Fazio le preguntó a Weaver si él y el diputado podían pasar unos minutos con el Sr. Estébanez.

Weaver, más viejo que Matusalén, de más de un metro ochenta y flaco, estudió el tablero, señaló con un dedo largo y huesudo a Estébanez, sonrió y se retiró a la recepción.

Fazio giró hacia atrás una silla de roble macizo manchada de negro y se colocó en ella. Su ayudante caminó por la extensa biblioteca simulando estudiar los títulos de los viejos libros.

La silla emitió un sonido bajo el peso de Fazio. Estébanez encendió un cigarro largo y extendió uno hacia su visitante, quien lo rechazó.

"¿Esos son legales?" Dijo Fazio.

"¿Vino?" Estébanez ofreció. "Este es un excelente Cabernet Sauvignon que deberías apreciar; es una Sassicaia toscana de 1968, la primera cosecha disponible para el público. Calentará los berberechos italianos de tu alma."

"Mis berberechos son excelentes, y soy un hombre de cerveza y whisky".

"¿Un italiano que no bebe vino?"

"No dije que no tomo vino, pero debe ir acompañado de antipasti y un plato lleno de risotto, o lasaña, o berenjena a la parmesana".

"Sírvase", dijo Estébanez.

"Sabes, cuando llegué a la ciudad, me consideraban un oportunista como tú, excepto en Pequeña Italia, por supuesto", se rio entre dientes, "y muchas personas me miraron con los ojos cruzados. Demonios, todavía lo hacen. ¿Cuál es tu historia?"

"Me siento bastante bienvenido", dijo. "Debe hacerte extrañar la diversión en Chicago: asesinatos, robos, ¿Lazos familiares?".

"Veo que has estado haciendo tu tarea conmigo".

"La gente habla."

"Bueno, ahí radica el misterio, señor Estébanez. La gente habla, pero parece que no saben nada de ti, excepto que has adoptado la ciudad y su hijo favorito".

"¿Qué puedo decir, señor Fazio? La ciencia es mi vida".

"Quizás. Parece más como vino, mujeres y cigarros".

Estébanez sonrió. "También me gusta una buena canción".

Fazio le devolvió la sonrisa. "Hazme un favor. Mantén tu distancia de Kate. Es una buena mujer pero no de tu tipo".

"¿Cuál es mi tipo?"

Fazio ignoró el anzuelo y dijo: "Los Eaton son mis buenos amigos. Cualquier avance indebido hacia Kate..."

Estébanez se inclinó hacia Fazio, pero solo sopló su cigarro. "Considero a todos los Eaton con el mayor respeto; estás fuera de lugar, paisano."

Fazio miró a Estébanez por un largo momento que se sintió incómodo, buscó en su bolsillo trasero y sacó una libreta. Le hizo otras veinte preguntas y recibió respuestas obtusas. Finalmente le indicó al ayudante, que estaba hojeando una copia de la primera edición de *A Connecticut Yankee en King Arthur's Court*, que era hora de irse.

"¿El loco Weaver aún no te dejo bajar a su bodega?" Fazio preguntó, en voz baja.

"Déjame preguntarte, Fazio; ¿Por qué todos son tan polémicos? Weaver es el principal espantapájaros."

Fazio gruñó cuando se levantó de la silla. "Pensé que éramos malos en Chicago. Estas personas debatirán sobre la dirección del amanecer. Y déjenme decirles, como desconocido, un flatlander, si usted, su padre y su abuelo no pueden echar raíces en el área, su opinión no vale la pena".

Estébanez lanzó anillos de humo hacia el techo. "No. Todavía no me ha llevado al sótano secreto, pero estoy trabajando en eso".

"No aguantes la respiración. Algunos dicen que tiene lingotes de oro enterrados allí".

El posadero, después de agarrar el libro y enseñarle al diputado, hizo un movimiento de ajedrez, reina al alfil. Estébanez movió a su alfil poniendo a Weaver bajo control.

"Jaque y mate", dijo Estébanez. Weaver maldijo a Fazio y a su ayudante por meterse con su concentración.

Afuera, Fazio le dijo al joven diputado: "Puedo ver por qué a la gente le gusta el tipo, pero él es un jugador. He visto a su tipo, demasiadas veces. Un tipo con mucho que ocultar, y ciertamente no alguien que estaría aquí a menos que tuviera un motivo oculto, como ese camarero, St. Adams"

"¿Qué es eso? Quiero decir, ¿Qué tienen que esconder?"

"Hice una verificación de antecedentes de ambos... apenas existen. Nadie está tan lejos del radar, a menos que seas Ted Kaczynski".

"Escritura forense", señaló el diputado.

"¿Cómo es eso?"

"Así es como atraparon al de una bomba. Publicaron su estilo de escritura y su hermano lo reconoció. Lo entregó. Siempre cometen un error."

"Está bien, Quincy".

"Podríamos reservarlo y obtener algunas huellas digitales".

"Eso ya lo hice. Te diré qué, si puedes atraparlo haciendo algo más que caminar por el mar, entonces, por supuesto, llévalo; pero hasta entonces, creo que tendremos que estar atentos al señor Suave".

Una semana después, Fazio decidió que era hora de discutir su "falta de hallazgos" informal con los Eaton.

Su hijo y Mateo acababan de terminar de jugar en un juego de béisbol de la liga pequeña de la Legión Americana. Los adultos estaban preparando los perros calientes y papas fritas mientras Mateo y Johnny Fazio se apoyaban en el puesto de comida hablando con María y otra chica. Joe Fazio no perdió el tiempo cavando en tres francos de estadio y una gran caja de papas fritas. Estaba sentado frente a Parker y Kate Eaton en una mesa de picnic, que ambos miraban asombrados.

La señora Eaton llamó a Mateo. Ella le susurró al oído.

"No en este momento, me dan sueño", dijo, mirando por encima del hombro.

"Me dejas saber."

"Sí, señora."

"Quieres volver con María".

"No. No es así, mamá".

Ella sonrió y lo besó en la mejilla. Volvió corriendo con sus amigos.

Fazio dijo: "Entonces, ¿Qué sabes sobre este Estébanez?"

Parker se quejó.

"¿No te parece gracioso", continuó Fazio, "que un hombre que no sea de por aquí invierta tanto dinero en una ciudad de molinos fuera del mapa?"

"Nunca lo pensé realmente", dijo Kate, "pero diré que todos en la ciudad no tienen nada más de qué hablar que el encantador Sr. Estébanez".

Parker frunció el ceño y dijo: "¿A qué te refieres, Joe? Cuando llegaste a Millinocket, no había nada normal en que un policía recogiera a su familia y se mudara aquí entre todo el país".

Fazio se rio, "Eso es verdad". Agregó una rodaja de pepinillo y una rodaja de tomate a su perrito caliente, lo sumergió en un charco de mostaza y le dio un gran bocado. "Me recuerda a White Castle en la Ciudad del Viento". Se lamió los dedos y tomó un largo trago del refresco de crema de AJ Stephan, sin reprimir un eructo. "Parker. La gente viene aquí por muchas razones". Sacó una libreta espiral. "Los deportes al aire libre, la jubilación, escapar de la ciudad", evitó a mi padre, consideró, "pero la filantropía escolar no es una de ellas, y luego está Mateo-"

Kate estiró el cuello hacia el pequeño cuaderno. "¿Qué es lo que te molesta de Estébanez y Mateo?"

"¿No es curioso que este filántropo, por falta de un título mejor, elija a Millinocket como benefactor? ¿Por qué no elegiría Miami, Jacksonville, Atlanta o su propia región de la costa del Golfo? Mientras lo estaba revisando, no pude encontrar mucho en una verificación de antecedentes, pero después de su manifiesto de vuelo, llegué a la conclusión de que residía en un pequeño pueblo en el panhandle de Florida llamado Destin". Hizo una pausa para enfatizar. "En un velero".

La pareja de Eaton parecía sorprendida. La señora Eaton sonrió y dijo: "Qué misterioso y romántico".

Su esposo gruñó su desaprobación y escupió.

"Entonces, ¿Qué más descubriste?" Preguntó el Sr. Eaton mientras se limpiaba la mostaza de la boca.

"Nada. Absolutamente nada. El hombre no tiene historia."

"Entonces, ¿Por qué es eso un problema? Conozco a media docena de personas aquí en el parque que encajarían con esa descripción. A la gente le gusta su privacidad"

"Un hombre como él no vive medio siglo sin un rastro medible a menos que tenga algo que ocultar. ¿Por qué nadie en el mundo de la ciencia ha oído hablar de él? Hay demasiados agujeros en su historia, eso es todo lo que digo".

"Me parece que alguien que está tratando de escapar de algo mantendría un perfil bajo", dijo Kate. "¿Y Mateo?"

Fazio cerró el cuaderno. "Alguien se ha tomado muchas molestias para eliminar su pasado, y eso solo puede significar una de dos cosas: gobierno o criminal, o quizás ambas".

Kate repitió: "¿Y Mateo?"

Todos miraron hacia la conmoción. Los niños estaban tratando de impresionar a las chicas con sus habilidades de pelea de papas fritas. "No quisiera ver que le pase nada a Mateo".

¿Crees que Mateo podría estar en peligro? Kate preguntó.

"Unni c'è focu, pri lu fumu pari"

"¿Y eso significa?"

"Donde hay humo, hay fuego. Mi abuelo tenía un dicho, *L'occhio del Siracusano fa uscire i serpenti dalle loro fosse*."

"¿Qué significa eso?" Kate preguntó.

"El ojo del Syracusan hace que las serpientes salgan de sus pozos". Fazio dijo, con una sonrisa.

"¿Y qué significa eso?" Parker preguntó.

Fazio tuvo que pensarlo. Finalmente, dijo: "Cuando hay una serpiente en la hierba, alguien tiene que matarla".

"¡Eres incorregible!"

Fazio levantó las cejas y ladeó la cabeza. "Mi madre solía decir lo mismo".

"¿Estás diciendo que Estébanez tiene un motivo oculto que de alguna manera involucra a mi hijo?" Parker preguntó.

"No estoy haciendo ninguna acusación, Parker. Lo que digo es que desde el día que llegó al Lodge comenzó a hacer preguntas sobre su hijo. Dado que parece tener un interés inusual en las ciencias, podría haber leído sobre la inteligencia de Mateo, y eso lo llevó a la curiosidad, pero también se podría decir que todo ha sido orquestado para un propósito".

"Estoy seguro de que tienes un proverbio para eso", dijo Kate.

"Hoy no", dijo Fazio mientras volvía su atención al pastel de manzana.

El señor Eaton se levantó de la mesa sacudiendo la cabeza. "Bueno, si obtienes algo sólido, sabes dónde estaré". Parker se levantó y silbó entre dientes. "Vamos, astronauta", dijo Parker.

"¿Astronauta?" Fazio preguntó.

"El apodo de Bill Lee", dijo Kate. "Es un amigo de la familia, un ex lanzador de los Red Sox que se retiró en Vermont, al oeste de Millinocket. Vino a Millinocket para comprar cenizas, arces y abedules amarillos de crecimiento lento a ELF".

Vieron a Mateo saltar para seguir a su padre.

"Mateo", retumbó su padre, "no olvides tu bate. Si lo pierdes, te broncearé la piel ".

Kate miró a Fazio como si intentara decidirse. "Gracias Joe. Le agradezco que vigile al Sr. Estébanez. Hablaré con él también. Se supone que vendrá a tomar el té en algún momento de la próxima semana con algunos libros para Mateo. ¿Qué sugieres que hagamos mientras tanto?" Ella buscó en su bolso.

"Realmente necesitan dejar más espacio entre el banco y la mesa", se quejó. "Tal vez no sea nada, Kate, pero hay demasiados agujeros para tapar antes de confiar en esta nave en aguas profundas".

Fazio vio a Kate alejarse en dirección a su esposo e hijo. "Buena mujer", susurró. Sacó el cuaderno de nuevo y dio media vuelta. "¿Oh, y Kate?" El grito. Cuando ella se volvió, él dijo: "¿Has oído hablar de un científico llamado Cameron Jackson?"

Ella hizo una pausa. "El nombre me suena familiar. Sí, Mateo tiene el libro en su biblioteca."

"¿Tiene una biblioteca?"

Ella se rio entre dientes. "Una gran biblioteca. ¿Por qué?"

"No estoy seguro. Es como un nombre que apareció junto con Estébanez, y envió algunos paquetes al lugar del científico en Indiana. Otro nombre que surgió fue ese viejo senador de Indiana ", miró sus notas," Carson". Podía ver que no le era familiar. "Te haré saber lo que se me ocurra".

Fazio hizo una anotación y se acercó a Johnny, que les estaba mostrando a las chicas cómo podía girar la pelota de béisbol con su dedo índice. "Ok, Casanova, tu mamá ha tenido salsa y caracoles hirviendo todo el día. Vamos a cenar algo".

"Acabamos de comer perros calientes, papá".

"Aperitivos, hijo, y no te atrevas a decirle a tu madre".

Estébanez se acomodó en una silla de cuero en el vestíbulo de la posada y hojeó una copia de Field and Stream. Le encantaban las montañas y los deportes al aire libre casi tanto como la libertad de vivir en un yate. No se puede tener en ambas cosas. Se rio entre dientes. Por otra parte, tal vez si se pueda.

Intentó convencerse de que extender su estadía no tenía nada que ver con la madre de Mateo. Pero él lo sabía. Ella le recordaba a Karen. Lo que le molestaba, no, lo intrigaba, era que ella estaba más cerca de su edad que cualquier mujer que él había cortejado, desde Karen en los últimos veinte años.

Se había apegado a un principio. Tan pronto como limpiaran su cabaña u hornearon una cacerola y la dejaron en su refrigerador, terminarían. Había algo en esta mujer sofisticada, escondida aquí en el país de la tala, que no se podía sacudir. En cuanto a toda la atención que estaba atrayendo de las autoridades locales, se arriesgaría. Levantó los pies sobre una mesa de roble. Tuvo muchas tareas en su vida de espionaje: extraer presos políticos de países del tercer mundo; eliminando las amenazas a la democracia; desarrollando agentes durmientes y topos. Y sus cubiertas: enseñando justicia penal en Georgetown bajo el seudónimo de Alberto Estefan; unos años en Front Sight, al oeste de Las Vegas, como entrenador de armas de fuego; y más recientemente como corredor de vinos y veleros. Cuando estaba aburrido, lo contrataban como contratista privado, entrando y saliendo de un país, dejando a un terrorista menos. ¿Esta vez? Vigilando a un niño genio. Bueno, eso fue un giro, y Kate, bueno, ella fue un bono inesperado, la guinda del pastel. Cuando llegó por primera vez a Millinocket, la noche del funeral de la madre de María, fue una tarea de entrada y salida rápida. Se lo debía a su viejo amigo. Se lo debía a la única mujer que pensó que amaría... luego conoció a Kate.

El mayor beneficio fue quizás cómo la atmósfera discreta pulió sus líneas duras por dentro y por fuera. Ahora sentía que se iba de vacaciones cada dos meses. Le gustaba bastante la gente de esta región, y Kate era una ventaja. Aunque de una familia de profundas convicciones católicas, que abrazaba cuando le convenía, no lo consideró un pensamiento adúltero.

Su misión de mentor era simple. Ayudó que todos, excepto Fazio, fueran tan complacientes. Todos los maestros, amigos e incluso desconocidos de Mateo se apresuraron a jactarse del joven genio de la ciencia.

"¿Se siente bastante cómodo, señor Estébanez? ¿Hay algo que pueda conseguirte?"

Estébanez levantó la vista para ver al propietario. Aunque a veces el posadero de cabello largo y canas podía ponerlo nervioso, se mantuvo en su espacio la mayor parte del tiempo, respetando la privacidad de su patrón. Cuando Estébanez llegó por primera vez, obtuvo la visión general, como el preludio de *Guerra y Paz*. El propietario lo llevó a todas partes, excepto a donde Estébanez quería ir más: la bodega. Weaver le había dicho a Estébanez que era el dueño de la cuarta generación del establecimiento anterior a la Guerra Revolucionaria. Cada propietario llevaba el mismo nombre, Dennis Weaver.

"No debe confundirse con el actor", había dicho más de una vez. "Aunque me han dicho que me parezco mucho a él".

La posada estaba salpicada de recuerdos y coleccionables del actor de la historia del noreste de los Estados Unidos y los nativos americanos. Dennis Weaver compartió su sueño de toda la vida: un día pronto, su amigo actor se alojaría en este albergue y se tomarían una foto juntos. Se apresuró a señalar que se enviaban correspondencia regularmente y que había visitado las casas del actor en Los Ángeles, Jackson Hole y Santa Fe. Estébanez se enteró por la gente del pueblo de que el dueño del albergue estaba en una breve lista de acosadores y tenía al menos una orden de restricción contra él.

"Todo es impresionante, señor Weaver, simplemente espléndido", había dicho Estébanez. "Me preguntaba si tendría la amabilidad de llevarme a un recorrido por sus reservas de vino". Weaver se había negado. Así que, hoy Estébanez decidió preguntar nuevamente.

El propietario fingió una mirada de sorpresa y dijo: "Sabes que esas bodegas han tenido pocas visitas a lo largo de los años. Lo consideraré. Usted ha sido el visitante más frecuente en el albergue desde Milton Bradley, uno de los hijos favoritos de Maine. ¡En 1860, desarrolló The Checkered Game of Life mientras estaba sentado en esta biblioteca!"

"No lo digas".

"Mi bisabuelo le dio a Bradley un juego similar que un británico dejó en la biblioteca. Lo siguiente que supo fue que Bradley había cambiado su tienda de litografía en una compañía de juegos de mesa. El resto es historia. Lo siento, de nuevo, ¿Dónde estábamos?"

"La bodega".

"Ah, sí." Hizo una reverencia parcial y dijo: "Si me sigue, señor".

Estébanez dejó la revista en la mesa de café y siguió a su anfitrión. Este no era su primer viaje a la bodega sagrada, ya que Estébanez había encontrado la pared falsa la noche de su primera visita a Millinocket y desde entonces había estado disfrutando de exquisitas botellas de vino. Hasta la fecha, había enviado más de dos docenas de botellas invaluables a Indiana.

Con su amplio conocimiento compartido sobre el elixir de uva fermentado, los dos amigos improbables pasaron muchas horas hasta tarde jugando ajedrez, fumando cigarros y bebiendo. Estébanez encontró a Weaver, aunque esquizofrénico, inteligente con un conocimiento enciclopédico. Como espía, aprendes que a las personas les encanta hablar de sí mismas. Un profesional los deja.

Weaver buscó en una sección de un metro veinte de las grandes estanterías de la biblioteca. Recuperó un Tom Sawyer original de primera edición, se lo entregó a Estébanez, extendió la mano y agarró una palanca que soltó la estantería, que rodó sobre rodamientos de bolas. Se reveló un reluciente muro de roca negra. En el centro de la pared había una puerta negra de acero con tapa ovalada, como lo que se puede ver en el casco de un buque cisterna.

Levantó el collar de plata sobre su cabeza e insertó la llave maestra en el ojo de la cerradura. Hizo girar una esfera grande de cuatro puntas y tiró de la puerta. Bajaron unos empinados escalones hasta una bodega natural con paredes de roca. Al pie de los escalones, Weaver abrió una enorme puerta de roble comparable a una que daba a una mazmorra medieval.

Las endorfinas se dispararon cuando Estébanez entró en la presencia familiar de quizás la bodega más grande del país. Aunque ahora sabía cómo moverse con los ojos cerrados, fingió andar a tientas por los estantes fríos de pizarra iluminados solo por la luz de la biblioteca detrás de ellos.

Weaver disfrutó encendiendo las lámparas de aceite ubicadas en toda la bodega. Estébanez no decepcionó y dio una muestra de asombro con los ojos muy abiertos mientras la enorme bodega se desplegaba ante él.

"Sabes, me di cuenta de que eras un profesional, un verdadero conocedor del vino". Mientras caminaban, Weaver comenzó su oración como un docente. "En 1774, el general Gage, el líder antagónico del ejército británico construyó esta magnífica bodega y la posada original. Gage afirmó que el rey Jorge le había otorgado toda la región de Katahdin. Importó cientos de cajas de los vinos más caros del día en esta bodega. Muchas de las botellas todavía están en los estantes. Aunque fue llamado a Inglaterra en 1775, Gage continuó financiando la construcción de la posada. La piedra angular del noroeste fue grabada el 4 de julio de 1776. "

Weaver sacó una botella de la estantería de caoba y la presentó, sosteniendo el cuello con una mano y colocando el cuerpo de la botella sobre su palma.

Los ojos de Estébanez se abrieron cuando observó la polvorienta botella de Chablis de 1770 de un famoso viñedo Bousquette en el sur de Francia. ¿Cómo pudo habérsela perdido? El espíritu puede haberse convertido hace mucho tiempo en vinagre, aunque eso no afectaba su valor inestimable.

Weaver sonrió, parecía un poco siniestro a la luz parpadeante y no perdió el ritmo. "Esta botella ya estaba en Boston cuando comenzó la Guerra Revolucionaria el 18 de abril de 1775; iniciada por el famoso viaje de medianoche de Paul Revere ". Citó a Longfellow:

Pezuñas apresuradas en una calle del pueblo,

Una forma a la luz de la luna, un bulto en la oscuridad,

Y debajo, de los guijarros, de pasada, una chispa

Atrapado por un corcel volando sin miedo, y rápido:

¡Eso fue todo! Y sin embargo, a través de la penumbra y la luz,

El destino de una nación estaba cabalgando esa noche.

"Fascinante", dijo Estébanez, realmente intrigado por la historia detrás de cualquier botella que compró a Sotheby o se fugó con un botín de guerra. Casi corrigió al propietario con respecto a los hechos de la historia, particularmente la parte donde Paul Revere estaba en prisión a la medianoche. En cambio, al darse cuenta de que Weaver estaba contando botellas en el mismo estante del que había robado una botella rara para vender en Sotheby's, dijo: "¿Puedo ofrecer comprar esta botella, señor Weaver? Por favor, indique su precio."

Weaver no pudo ocultar su inmenso placer. "Por qué, Sr. Estébanez, rara vez vendemos botellas de esta área de la bodega. Pronto perderíamos la calidad del museo preservado por mi familia durante muchas generaciones".

Eso es irónico, pensó. Aunque era un experto en el arte de la negociación desarrollado a través de muchos años negociando para rehenes o negociando para salir de un lío, Estébanez decidió renunciar mientras estaba adelante y devolvió la botella a Weaver.

Weaver pronto encontró sus cuerdas vocales. "Me atrevo a decir, incluso las pocas botellas que se han vendido", dijo, mientras miraba hacia el techo de pizarra en busca de énfasis teatral, "a la santa indignación de mis antepasados, fueron vendidas en Sotheby's".

Maldición, pensó Estébanez, debería haber sabido que Weaver había estado vendiendo en Sotheby's. No se está volviendo más joven, y siempre habla de comprar un rancho en Wyoming junto a su ídolo actor. Hasta ahora, el personal del subastador de Sotheby no le había preguntado dónde obtuvo Estébanez sus botellas raras, suponiendo que fueran de su colección privada.

Weaver estuvo a punto de dejar caer la botella de valor incalculable y agregó: "Oh, ¡Cómo han traído un precio bonito!»

Al reconocer un brillo familiar de codicia en los ojos de Weaver, Estébanez levantó una ceja.

Y Weaver mordió el anzuelo. "Sin embargo, creo que se podría hacer una excepción. Permítanme hacer algunas consultas sobre el valor de mercado de la botella".

Estébanez ocultó su decepción. Robar la botella hubiera sido mucho más divertido y menos costoso. Notó que Weaver comenzó a contar las botellas en un estante del 1974 Château Lafleur burdeos, Estébanez dijo: "Me siento enfermo", dijo un poco más fuerte de lo que pretendía.

"¿Perdóneme?" Weaver preguntó.

"Creo que podría necesitar acostarme. Tal vez el aire frio y la emoción ha sacado lo mejor de mí". Cuando se dio la vuelta, notó en la esquina más a la izquierda, una pila de barriles y equipo para hacer vino del siglo XVII. Vagó en esa dirección y sintió una brisa que venía de entre las grietas de las ordenadas pilas. "¿Qué hay detrás de aquí?"

Weaver tartamudeó y dijo: "Solo la pared del fondo. Realmente deberíamos irnos, tengo que atender a los otros invitados". Se volvió y se alejó mientras murmuraba que necesitaba hacer un inventario.

Estébanez miró un poco más a la pared. Sintió una sensación extraña y luego un escalofrío. ¿Un presentimiento? A diferencia de Mateo y sus amigos Micmac, él no creía en lo etéreo. Descubrió que las cosas eran o no. Se volvió y siguió a Weaver por las escaleras.

Una vez que pasaron por el proceso de apagar las lámparas, cerrar las puertas del sótano y cerrar las estanterías falsas, Estébanez devolvió a Tom Sawyer y siguió a Weaver a través de la biblioteca donde, en lugar de vinos caros, había paredes de poesía y prosa antiguas. En una habitación adyacente, Weaver colocó la botella en una caja de madera rodeada de suficiente paja y plástico de burbujas para asegurar la nitroglicerina. "Necesito hacer algunas llamadas", dijo Weaver. Salió de la habitación. Estébanez razonó que estaba fuera fingiendo estar investigando el valor de la botella. Sabía que Weaver sabía lo que quería para la rica joya de la vid.

Weaver regresó con una disculpa, escribió un número en una postal del hotel y se lo entregó a Estébanez, quien lo miró, frunció el ceño, escribió otro número y se lo devolvió. Este proceso continuó hasta que Weaver finalmente dijo: "Usted, señor, maneja un gran regateo. Felicidades. Esta preciosa botella de Chablis es tuya."

Tendré que vender cuatro botellas de Weaver en Sotheby's para compensar esta, pensó con ironía.

Weaver preguntó: "¿Alguna vez has estado en Sotheby's?"

"Nunca. ¿Por qué?"

"Estaba hablando por teléfono con Pierre de Nueva York, él maneja las oportunidades de vino, aunque las subastas de vinos solo se llevan a cabo en Londres".

Maldita sea. El astuto murciélago viejo, pensó Estébanez, entretenido.

"Él dice que la colección de Andrew Lloyd Webber debería ir por más de cinco millones. Pierre espera subastar toda la bodega Weaver algún día. Pueden seguir soñando", dijo sin convicción. "Pierre dijo que Serena en Londres llamó recientemente y me preguntó por qué no estaba vendiendo botellas individuales directamente a través de Sotheby's, sin embargo, aparecían a través de un corredor".

"Eso es extraño."

"Eso es lo que le dije. Le pedí que describiera al corredor..."

Estébanez le dirigió a Weaver una mirada burlona.

"Luego dijo que ya había hablado fuera de turno y continuó señalando la confidencialidad que protege a todos los compradores y vendedores".

Weaver selló la caja. Estudió la oscura dirección de Indiana que Estébanez había escrito en el sobre del conocimiento de embarque. Weaver se esforzó por leer lo que su excéntrico invitado había anotado en una postal de Millinocket antes de meterlo en el sobre.

C: Para su custodia. M.E. continúa sobresaliendo, mejor de lo esperado.

Envíale lo mejor a T. Hasta pronto. -Z

CAPITULO DIECISIETE

Sospechoso
Verano 1988

FAZIO, JADEANDO Y SILBANDO, subió la escalera trasera a su oficina sobre Danny's Nook, un pequeño café en el centro de la ciudad. Caminó por el oscuro pasillo hasta una sola puerta al final. Entró en una oficina oscura y húmeda, no era mucho más que un par de vestidores. Encendió una lámpara de abogado verde de latón en el escritorio y se sentó para encender su nueva computadora.

Sacó un par de faxes de la bandeja detrás de él. Incluso con huellas digitales, ni sus amigos en el CPD ni el FBI pudieron encontrar nada más que una identificación básica en Estébanez. Sacudió la cabeza y buscó en el cajón de su escritorio una bolsa de M&Ms de maní.

Era una de las verificaciones de antecedentes civiles y de veteranos más cortas que había visto, más en línea con alguien que creció y murió en una cabaña de montaña en Virginia Occidental. O, pensó, alguien que pasó por el programa federal de protección de testigos. Tenía cierta experiencia en esa área, habiendo trabajado con muchos informantes de la mafia mientras estaba en la fuerza policial de Chicago. En aquel entonces, ser siciliano en una fuerza policial mayoritariamente irlandesa no era un paseo, y lo peor de todo, lo enfrentaba con su propia familia y amigos. Hoy las cosas eran diferentes. El crimen organizado se estaba trasladando a otros grupos étnicos que tenían mucho menos honor y escrúpulos que los italianos. La mafia rusa mataría a los suyos y a sus familias, con una mera acusación. Cuando la mafia decidía matar a otro italiano, se aseguraban de cuidar al resto de su casa. El tráfico de personas en China se estaba convirtiendo en un gran negocio, y los traficantes de drogas en América Central y del Sur se expandían más rápido de lo que la

DEA podía calcular. Joe pensó en su padre, asesinado a tiros por miembros de una familia de la competencia mientras comía en su restaurante favorito. Los dos hermanos mayores de Joe se vengaron de la familia y terminaron en prisión.

Golpeó un bolígrafo contra la sombra de luz verde mientras miraba los faxes. O, Estébanez podría estar con el gobierno. Joe había trabajado con la CIA en algunos casos, y los agentes no se parecían en nada a Estébanez. Pero se había encontrado con algunos espías de la CIA cuando estaba en Nam, y siempre estaban un poco locos. Estébanez era sigiloso, demasiado sigiloso. Siempre se sentaba con la espalda contra la pared, sus ojos siempre examinaban la habitación de izquierda a derecha, y respondía preguntas con una pregunta. Fazio envió por fax sus sospechas a sus contactos en DC y Chicago, cerró todo y apagó la luz.

Después de que Fazio doblara la esquina, una figura oscura salió de las sombras y subió las escaleras hacia la oficina de Fazio. Cogió la cerradura y encendió la computadora, puso su arma sobre el escritorio, revisó los cajones y los archivos, y tomó fotos de cada fax. Se sentó detrás del escritorio, se comió M&Ms y se recostó a gusto mientras esperaba que la computadora se reiniciara. Después de descargar archivos, subió un virus y lo dejó en el sistema operativo. Luego apagó la computadora y salió de la oficina. Girando al pie de las escaleras, el intruso gritó: "¡Tú!" Tomoó su arma detrás de su espalda mientras el atacante balanceaba un objeto en su estómago. Se dobló y cayó. Un pie sobre su espalda lo mantuvo presionado.

El asaltante agarró el disco duro y el arma del intruso.

"Dile a tu familia que este es mi pueblo. La próxima vez no voy a ser tan suave contigo o con ellos". Estébanez recogió el bate de Mateo y salió a la noche.

Esa misma noche, Mateo y su madre contestaron el teléfono que timbraba al mismo tiempo.

"Parker. Es Sean ", gritó su madre escaleras arriba. Se suponía que Mateo estaba dormido hace horas. Se sentó en el suelo en el pasillo oscuro esperando que su padre no se despertara.

Kate le dio a Sean todos los detalles sobre la nueva galería de arte en la ciudad dirigida por una mujer que creció en la región pero que se mudó a DC cuando era joven. Se jactó de cómo el tío Ken vendió su negocio de encuadernación en Boston y luego compró un pequeño hotel en Gatlinburg, Tennessee.

Mateo bostezó. Quería hablar, pero estaba a punto de colgar cuando su madre le preguntó: "Sean, ¿Sabes algo sobre Estébanez, el hombre que le dio a Mateo las revistas en el funeral de Salina?" Todo lo que obtuvo a cambio fue un silencio melancólico: su nuevo defecto. "Ha donado mucho tiempo y dinero al sistema escolar. Y se ha interesado mucho en tu hermano pequeño".

"¿Cómo es eso?"

Su madre le contó a Sean sobre el Smithsonian y la tutoría.

"¿Qué sabes sobre él?" Sean preguntó.

"Solo que es un filántropo y consultor energético".

"¿Dijiste energía?"

"Como yo, él es un ambientalista. Millinocket es un lugar perfecto para construir un laboratorio de investigación de clase mundial mientras estudia la vida silvestre en North Woods. A casi todo el mundo le gusta, y tú conoces a estas personas. Usualmente odian a los extraños, pero la única otra idea que alguien tuvo fue agregar un zoológico de alces cerca de la entrada de la ciudad".

Mateo ahogó una carcajada y Sean se echó a reír. "Eso otra vez", dijo. "No puedes enjaular a un alce". Preguntó cómo le iba a Mateo con sus estudios y luego dijo: "No lo presiones demasiado, mamá. Debería disfrutar su infancia. ¿Dónde está el viejo?"

"Las tablas del piso tiemblan, y mi porcelana tiembla, así que está dormido. Ha tenido una larga semana en las fábricas, y la recesión económica está poniendo a la industria de la pulpa cayera en picada".

"Él saldrá adelante, mamá, incluso si tiene que hacer monedas de madera de cinco centavos y venderlas en la esquina". No había humor en su tono. "Llamaré de nuevo. Vigila a ese español". Antes de que su madre pudiera responder, él levantó la voz y dijo: "Buenas noches, Matt, caminaremos alrededor de Sandy Stream Pond cuando llegue a casa. No dejes que papá te atrape, te bronceará la piel".

"¿Qué te hace pensar que está hablando por teléfono? Se fue a la cama hace horas"

"Siempre escucha el teléfono de arriba, mamá".

Mateo deslizó el teléfono en el receptor. Cuando cerró la puerta, pudo escuchar los fuertes pasos de su padre. ¡Un zoológico de alces!

Observó desde la grieta en la puerta hasta que estuvo seguro de que la costa estaba despejada. Deseó que su padre y Sean se llevaran mejor. Amor y odio, dijo su madre, eran dos emociones explosivas que se confundían fácilmente.

Ella hablaba mucho sobre el Sr. Estébanez. Cada vez que él estaba en la ciudad, ella se vestía y se miraba en el espejo muchísimo, y luego se topaban con él en lugares como el AT Café o la biblioteca.

Regresó al pasillo y se sentó en el primer escalón.

Parker la siguió hasta la cocina. "¿Qué dijo Sean?"

"¿Por qué no hablaste con él?"

"No sirve de nada entrar en otra discusión. Recuerda cuando le dije que no se volviera a alistar, y nos metimos en una pelea".

"Dile cuánto lo necesitas aquí. Haría la diferencia".

"Sean hará lo que quiera hacer. No importa lo que diga".

"Mantén tu voz baja."

"Mateo estaba sentado en el pasillo escuchando en la extensión".

Mateo contuvo el aliento.

"Quiero que tú y Mateo se mantengan alejados de ese gusano parlante".

"Parker", susurró enojada, "eso es algo horrible de decir. Castro mató a miles, y así llamó a los que escaparon". Se giró para mirar al fregadero. "¿Qué te hace pensar que es cubano?"

Se sentó a la mesa y suspiró. "Pasé tres meses encubierto en La Habana. Es cubano".

"No sabía que estuviste en Cuba".

Encubierto, pensó Mateo. Silbó, luego se cubrió la boca.

"Nadie lo sabía, excepto mi CO. Trabajé como ejecutivo de Mobile Oil".

Ella puso un tazón de tarta y helado sobre la mesa. "Recuerdo. Sean tenía seis años y dijiste que no estarías en contacto por unas semanas. Estaba realmente molesto porque las semanas se convirtieron en meses. Llamé al Pentágono una docena de veces. Nunca olvidaré su nombre, coronel Oglethorpe".

"Mi CO."

"Me llamó y me dijo que no me preocupara. Que el trabajo que estabas haciendo era mantener a nuestro país seguro. Y, dijo, que no estabas en peligro."

Parker se rio entre dientes. Sí, Castro y sus amigos del Commie eran de los boy scouts.

Mateo agarró los husillos de la barandilla del pasillo. Encubierto, Castro, comunistas. Guau.

"De todos modos, si los padres del señor Estébanez escaparon de Cuba", dijo, "entonces en realidad no es diferente a tu abuelo o al mío que emigraron de Inglaterra e Irlanda".

Agitó la mano como si estuviera aplastando una mosca. "Fazio y yo lo resolveremos".

"Desearía que Joe lo dejara solo, y no te atrevas a involucrarte. ¿Qué pasa si Estébanez se entera? No dejaré que tú y Joe lo saquen de la ciudad como lo hiciste con esos buenos chicos que tenían la tienda de chucherías"

"Chucherías, mi culo", dijo con una sonrisa mientras tomaba un bocado de tarta. "Era una tienda principal. Eran traficantes de drogas."

Mateo trató de procesar eso. Le preguntaría a Sean.

Kate tomó el tazón vacío y lo puso en el fregadero. Ella dijo: "Eres imposible". Ella le sirvió una taza de té.

En el bar, debajo de la escalera, Parker vertió un gran trago de whisky en su té caliente. "Hola, Clouseau. Vuelve a meterte en la cama."

Mateo yació en la cama hasta que Johnny Carson entregó su monólogo. Bajó de puntillas los escalones y entró en la cocina. "¿Todo bien, mamá?"

"Oh claro, cariño".

"Sean suena bien".

"Está tan callado estos días. La próxima vez, déjame saber que estás escuchando y que puedes hablar. Él te extraña."

"No te preocupes por el señor Estébanez y por mí. Le gustan mis ideas sobre paneles solares en molinos de viento, y creo que fue un agente secreto o algo así".

Su madre dejó caer el tazón de tarta vacío en el fregadero. "¿Qué te haría decir eso?"

"Me recuerda a James Bond". Mateo había leído todas las novelas de Ian Fleming. "También sabe mucho sobre ciencia y conoce al Dr. Jackson, lo cual es genial".

"Dr. ¿Jackson?"

"El libro que Sean me dio después del funeral, ya sabes". Mateo pensó en el funeral y en María. Su lengua se torció.

"¿Qué estás pensando?"

"N-nada. Buenas noches, mamá."

Ella se inclinó para darle un abrazo y un beso. "Te estás volviendo tan alto, Mateo. Te estaré mirando elevando la cabeza en poco tiempo. Te quiero cariño. Ahora duerme un poco. Ella miró el reloj. "La escuela comienza en ocho horas". Mateo abrió la boca y ella dijo: "Y no, no puedes sentarte y leer. Buenas noches."

Mateo quería preguntarle sobre Cuba y más sobre la vida de su padre como espía. Quizás mañana. Se quedó en la cama con una linterna encendida sobre *Capturar el Sol*. Se preguntó cómo Sean consiguió una copia firmada.

Pronto estaba luchando hombro con hombro con cuatro hombres vestidos con túnicas contra guerreros armados de cuero en un acantilado frente a un templo y una docena de pagodas. Docenas de murciélagos descendieron de los árboles.

Se despertó golpeando de izquierda a derecha, y tenía un poco de miedo de volver a dormir.

Los sueños se estaban volviendo más frecuentes.

Él abrió el libro.

Su madre entró en la habitación para encontrarse con Mateo profundamente dormido con el libro sobre su pecho y la linterna atenuada por las baterías bajas. Pensó en cómo planeaba hacer una batería que durara más. Ella puso su mano sobre su frente y dijo una oración. "Harás la diferencia, Mateo". Levantó el libro y lo dejó en su estante junto a un *Atlas Encogido* con orejas de perro. "Duerme y sueña con molinos de viento, mi dulce niño".

De vuelta en la ciudad, Fazio regresó a su oficina. Cuando llegó a la esquina, se topó con un hombre. Agarró el brazo del hombre. "Hola, amigo, ¿Estás bien?"

El hombre murmuró que estaba bien; tenía un fuerte acento del Medio Oriente. Fazio lo miró fijamente mientras desaparecía en la noche.

"Joe, ¿Eres tú? ¿Qué diablos estás haciendo aquí a estas horas de la noche?"

Fazio se volvió para ver al oficial Franklin Dubois caminando con su ritmo habitual. Aunque el crimen era raro en Millinocket, revisaba todas las puertas de los minoristas todas las noches.

"Estaba trabajando hasta tarde y olvidé algo. ¿Cómo has estado, Frank?"

"Bien, Joe, ¿Tú?»

"Bien gracias. Oye, ¿Viste a un hombre tropezar por aquí, camisa negra, sosteniendo su cabeza?"

"No, a nadie así, solo a los flatlanders habituales. Un montón de japoneses se quedan en el AT. Pete Marks los llevará a la terminal mañana."

"¿Qué tan lejos van?"

"Todo el camino".

"¿Cuántos llegan a Georgia?"

"Menos de una cuarta parte".

Oyeron un motor que arrancaba y Fazio miró en la dirección en que se había ido el hombre. Un vehículo grande salió de un callejón a dos cuadras y se fue de la ciudad. "¿No vas a ir tras él?" Preguntó Fazio.

"Sí, lo perseguiré". Él gruñó. "Que tengas buenas noches, Joe. Mándale saludos a tu esposa"

Fazio subió a su oficina y encendió la luz de su escritorio. Todo parecía normal. Pensó en encender la computadora y decidió no hacerlo. Cogió una bolsa llena de panecillos que estaban en el alféizar de la ventana. Podría haber jurado que los dejé en el escritorio, pensó. Tomó los M&Ms. Eso era más ligero.

CAPITULO DIECIOCHO
Declarar
1989

EL SOL FULGURANTE MIRÓ A TREMONT mientras estaba sentado en un taburete plegable cubierto de lona. El desierto brillaba a diez mil millas de distancia de Jackson's Place. Imaginando el viento fresco que venía del lago, se imaginó a Brutus y Popeye corriendo por la playa. Marcó a su padre por teléfono satelital y miró su reloj. Era la hora de cenar en casa.

"Entonces, ¿Decidiste anunciar tus planes para cambiar el mundo?" Preguntó Tremont.

"No lo sé, hijo. Algunos días sí, algunos días no. Podría haber lanzado un prototipo del producto hace años, pero entiendes mis reservas mejor que nadie. Sergio, Randall y Dimitri creen..."

"¡La fraternidad! Diles que dije hola."

"Siempre preguntan por ti".

"Papá, estaba pensando que cuando era niño, estábamos en la reunión familiar, y el abuelo Carson dijo: 'Si pudieras embotellar esa energía, podrías dirigir una ciudad con ella'. ¿Recuerdas lo que le dijiste?"

"Dije que eso es exactamente lo que pretendo hacer".

"Recuerdo que todos se rieron y tú sonreíste. Sabías lo que tenías incluso entonces"

"Sí, lo hice. Pero entonces me preguntaba y aún me pregunto si alguien en esa habitación estará vivo cuando CJ Energy alimente ciudades enteras. Una cosa es tener la tecnología. Otra es implementarlo en esta cultura de dependencia de combustibles fósiles".

Tremont dijo: "Creo que siempre supe que llegaría este día". Se limpió la frente con el pañuelo que le colgaba del cuello. "Podría usar uno aquí para alimentar algunos ventiladores de alta velocidad".

"Podría usar el diseño de ventilador en miniatura que hicimos para la industria de la informática, hacerlo de bolsillo y enchufar un chip CJ Energy".

"Lo harías."

"En efecto." Ambos se rieron. "Siempre me animas, hijo".

"¿Cómo crees que lanzarás el primer chip? ¿Computadoras? Uno de mis técnicos me mostró un diseño para una computadora nueva. Podría hacerla más pequeña que un maletín si solo hubiera una batería que pudiera alimentarla. Tuve que contener la lengua."

"Deberías conocer a Stephen Jobs y su compañero. ¿Cómo se llama, Wozniak? Cuando llegues a casa, quizás ustedes dos puedan trabajar en algo. Es curioso cómo cambian las cosas. Parece que fue ayer cuando imaginé que lanzaríamos nuestro producto en radios de transistores. ¿Quién podría imaginar que una computadora central que ocupaba un bloque de Nueva York sería del tamaño de una caja de pan?"

"Pero me preocupa que alguien abuse de CJ Energy. La avaricia es el enemigo del progreso. No estoy seguro de que el mundo esté listo para que dejemos salir al gato de la bolsa".

"¿Has recibido más amenazas?»

"No hay que preocuparse, hijo. Espera que veas algunas de las adiciones de seguridad en Jackson's Place, detectores de movimiento infrarrojos, con vigilancia visual". Él rio. "El estudio parece una sala de control de un estudio de televisión. A veces me siento allí con una copa de coñac y veo a los ciervos y a los guardabosques".

"Así que, has recibido más amenazas».

"No estoy preocupado... solo estoy siendo cuidadoso"

"Pronto estaré en casa y tendrás tu propio guardia de seguridad de las Fuerzas Especiales capacitado por el gobierno. Luego les daremos una verdadera defensa de los Jackson, como siempre lo planeamos, papá".

"¿Estás seguro de que te van a dejar salir?" Cameron preguntó. La última vez que Tremont pensó que volvería a casa, los marines extendieron su recorrido cuando la Guerra Civil Libanesa se intensificó.

"No les di una opción esta vez, papá. Líbano fue un desastre. Las líneas son borrosas aquí en el infierno afgano. Los rusos están fuera, pero tengo la sensación de que volveremos. He servido a mi país y creo que me llevará años procesar todo lo que hemos hecho, lo bueno y lo malo. Sobreviví, pero muchos de mis muchachos no han tenido tanta suerte. Perdimos al pequeño John y a una docena de muyahidines el mes pasado. Tienen a este líder, él es saudí, y envía a sus hombres a misiones suicidas como si sus vidas no fueran más importantes que el ajenjo". Tremont reflexionó sobre los tipos con los que salió de California hace ocho años. La mayoría se fue a casa en ataúdes, otros mutilados de por vida. "Damos tres pasos hacia adelante y dos hacia atrás".

Su padre dijo: "Hablando de detener las cosas, ¿Qué más tienes en mente?"

"Es Sean... Te contaré más cuando esté en casa".

"¿Descubrió lo que estás haciendo?"

"No lo creo... no es eso. Puede esperar."

"Estoy orgulloso de ti, hijo", dijo Cameron. "Te veré pronto."

Aeropuerto Nacional de Washington
Marzo de 1989

Un hombre intimidante estaba en lo alto de la escalera mecánica; otro en la parte inferior. Un tercer hombre, vestido como si fuera a un partido de fútbol de Dallas, estaba junto a las puertas corredizas de vidrio que conducían al transporte terrestre. Ladeó la cabeza y habló por un micrófono en su cuello. "Don, aquí viene".

El cuarto hombre se sentó en el auto afuera del reclamo de equipaje. Cuando un agente de la rampa llamó a su ventana, mostró sus credenciales del Servicio Secreto.

Cameron llevaba una bolsa de viaje y un maletín. El conductor de la limusina agitó un letrero blanco con su nombre en letras negras. Demasiado notable, pensó, mirando a su alrededor con nerviosismo.

Mientras conducían, se preparó. Después de años de rechazar solicitudes de todo el mundo, Cameron acordó hablar en Washington. El Departamento de Física de Georgetown moldeó el simposio en torno al horario del Dr. Jackson. Cameron razonó que, si entraba y salía de Washington en veinticuatro horas, *ellos*... esos bastardos... ni siquiera sabrían que estaba allí.

Un SUV negro lo seguía de cerca detrás de la limusina de Cameron.

"¡Maldita sea, Klaus, estás demasiado cerca!" DelGercio agregó algunas maldiciones con sabor a Brooklyn. "Sigue a tres autos detrás. Sabemos dónde se hospedará Jackson y sabemos dónde estará mañana, así que no hay necesidad de apresurarse".

El conductor habló con un fuerte acento de Europa del Este. "Todavía no entiendo cómo ese anciano puede ser una amenaza tal que nos pagan tanto por vigilarlo".

"No se te paga por pensar o hablar", dijo el hombre con la gorra de béisbol.

"Aun así, ¿Qué tiene él en ese maletín, una bomba nuclear?"

"Solo conduce," dijo el vaquero.

Habían pasado casi veinte años desde que Cameron hizo declaraciones audaces ante una multitud escéptica. Desde entonces, se había atenuado, y cuando surgió el tema de la energía casi perpetua, lo dejó a un lado como un tema para el futuro. Ahora que Tremont volvía a casa, sus hermanos de fraternidad lo convencieron de que era hora. Sintiendo una sensación más profunda de su mortalidad, no quería dejar la carga y el peligro a Tremont. Pensó en Mateo Eaton y sonrió. La invención del siglo era demasiado grande para que la pudieran manejar solos; Necesitarían ayuda.

Si pudiera obtener el apoyo unilateral de los miembros del Consejo Mundial de Fuentes Alternativas de Energía (WCASE), podría colocar CJ Energy Cells bajo su custodia protectora. Habría una estipulación: CJ Energy Cells tendría que estar disponible por igual para todos. Sin eso, preferiría destruirlo todo. Quizás los animales, los asesinos que lo habían estado persiguiendo durante treinta años, no tendrían más remedio que dejarlo a él y a Tremont en paz. O podrían acabar con él por despecho. De cualquier manera, estaba cansado de esconderse.

Después de registrarse en el Georgetown Inn, eligió pasar la noche lejos de las multitudes, se retiró a su habitación para una breve siesta. Más tarde caminó dos cuadras por Reservoir Road, luego hacia el Centro de Conferencias de la Universidad de Georgetown.

En el auditorio se detuvo y miró a la gran multitud. Tomó un trago de su frasco de cerámica.

Cómo habían cambiado las cosas desde su última visita aquí y en Yale, hace más de veinte años. Gran parte de la tecnología actual tenía un pequeño espacio en el Smithsonian. Todo el tiempo, había estado desarrollando la fuente de energía que conduciría la revolución tecnológica al próximo siglo.

Pero la oración de hoy fue diferente. Cameron estaba a semanas de hacer realidad las teorías. Solo él, Tremont y su viejo amigo sabían, aunque sospechaban, que todos los años de hibernación producirían algo significativo. Se preguntó dónde estaría Estébanez esta semana: ¿Estambul, Millinocket, Bangkok?

Si todo saliera bien, obtendrían suficiente dinero de subvención para desarrollar prototipos.

Por supuesto, pensó, era probable que aquellos que habían demostrado que estaban dispuestos a ir tan lejos como el asesinato para obtener su investigación solo intensificaran sus esfuerzos. O lo encerrarían en el basurero como lo hicieron con el Dr. Jean-Paul Dominique Esquirol, justo antes de lanzar su nueva forma de tecnología de celdas de combustible. Misteriosamente, el trabajo del físico francés se quemó en un incendio eléctrico.

O lo matarían.

Habían pasado años desde que salió al público en absoluto, y mucho menos frente a una multitud de académicos y medios de comunicación. Mientras esperaba que la ovación se desacelerara, sus nudillos se pusieron blancos por agarrar el podio.

Levantó la mano para protegerse los ojos de las luces. Hombres siniestros estaban parados en cada puerta de salida. O bien, ¿Eran simplemente acomodadores que solo lucían como mercenarios entrenados?

Se la quitaron. *Ellos* tenían que pagar. Habían pasado veintiséis años, pero parecían días. Las autoridades habían ignorado sus llamadas desde hacía mucho tiempo, haciéndolo pasar por un teórico de la conspiración. Solo un agente solitario lo había tomado en serio cuando Cameron insistió en que sus vidas estaban en peligro, pero llegó demasiado tarde. Cuando Flanagan se resistió a sus superiores, amenazaron su trabajo.

Cameron sabía que Flanagan estaría en la audiencia esta noche.

Habló por dos horas. Dibujando en la pizarra detrás de él, se animó. "Señoras y señores, si se nos dan los fondos, todos veremos el resultado del trabajo de mi vida en acción: la primera fuente de energía casi perpetua del mundo". No había tenido la intención de usar la maldita palabra perpetua. Solo salió.

La multitud respiró hondo y luego los aplausos fueron atronadores.

Los reporteros llamaron a las noticias, mientras que otros se abrieron paso hacia el escenario. El Washington Post informó: "Cameron 'Julio Verne' Jackson vuelve a hacerlo".

Cameron notó que los porteros se alejaban del pasillo: sus sombras. No había se detendrían ahora. Podrían tratar de detenerlo, o podrían subir a bordo.

El Dr. Jackson pronto se ahogó con elogios de felicitación y preguntas. Al ver que su amigo estaba angustiado, algunos de los Hermanos de la Fraternidad lo sacaron del edificio.

Una vez que lo tuvieron a salvo en su habitación de hotel, acordó encontrarse y saludar en el evento de gala esa noche en la casa del canciller.

Esa noche, en la recepción a la que asistieron senadores, congresistas, líderes empresariales y académicos de todo el mundo, sus amigos lo rodearon una vez más. "¿Todavía incómodo en las fiestas, Cameron?" La voz profunda resonó sobre su hombro.

"¡Brewster! Pensé que te habías retirado a Londres, y nunca volveríamos a ver tu rostro liberal ", dijo Cameron. Tomó a Kingman Brewster, ex presidente de Yale, por el brazo.

Brewster tomó la mano de Cameron. "Todos te hemos extrañado. El presidente preguntó por ti."

"Por favor, salúdalo de mi parte".

"Entonces, Cameron, ¿Dónde está ese hijo genio? Esperaba que estuviera a tu lado. Lo extrañamos aquí en Yale. Nunca hubo un momento aburrido con él y ese leñador."

"Sean Eaton. Los muchachos han estado criando a Caín en algún lugar de Medio Oriente. Mi hijo llegará a casa este verano. Debo decir que lo he extrañado. Era mi mano derecha en el laboratorio."

"¿Qué tal esos perros monstruosos, ¿Cómo se llamaban?»

"Popeye y Brutus. Se están haciendo viejos y un poco lentos ", se rio entre dientes, "como yo. También han estado desesperados sin él".

"No digo esto porque eres mi amigo, Cameron. Dios sabe que no haría eso". Muchos en el grupo se rieron. "Pero tu hijo fue el estudiante más brillante de su clase y el más exitoso. Yale y el MIT, y no sé cuántas otras universidades, todavía usan el programa de software que desarrolló para seguir el progreso de experimentos y analizar los datos. No ofrecemos un título en ciencias de la energía", dijo en beneficio de otros en el grupo, "así que creó el suyo. Nunca sabré por qué ingresó al ejército".

Hubo un coro de aprobación. Cameron se tomó otro gin-tonic y claramente disfrutaba la discusión sobre su hijo.

"Patriotismo, impulsividad y quizás un sentido de aventura. Algunos muchachos van a Italia por un semestre; mi hijo tuvo que ver el mundo desde un helicóptero".

"¿En qué área se especializó?" Randall Parez, preguntó.

"Es un marine, pero está adscrito al Departamento de Defensa como oficial de inteligencia"

Brewster interrumpió: "Vi que el trabajo de Tremont se detalla en una Ley Antiterrorista ante el Congreso este año".

"Después de toda la participación fallida en el Medio Oriente y el Sudeste Asiático, ¿Crees que los muchachos lamentan haberse unido?" preguntó Sergio, un físico nuclear italiano.

"Dijo que a veces desearía no tener un conocimiento tan integral sobre la amenaza terrorista a nuestra nación, pero nunca lamentará la oportunidad de proteger a su país de esta amenaza inminente".

"Tremont pudo mantenerse inmerso en la investigación... aprendiendo cosas que acelerarán nuestro trabajo cuando regrese". Hizo una pausa, temiendo que pudiera revelar demasiado sobre la posición sensible de su hijo. "Ha estado muy ocupado".

"Así que, Dr. Jackson, su hijo es un fantasma militar", espetó un joven bajito con el pelo hirsuto y un yarmulke negro. "Entonces, ¿Está en la DIA? "

Cameron Jackson se echó a reír. "No sé sobre eso. Lo que sí sé es que es un soldado que trabaja con miles de hombres y mujeres jóvenes para mantener nuestro país libre".

El hombre siguió presionando y persistiendo. "Quizás nunca tengamos que preocuparnos por los terroristas aquí en nuestro país, pero siempre habrá disensión contra los Estados Unidos en el tercer mundo y las naciones árabes". Necesitamos entender su cultura y no encender su ira contra los estadounidenses. Quiero decir, mira nuestra audacia en Cisjordania, Afganistán, Líbano, Siria... "

"Soy un científico, no un político, señor..."

"Kip Ackerman, *New York Times*", dijo.

Por fin, cara a cara, pensó. Ackerman se había puesto en contacto con Cameron muchas veces desde que publicó su tesis de la NYU que presentaba la investigación de Wolfgang Pauli y Cameron. Siguiendo los pasos de su padre, Irving Ackerman, *King of Crime Reporting*, para el *New York Times*, Kip continuó escribiendo bajo un seudónimo, cubriendo temas de la idea de una gran industria que conspira contra las energías alternativas y renovables, un estado profundo en DC dirigida por multimillonarios como James Seebert, y una posible conexión con las misteriosas muertes de científicos en todo el mundo.

Cameron continuó "Sr. Ackerman, pensamos lo mismo antes de Pearl Harbor. Creo que, si no intensificamos nuestros esfuerzos para protegernos contra el terrorismo, la batalla vendrá aquí. La seguridad debería ser la prioridad número uno de nuestra nación".

Dos hombres se pararon a cada lado. Cameron asintió con la cabeza a Félix Estébanez e Israel Samuels. Ambos sonrieron y levantaron sus cervezas en su dirección. Cameron quería decirle a Ackerman que hablara con Samuels, quien podría darle un plano para imprimir en el *Times*: Cómo construir un escudo de seguridad inexpugnable. Israel, de donde era un ex agente de inteligencia del Mossad, fue responsable de gran parte de los sistemas de seguridad en su país natal.

Ackerman seguramente sabía la respuesta a su siguiente pregunta, pero de todos modos provocó a Cameron. "¿No crees que a tus colegas les parece un poco paranoico vivir en un complejo más seguro que Fort Knox?"

Randall Parez intervino, "Aquí está la seguridad nacional y las energías renovables".

Cameron llamó la atención de Randall y asintió. Ackerman volvió su atención a Parez.

"Señor. Parez, ¿Sigue centrado en los problemas de seguridad con las redes eléctricas sobrecargadas?

Cameron miró de reojo a un hombre parado al otro lado de la habitación. Estaba fuera de lugar con su atuendo informal… y parecía familiar. El hombre se quitó la gorra de béisbol y se puso unas gafas oscuras. Cameron dijo: "Disculpe", y se acercó a Samuels y Estébanez que se dirigían a la barra libre.

"Estoy muy contento de que estén aquí. ¿Conoces al hombre de allí?" Se volvió para señalar al hombre que creía que se parecía a su conductor de reparto, pero ya no estaba.

"¿Cómo se veía?" Estébanez preguntó y Cameron dio una descripción general que incluía su gorra de vaqueros, la barbilla hendida y el cabello arenoso.

Estébanez miró a Samuels y dijo: "¿Estás pensando lo que yo estoy pensando?"

"Nunca pienso lo que estás pensando", respondió Samuels.

"Voy a echar un vistazo", dijo Estébanez. "Probablemente no deberíamos ser vistos juntos. Te veremos esta noche en el bar del hotel, alrededor de las once".

Cameron regresó a su grupo que parecía no perder el ritmo; aunque Ackerman miró a Cameron y luego se dirigió hacia Estébanez y Samuels y de regreso a Cameron. Estaba a punto de preguntar algo cuando Parez lo interrumpió. "Sí, de hecho, Ralph Nadar y yo hemos consultado al Congreso en muchas ocasiones enfatizando que las redes interconectadas con Canadá y México enfrentan una sobrecarga inevitable. Peor aún, el sistema sigue siendo vulnerable a la manipulación terrorista, incluidas nuestras fuentes de agua, y eso se aplica a todos nuestros recursos naturales."

"¿Y cómo encuentras el apoyo del gobierno y la industria?"

"Apático", dijo el viejo hermano de la fraternidad. Un desertor ruso, Dimitri Yanovsky tenía una piel de arrugada y cejas que rivalizaban con el pelaje de un oso negro. Era conocido por avanzar en las modificaciones de los componentes de la energía nuclear y una vez fue Viceministro de Energía de Rusia. "Hasta que los ciudadanos se den cuenta de la enormidad del peligro", continuó, "seguirá siendo un problema menor que rebota en los pasillos de la legislatura".

Padma Shri, un científico de Supaul, envuelto en un sari de seda púrpura, dijo: "¿No es un problema económico? En toda la India debemos gastar miles de millones para mejorar la infraestructura".

Parez asintió con la cabeza. "Pero no podemos permitirnos quedarnos quietos, especialmente en mercados sensibles como Washington y Nueva York. Y debemos proteger nuestras fronteras expuestas".

Brewster intervino: "Este estancamiento político, en todos estos problemas entrelazados, se mantendrá hasta que un evento catastrófico los obligue a cambiar".

"Espero que ese día nunca llegue", intervino Francesca, una investigadora de energía de Francia.

Ackerman dijo: "Eso suena como un policía afuera. Miro alrededor de la sala llena de algunas de las mejores mentes científicas de nuestro siglo. Debe haber algo que se pueda hacer".

"Ah", dijo Parez con una sonrisa, "Dr. Jackson y físicos como él nos dan toda la esperanza. Ha enfocado todos sus recursos, de hecho, toda su vida, hacia la solución".

Cameron sabía más que nadie en este círculo sobre los peligros que enfrentaba Estados Unidos. No pudo decir mucho ya que Tremont estaba en un área sensible que se ocupaba de información clasificada. Sabía que las misiones de su hijo eran de alto secreto, pero también sabía que parte de eso tenía que ver con infiltrarse en grupos terroristas como Al Qaeda. Cameron no sería feliz hasta que su hijo volviera a Indiana.

Ackerman preguntó: "Dr. Jackson, podría haber jurado que estabas insinuando que la energía perpetua era un hecho más que una posibilidad."

"Casi perpetua", corrigió Cameron.

"Bueno. Casi perpetua. Entonces, ¿Cuándo obtendremos algo más que especulación?" preguntó un hombre alto de pelo blanco que llevaba un traje blanco y una pajarita de color durazno.

Cameron vio a la audiencia en expansión. Muchas caras nuevas. Están aquí, pensó. Miró al hombre y pensó que lo reconocía. "Cuando lo sepa, lo sabrá. ¿Lo conozco, señor?

"James Seebert", dijo el hombre, blandiendo una sonrisa de marfil.

Todos los científicos se alejaron del rico corredor de poder, como si tuviera una enfermedad contagiosa. Este era el hombre que supuestamente dirigía P7, un grupo lleno de misticismo, que afirmaba ser miembros de la antigua orden de los Illuminati. Un grupo de hombres con dinero y poder que supuestamente movieron DC, el mercado de valores y la banca como peones en un tablero de ajedrez.

Cameron estaba sintiendo los efectos de su tercer trago doble. ¿Podría ser este el líder de los acosadores? ¿Los asesinos? Él dijo: "¿Qué pasa si te digo que todas tus inversiones pronto valdrán la pena? ¿Y si te dijera...?

Sergio agarró el brazo de Cameron, y con un fuerte acento italiano susurró: "Jules, sé lo que estás pensando, y será mejor que te lo guardes. Todos tenemos mucho que perder si tienes razón. Y, nadie más que Seebert y las personas que representa."

Cameron sintió algo más que consejos amistosos de Sergio. Tal vez fue el licor, pero hubo un tono de advertencia en la reprimenda de Sergio, tal vez lindando ante una amenaza. ¿Es él uno de ellos? ¿Está con Seebert?

Zaffar Abdula, geólogo y consultor en la industria petrolera, dijo: "Si lo que está proponiendo es posible, y para que conste, no estoy diciendo que lo sea". Zaffar miró a su alrededor con nerviosismo. "Solo se convertirá en un blanco si propone energía solar rentable y simple".

Cameron notó que Zaffar le guiñaba un ojo a Seebert. Él es uno de ellos. Y Ackerman pareció asimilarlo todo, tomando notas como un loco. Ya era hora de irse. Por encima del hombro de Ackerman, notó a dos de los hombres que había visto en el auditorio antes.

Dimitri dijo: "Es cierto, mi amigo. La industria petrolera no se ha preocupado por nosotros. Si tuviera éxito en miniaturizar el proceso nuclear y reducir el costo a una cifra nominal, sería un blanco. ¿No? ¡Sería prudente rodearme de guardaespaldas y revisar mis vehículos en busca de artefactos explosivos!"

¿Otra advertencia? Sonaba más como una amenaza. Cameron pensó.

Entonces Yanovsky se echó a reír. "Pero, por supuesto, amigo mío, ni siquiera estamos cerca. No tendré que cambiar mi nombre y pedir asilo político pronto". Todos en el grupo grande se rieron y miraron al Dr. Cameron Jackson por una respuesta.

"Amén, mi amigo ruso". Arrojó el resto de su bebida y se alejó de la multitud cada vez más discutidora. Se dio la vuelta para ver a Seebert casi sobre sus talones cuando Kip Ackerman cortó el magnate del petróleo. Kip se volvió y asintió con la cabeza a Cameron, con una sonrisa en su rostro.

¿Un aliado dudoso? Cameron se preguntó.

Ackerman dijo: "Sr. Seebert, ¿Tiene algún comentario sobre la legislación que ha presionado para bloquear la exploración petrolera en el Golfo? ¿Es porque una mayor oferta significaría precios más bajos?"

Al salir por la puerta, Cameron vio a un hombre sin afeitar que llevaba un traje marrón arrugado. Estaba apoyado contra una farola fumando un cigarrillo.

"Agente Flanagan, no es una sorpresa verlo de nuevo".

"También es bueno verlo, señor Jackson".

"¿Todavía con el Departamento?"

"Muy para la decepción del Subdirector Harrington. ¿Te importa si camino contigo de regreso a tu hotel?"

"En realidad, preferiría que lo hicieras".

Flanagan tosió y le ofreció un cigarrillo a Cameron y dijo: "Lo siento, no llevo cigarros conmigo".

"Lo dejé hace años, pero gracias de todos modos. Deberías hacerte revisar esa tos."

"¿Quiénes eran esos dos hombres con los que estabas hablando antes?"

"Hablé con mucha gente, no estoy seguro de a quién te refieres".

"Hmm. No importa." Él sonrió. "Entonces, Dr. Jackson, ¿Notó que algunos hombres de aspecto serio que definitivamente no eran científicos y no sabrían la diferencia entre un panel solar y una teja?"

"Pensé que estaba siendo paranoico. Han estado en Indianápolis, los juegos de baloncesto de Tremont, y estoy bastante seguro de que uno de ellos me siguió al cementerio hace unos meses. ¿Quiénes son?»

"No he podido leer sobre ellos. Por su forma de actuar, diría que parecen exmilitares. Sabes que Tremont me llamó, o no lo sabría, de nuevo."

Tremont debe haber llamado al senador, y también a Estébanez. "Mi hijo se preocupa".

"Por una buena razón. Si pudiera pagarlo, podría ubicar a un hombre en Jackson's Place día y noche".

Cameron frunció el ceño y rechazó la idea.

"Además, tengo acceso a la nueva tecnología de vigilancia inalámbrica. Estaré más que feliz de permitir que la pruebes en tu complejo".

"Podría considerar eso y quiero que sepas que aprecio el equipo que has instalado a lo largo de los años".

"Si Colin Jester no estuviera tomando clases en Georgetown, no habría escuchado que estarías aquí hoy".

"¿Cómo está Colin?"

"Está estudiando para ser un predicador".

"No me digas", dijo Cameron.

Colin fue el primer afroamericano contratado como agente del FBI y el amigo más cercano de Patrick Flanagan.

Hablaron sobre Tremont y el pasado durante el resto de la caminata.

"Bueno, ciertamente fue un placer verle de nuevo, Agente Flanagan. Gracias por su preocupación." Cameron se volvió para subir las escaleras cuando Flanagan lo tocó en el hombro. "¿Sí?"

"Te creí, incluso antes del hospital. Lo sabes, ¿No?"

"Sí, lo sé, solo estabas siguiendo órdenes. Es el único, agente..."

"Llámame Patrick. Por favor."

"Su preocupación por Tremont a través de los años, bueno, es apreciada.

Solo deseo que usted y la oficina hayan descubierto quién fue el responsable de la muerte de Karen y quién me ha mantenido temeroso por la vida de mi hijo todos estos años".

Flanagan miró hacia otro lado. "Ellos, nosotros, no tomamos sus llamadas lo suficientemente en serio".

"No estaba solo, agente Flanagan", dijo Cameron. "Pero su ayuda nos ha mantenido a Tremont y a mí vivos."

"¿Qué sabes sobre James Seebert?"

"Un cabildero multimillonario de mala vida".

"Entonces, te gusta. ¿Podría ser él el indicado?"

"Hombre, lo hemos revisado por muchas razones. Resulta tan limpio como los trajes blancos que usa."

"Hmm".

"¿Estás seguro de hacer público tu investigación?"

"Tan seguro como siempre lo estaré, supongo".

"Entonces déjanos ayudarte. ¿Cuándo es la presentación de WCASE?"

"Agosto. Te enviaré los detalles por fax una vez que estén configurados. Tremont vendrá conmigo."

"Se ha convertido en un buen hombre, señor Jackson. Me gustaría traerlo a la Oficina, pero sé que lo necesitas".

"Estoy muy orgulloso de él, agente Flanagan. Gracias de nuevo."

Cuando Cameron llegó a la recepción en la parte superior de las escaleras, miró la figura en retroceso de Flanagan. Recordó que Flanagan llegó al hospital. Pero ya era demasiado tarde. Unos meses más tarde comenzaron a llegar los videos y las cartas de amenaza.

El mensaje siempre fue claro: terminar la investigación o sufrir las consecuencias.

CAPITULO DIECINUEVE
Libre
21 de Mayo de 1989

TREMONT MIRÓ SU RELOJ y luego, al océano Atlántico, por la ventana del avión de transporte militar Hércules C-130. Apenas podía creer que había pasado casi una década desde que él y Sean estaban luchando en el río Gauley.

Estaba emocionado de regresar para ayudar a su padre a acelerar el lanzamiento de CJ Energy Cells, pero le preocupaba la seguridad de su padre. Los enemigos de su padre se volvieron desesperados y quería saber hasta dónde estaban dispuestos a llegar.

Muchas veces, mientras servía a su país en el Medio Oriente, Tremont se había preguntado si debería haber regresado directamente a Jackson's Place después de terminar sus estudios de posgrado. Por otro lado, las cosas que había aprendido y las personas que había conocido serían un activo una vez que estuvieran listos para salir al mercado. Y estaba seguro de que no tendría el mismo sentido de urgencia que tenía ahora. Él y Sean entraron a Kabul momentos después de que un terrorista suicida adolescente entrara en un mercado transitado y se matándose a sí mismo junto con niños, madres y padres. No había límite para el caos que los fanáticos religiosos y los líderes hambrientos de poder podían crear para eliminar la influencia de los infieles occidentales sobre su región y su gente. A Tremont le gustaría creer que eran luchadores por la libertad, pero la motivación era la codicia y el poder, y eso era inaceptable.

Se maravilló de cómo el oligopolio árabe capitalista utilizaba la oferta y demanda como si fueran un trombón, haciendo que las economías occidentales y los mercados de valores entraran en un proceso de cambio.

Era hora de lanzar CJ Energy. Para liberar al mundo del petróleo extranjero y poner a disposición de los países en desarrollo una energía segura y de bajo costo.

El C-130 aterrizó en el asfalto de la Estación Aérea Marítima McCutcheon New River, parte de Camp Lejeune, Carolina del Norte. Su primera tarea y la última orden fue asistir a una larga sesión informativa. Luego, fue invitado a unirse al comandante de la base y su familia en una impresionante casa en Emerald Isle. Pasó dos horas en un almuerzo de langosta y filete frustrando un soborno tras otro. Los marines querían que se quedara al menos otros dos años. El general Oglethorpe le consultó la Operación Just Cause. Panamá se estaba calentando y el presidente Bush planeaba eliminar al dictador Manuel Noriega y reemplazarlo con Guillermo Endara. La DIA quería que Sean y Tremont dirigieran la reunión de inteligencia antes de la invasión.[9]

Cómo Tremont salió de esa reunión vestido como un civil, siempre sería un misterio.

De vuelta en la base, Tremont miró su reloj, arrojó su bolsa de lona sobre su hombro y trotó hacia la estación MP. Tenía un MP que lo dejó en el concesionario Ford en Jacksonville. Tremont sonrió todo el camino por Marine Boulevard mientras el MP hablaba sobre quién sabe qué. Era un hombre libre, y había codiciado un auto desde hace mucho tiempo.

Saludó al MP, dejó su bolsa de lona al lado del mostrador de recepción dentro del concesionario y se acercó a un nuevo Mustang GLX descapotable negro.

"Lo tomaré", dijo Tremont, entregándole al hombre un cheque y una copia de su identificación militar.

"Umm, tendré que consultar con... ya vuelvo". Unos minutos más tarde, el vendedor regresó, acompañado por un hombre mayor que vestía una camisa blanca y una corbata burdeos a rayas. Ambos tenían una amplia sonrisa. El gerente de ventas, identificado por su nombre, Billy Ray, dijo: "Sr. Jackson, me gusta conocer a un hombre en una misión. Felicitaciones por su dada de alta hoy. Cuando regresé de Corea, compré un nuevo Ford Fairlane. No fue

---

9 Estados Unidos cedió la soberanía del canal a Panamá. Diez años después de los tratados Torrijos-Carter, Estados Unidos invadió Panamá para frustrar los esfuerzos de Noriega para alinear a Panamá con la URSS y sus supuestos vínculos con el narcotráfico colombiano. Según lo previsto, el 31 de diciembre de 1999, Panamá se convirtió en el propietario completo del Canal. Un juez juró a Guillermo Endara como presidente la noche anterior a la invasión. Es conocido por restablecer la democracia.

hasta 1964 que el primer Mustang salió de la línea de montaje, o garantizo que lo habría comprado".

Tremont estrechó la mano de ambos hombres.

Un hombre delgado con gafas que parecían una botella de coca cola entró en la oficina y susurró al oído de Billy Ray. Soltó su archivo y salió de la oficina.

"Te diré algo", dijo Billy Ray, "Has hecho un trato justo aquí". Le entregó las llaves a Tremont. "Pasa a la oficina de Kent y él tendrá el papeleo del título en orden. ¿Hacia dónde te diriges, hijo?

"A la costa de Florida, luego a Indiana".

"Ahora vas a disfrutar mucho mejor del paisaje, lo garantizo".

"No lo dudo ni un poco".

Media hora después, Tremont salió a la autopista 74 en dirección oeste. Había estudiado un mapa mientras estaba en el concesionario y memorizó las instrucciones simples. Tomaría 1-95 sur, conectaría 1-20 oeste a Atlanta, y luego todo sería cuesta abajo hasta la costa del Golfo. Cruzó Carolina del Norte y Carolina del Sur, a través de docenas de pequeñas ciudades.

Sus pensamientos se desviaron hacia su aprendiz. El chico se había convertido en una parte importante de su plan a largo plazo. Sabía que la posibilidad de encontrar a otra persona con la comprensión experta de Mateo en la ingeniería de ciencias de la energía y la física era escasa.

Hasta esta mañana, había considerado ir al norte y ver al chico, pero Sean sospechaba. Decidió esperar para contactar a Mateo. Además, pensó, su tío había seguido de cerca el desarrollo de Mateo. Sonriendo, recordó a Sean alardeando de los logros de Mateo cada vez que llegaban postales desde su casa. No creía que Sean fuera tan sensato para darle a Mateo su propio programa de vigilancia, pero no podía estar seguro. Hubo esos momentos en que hablaban de su hermano en los que Sean bromeaba: "Pero tú lo sabías, ¿No?" o "Bueno, probablemente tengas más información sobre eso que yo". Luego se reía y cambiaba de tema, pero Sean rara vez se reía últimamente. Tremont atribuyó su cinismo al estrés, y ya no estaban eran tan cercanos como antes; se podría decir que se habían distanciado.

Los soldados de inteligencia, operaciones especiales y fuerzas especiales tenían que someterse a evaluaciones psicológicas a intervalos regulares. Aunque los médicos concluyeron que tanto él como Sean sufrían un trastorno de estrés postraumático, sus comandantes descubrieron que su trabajo era demasiado valioso para sacarlos del campo. Tremont trató de hacerle saber en vano a su CO que Sean estaba fuera de control. Por un lado, Sean estaba disfrutando más que un poco en la que debería ser la parte indeseable de sus diversas asignaciones.

Una noche se infiltraron en la PLO y el complejo de Jammal en Siria durante la Guerra Civil Libanesa. Sacaron a catorce combatientes mientras extraían a seis rehenes sin víctimas. Algo sucedió que de lo Tremont decidió que nunca hablaría y sugirió fuertemente que Sean saliera del servicio antes de matar a la persona equivocada, que lo mataran o que se perdiera por completo.

Sean dijo: "Es mi vida, y definitivamente preferiría padecer a espada".

"¿Sabes quién dijo eso?"

"Está en la Biblia", dijo Sean. "Aunque supongo que me vas a iluminar".

"Eso fue dicho por primera vez por Jesús. Después de que Judas lo traicionó, el apóstol Pedro atacó a un guardia. Mateo 26:52..."

"Conoces el verso arruinado". Sean arrojó una piedra al fuego y esparció chispas en todas las direcciones.

"Jesús le dijo a Pedro, y estoy parafraseando, que guarde su espada, para todos los que toman la espada perecen por la espada".

"Te perdiste tu llamado, Pastor", se quejó Sean. Se retiraron a sus propios pensamientos.

El incidente en Siria fue el comienzo de episodios de ira e incluso psicóticos más frecuentes. No tengo ganas de sufrir dos veces, en la realidad y la retrospectiva. Tremont suspiró.[10]

Tremont cruzó Charlotte, Greenville y Clemson, luego fue en piloto automático a Atlanta, donde se detuvo para ver a un es Seal de la marina y a su familia. El Seal había alertado a Sean y Tremont para evacuar un edificio en Kandahar segundos antes de que un RPG destruyera el edificio. Después de una gran cena, continuó por la I-85 hacia Alabama, donde giró hacia el sur por 331 hacia Destin, Florida.

Sintió que apenas había hecho mella en su misión de acelerar la implementación de sistemas avanzados de detección y evaluación, para reconectar los sistemas de energía y seguridad de Estados Unidos en sus regiones desplegadas. A pesar de consultar a los políticos sobre los mecanismos antiterroristas para las ciudades nacionales de EE.UU. e internacionales, pocas de sus sugerencias fueron ejecutadas. ¿Su excusa? Limitaciones presupuestarias.

En su tiempo libre, él y Sean eliminaron las células terroristas (a Tremont

---

10 —Sophocles, *Oedipus Rex*

no le gustó esa parte) y ayudaron a Seal Team Six con extracciones de prisioneros políticos, estadounidenses secuestrados y enemigos del estado. Establecieron una red de informantes y espías para infiltrarse en células terroristas y proporcionar datos que conducen a ataques aéreos en campos de entrenamiento terrorista en Afganistán, Libia, Siria e Irak. Los extremistas islámicos estaban ganando terreno, y él sabía por qué. Era imposible convencer a los jóvenes pobres y marginados de que había otros caminos no violentos hacia la iluminación. No podía esperar convencerlos de que los líderes del terror, como Bin Laden, estaban envenenando su religión y su gente.

Se detuvo por combustible cerca de Columbus, Georgia. Mientras llenaba el tanque, miró al otro lado de la carretera a las señales de Fort Benning. Pensó en Pequeño John, un soldado que murió en sus brazos. Fue el año pasado, mientras estaban en una misión de investigación de rutina en el extremo noreste de Irak, que todo detonó.

Durante la época más calurosa del verano, a dos clics de la frontera turca, Sean y Tremont se sentaron con una compañía rebelde kurda, después de haber terminado de establecer un campamento temporal en la cima de una cresta con tiendas de camuflaje de bajo perfil. El grupo de once kurdos, seis soldados del ejército estadounidense y dos consultores militares tomaron posiciones a una docena de pies del centro del campamento. Por costumbre, un kurdo preparó una fogata improvisada, aunque todos sabían que no podía encenderse. El resto del equipo limpió ceremoniosamente sus armas. En lugar de una misión fácil de investigación, se les dieron órdenes de infiltrarse en un campamento de al-Qaeda.

Tremont le arrojó una barra de granola a Sean. La atrapó sin mirar en dirección a Tremont. Tremont dijo: "Todo ese entrenamiento de Kung Fu".

"Kung Fu, ayuh, pero el Jiu-Jitsu brasileño se centra en la respiración que te mantiene tranquilo y tus reacciones más agudas".

"Entonces, oye, sé que no quieres escucharlo, pero creo que es hora de que los dos regresemos a Estados Unidos. Hemos hecho más en ocho años de lo que la CIA ha hecho en diez con nuestra misión. Creo que estamos tomando demasiadas oportunidades, y las estadísticas nos van a alcanzar. Sin mencionar... nuestra misión no incluía el asesinato de figuras públicas, lo que ha sido ilegal desde la Administración Carter".

"¡Carter! La mitad de la razón por la que estamos en esta situación. El Gipper no le tiene miedo a Rusia o a Dios Todopoderoso".[11]

---

11 El presidente Ronald Reagan interpretó a George Gipp, "The Gipper", en la

"Oye, no dije que estaba de acuerdo, pero es la ley del país".

"Los las almas puras de los liberales deliran al pensar que estos fanáticos religiosos se preocupan un poco por la diplomacia. Tree, mientras los políticos intentan negociar el petróleo, los locos, como el imbécil de Osama bin, están trabajando detrás de escena para deshacer cualquier progreso que hayamos logrado".

Los kurdos miraron a través de la pila de madera apagada a sus dos consultores estadounidenses. "¡No podemos guardar nuestras espadas en sus vainas hasta que cada uno de estos locos que odian la libertad sea borrado de la faz de la tierra!" Sean se levantó y lanzó una mirada fulminante a los kurdos. Un soldado hizo un comentario, lo que provocó una risita del grupo. Sean escupió y dijo: "Si se interponen en mi camino para completar mi misión y establecer mi red, que el cielo los ayude".

Tremont no pudo evitar notar cómo Sean ahora se refería a las misiones sancionadas por los militares en primera persona. Los psicólogos marinos lo llaman un síntoma de fatiga de batalla donde la lucha se ha vuelto tan personal que el soldado no puede diferenciar entre su necesidad egocéntrica de poder y su trabajo. Un psiquiatra del Pentágono generalmente interroga al soldado y recomienda un permiso médico a largo plazo u ordena un alta del servicio. El momento adecuado de Sean para presentar un interrogatorio había pasado hace mucho tiempo. Tremont pensó que su comando quería que los resultados salieran de equipos de operaciones especiales como el suyo, pero también quería reclamar una negación plausible en caso de que las cosas salieran mal o se hicieran públicas. En ese caso, pensó, Sean y cualquier persona dentro del alcance, incluido Tremont, se convertirían en los chivos expiatorios designados. Eso es exactamente lo que le sucedió a Ollie North, pensó.

"¡Oye!" Sean dijo, apuntando con su rifle en dirección a Tremont, "¿Me estás escuchando?"

"Guau, apunta esa SAW a otro lugar, hombre. Me quedé en blanco por un segundo. ¿Qué estabas diciendo?"

Sean puso su arma contra una roca. "Lo estás perdiendo, Tree".

A la sartén le dijo el mango, pensó Tremont.

"Tenemos una obligación. Si eso incluye sentarme aquí quemándome el

---

película de 1940 *Knute Rockne.*

culo en la arena hasta que libremos al mundo de todas las cucarachas, que así sea". Cogió su nuevo rifle ultraligero M249 y lo colocó sobre su regazo.

Los soldados mantuvieron sus armas cerca por razones obvias, pero nunca dejaron estas armas de última generación fuera de su vista, ya que sus compañeros de campo las reemplazarían con alguna baratija antigua o un AK-47 ruso menos preciso que databa de segunda guerra mundial.

Tremont estaba decidido a no entrar en una discusión que ninguno de los dos podía ganar. Había recorrido ese camino con Sean demasiadas veces en los últimos meses. Un silencio incómodo había pasado antes de que Sean volviera a hablar.

"Me gustaría", dijo Sean, "que pudiera hacer algo con la directiva Saddam". Los kurdos se animaron ante la mención del nombre de Saddam Hussein. Sean habló en Kurmanji, un dialecto kurdo: "Conseguiría a ese bastardo, y luego llevaría su fea cabeza al centro de Mosul y la montaría en un poste como lo hicieron los reyes ingleses. De esa manera todos podían ver su piel hornearse y pelarse al sol hasta que solo quedara el cráneo".[12]

Aunque la mayoría de sus compañeros kurdos hablaban sorani, entendieron lo que dijo Sean y lo recompensaron con gruñidos de afirmación. Sean hizo añicos esta rara sensación de compañerismo al reír y apuntar con su M249 SAW al grupo de kurdos al otro lado del campamento que miraban hacia él y maldecían a sus patrocinadores estadounidenses. Sean emitió el sonido de las balas disparando. "Pow, pow, pow, pow". Los kurdos se volvieron y lo ignoraron.

Tremont consideró lo que tomaría agravar a estos guerrilleros experimentados por la guerra, especialmente desde que los estadounidenses les trajeron armas y proporcionaron apoyo de inteligencia a los insurgentes sunitas e islámicos del vecino Irán y otros países. Las emociones aún estaban entre los kurdos mucho después de que los escuadrones de la muerte de Saddam asesinaran a docenas de hombres, mujeres y niños en represalia por un intento de asesinato.

"El último informe del Pentágono señaló que Saddam puede usar armas químicas o armas de destrucción masiva".

"Si lo hace, será lo último que haga él o su régimen".

---

12 Kurmanji o Badinani es hablado por al menos la mitad de los aproximadamente treinta millones de personas que hablan kurdo en el mundo. Los hombres con Sean probablemente hablaban un dialecto centralizado llamado Sorani o Xushnaw.

"Seamos honestos. No se trata solo del terrorismo; se trata de quién controlará el petróleo en la región ", dijo Tremont.

Sean aplaudió. "Claro, se trata de petróleo", respondió Sean. "Siempre se trató del petróleo, y si dos amigos como tú y yo estamos sentados alrededor de una fogata a las afueras de Mosul, dentro de diez, veinte o treinta años, todavía se tratará del petróleo".

No si mi padre tiene algo que decir al respecto, pensó Tremont.

"Bastardos", dijo Sean, junto con algunas palabras adicionales.

"Así que tal vez puedas ver cuánto más importante es que termine mi trabajo con papá", dijo Tremont, y Sean se quejó.

Sean extendió un mapa sobre una roca y le indicó a Tremont que se uniera a él. "Este es el aeropuerto iraquí. Abdul Kali se encontrará con la guardia de Hussain aquí". Señaló en el mapa. "Si podemos posicionarnos aquí, podríamos sacarlo".

"Estamos para observar".

"Llame para tener autorización. Si tengo una oportunidad..."

"No te van a dar luz verde. Estamos consultando Si los kurdos lo sacan y estamos aquí, habrá un infierno que pagar. Es una situación de no ganar. Debemos observar".

"Ves. Ya no eres divertida, Nancy".

Tremont volvió a su posición, con las piernas cruzadas y los codos sobre las rodillas. Tremont se frotó los ojos, se pasó los dedos por el cabello y dijo: "Uno de estos días vamos a estar en el lado equivocado de las probabilidades. No necesito que aumentes el peligro ", levantó la barbilla hacia los kurdos, "con nuestros luchadores por la libertad".

"Te preocupas demasiado."

El creciente sarcasmo e insultos de Sean exacerbaron a Tremont. Otros parecieron darse cuenta de los cambios de Sean primero. Los rebeldes kurdos y afganos tenían diferentes perspectivas de Sean: *Chatichat metooraf* traducido como un *pedazo de loco*. Y hubo otra evaluación mientras estaba asignado a París. Su misión era localizar a un líder palestino presuntamente responsable de planear la muerte de atletas israelíes en los juegos de 1972 en Munich. Estos terroristas estaban planeando una actuación repetida durante los próximos Juegos Olímpicos. Dos agentes del Mossad acompañaron a Sean y Tremont. Durante su mes juntos, los agentes del Mossad apodaron a Sean, *Halev Mistagya.*

Un agente del Mossad le susurró a Tremont, "corazón loco".

Tremont pensó en esa simple evaluación y se preguntó si lo que se estaba volviendo tan evidente para él ahora había sido inherente a Sean todo el tiempo. Probablemente, pensó con tristeza.

"Ya sabes", dijo Tremont. "A veces me pregunto si debería haberme unido en un principio".

"Maldición, Tree. Tú y mi hermano Mateo seguramente fueron cortados de la misma raíz"

Tremont levantó la vista y frunció el ceño.

"Ambos pertenecen a un laboratorio".

Tremont estudió la cara de Sean y se preguntó. Tremont dijo: "Espero verlo nuevamente. Tal vez puedas llevarlo a las Dunas de Indiana y presentarle a mi padre.

Sean se rio entre dientes. "Estás tan lleno de mierda. ¿Realmente crees que trabajar en el proyecto de energía de tu padre es más importante que proteger su libertad? "

"Haré la diferencia. Mientras estoy aquí, cuidando tu espalda mientras tomas riesgos innecesarios, podría agregar, obtuve una comprensión más profunda de cómo los inventos de papá pueden resolver incluso las situaciones más desesperadas. Brindar energía limpia, económica y accesible lo cambiará todo. Y estoy orgulloso de haberme unido a un largo linaje de Carsons y Jacksons al servicio de mi tierra natal".

Sean juntó las manos. "Bravo. Bravo. Un verdadero héroe estadounidense en vivo. ¡Creo que tengo los ojos llorosos!

"Lo que parecía tan claro allá en el río Gauley mientras nos preparábamos para cruzar Sweet's Falls, ahora se ha nublado".

"Aguanta ahí, hermano. Tendremos a los peores muertos o detenidos en muy poco tiempo".

"Parece que sacamos uno y ganamos diez más", dijo Tremont con un suspiro.

"Estamos haciendo mella. Podemos desarrollar mejores medidas de seguridad cuanto más sepamos acerca de sus planes. Eliminar las células terroristas es la guinda del pastel. Yo hago el trabajo sucio, y tú escribes los informes, Nancy. Que equipazo."

Un golpe más como ese y podría tener que darle una lección, pensó Tremont. "Todavía puedo patear tu trasero Rambo".

"Tú", apuntó con su arma a los kurdos, "y diez de ellos, tal vez".

Tremont preguntó: "¿Cuál es tu plan a largo plazo, Sean? Has hecho más que tu parte".

"¿Volver a ELF y cortar troncos? De ninguna manera."

"¿Podrías enseñar boxeo y artes marciales, o pintar, o ambos?"

"Era bueno, ¿No? Doce combates y doce nocauts" Pateó una piedra. "¿De verdad crees que mis pinturas son buenas?" Tremont asintió y Sean dijo: "No, solo sigue haciendo lo que estamos haciendo. La forma en que lo veo es que cada terrorista que elimino elimina a un terrorista suicida potencial que espera tomar un autobús escolar lleno de niños".

En ese momento en las rocas del norte de Irak, Tremont se dijo a sí mismo: "Es hora de irse a casa".

Las balas comenzaron a zumbar por encima. Una brigada de la Guardia Republicana de élite de Saddam atacó por todos lados. El tiroteo duró veinte minutos; la Guardia redujo su grupo de catorce a cinco; Sean y Tremont, dos kurdos y un soldado de infantería del ejército, privado de primera clase de diecinueve años, John Imbrognio, Pequeño John.

Los cinco hombres restantes se retiraron por un barranco seco mientras la Guardia Republicana invadió el campamento. El pequeño John insistió en tomar la retaguardia mientras el resto del equipo se arrastraba por el barranco. Al final, Tremont les susurró que se detuvieran y esperaran al Pequeño John. Unos minutos más tarde, el niño grande tropezó con Tremont golpeándolo, Sean y uno de los kurdos en el suelo, Sean en la parte inferior.

"Eres un gran hijo de..." Sean dijo con amenaza.

"Cállate", susurró Tremont sintiendo desprecio por su amigo. "Pequeño John, ¿Estás golpeado?" Tremont sintió el pulso, era débil, y cuando retiró la mano, estaba goteando sangre. "Maldición." Volvió a poner su mano sobre su cuello y presionó.

"No podemos sentarnos aquí y esperar a que los Saddam nos alcancen. Vámonos."

"Sigue adelante. Los alcanzaré".

"No te voy a dejar aquí, Tree. Somos Huck y Tom, ¿Recuerdas?" Durante un largo momento, se miraron el uno al otro.

"¡Vamos! Tendremos una mejor oportunidad al dividirnos".

Tremont sabía por la cantidad de sangre que la bala había alcanzado la arteria carótida. Incluso con acceso a una instalación médica, había pocas posibilidades de supervivencia. Envolvió la herida lo más fuerte que pudo sin cortar el aire y puso la mano de Pequeño John sobre su cuello. "Presiona tan fuerte como puedas, aquí mismo". Tremont se puso de pie de un salto y buscó un lugar donde esconderse.

"¿Podrías… podrías hacerle saber a mamá y a papá que yo…?"

"Ellos lo saben. Pero les diré".

"Gracias..."

Tremont encontró un agujero para meterse y sabiendo que no podría cargar al pequeño John incluso en un buen día, lo obligó a ponerse de pie y poner el otro brazo sobre sus hombros. Eran casi iguales en altura, y si alguien los veía a los dos parados en el desierto oscuro contra el cielo iluminado por la luna, habrían pensado que un par de gigantes estaban pasando. Objetivos.

Llevó al pequeño John detrás de una gran roca y se metió en el agujero. Un poco de luz de luna brillaba en su rostro. El pequeño John estaba sonriendo. "Ay, supongo", dijo, "supongo, tengo un boleto a casa, eh, cabo".

"¿Estás bien, hombre?"

Tremont levantó la vista para ver que estaba parado frente al cajero dentro de la estación BP.

"No tenemos a nadie llamado John por aquí, hombre. Oye, ¿Juegas para los Hawks?" dijo el joven cajero mirando a Tremont.

"Estoy bien, y no, no lo estoy". Le entregó al chico cincuenta y no se molestó con el cambio.

Tremont salió de la estación de servicio e hizo un saludo a la base del ejército al pasar. De vuelta en la carretera, cruzó a Alabama y observó el letrero de Pensacola-192 millas. Hojeó su colección de casetes y puso uno nuevo en el reproductor. Frunció el ceño al pensar en quién le dio la cinta. Otro fantasma, pensó con tristeza. Brad era un chico sureño con el que sirvió en el Medio Oriente. El Todoterreno blindado de Brad golpeó una mina en la carretera a no más de cincuenta pies de la puerta de la base donde Tremont estaba esperando para saludarlo. Cuando Tremont llegó a la humeante masa de metal, ninguno de los cuatro soldados era reconocible.

Tremont cerró los ojos con fuerza y oró en silencio. Cuando los abrió, giró bruscamente el volate para evitar golpear un camión volquete.

El simpático chico era un ex jugador de fútbol de la Universidad de Georgia, no más de veinte años, recién salido del campo de entrenamiento, y solo había estado en la unidad de reconocimiento de Tremont durante unas pocas semanas. Tocaba bien la guitarra y tenía planes de jugar sus años restantes de elegibilidad con los Bulldogs. No habría estado en los servicios armados si no hubiera sido por las presiones financieras que lo llevaron a tomar dos trabajos para mantener a su madre enferma y a sus hermanos menores.

Tremont recordó cómo el chico le había dicho que esa banda sería un gran éxito. Tenía razón en el dinero. Athens, el R.E.M. de Georgia, había tomado las carteleras por sorpresa.

Mientras escuchaba una canción de su segundo álbum, *Murmur*, la letra le llegó. Era cierto que una persona no podía o al menos no debería llevar el peso del mundo sobre sus hombros. Tremont trató de concentrarse en el camino. Eso duró unos cinco minutos hasta que, en su mente, regresó a otra parte del Medio Oriente y luego a otra, y luego a otra.

Lo siguiente que supo fue que el sol comenzó a salir, y se estaba deteniendo frente al muelle central de Destin, Florida. Miró hacia la residencia flotante de su tío.

CAPITULO VEINTE

Relajarse

May 22, 1989

"TIENE MÁS POTENCIAL que cualquier otro chico que haya conocido", dijo Tremont, recostándose en su silla y tomando un vaso de Pinot Gris mientras navegaban hacia el oeste a lo largo de la costa de Florida. Su tío continuó sobre cómo el mundo finalmente se estaba convirtiendo en post-Chardonnay y que mientras Chardonnay y Sauvignon Blanc van bien con el pescado, un Pinot Gris mejora el sabor y es menos roble, tiene menos alcohol, menos acidez y crea un equilibrio con la comida.

Estaba bien, pensó Tremont, pero habría disfrutado del momento incluso si bebieran Coca-Cola y comieran hamburguesas. Por supuesto, no se lo reveló a su tío, su padrino, el hombre que definió aficionado.

"Entrenamos a muchos hombres jóvenes de dos veces su edad en lenguaje, defensa personal, armamento y", su tío hizo una pausa, metió la nariz en su vaso e inhaló, "y vino fino. Además de ti, nunca me he encontrado con un muchacho que absorbiera la información más rápido. El tutor ya se ha convertido en el alumno. Simplemente no dejaré que Mateo lo sepa".

"Pero él lo descubrirá". Tremont se rio entre dientes. "Entonces, ¿El curso intensivo en física cuántica por el que te hizo pasar mi padre sigue su marcha?"

"He confundido a los agentes de la KGB con menos esfuerzo". Ambos se rieron.

Él y su tío disfrutaron de un almuerzo de salmón silvestre horneado con lima y eneldo sobre verduras de primavera con ensalada de pepino de Sichuan, servido por una joven chef recién salida del Instituto Culinario de América. Cuando no estaba sirviendo, estaba masajeando los hombros de su tío. Tremont dijo: "Cuando conocí a Mateo, era más agudo que yo a dos veces su edad".

Después del almuerzo, caminaron alrededor del extenso yate, *El Karen*, que era un metro cuadrado de una casa de buen tamaño. Aunque su tío había enviado especificaciones y fotos de la mansión flotante a Tremont mientras estaba en el extranjero, repitió las dimensiones y el peso nuevamente como medida.

Tremont se dio cuenta de que no estaba prestando atención y volvió a sintonizar cuando su tío decía: "El barco tiene más de 400 toneladas y ciento setenta y ocho pies de largo. Pero *jovencito*, donde la embarcación oceánica Karen se parece mucho a tu querida madre difunta, es en su belleza. *Tu madre era la mujer más hermosa que yo he conocido en toda mi vida* " dijo en voz baja mientras tocaba dos dedos y su pulgar contra sus labios, los besaba y abría su mano rápidamente al aire.

"Ella *era* muy hermosa, ¿No?" Tremont dijo, más como una declaración que una pregunta. A menudo se preguntaba por la tristeza que mostraba su tío cuando hablaban de la madre de Tremont. Había más en la historia que solo ser un amigo cercano de la familia. Algún día presionaría para obtener más respuestas, pero no hoy.

Ambos se sentaron en silencio mientras Tremont se secaba una lágrima. ¿Cómo está Marcos? ¿Todavía está en la escuela en la FSU?

Su tío sonrió radiante. Había tomado a Marcos bajo su protección cuando solo tenía cinco años, el único sobreviviente de una fuga fallida de Cuba en 1964. Hace años, Marcos le dijo a Tremont que Zebo, su tío, nunca se perdonó por no estar allí para su hermano y su familia. Estaba en una misión, a cinco mil millas de distancia, y su hermano nunca indicó que planeaba escapar de Cuba. La Guardia Costera recogió al niño a millas de donde el bote se volcó en una tormenta. Marcos les dijo que iba a nadar a Miami para encontrar a su tío. Irónicamente, el Capitán de la Guardia Costera Cutter sirvió con su tío durante el incidente de The Bay of Pigs y pudo encontrar a Zebo a través de sus conexiones mutuas con el gobierno.

"Sabes que Marcos te admira como un hermano mayor".

Tremont asintió con la cabeza.

"Pregunta por ti a menudo. ¿Recibiste sus cartas?

"Sí, había docenas, y un humor tan ingenioso y seco como siempre. Sé que quiere ser piloto, pero realmente debería considerar el escenario". Ambos se rieron.

"También está terminando su licenciatura en justicia penal. Me temo que desea seguirme, y ahora a ti".

"Entonces, ¿Quiere ser científico, marinero y conocedor de vinos?"

"Exactamente." Brindó con el vaso de Tremont. "Por la familia".

"Por la familia".

"Le conseguí una entrevista con la CIA y el FBI. Ambos le ofrecieron un trabajo cuando termine sus maestrías. Marcos los llamó aficionados y dijo que tal vez él comenzaría su propia agencia. Sabelotodo. La otra opción que investigó fue Inteligencia de Defensa. En realidad, esperaba que lo convencieses de no hacerlo"

"Lo haré. Lo intentare."

"¿Anthony?" Llamó, y un hombre apareció de la nada. "¿Podría traerme la última botella que le envié cuando estaba en Maine?" Anthony levantó las cejas, asintió y se volvió para recuperar la botella.

El soldado no estaba familiarizado con Tremont, pero conocía el tipo. Anthony era un hombre enorme, no mucho mayor que Tremont, con un cuello como el tronco de un árbol de tamaño mediano y músculos sobresaliendo de un traje azul marino. Llevaba una funda de hombro debajo del brazo izquierdo. Era militar de fuerzas especiales y probablemente, como él mismo, un profesional de inteligencia entrenado.

Su tío siempre tenía hombres competentes a su alrededor. Cuando Tremont era un niño visitando su casa flotante u otra, hombres como Anthony les enseñaban a los niños a pescar y luchar.

Fue hace unos quince años cuando Tremont abordó *Los Presidentes*, un velero Valiant construido por Texan Rich Worstell. El barco era mucho más pequeño que *El Karen*. Su tío nombró el buque en 1974 cuando se unió al destacamento presidencial. Luego, el vicepresidente Ford solicitó específicamente a su tío cuando estaba claro que el presidente Nixon se dirigía a la acusación ante Watergate. Fue una tarea corta. Ford reemplazó a Nixon, Carter reemplazó a Ford; y el demócrata del sur no podía tolerar las posiciones abiertas de su tío. Él estaba fuera. Pero el actual director de la CIA tenía planes para él, y así es como su tío consiguió a *Él Karen*.

De niños, Tremont y Marcos solían pescar en la popa de *Los Presidentes*. El primer compañero, Stephan, estaba reparando el aparejo sobre el pilar cuando un viento cruzado forzó la viga contra las olas en lo que los marineros llaman broche. Stephan casi se cayó de su percha a seis metros en el aire. Su revólver niquelado calibre 38 se deslizó por toda la cubierta para aterrizar a los pies de Tremont y Marcos. Aunque intentaban sujetar el baluarte con una mano y sus cañas de pescar con la otra, Tremont le dio su caña de pescar a Marcos y se zambulló por el arma. Lo atrapó cuando el bote se tambaleó para enderezarse y tiró a Tremont sobre su espalda.

Levantó su premio en la dirección de Marcos solo para sentir un apretón en su muñeca mientras una fuerza lo ponía de pie. Stephan sacó el arma del agarre de Tremont, revisó la carga y luego la enfundó a la espalda. Él dijo: "Nunca toque el arma de otro hombre a menos que él lo ofrezca. ¿Lo entiendes?" Los dos asintieron. "La primera regla de las armas de fuego", había dicho Stephan, "es nunca apuntar tu arma a algo que no quieras matar". Regresó a su trabajo en el aparejo.

"¿Qué pasa con los objetivos de papel?" Marcos había preguntado retóricamente. "No matas objetivos".

"Escuché eso, sabelotodo", había gritado Stephen.

"¿Qué estás pensando?" preguntó su tío.

"La primera vez que sostuve un arma", respondió Tremont.

Tremont y su tío fumaron cigarros cubanos, bebieron un vaso invaluable de Merlot de las bodegas del Katahdin Sporting Lodge y hablaron sobre el futuro.

Su tío encendió y fumó su cigarro. "Tu padre tiene capas y capas de seguridad sofisticada, Flanagan y yo nos hemos asegurado de eso, pero algunas personas pueden entrar allí si lo desean. Creo que solo están esperando".

"Esperando a que termine".

"O indique que ha terminado".

"Tío Zebo, ¿No crees que lo lastimarían? Quiero decir, sin papá, no hay investigación. Sin producto no hay nada."

"No lo sé", dijo Zebo pensativo. "Lo que sé es esto: cuando tu padre complete su trabajo, no hay fin a las profundidades de poder y dinero que se le arrojarán para comprar, detener o robar la investigación".

Tremont sintió que una ola familiar de ansiedad lo inundaba.

"Ya sabes", dijo Zebo, "antes de que me olvidara, sabía que el nombre de Eaton en el norte de Maine me sonaba familiar, así que revisé los registros de la Agencia y encontré algo extraño". Zebo se apoyó en la barandilla de proa delantera mientras los dos observaban cómo el enorme yate de tres mástiles se elevaba y cortaba el agua. "Estaba en una misión a Nicaragua con su tío Carl; yo era de la CIA pero estaba unido al Seal Team Six, y Carl era de la

Fuerza Aérea. Milagrosamente nos sacó con seguridad con tres de los cuatro motores encendidos. Cómo aterrizó ese enorme avión de carga que usamos como cubierta; Nunca lo sabré."

Tremont silbó. "Seis grados de separación, ¿No?"

"De todos modos, pensé que era una coincidencia, pero lo busqué y él vive en Miami. Lo llamé y resulta que Carl y su hermano están algo distanciados, algo que tiene que ver con que no esté interesado en el negocio forestal. No le dije mucho, excepto que me encontré con su sobrino mientras hacía negocios en Maine. Me pidió que lo mantuviera informado, que además de una llamada anual y una tarjeta de Kate..." Hizo una pausa.

"¿Qué? ¿Te estás enamorando de la señora Eaton?"

Sopló el cigarro varias veces. "Hay algo sobre esa mujer".

Tremont sonrió para sí mismo. Dejando de lado por el momento que era una mujer casada; Kate Eaton era un poco mayor para su tío. De hecho, probablemente tenían casi la misma edad. Justo cuando lo pensaba, la chef de su tío, una belleza de veintitantos años regresó con entremeses.

"Simone se entrenó con algunos de los mejores de Francia". Él puso un brazo alrededor de su cintura delgada y dijo, *"Vous êtes un chef merveilleux.* Y, si sigues así, creo que tendrás que ponerme a dieta, *Mon Chéri."*

En francés, ella respondió: "El único momento para comer alimentos dietéticos es mientras esperas a que se cocine el filete".

"¿Quién dijo eso?"

"Julia Child, también una chef francesa", dijo.

Cuando volvió a llenar su vino y regresó a la cocina, hablaron en profundidad sobre Mateo y Sean.

"¿Cuánto tiempo ha pasado desde que Sean estuvo en Estados Unidos para recibir una evaluación psicológica, un informe y un poco de descanso y relajación?"

"Ni una sola vez desde que partimos. Ha estado en algunas misiones muy sensibles y..." Tremont se detuvo, dándose cuenta de que su tío puede o no estar autorizado para esta información en particular. E incluso si lo fuera, solo había cuatro personas vivas que estaban al tanto de sus órdenes.

Él cambió de tema. «Para cuando Mateo esté en la universidad, podría saber más sobre centrifugadoras y fisión nuclear que diez de los mejores científicos veteranos de energía combinados».

Zebo dejó una foto de Mateo Eaton sobre la mesa. Mostraba al niño parado en un podio con hombres barbudos de cabello plateado adornando sillas en el fondo. La pancarta en el podio decía "Premios Regionales Junior Ciencia América, Instituto Smithsonian".

Tremont sonrió con orgullo.

"Él venció a un campo de ochenta mil estudiantes menores de diecinueve. Mira, su teoría, muestra que la ciencia ha estado haciendo mal la búsqueda de energías renovables y alternativas en los últimos cuarenta años. ¿Qué tal eso? Y de un niño. ¡Ellos lo amaron!"

"Lo sabía." Tremont tocó la foto. "Ahí está el futuro, tío. Ahí está el niño al que podemos entregarle el bastón".

"Nada sucederá mientras esté aquí. Y no tienes que convencerme de Mateo. Nos hemos vuelto bastante cercanos".

"Te agradezco que te tomes un tiempo fuera de tu agenda de navegación para vigilarlo".

Estébanez le dio un manotazo. "Todavía no estoy en la pradera. El Gipper me mantiene ocupado"

"No me digas".

"No lo dije".

"En cuanto a pasar el rato en el desierto, me está gustando. Y de todos los lugares, he encontrado sin duda la mejor colección de vinos raros del mundo".

"¿Propiedad del propietario senil y excéntrico sobre qué me escribiste?" Se sentaron en silencio por un rato.

"¿Qué es?" Zebo preguntó.

"Si lo que dices es verdad, hay mucho dinero y poder acumulándose contra papá. Vamos a llevar a CJ Energy a WCASE este verano. ¿Qué tan preocupado debería estar? ¿En qué peligro está él?" Zebo puso una mano sobre el brazo de Tremont y dijo: "No te va a pasar nada a ti ni a tu padre, no mientras esté cerca. Tu padre ha estado esperando mucho tiempo para que termines de jugar a ser soldado; francamente, ha estado listo para lanzar CJ Energy durante años".

"Lo sospechaba".

Tremont se levantó y caminó hacia el costado de estribor del barco y miró hacia el mar abierto. Era seguro decir que él y su padre pronto navegarían en un clima tormentoso. O, pensó, un huracán.

CAPITULO VEINTIUNO

Brecha
1 de Agosto de 1989
8:50 a.m.

TREMONT Y SU PADRE pasaron la mayor parte del verano en el laboratorio. Todas las mañanas y noches caminaban con Popeye y Brutus a través del bosque de pinos y a lo largo de la playa de Indiana Dunes State Park. Todos los domingos visitaban la tumba de su madre en una colina debajo del roble más antiguo de la zona de la finca Indianápolis Carson. Tremont solía ir solo a ver al viejo senador y al resto del clan Carson.

Cameron no había tomado un trago desde que llegó Tremont. A finales de julio, habían completado, estampado y atado varios manifiestos gruesos para entregar a los miembros de WCASE.

El día había llegado.

Tremont caminaba de una puerta de reclamo de equipaje a otra. Levantaba la vista hacia los monitores de salida y llegada. Escaneó la lista: *Albany, Birmingham, Charlotte* y hasta *Nueva York LaGuardia*. En las letras azules parpadeantes se leía *retrasado*. Sintió un nudo en el estómago nuevamente. Se preguntó por qué dejó que su padre lo convenciera de ir por caminos separados. Hace una hora, había recogido sus maletas y luego se había reunido con seguridad para recuperar su compacta pistola Glock 43. Debido a su alta seguridad con la DIA, era uno de los 40,000 agentes que volaban armados.

Levantó la vista hacia la parte superior de la escalera mecánica para ver a su padre e inhaló profundamente. Hasta que estuvieran en la seguridad de Jackson's Place, no volvería a dejar que su padre se le perdiera de vista. El nudo en su estómago todavía estaba allí. En el camino a la limusina, escaneó a cada persona y vehículo. Nada parecía fuera de lo común.

Una limusina negra con el emblema del Senado de los Estados Unidos llevó a Cameron y Tremont del aeropuerto al Edificio de Oficinas del Senado de Hart. A través del espejo, Tremont notó que un sedán los seguía de cerca. Tremont se quitó el arma de fuego y comprobó la carga.

"¿Qué?" Le preguntó su padre.

"Solo estoy siendo cauteloso. ¿A quién viste en Nueva York?"

"Es una larga historia. Te lo diré después de la presentación".

"Muy bien", dijo Tremont y volvió a enfundar el arma.

El conductor dio la vuelta al frente de la limusina y abrió la puerta. Tremont y su padre salieron a la acera.

Escuchó un chasquido agudo, como el sonido de un gran palo al romperse. Tremont miró hacia arriba y hacia la izquierda, mientras buscaba su arma. Su padre se catapultó en sus brazos; sangre salpicando Una segunda bala hizo añicos una ventana a centímetros de la cabeza de Tremont cuando presionó contra el vehículo.

Tremont empujó a su padre hacia la parte trasera del automóvil cuando una tercera bala alcanzó al conductor y lo hizo girar hacia el pavimento. La gente gritó, los autos se detuvieron y las sirenas se acercaron desde la distancia. Cuando una cuarta bala se estrelló contra la limusina, Tremont apartó a su padre y lo dejó en el suelo detrás de un gran roble.

La limusina explotó y la metralla golpeó el árbol. Tremont miró para ver llamas y un infierno humeante. Tremont reconoció el patrón, el arte de un profesional capacitado. Cuando se volvió para atender a su padre, una bala cayó del árbol donde había estado su rostro un segundo antes. El francotirador estaba jugando con él. ¿Era esto personal?

Aunque sabía que había pocas esperanzas, Tremont se quitó la camisa y presionó la herida. Sintió el pulso. Era débil.

Una bala partió la corteza cerca de la cara de Tremont. El francotirador todavía estaba en su puesto con todas las fuerzas de la orden de Washington convergiendo en la escena.

¿Por qué? ¿Quién? "Aguanta, papá", susurró. Se quitó la camiseta y la presionó sobre las heridas. Su padre solo tenía momentos para vivir.

Las lágrimas corrían por su mejilla. Su pecho se convulsionó y su garganta se contrajo cuando se forzó a detener los sollozos. Mantuvo sus manos presionadas contra las heridas de su padre. Esto no puede estar sucediendo, pensó.

"¡Alto allí!" gritó una voz. "Déjalo caer. Tíralo lejos"

Tremont se dio cuenta de que tenía su arma en la mano. Levantó la vista para ver a dos policías de DC que lo flanqueaban, con sus armas de servicio apuntando a su cabeza.

Tremont dijo con voz ronca: "Dios mío, mi papá se está muriendo".

El oficial más joven dijo: "Malone, yo no…"

El sargento canoso le dijo a Tremont: "Está bien, hijo, cuidaremos de tu padre".

Mientras dos técnicos médicos corrían hacia ellos, el oficial Malone tomó el antebrazo de Tremont y lo ayudó a ponerse de pie. La sangre de su padre goteaba por su mejilla y cuello.

"¿Estás golpeado?" Malone preguntó.

"Debería haber sido yo" Oyó una voz hueca resonando en su propia boca. Los dos paramédicos se inclinaron sobre Cameron Jackson. La joven miró a Tremont a los ojos y pronunció las palabras "Lo siento".

Tremont se encontró de pie y siguiendo al policía hacia docenas de patrullas con luces que parpadeaban en rojo y azul. Se dio la vuelta, se arrodilló, puso una mano sobre su pálida mejilla e hizo su promesa: "Los perseguiré". Se atragantó con el aliento. "Tu trabajo no será en vano".

Cameron se tambaleó y agarró a Tremont por el brazo. El paramédico retrocedió. Cameron aspiró lo que debe haber sido un insoportable aliento de aire. "No pueden asustar a un Jackson. Tú… Félix… y Mateo…" Tosió, sus ojos estaban vidriosos y sangre salía de su boca. Tremont sintió el pulso, apoyó la mano sobre la frente de su padre y la bajó para cerrarle los ojos.

El otro paramédico comprobó el pulso de Cameron y dijo: "Hora de la muerte, ocho cincuenta y tres de la mañana". El paramédico evitó los ojos de Tremont.

El oficial Malone se arrodilló al lado de Tremont y dijo: "Marine. Lo siento. Sé que es difícil, pero ¿Tienes idea de a qué nos enfrentamos? "

"Cómo lo…"

"Tu CO me pidió que me encontrara contigo y con tu padre. También fui un Raider con Oglethorpe, en Nam".

Tremont asintió. Cuando Malone fue a su patrullero, se levantó y caminó hacia la actividad frenética alrededor del esqueleto humeante de la limusina. Se cubrió los ojos del resplandor y examinó los edificios. Malone regresó y le entregó una camisa. Tremont se la puso y dijo: "Los disparos se originaron a partir de ahí". Mientras señalaba, captó un destello de algo fuera de lugar y luego movimiento.

Se lanzó a toda velocidad hacia los edificios al norte del Senado.

CAPITULO VEINTIDÓS
El Rostro
1 Agosto de 1989
9:04 a.m.

TREMONT MIRÓ el número del ascensor. Eran las nueve. Corrió hacia la señal de salida y abrió la puerta de la escalera.

Sin aliento, Malone entró por la puerta principal y llamó a otros por radio para bloquear todas las salidas.

Tremont subió las escaleras de dos en tres a la vez, subió los nueve pisos en minutos. Llegó a la puerta del techo, solo para encontrarla cerrada. Sacó un extintor de la pared y comenzó a golpearlo contra la manija de la puerta.

Su mente se aceleró. Solo un tirador calificado con entrenamiento de francotiradores que use un rifle de alta potencia con un sitio térmico o electro-óptico y una computadora balística incluso consideraría intentarlo a esta distancia, y mucho menos ser tan preciso.

La puerta se abrió desde el otro lado. Tropezó con el techo de guijarros blancos, entrecerró los ojos ante la luz y levantó el arma.

"¿Tú?"

"Bueno, Nancy, ¿Vas a disparar?"

Sean se apoyó contra la pared corta en el borde con un cigarrillo apagado que colgaba de sus labios, con los brazos cruzados y una pierna sobre la otra como si estuviera tomando un descanso para fumar en el patio de una oficina.

A través de un odio cegador y un dolor insoportable desgarrando su corazón y alma, Tremont todavía dudó. El sudor le quemaba los ojos. Sabía que con un gatillo modificado, solo la presión de una mosca sobre el papel se interponía entre Sean vivo o muerto. Daría un doble golpe al corazón de Sean, y todo terminaría. El odio, la angustia y los años de entrenamiento le gritaban a su cerebro que no vacilara, *disparara*, mientras miraba de reojo contra el sol de la mañana y veía a Sean encender un cigarrillo con indiferencia. Y él habría apretado el gatillo, excepto una pizca de razón se filtró a través de la mancha roja frente a sus ojos. Si matara a Sean, no sabría quién lo contrató. Había algo más, pensó. ¿Cómo podría este animal enloquecido estar tan seguro de que no apretaría el gatillo después de que le disparó a mi padre? Lo mataría, más temprano que tarde, pero ahora necesitaba información.

Sean acercó dos dedos al cigarrillo y fumó antes de echarlo por el costado. Exhaló una larga hilera de humo y mágicamente apuntó con una pistola a Tremont. "Me encanta los enfrentamientos mexicanos, ¿No? ¿Por qué supones que lo llaman así? Quiero decir, ¿Realmente crees que los mexicanos lo inventaron? Eres el estudioso de la Biblia. ¿No crees que habrían sido Caín y Abel? Supongo que no, ya que uno de ellos fue asesinado".

El sudor goteaba en los ojos de Tremont. Dejó que Sean hablara, pero mantuvo su arma firme, a pesar del huracán que azotaba su cuerpo y los relámpagos en su cerebro.

"Vamos, Nancy. Al igual que el viejo oeste, un par de amigos en el O.K. Corral, o el Senado de los Estados Unidos. Suficientemente cerca. ¿Qué tal si bajas tu arma?" Volvió a meter la pistola en la funda del hombro. "Contaremos hasta tres, y el más rápido gana".

"¿Por qué?"

"Para ver quién es el más rápido".

"¿Por qué le disparaste a mi padre? ¿Para quién? ¿Qué precio podrían haberte pagado para que valga la pena matar a mi padre?" La mano del arma de Tremont tembló muy levemente, ahora el único indicio de su ira.

"Quizás tenías razón, sabes. Tal vez estoy tan loco como dicen". Hizo sonidos de lancha motora con los labios y puso los ojos en blanco. "¿Sabías que esos hijos de puta de DIA querían dejarme ir a la Sección Ocho?" Su modulación de voz aumentó. "¿Después de todo lo que hice por nuestro país? Pero sabía demasiado sobre ellos, así que, ¿Qué tal esto? Todavía estoy en la nómina del gobierno y trabajo como contratista independiente. ¿Todo un espectáculo, cierto?"

Entonces, eso es todo, pensó Tremont. "¿Qué hiciste que finalmente los hizo ver que debían frenarte?"

"Fuiste tú, Tree. Al final casi me derrumbaste. Tu informe final detallando nuestra última misión, y ese maldito del Pequeño John siendo disparado hacia el infierno. ¿Sabías que su tío era un senador de Alabama? ¿Quién lo hubiera pensado"

"¿Esto es por venganza?" Había escuchado en la radio que hace dos días, un francotirador le disparó al congresista Imbrognio mientras visitaba a veteranos en Birmingham. El reportero calificó el incidente de motivación *racial*.

"¿No te gustaría que fuera tan fácil, hermano?"

Tremont podía sentir su pulso como el latido de un bombo a través de su dedo en el gatillo. Pero no todavía. Aún no. "¿Quién, Sean? ¿Quién te está pagando?"

"Eres mucho más inteligente que todos nosotros. Apuesto por ti."

El uso de la palabra por parte de Sean, nosotros, resonó. Está demasiado confiado, pensó Tremont. Sean podría haberse ido hace mucho tiempo. Hay algo más que quería decir.

"¿Cuál es tu juego, Sean?"

"El juego. Ahora estás en el blanco, amigo. Ahora estás en el blanco. Has estado jugando un juego, y mi hermano pequeño ha sido una pieza para ti. No te veas tan sorprendido; ¿Crees que soy un idiota? Por eso nos llaman oficiales de inteligencia". Se rio entre dientes. "Así que ahora el juego y las reglas han cambiado. Ah, y para que no lo olvide, Mateo está fuera del tablero"

"Si no juegas de manera inteligente, eliminarán al resto de tu familia, uno por uno. ¿Estoy siendo claro hasta ahora? Por cierto, si tú o los hombres de azul que pululan este edificio me sacan, toda la secuencia se acelerará como un adelantar una película. Mantenerme vivo mantiene vivo al senador y al resto del clan Kit Carson. ¿Entendido?

La imagen desquiciada era más clara, pero apenas. El golpe de hoy parecía ser sobre dinero, celos y venganza, a través del razonamiento nublado de un asesino psicópata militante. Tremont bajó su Glock. Escogería una hora y un lugar cuando supiera que su familia estaba a salvo.

"Es tu juego, Sean. ¿Cuál es el próximo movimiento?"

Sean recogió el rifle que Tremont reconoció de inmediato: un Barrett M82, con una precisión de 1.800 metros con un margen de error de menos de doce pulgadas, con el tirador correcto. Aun así, a esta distancia, solo un francotirador con la habilidad de Sean podría haber alcanzado a su padre y al desventurado conductor de limusina con un disparo cada uno. Podía ver cómo destruyó la limusina; el rifle disparó una bala que podía perforar una pulgada y media de blindaje.

Sean acunó el arma y le sonrió a Tremont. "¿No espero por un abrazo?" Alzó las cejas y se encogió de hombros. "¿No? Lamento haber tenido que sacar a tu papá. Verdaderamente. Esperemos que no tengamos que eliminar al resto de los Carsons y Jacksons… espera un minuto, no hay más Jacksons, ¿Verdad? Eres el último de los mohicanos, hombre".

"Necesito que hagas una cosa por mí", dijo Sean, "un favor entre viejos amigos. Estoy seguro de que los nuevos amigos en azul tienen todas las entradas vigiladas. Recuerda, no importa quién me mate, el resultado para ti será el mismo". Giró al Barrett de treinta libras sobre su hombro y señaló hacia el edificio de oficinas del Senado. "¿Tu abuelo está allí hoy? Creo que lo está". Se arrodilló y desarmó expertamente el rifle Barrett.

"¿De verdad crees que puedes salir de este techo?"

Sean silbó mientras colocaba cuidadosamente cada pieza del rifle en una caja de plástico. Luego deslizó el estuche en una bolsa de lavandería. "La entrada trasera estará despejada en cinco minutos", dijo Tremont mientras abría la puerta de acero. Se enfrentó a su antiguo amigo. "Esto no ha terminado, Sean".

"Si hubiera terminado, Nancy, ¿Qué tipo de juego sería ese? ¿Recuerdas nuestros partidos de rugby? Rompiste mi cara en el barro, y luego rompí la tuya". Caminó hasta el final del edificio y se dio la vuelta.

"Espero con ansias el próximo partido", dijo Sean.

CAPITULO VEINTITRÉS
Destruir
7 de Agosto de 1989

TREMONT SE QUEDÓ SOLO mirando a los empleados del cementerio palear tierra negra sobre el ataúd de secoya tallado a mano. La abuela y el abuelo Carson fueron los últimos en irse de cientos de personas que asistieron al funeral de su padre. Vinieron de todas partes del mundo. Observó a su limusina salir del área de estacionamiento y se apoyó en un gran paraguas negro con ambas manos.

Mientras el resto de los empleados cargaba equipo en la parte trasera de una camioneta, un hombre navegó en un pequeño cargador Bobcat, empujando la tierra restante en el terreno. Saludó a Tremont con la punta de su gorra empapada de la Universidad de Indiana y condujo el Bobcat por una rampa hacia un camión de plataforma.

Tremont se arrodilló entre las lápidas de Karen y Cameron Jackson. Arregló las flores frescas cortadas en la tumba de su madre y colocó un puñado sobre sus padres.

Y oró.

Tremont comprobó el pulso de Popeye y Brutus. Sacó los pequeños dardos tranquilizantes incrustados en sus cuellos. La puerta principal estaba entreabierta. Metió la mano detrás de la espalda y sacó una pistola de la funda del cinturón, liberando el seguro. Después de una búsqueda en el piso principal, fue a los restos carbonizados de la puerta del laboratorio del sótano que colgaba a medias en las bisagras. Deben haber usado explosivos sofisticados para volar la puerta; Era casi inexpugnable. Las bisagras aún estaban calientes. Tremont miró el residuo en sus dedos y gruñó al compuesto de arcilla que usaban para centralizar el explosivo C-4 hacia adentro hacia el perno. Con el arma en posición junto a la mejilla, accionó el interruptor de la luz. La escalera iluminada. Dio un paso hacia el sótano sin hacer ruido.

El laboratorio parecía arrasado por un tornado. La mayoría de las PC todavía estaban en su lugar, pero faltaban los discos duros. Miró en algunos de los cajones abiertos, vacíos. Los estantes a lo largo del perímetro de la sala de tres mil pies cuadrados, una vez llenos de volúmenes de libros de texto de energía e investigación. Ahora vacío. Al entrar en el centro de la habitación, empujó una mesa de laboratorio hacia el centro. Juntó tres mesas más y se arrodilló junto a una toma de corriente. Al sacar una cubierta de plástico, reveló una manilla. Lo giró y una sección del piso se levantó para revelar un conjunto de pasos.

La habitación de abajo era idéntica a la de arriba, pero esta estaba llena de actividad. "Hola queridos. ¿Me extrañaron? Los voy a extrañar." Tremont fue a una taquilla y sacó cuatro bolsas de lona verdes. Comenzó a desnudar la habitación.

"Ingenioso, papá". Solía pensar que era un poco paranoico, excedido, pensó. Intentó no imaginar a su padre aquí abajo, comiendo bocadillos, bebiendo whisky y preguntándole sobre ciencia, historia e incluso gramática. Este era su laboratorio, su escuela, su sala de juegos.

Junto con manuales, discos duros y trabajos de investigación, recolectó artículos personales. Dejando atrás sus trofeos, agarró una caja vacía de Cracker Jack. Reunió fotos de él y su padre y los perros, alrededor de los terrenos del Indiana Dunes State Park o en la propiedad de Jackson's Place. Miró larga y duramente una preciosa foto de su madre y su padre.

Llegó a una hilera de armarios cerrados que su padre parecía no abrir nunca. Encontró las llaves pegadas debajo de una esquina. En el primer gabinete, encontró montones de videos, cada uno encuadernado con una página de escritura. Levantando un taburete, leyó las cartas fechadas a partir de 1958, un año antes del nacimiento de Tremont. El último llegó hace solo unas semanas. Solo podía imaginar lo que había en los videos, pero a juzgar por las cartas, eran prueba de que el escritor podía respaldar sus amenazas. ¿Podrían estos bastardos ser los que contrataron a Sean?

Confundido y enojado, Tremont puso los videos en una de las cuatro bolsas de lona; él profundizaría en esta nueva evidencia cuando llegara a una de las casas de seguridad de su tío. Descubriría quién estaba detrás de todo esto, luego, mataría a Sean y luego terminaría el trabajo de su padre. Dejó de empacar por un momento. ¿Demasiado presuntuoso? Mateo podría optar por no trabajar con él.

¿Un caballo rechazaría el agua?

¿Podría matar al hermano de Mateo? Si no, Sean seguramente se interpondría en el camino. Algo llamó su atención. Todavía había un tren en la vía H/O de la Serie G, propulsado por la última CJ Energy Cell de su padre. Odiaba detenerlo, pero necesitaba esa celda. Tremont tomó el diario de su padre y leyó sus últimas notas. Después de anotar las estadísticas, apagó el ferrocarril. Se llevó los cinco trenes con él. Él y su padre construyeron ese sistema ferroviario retro. Fue genial.

Puso las bolsas en el montaplatos, pero esperó para enviarlo. Un ruido de metal sobre metal sobresaltó a Tremont. "¿Tío Z?"

"Bueno, estaré condenado".

Un arma apuntó a su pecho antes de que Tremont pudiera alcanzar su arma. El maldijo.

O se había perdido algo en el sistema de seguridad compuesto, o el intruso ya estaba adentro cuando llegó aquí. ¿Cómo podría ser tan estúpido? él pensó.

El hombre parado en la base de los escalones tenía una cara hermosa con una barbilla hendida. Llevaba una camisa arrugada de Government Express y Tremont no lo reconoció. "Sabía que tu viejo tenía un lugar al que escapar. Un minuto estoy escuchándolo silbando y tarareando a Bach y Brahms, y luego nada; no lo volvería a escuchar por horas. Me enseñó mucho sobre música clásica. Solía pensar que estaba pasando el código a través de la música, así que grabé todos los álbumes que tocó, me encantó que todavía tocara el vinilo: Mozart, Beethoven, Schubert".

El intruso sostuvo su arma cruzada sin apretar sobre su bíceps izquierdo con su cuerpo girado lo suficiente como para disparar un tiro fatal. Profesionalmente entrenado. "Entonces, Sr.-"

"Llámame Smith, John Smith. Soy como tu familia".

"Te han asignado vigilar a mi padre... ¿Por cuánto tiempo?"

"Bueno, no sé si lo llamarías asignado, pero si te refieres a cuánto tiempo he estado estancado aquí en Jackson's Place, ocho años, en intervalos".

"El gobierno de los Estados Unidos pagó. Contratista privado Servicio secreto o entrenado por la CIA", adivinó Tremont. Observó al hombre para ver si sus ojos revelaban la verdad, pero no era necesario.

"Tienes dos de tres. Estoy impresionado. Es sorprendente lo que se puede aprender con unos años de capacitación en DIA y experiencia en el país. Si no hubiera tenido la paciencia de Job, te habrías ido limpio. Tuviste bastantes invitados mientras estabas fuera. El último se fue el lunes después de saquear el laboratorio del subsuelo". El pauso.

"Dos laboratorios. Un señuelo. Eso fue genial", dijo Smith. "Creo que todos sabían que todos los demás estaban aquí, excepto yo, nadie sabe de mí", dijo con una sonrisa. "Algunos de esos tipos se ajustan a tu descripción: el gobierno los contrató, pero la mayoría de los mercenarios contrataron al mejor postor. Los rusos reclutaron un grupo. Los sauditas contrataron a otro. Y los hijos de puta que llegaron aquí primero, vinieron del agua. Eran de primera categoría, tal vez entrenados por el Sello. Ellos son los que dejaron sus tarjetas de llamadas C4".

"¿Y tú?"

"¿Sabes lo que hubiera sido divertido?" No esperó una respuesta. "Si entraran al complejo al mismo tiempo, hombre, habría habido fuegos artificiales". Sus ojos recorrieron la habitación. "Entonces, aquí es donde se desarrolló el futuro de la energía". Miró más allá de Tremont hacia el montaplatos. "¿Supongo que todo lo importante está en esas bolsas de lona?"

"Lavandería. Lo he estado posponiendo desde que regresé del extranjero".

"Tu última gira fue en Irak en la frontera turca. Ustedes muchachos con DIA hicieron un daño considerable allí, entrenaron a los kurdos para infiltrarse en campos terroristas, obligaron a los muyahidines a atacar a los rusos. Sabes, lucharemos contra ellos y los talibanes ahora que los rusos están de vuelta en Moscú". Se chasqueó la lengua. "Sin mencionar a Irán Contra con el Coronel Norte. ¿Cómo te metiste en ese lío?" Chasqueó la lengua. "Pero fue un trabajo inteligente, chico, y eso es lo suficientemente cerca", advirtió.

Tremont se acercó un poco más.

Él continuó: "Estaba enseñando combate cuerpo a cuerpo antes de que estuvieras jugando baloncesto en la escuela intermedia. Incluso con ese alcance, te volaría la cabeza antes de que empezaras a presionar".

"¿Sean te envió?"

"¿Quién?"

Tremont decidió que Smith probablemente no era sospechoso de la muerte de su padre. Dio unos pasos más. "Tienes la ventaja, John Smith. Entonces, ¿No te importará decirme algunas cosas, como cuál es tu nombre real y quién contrató al asesino de mi padre?"

"Si lo supiera, te lo diría. Admiré a tu viejo. No fue mi empleador, en comparación, somos los buenos. No quiere decir que no tengan sus defectos. Pagan bien y piensan que tienen el mejor interés de Estados Unidos en el corazón". Hizo una pausa y su voz se volvió casi inaudible. "No perjudican a las futuras madres inocentes"

"¿Qué dijiste?"

"No habrían considerado sacar la mente detrás del producto, a menos que..."

"A menos que supieran que tenían toda la investigación".

Smith levantó las cejas y dijo: "Eso es correcto. El tipo que le disparó a tu padre tenía otro objetivo. O estaba detrás de ti"

"No, si él quisiera golpearme, estaría muerto".

"Eso es curioso. Si fuera yo, te habría sacado. Eliminar futuras amenazas: protocolo básico".

Cuando Smith cambió su peso, su arma bajó ligeramente. Tremont se lanzó hacia el trofeo de baloncesto y lo lanzó; Smith estaba inconsciente antes de golpear el suelo. Tremont pisó su cuerpo y recogió el arma, un modelo SIG-Sauer de New Hampshire diseñada para el ejército y la policía. Revisó al hombre para identificarlo y, como se esperaba, no encontró nada más que una etiqueta con el nombre del Correo Expreso del Gobierno que decía que su nombre era John Smith. Arrastró el cuerpo de Smith al montaplatos. Había una posibilidad de que Smith no estuviera solo, por lo que Tremont saludó al laboratorio por última vez y saltó la escalera más allá del laboratorio falso y salió al piso principal. Fue a la oficina de su padre y comprobó el sistema de seguridad, desconcertado de por qué no se activó con todos los intrusos. Había muchas cajas de seguridad desde la puerta principal, a lo largo del camino de entrada y alrededor de la cerca, así como disparadores hasta el porche que rodea el rancho. El primer equipo en el complejo tuvo que haber activado alarmas que se transmitieron a compañías de seguridad privadas en Chicago e Indianápolis, así como a la firma privada de su tío en Atlanta. El hecho de que cubrieran todas esas contingencias significaba que eran más que buenos.

Tremont fue a la cocina y separó el congelador grande de la pared, revelando al montaplatos. Golpeó 5-2-2-5 (J-A-C-K) en el teclado, y la máquina llegó al piso principal. Preparando la .45 SIG, Tremont abrió el montaplatos. Smith saltó como un guepardo, empujando a Tremont contra la mesa del carnicero. Intentó soltarse, pero Smith lo tenía en un abrazo de oso. Pateó los pies de

Smith, y ambos se estrellaron contra el suelo. Tremont levantó una rodilla en la ingle de Smith, quien soltó un aullido y soltó su agarre. Tremont se lanzó al .45 SIG justo cuando Smith se recuperó y se abalanzó sobre él. Tremont agitó la culata de la pistola y golpeó a Smith con un golpe demoledor en la sien ya magullada. Smith se aflojó una vez más. Abrió el agua fría y se lavó la cara mientras mantenía su cuerpo en ángulo para asegurarse de que Smith estaba fuera de combate esta vez. Sorprendido de que el hombre todavía respirara, Tremont sacó dos cables de extensión del armario de servicios públicos y ató las manos de Smith a la espalda, luego ató las piernas a las manos. Lo arrastró al porche donde Brutus se quejó en silencio.

Popeye todavía estaba fuera de combate. Inspeccionó la propiedad antes de regresar a la cocina para recuperar las bolsas de lona. Cuando regresó, Brutus le estaba gruñendo a Smith.

"Vigila a nuestro amigo aquí, ¿Quieres?" Se arrodilló y le rascó detrás de las orejas a Popeye, y este se movió. "Hora de despertar, cachorro".

Regresó al muro de seguridad de su padre en el estudio de paredes de caoba. Al recoger una tarjeta de presentación en el escritorio, pensó en el desaliñado agente que visitaría Jackson's Place con tres o cuatro técnicos de seguridad del FBI. Tremont se alegró de que Flanagan estuviera en el funeral. Tenía muchas preguntas que responder.

Le tomó veinte minutos o más ingresar la computadora encriptada de su padre. Después de ingresar su nombre de usuario, contraseña y respuestas a algunas preguntas aleatorias, escribió "Julio Verne está muerto" y tocó la tecla Intro. La pantalla se puso negra. Tremont pensó que había cometido un error tipográfico, pero el servidor todavía estaba tarareando, por lo que esperó. Y esperó. Finalmente, se abrió una pantalla emergente, dándole instrucciones. Tremont miró la pantalla, sintiendo un nudo en la garganta. Abrió otro cajón que sabía que guardaba algunos de los tesoros de su padre. Justo encima estaba el colorido frasco de cerámica.

Papá tenía esto con él las 24 horas, los 7 días de la semana, pensó y se preguntó qué estaba haciendo aquí.

En los cajones, descubrió cartas y recuerdos de la boda de sus padres y los dibujos arquitectónicos de Jackson's Place. Cuidadosamente lo colocó todo en una cartera negra. Sostuvo una foto con su padre en el campeonato de baloncesto NCAA Final-Four y luego con uno de sus abuelos. Sonrió al pensar en todos los veranos felices con su padre trabajando en un invento u otro, y las tardes en la playa con Popeye y Brutus. Con una bala, Sean puso fin a todos los planes que él y su padre tenían para CJ Energy. Presionó su rostro contra sus palmas y respiró hondo. "Te decepcioné, papá. Pero terminaré esto. Lo prometo."

Tremont levantó el auricular del teléfono en el pasillo y tocó uno de los tres números de marcación rápida. Tomó un tiempo en rebotar de un intercambio a otro.

"Veleros y vinos de Destin".

"Zebo".

"Lo siento, no tenemos a nadie aquí con ese nombre".

"Deja el siguiente mensaje. Todo está seguro. Nos vemos mañana."

Esperó hasta que la recepcionista colgó y luego regresó al estudio, movió el mouse de la computadora y presionó la flecha sobre la palabra SÍ.

Afuera, Tremont se acercó al camión de Government Express. Buscó en todos los lugares obvios y no encontró nada de valor. Luego comenzó a revisar los lugares donde podría esconder algo. "Voila", dijo. Smith había cortado la funda del asiento con su bolsa de viaje dentro. Dentro de la bolsa de lona negra había montones de monedas, dos pistolas y cinco pasaportes con cinco identidades, y una tarjeta de titular de boletos de temporada de los Dallas Cowboys con el nombre de John T. Lomax. Todo sería útil y mañana podría hacer que su tío altere las identificaciones.

Se quedó mirando su preciado Mustang y se dio cuenta de que no había forma de poder empacarlo con todo junto con los cachorros. Por un largo momento miró tristemente hacia la Costa Nacional y pensó en dejar al Sr. Lomax. "Ja, no dejes rastro. ¿Cierto?" Suspiró y comenzó a cargar todo en el SUV burdeos de su padre.

Tremont volvió a la computadora de su padre, inició sesión en su sitio seguro DOD DIA y buscó a John T. Lomax. Bingo. No faltó información sobre el ex agente del Servicio Secreto. En contraste con su tío, un ex NOC de la CIA, el Sr. Lomax era un mercenario. Una inversión multimillonaria del gobierno de EE. UU. Se convirtió en arma mortal de alquiler.[13]

Como Sean

En el porche se arrodilló y metió la tarjeta de la temporada en su bolsillo. "Hola, John Lomax". Tiró del cuerpo hacia el borde de la cubierta, se bajó y lo colocó sobre su hombro, lo llevó a la parte trasera del SUV y lo cargó dentro.

13 Departamento de Defensa (DOD). Agencia de Inteligencia de Defensa (DIA). Cubierta No Oficial (NOC).

Antes de cerrar el dulce Mustang en el garaje, pasó la mano por el capó negro.

De vuelta en el porche, extendió la mano y abrió el letrero hecho a mano, Jackson's Place. Empujó las dos mecedoras vacías.

"De acuerdo, vámonos." Bajó los escalones y miró hacia atrás. Los perros no se movieron. Tremont lo entendió. "Él no va a volver, muchachos. Solo somos ustedes y yo. Vámonos." Se quejaron pero se levantaron y trotaron hacia el SUV. Tremont se deslizó en el asiento del conductor y salió a toda velocidad del recinto. Sabía que el tiempo se estaba desperdiciando, y cada patrullero de la carretera en Indiana estaría recorriendo un radio de doscientas millas comenzando en, miró su reloj, *VEINTIÚN MINUTOS*.

Una vez que estuvo a salvo fuera de la puerta, y quince millas al sur por la I-65, se detuvo. Miró su reloj. *Veinte segundos*. Sabía que debía continuar, pero...

Se paró en el estribo con los ojos hacia el norte. Cinco segundos. El sol se acababa de poner, y el cielo a su norte estaba oscuro, excepto un tono naranja que rebotaba en las nubes... un destello blanco barrió el horizonte. Una, dos y tres ráfagas antes de que el sonido de las explosiones lo alcanzara.

Jackson's Place se volvió historia.

Si tan solo Mateo fuera diez años mayor.

"Pero ahora hay mucho tiempo, ¿No, chicos?" les dijo a los perros.

Caminó hacia la parte trasera del SUV y sacó a Lomax. Lo llevó al bosque junto a la carretera y lo colocó en posición vertical contra un roble. Abrió un cuchillo de mariposa del ejército.

Al pasar Indianápolis, sintió una oleada de arrepentimiento. Quería ver a sus abuelos una vez más, pero la amenaza de Sean ardía en su conciencia. Decidió rastrear a Lomax y Sean hasta la fuente. Eliminar la amenaza. Luego... Susurró: "Me encargaré de ti, viejo amigo, luego tu hermano y yo nos pondremos a trabajar".

Dadas las notas y diarios de su padre, estaba claro que las amenazas, tal vez por parte de los empleadores de Sean, comenzaron antes de su nacimiento. La muerte de su madre fue de hecho un asesinato. No es de extrañar que su padre se bebiera hasta dormirse todas las noches, pensó Tremont con amargura. Debe haberse sentido impotente por vengar su muerte, especialmente con la amenaza constante de que su único hijo sería el próximo.

Sintió desprecio por el FBI. No era de extrañar que el agente Flanagan se ofreciera a ayudar a lo largo de los años. Culpa. Golpeó con ambas manos el volante y despertó a los perros. "Está bien, muchachos". Pero no estuvo bien. Su padre lo protegió de los hechos, y él había estado viviendo en una ilusión todos estos años.

El senador Carson lo persuadió, la policía abrió un archivo de homicidio, aunque no había pruebas ni motivos que pudieran entender. Después de solo unos meses, sin más evidencia, su muerte cayó en los archivos de los casos fríos. La evidencia se estaba acumulando; quien empleó a Sean fue responsable de la muerte de sus padres.

Miró sus nudillos blancos en el volante y respiró hondo, estirando los dedos. De alguna manera, tenía que mantener su mente clara; había mucho que hacer. Una vez que se instalara en una casa segura aquí o en el extranjero, se pondría en contacto con cualquier persona que tuviera contacto con su padre, como Flanagan. Había bastantes nombres desconocidos en las revistas, como Tom Muncie, y un almirante que vivía en Groton, Connecticut. Había algunos con los que estaba bastante familiarizado, como Paul Hessen en el MIT y los Hermanos de Fraternidad de su padre, Sergio, Randall y Dimitri. Quizás podrían ayudar a llenar algunos de los espacios en blanco.

Tremont pensó que había hecho este viaje una docena de veces. Las lágrimas brotaron de sus ojos mientras corrían hacia el sur, por la I-65 hacia Destin.

PARTE IV
Perpetúa Convergencia

CAPITULO VEINTICUATRO
Propósito

PENSANDO QUE ESE DÍA sería como cualquier otro, Flanagan llegó antes del amanecer a la sede del FBI J. Edgar Hoover en Pennsylvania Avenue. Pasó por los puntos de control de seguridad como lo había hecho miles de veces durante sus treinta años de carrera en la Oficina. Flanagan llevaba un abrigo marrón deshilachado, una camisa blanca desteñida y una corbata negra delgada. Su jefe a menudo le decía que podría pasar por un hombre sin hogar en las calles de DC.

Tuvo el tercer puesto más alto en la División de Inteligencia, lo que lo colocó como el agente más importante en la Oficina porque había sido contratado mucho antes de la jubilación obligatoria de 30 años. La tenencia fue lo único que lo salvó cada vez que fue en contra del sistema, como lo había hecho una docena de veces desde que se tomó a los Jackson años atrás.

Era el único archivo que no había resuelto o cerrado.

En su oficina de la esquina, la vista del Hard Rock Café estaba en una ventana, y la esquina de 10th y E Street estaba en la otra. Colgó el abrigo, arrojó su bandolera de cuero sobre la silla y fue a tomar un café en la sala de descanso.

Cuando regresó a su oficina, estudió un hombre parecido a un oso y vestido con lo que sabía que era el atuendo negro para ir a reuniones de domingos. El hombre estaba sentado en la silla de Flanagan hojeando una pila de sus archivos. Flanagan no trató de detenerlo. En cambio, salió de la oficina. Cuando regresó, tenía toda la cafetera. "¿Cómo diablos entraste aquí?" Dijo Flanagan con fingida ira. "Pensé que Harrington te había puesto una orden de restricción".

"A mí también me alegra verte". Ambos se rieron y el ex agente Colin Jester continuó: "Obtuvo una orden de restricción, pero creo que expiró hace unos años. A juzgar por la mirada que me dirigió esta mañana, no ha olvidado nuestro último altercado después de que le dispararon a Cameron, así que no estaré aquí mucho tiempo. Estoy seguro de que presentará algunas nuevas acusaciones para que me devuelvan a la cárcel".

Flanagan sacó una taza de café extra del archivador y la sopló para eliminar el polvo. Puso la humeante taza de café frente a su amigo y se sentó. Se pusieron al día sobre familiares, amigos, amores perdidos y divorcios. Recordaron su gira juntos en Corea, donde ambos eran de la reconocida inteligencia de la Marina y apenas habían sobrevivido a la batalla del embalse de Chosin en temperaturas bajo cero. Su pequeña fuerza había vencido a seis brigadas de soldados chinos.

Unos años más tarde, como agente novato del FBI, Flanagan recibió su primera llamada de un científico paranoico en Indiana con una loca teoría de conspiración.

Flanagan miró el reloj. Harrington llegaría pronto. "¿Qué tienes en mente, Colin?"

Su amigo se inclinó hacia delante, agarrando los archivos. "No has renunciado al asunto de Jackson". Flanagan no respondió. "Esta obsesión te va a enterrar". El gruñó. "No has tomado mis consejos en veinte años, así que no sé por qué empezarías ahora..."

Flanagan se recostó en su silla.

Colin continuó. "Tu chico está de regreso en Miami y atrae mucha atención". Pasó un trozo de papel con una dirección. "No soy el único que conoce su paradero. Hay una buena posibilidad de que un golpe caiga, más temprano que tarde".

"Mierda. Eso me temía. Me dirigiré hacia allá. Es lo menos que puedo hacer por estropear las cosas aquí y dejar que maten a sus padres". Hizo a un lado la de la objeción de Colin con un ademán. "Alguien necesita proteger al flaco Hoosier".

"¿Algún progreso en que su casa vaya a Hiroshima?"

"Nada nuevo." Lo cual no era del todo cierto. Contra su consejo, Cameron hizo que la casa fuera cableada para la destrucción, como mecanismo de seguridad en caso de que ocurriera lo peor. Bueno, lo peor sucedió.

"¿Crees que Harrington te permitirá instalarte en Miami? ¿Oficialmente?"

"Diablos, no". Bajó la voz. "Cerraro está liderando una fuerza de tareas conjunta con la DEA. Ya tiene a Tremont caminando sobre hielo".

"No quiero saber".

"Entonces, ¿Cómo te gusta ser un predicador? En un millón de años, yo…"

Colin se levantó y se estiró. "Sí, lo sé, pero Dios puede trabajar a través de los vasos más rotos. Es mi vocación, Patrick. ¿Cuándo vas a venir a visitar mi iglesia, o para el caso, alguna iglesia?"

"No quiero que el lugar sea alcanzado por un rayo a mi cuenta".

Colin maldijo cuando vio al Director del FBI dirigirse hacia ellos. "Oh casi lo olvido. Es solo una corazonada. Si vas allí, vigila a un chico universitario llamado Mateo".

Flanagan se giró para ver al Director presionándolos. Flanagan miró las notas que Colin le dio antes. "Entonces, ¿Cuál es la primicia de este chico?"

"No estoy seguro, pero vi el nombre de Eaton en una de tus pestañas de archivos. El tipo es una especie de gurú de la energía, el protegido de Jackson".

¿Cómo demonios podría no haber sabido eso? Pensó Flanagan. "¿Dijiste Eaton?" Se acercó al escritorio y revolvió una pila de archivos.

"Podría ser una coincidencia. Y hay una cosa más..."

"¿Qué demonios sigues haciendo aquí, Predicador? ¿Cómo diablos pasaste la seguridad?" John Harrington gritó desde el otro lado del vestíbulo; su cara roja y los ojos muy abiertos por la furia.

Ambos ignoraron a Harrington. Flanagan le preguntó a Colin: "¿Qué más?"

"Parece que alguien que está conectado con los Jackson ha regresado de la tumba. ¿Sabes algo sobre un chico llamado Estébanez?"

"¿Estébanez?" Flanagan arrugó la frente y fingió ignorancia.

"Sí."

"No era ese el nombre del agente encubierto que fue envenenado por el fantasma: Mikhailovich, creo que ese era su nombre, el agente de la KGB". Nada de eso era exacto, pero no sabía cuánto sabía su amigo, y Harrington tenía grandes orejas. No estaba seguro de si era el mismo hombre que había conocido en Jackson's Place. Qué giro sería si lo fuera...

"¿Podría ser el mismo?"

"Lo dudo. El que estoy pensando ha estado muerto por años. ¿Cómo obtuviste esta información?"

"¿Te acuerdas de Kelly Clawson, el chico de la CIA?"

"Tiene reputación de ser un tipo aterrador. Qué bueno que estuvo de nuestro lado".

"Ese es. ¡Es un predicador, como yo!" Dijo Colin con una sonrisa. "Prueba de que hay un Dios. Estamos desarrollando una misión dentro de la ciudad en Brentwood. Dijo que hablar sobre el paradero de un antiguo NOC podría hacer que lo mataran, esta vez de verdad".

"Entonces, ¿Clawson está verificando la identidad de Estébanez?"

"¿Ustedes dos van a pararse allí e ignorarme?" Harrington había recogido un teléfono. "¡Seguridad! Traigan sus culos al sexto piso para escoltar al pastor Jester". Alzó la voz. "¡O los tendré a todos ustedes en servicio de cruce de peatones antes de que termine la semana!"

Flanagan volvió a mirar en la dirección de Miami y le dio la vuelta al periódico. Leyó las notas que hizo Clawson. Zebo "Bien, estoy jodido".

"Eso es probable". Dijo el pastor. "Entonces, Estébanez o Zebo voló de Destin a DC en un avión de propiedad estatal el mismo día que el francotirador sacó al Dr. Jackson".

Eso era noticia, seguro, pensó Flannigçan. "Has nivelado a Harrington, al estilo Ali".

"No debería haber hecho eso", dijo Colin, tratando de parecer contrito.

Lanzaron un par de golpes de sombra y se rieron cuando Harrington se dirigió hacia ellos.

"¡Déjame ver ese periódico, Flanagan!" Harrington gruñó y Flanagan se lo metió en la boca. Colin se echó a reír. "Lo siento jefe. Todavíano he comido mis donas", murmuró Flanagan. "¿Café?"

Dos guardias de seguridad salieron del ascensor en pánico. Se detuvieron, mirando nerviosamente entre el héroe de guerra decorado y el furioso asistente del director. Harrington maldijo e irrumpió en su oficina, murmurando que Patrick Flanagan sería su muerte.

El pastor puso sus brazos alrededor de los hombros de los dos guardias. Mientras caminaban hacia el elevador, él preguntó: "¿Han aceptado a Jesucristo como su Salvador?"

Flanagan se sacó el papel húmedo de la boca y lo tiró a la basura. Recordó a un amigo de Cameron, el mismo con ese gusto caro en vino que ayudó con la seguridad. También estaba Tom Muncie, el amigo de Cameron de la Armada, el asistente de seguridad informática que trabajaba en los bunkers de misiles nucleares en Colorado. Muncie. Hay otro Muncie con el que se encontró que trabajó con Bernie Madoff. Hmm Es un nombre común. Muncie, Indiana.

Regresó a su oficina para planificar su viaje para visitar al elusivo hijo de Cameron. Sacudió la cabeza. Conocía a Tremont desde que nació. Todo comenzó ese día. Flanagan ahora salvaría a Tremont de sí mismo, incluso si tenía que arrastrarlo a DC esposado.

> Llamó a la oficina de Juan Cerraro en el quinto piso. "Juan. ¿Se reunirían usted y su equipo en la sala de conferencias del séptimo piso a las nueve? Gracias. ¿Qué? Me voy a unir a sus detalles".
>
> El gerente de su oficina, que también debería haberse retirado hace una década, dejó caer el Washington Post sobre su escritorio.
>
> "Mildred, ¿Podrías arreglarme un vuelo a Miami? Reserva el hotel San Juan".
>
> "Te ves como el infierno, Patrick". Ella regresó a su escritorio.
>
> Flanagan organizó los archivos desgastados que el Pastor había extendido en la oficina.
>
> Revisó cada uno como lo había hecho muchas veces antes. En las etiquetas se lee:
>
> Tremont C.Jackson, senador Carson, Cameron T.Jackson, edificio de oficinas del Senado el 1 de agosto de 1989, Sean Eaton, Domenick DelGercio, Hafiz algo u otro, Bin Taliffan, John Lomax, Celdas solares y de gasolina, James Seebert / P7 / Illuminati (?), Los Hermanos Fraternales de la Energía, Dr. Paul Hessen.

Hizo un nuevo archivo y lo etiquetó como Muncie, y otro con el nombre de Zebo. Hizo una llamada. "Mildred, ¿Harías una búsqueda completa en todas las agencias y operaciones?" Deletreó ambos nombres. "Y busque a la familia de Sean Eaton en Maine. Vea si tiene hermanos e imprima todo lo que pueda encontrar". ¿Sacó algunos archivos nuevos de Manila y escribió en uno, *Miami Beach 94/95,* y en el otro *¿Mateo Eaton?* Se recostó en la silla y miró al techo. Pensó en Colin, contento de haber encontrado su vocación. Pero Flanagan renunció a la fe después de que todo por lo que oró se fue al infierno en una cesta de mano. Pensó que había encontrado a Dios en una trinchera, luchando contra los chinos. Pero eso no duró mucho. Cuando llegó a casa, comenzó a culpar a Dios por Corea, su primero de cuatro divorcios y todo lo demás. "Si estás allá arriba", le dijo al ventilador del techo, "trabajemos juntos esta vez para mantener vivo al último de los Jackson, entonces me retiraré". O simplemente moriré, decidió. Se puso de pie y se sirvió una taza de café frío. "La misma diferencia."

Deseó que Tremont confiara más en él, aunque sus reservas eran comprensibles. Tremont lo culpó por no hacer lo suficiente para evitar la muerte de su madre y su padre. Él podría tener razón.

La luz de llamada parpadeó. Se giró y presionó el botón verde al lado de la palabra Merlín. Mildred dijo: "Al Director le gustaría verte en su oficina".

Flanagan maldijo y guardó todos los archivos en una caja de archivos de cartón corrugado.

"Aquí vamos."

CAPÍTULO VEINTICINCO
Converger
17 de Marzo de 1995
1:15 a.m.

«¿QUÉ PODEMOS HACER PARA AYUDAR? María preguntó. "Mateo puede ayudarte con la investigación y yo puedo organizar una campaña de base".

"María se mantiene ocupada con planes para salvar el mundo".

"¿Qué hay de malo en eso?" María lo desafió.

Mateo levantó las manos en señal de rendición.

"¿Qué quiere el FBI que hagas?" María preguntó mientras Juanita limpiaba sus platos.

"No lo sé, tal vez esperan convencerme de que sería mejor para todos si diera la tecnología al gobierno de los Estados Unidos", dijo Cracker Jack. "Creen que pueden protegerme incluso después de fallar en el pasado. Mi padre pensaba que si pudiéramos ponerlo en WCASE..."

"El Consejo Mundial de Fuentes Alternativas de Energía», interrumpió Mateo.

"Cierto." Su sonrisa se desvaneció por un momento. "De todos modos, para actualizar las cosas, después de la última vez que alguien saqueó mi departamento de Miami, mi arrendador llamó a la policía que llamó al FBI, que luego se mudó y me retienen como rehén bajo un estatuto de seguridad nacional. Mis abogados están en eso".

"¿Alguien ha intentado matarte?" María preguntó.

"Secuestrar o matar. Alojarme aquí me convierte en una presa fácil. Casi me atrapan, dos veces. El mes pasado, me metieron en la parte trasera de una limusina negra. Frick y Frack..." Señaló con el pulgar por encima del hombro hacia los dos agentes sentados en la cabina junto a la puerta. "Ellos siguieron el auto y me sacaron antes de que me ahogara".

"¿Quiénes fueron?"

"No estoy seguro. Pero uno de los agentes echó un buen vistazo a uno de ellos. Lo encontré en el libro de fotos policiales. Lo llaman Cue Ball, un conocido capitán de la mafia, Vinnie Corelli. Trabaja por contrato para la familia Gambino. Los matones dijeron que estaban ayudando a un amigo de mi padre y que era por mi propio bien".

"¡¿La mafia?!" María exclamó.

"El punto es que si el FBI no me hubiera detenido, no habría terminado en ese baúl. Una semana después, dos tipos me sacaron de la cama y terminé en el piso de una lancha rápida, camino a quién sabe dónde. La Guardia Costera trató de detener el bote; era un puesto de control aleatorio de contrabando de drogas. Cuando no se detuvieron, la Guardia Costera disparó sobre su casco con un Browning calibre .50 M2HB. Los idiotas respondieron y aun así no se detuvieron. Me zambullí en el agua, y la Guardia Costera me sacó. Todos los demás en el barco fueron asesinados".

"¿Quiénes eran?" Mateo preguntó.

"Eran rusos. ¿Has oído hablar de Leonid Pankiv?"

"Claro", dijo Mateo, "era jefe de la KGB y ahora se postula para un cargo".

"Ha estado obsesionado con el trabajo de mi padre durante muchos años. Todo está en los diarios de mi padre..."

"Debes tener nueve vidas", dijo María. "¿Quién más está tras la investigación?"

"Además de P7 hay-"

"¿P7?" María preguntó.

Mateo explicó: "Son un grupo de hombres ricos que piensan que son descendientes de los Illuminati".

"¡Seriamente!" Dijo María.

Mateo se rio entre dientes. "Yo sé ¿Verdad?"

"En Turquía, se llaman *derin devlet*, el estado profundo. Un grupo de individuos poderosos y profesionales de seguridad que trabajan para controlar el gobierno desde adentro. Es difícil demostrar su existencia en una república con todos nuestros controles y saldos, pero..."

"¿Pero P7 podría ser el corazón del estado dentro de un estado?" María preguntó.

Cracker Jack se encogió de hombros y dijo: "Me preocuparía más por Hafiz".

"Hafiz Islam Bitrūl Saumba Shokran". Mateo se preguntó por qué recordaba ese. "Son sospechosos de terrorismo, ¿Verdad?"

"Usan la OPEP como cubierta. La CIA cree que su misión es erradicar cualquier amenaza a su destino. Las fuentes alternativas de energía son las primeras en su lista".

"Tengo bastantes amigos de esa parte del mundo", dijo María, "pero también les preocupa que el extremismo y el fanatismo lleguen a Estados Unidos".

Cracker Jack asintió y dijo: "26 de febrero de 1993. Tenía muchos amigos en el World Trade Center. Podría suceder nuevamente. Sucederá de nuevo. Quizás no en la ciudad de Nueva York, pero tenemos miles de puntos de entrada vulnerables".

"¿Pueden probar que este grupo Hafiz estuvo involucrado?"

"El FBI y la CIA siguieron el dinero a un banco austríaco. El mismo banco utilizado por el actual líder de Hafiz: Bahir bin Taliffan. Eso es lo mejor que podían hacer. Los Taliffan son expertos en cubrir sus huellas. Más de treinta científicos de la energía desde 1972 han muerto de manera peculiar sin una pizca de evidencia".

"He oído hablar de Bahir bin Taliffan. Leí que está relacionado con Bin Laden", dijo Mateo.

"El padre de ellos, ahora ambos muertos, eran primos hermanos y juntos construyeron la infraestructura saudita", señaló Cracker Jack. "Según los diarios de mi padre, primero pensó que los culpables estaban relacionados con la industria petrolera. Parece que ahora, cada cucaracha en el mundo está saliendo de la carpintería. No sé quién..." Él frunció los labios y dijo: "Me estoy adelantando a mi historia".

María dijo: "Necesitas ayuda".

"Bueno, he dificultado que el FBI me ayude. Nadie sabía dónde estaba. Lo quería así. Mi tío me dijo..." Él eligió sus palabras con cuidado. "Miami era seguro. No sé cómo sabían que estaba aquí".

"Sin ofender, pero se destacan en una multitud", dijo María.

"Lo sé, Barry Manilow, ¿Verdad?"

"Larry Bird", objetó Mateo.

Se rieron y María preguntó: "¿Has intentado apelar a la prensa?"

Mateo dijo: "Estás anunciando problemas con los medios".

Cracker Jack asintió con la cabeza. "El FBI se mantuvo cerca de mi padre durante años. Le hizo mucho bien".

La cabeza de Mateo le dolía cuando las imágenes de sus sueños brillaban en su mente; cristales rotos, balas volando, animales de zoológico, murciélagos, pagodas, un pastor alemán... Parpadeó e intentó concentrarse en el hijo de uno de los más grandes científicos de este siglo.

María dijo: "No pueden hacer nada de esto. ¡Esto no es Corea del Norte o Irán! Iré a Washington por ti. ¡Vamos a... vamos a... voy a organizar una protesta!"

Cracker Jack y Mateo hicieron contacto visual y sonrieron.

"No pueden hacer esto", dijo, más fuerte. Mateo trató de poner una mano sobre su brazo, pero ella se la quitó.

"Hay facciones poderosas de los negocios y aquellos dentro de nuestro gobierno que son adversarios difíciles". Cracker se sentó y se inclinó hacia delante. "Los grupos de presión dirigidos por corredores de poder como James Seebert, jefe de P7, intentan forzar la dirección de nuestra economía mediante el control de los bancos, el mercado de valores, los combustibles fósiles, el transporte, la educación y la tecnología".

"Todos los componentes clave que conforman nuestra economía", dijo Mateo. "Cuando interfieren, crean un desastre de economía de libre empresa".

"Las personas como Seebert y el senador Green piensan que la energía de bajo costo es una amenaza".

"Green. Dirige el Comité de Energía", dijo Mateo.

"Esto suena como una conspiración", se quejó María.

"Una conspiración es encubierta. Estas personas operan al aire libre. Queremos creer que nuestro voto es importante, mientras que cierran acuerdos en sesiones secretas que dan forma a la política y la economía. Mira cómo nuestro gobierno desaceleró el crecimiento de IBM a través de la legislación de monopolización en los años 70. Lo siguiente que sabrás es que intentarán romper Microsoft y Apple".

"Intentar legislar una economía de libre mercado", dijo Mateo.

"¿Derecho empresarial?"

"Último semestre."

"¿Cómo puedes estar tan tranquilo?" María estaba luchando por recomponerse; sus ojos oscuros ardían, su piel color oliva teñida de rojo.

Mateo amaba esa mirada.

Cracker Jack preguntó: "¿Sabías que cada dos años la tecnología avanza más que la década anterior?"

"La revolución tecnológica", respondió Mateo. "Algún día quiero ayudar a cambiar nuestros sistemas de energía anticuados, para convertir todo en energía renovable".

"Lo sé... quiero decir, puedo decirlo".

¿Lo sé? Mateo repitió en su cabeza. Estudió Cracker Jack. ¿Qué está escondiendo? «He estado trabajando en un laboratorio donde incorporamos avances biotecnológicos con energía natural».

"Nanotecnología", dijo Cracker Jack, y sonrió.

"Sí, en última instancia, la miniaturización de la tecnología hasta el punto de átomos y neutrones. Tal vez sea mi enfoque durante la licenciatura y quizás un doctorado. Lo que propongo es miniaturizar los formatos actuales como las células de energía solar. Y luego, como escribió tu padre, capturar y almacenar la energía".

Cracker Jack sonrió radiante. "Si supieras lo cerca que estás. Cuando termines la escuela de posgrado, la tecnología avanzará tan rápido que lo que compres hoy será obsoleto en seis meses. Dell decidió que si podía fabricar la computadora el mismo día que el consumidor la ordenó, podría mantener al usuario actualizado. Antes de Dell, el cliente generalmente recibía equipos obsoletos".

"Desearía conocer a tu padre", dijo Mateo.

Cracker Jack hizo una mueca.

"¿Cuándo murió tu padre?" María preguntó.

"Probablemente no quiere hablar de eso", dijo Mateo.

"Está bien. Le dispararon y lo mataron en DC en 1989. "

María contuvo el aliento y le dijo a Cracker Jack: "Creo recordar que Mateo me dijo algo así, pero no sabía que era el mismo hombre. Lo siento mucho."

"Gracias", dijo Cracker Jack, claramente incómodo.

"¿Quién haría algo así? ¡Los mismos tipos que te arrojaron al maletero y al bote, apuesto!" Dijo María.

Mateo dijo: "Fue justo antes de que el Dr. Jackson presentara un avance al Congreso y al Senado. ¿No es así?"

María interrumpió y preguntó: "¿Por qué harían esto? ¿Qué podrían ganar?"

"Miedo, celos, codicia, odio. ¿Y qué ganarían ellos? Se trata de poder y dinero. Quien…" hizo una pausa y respiró hondo "quien ordenó el golpe tenía miedo de los descubrimientos de mi padre".

"¿Pero quién?" Mateo preguntó.

«Lo averiguaré."

"¿Te está diciendo que su versión del Dr. Strangelove conoce a Ethan Hunt?" Dijo una voz detrás de Cracker Jack. "Es sorprendente lo que puede comenzar en un sótano, ¿No?"

"¿No tienes un cartel para romper, en lugar de romper mis bolas?" Cracker Jack le dijo al agente del FBI, sin levantar la vista.

"Esa es la DEA. ¿Y no crees que le has dicho lo suficiente a estos niños?" preguntó el hombre. "Realmente deberían volver a sus vacaciones de primavera".

Cracker Jack miró a Mateo y María. "No prestes atención al hombre detrás de la cortina."

María y Mateo se rieron nerviosamente.

Frick o Frack continuaron: "Recibí una llamada de Flanagan. Él estará aquí mañana, algo sobre trasladarte a un lugar seguro cerca de DC, para que pueda vigilarte más de cerca". El agente bostezó. "Ese hombre debería haberse retirado hace años, y yo debería estar haciendo todo menos cuidar de ti". Se giró para irse, luego se volvió: "En serio, baja la cabeza. Voy a tomar una siesta. Ricardo y Héctor están mirando la calle"

"Está bien, agente Stevens, gracias", dijo Cracker Jack. "¿Qué haría sin mis niñeras?"

Stevens se puso unas gruesas gafas de montura negra, dobló el periódico y salió del restaurante.

"Eso es… eso es intenso", dijo María.

Cracker Jack se encogió de hombros y continuó como si no hubiera habido interrupción. "¿Es difícil para ti creer que esta tecnología de energía almacenada ya es posible?"

"Estoy demasiado cansado para pensar con claridad", dijo Mateo frotándose los ojos.

"Cuando Stephen Jobs habló sobre la producción de computadoras personales, ¿Crees que alguien le creyó? En ese momento, una computadora ocupaba edificios enteros. Mi padre miniaturizó la energía en lugar de la información. Cuando llegue el momento, su mejor apuesta para una rápida penetración en el mercado podría ser vincular el invento de mi padre con la industria informática".

"¿Mi mejor apuesta?" Mateo preguntó, seguido de una risa nerviosa.

"¿Y por qué alguien querría detener a tu padre? ¿Detenerte?" ella preguntó. "Solo los beneficios de conservación harán que valga la pena que nuestro gobierno le brinde todo su apoyo. ¡Sin mencionar la reducción de gases de efecto invernadero!"

"Están asustados. Lo último que deseas es que el gobierno subsidie incluso un centavo de tu empresa privada. Si lo hacen, te poseerán".

Este enfoque tortuoso y fortuito de la historia le recordó a Mateo la forma en que el Sr. E inventaría sus enigmas semanales. Era como si Cracker Jack le estuviera dando pistas sobre un rompecabezas. Mateo generalmente estaba en el otro extremo del juego, ya que disfrutaba dejar atónitos a sus maestros. Su maestra de cuarto grado, la Sra. Michaud, una vez lo acompañó a la oficina del director. ¿La acusación? Plagio. Ella amenazó con una calificación reprobatoria.

Eso era cierto. El mismo trabajo, palabra por palabra, se imprimió en el New England Journal of Science con el nombre de Profesor Digory Kirke.

Más tarde, el director Lamm informó a la Sra. Michaud que Mateo había enviado su trabajo a docenas de revistas bajo varios seudónimos, incluidos Peter Venkman y Ludwig Von Drake. No creía que tomarían en serio a un alumno de cuarto grado.

Recordó lo que el juego de dejar atónito al maestro le había costado y sonrió.

"Toc, toc", le dijo María a Mateo.

"Perdón. Ya sabes, la OPEP representa el cuarenta y tres por ciento del petróleo crudo total producido en el mundo, con Estados Unidos y Rusia con un 9 por ciento cada uno".

"Pero", intervino María, "Estados Unidos consume más de una cuarta parte de toda la producción. ¡Perdemos más que nuestra parte equitativa!" María intervino.

Cracker Jack sonrió, "Hablas como un verdadero ambientalista".

"No sé si eso es un cumplido o una puntada, señor", dijo María con su clásico ojo entrecerrado y labios fruncidos.

Cracker Jack le guiñó un ojo. "Acusaron a mi padre de lo mismo, así que estás en buena compañía".

Mateo dijo: "Si una empresa o país controlara la fuente de energía de bajo costo, el poder económico podría cambiar".

"Para que alguien más entre en la carrera, se necesitarían años de ingeniería inversa para replicar la fórmula que mi padre ha desarrollado", dijo Cracker Jack.

"¿Cuál es la fórmula?" Mateo preguntó, e inmediatamente sintió que había entrado.

"Es una pregunta justa. Especialmente considerando lo que te pido a ti, a los dos".

"¿Pedirnos?" Dijo María.

"La fórmula es la pieza final del rompecabezas, el premio dentro de la caja de Cracker Jack". Dijo Cracker Jack con una sonrisa irónica.

Mateo frunció el ceño. "¿Por qué supones que nos involucraremos en todo... esto?"

"No creo que ningún encuentro sea casual".

María preguntó: "¿Cuál es tu ángulo?"

"Mi padre creía que, en las manos equivocadas, su invento podría conducir a la guerra mundial. Digamos, por el bien de la discusión, tenía razón. Esta invención es tan importante. El caos potencial no es demasiado difícil de imaginar. ¿Lo es?"

"Sería como una persona que controla el aire", dijo Mateo.

"Hemos creado un mundo dependiente de los combustibles fósiles. Y esa dependencia está destruyendo nuestro planeta. Mi padre advirtió a los políticos sobre las ramificaciones ambientales desde los años cincuenta. Hemos tensado nuestras redes eléctricas mucho más que su capacidad. Una falla en un lugar podría cerrar toda una región. Causaría el caos".

"Nunca pensé en eso", dijo María. "¿Han escuchado?"

"Oh, escuchan, pero necesitaran de un gran incidente para desembolsar el dinero para reparar la infraestructura. Es lo mismo para la amenaza terrorista. Yo lo llamo el síndrome del semáforo".

Juanita volvió a llenar sus tazas de café y le guiñó un ojo a Cracker Jack.

"¿Qué es eso?" María preguntó.

"Una ciudad no colocará un semáforo hasta que ocurra una de dos cosas. O el tráfico alcanza un cierto volumen, o hay una cierta cantidad de accidentes. Es lo mismo con nuestra infraestructura de agua. La EPA advirtió a ciudades como Newark que necesitan invertir en reparar su infraestructura de suministro de agua porque el agua potable ha alcanzado niveles de contaminación tan peligrosos que ninguna cantidad de cloro puede superarla. Debido a las objeciones monetarias de la ciudad y el estado, la EPA extendió su plazo en veinte años. Entonces, ¿Cuándo crees que se colocarán el semáforo?"

"Cuando la gente se enferme y muera", dijo María.

"Exactamente."

Esto causó un momento tranquilo y sobrio mientras agitaban su café.

"Imagínate, una vez que hagamos públicas las células de CJ Energy..."

"¿CJ Energy?" Mateo preguntó, y siguió los ojos de Cracker Jack cuando alguien en la acera lo distrajo. Se quedó mirando su café mientras dos hombres entraban al restaurante.

Mateo reconoció a los hombres. Uno se había topado con él antes en la acera. Mateo había notado que se subían a un Ford Thunderbird rojo y blanco de época. ¿Por qué todavía estaban aquí?

Se detuvieron para inspeccionar el restaurante. Un hombre sonrió y asintió, y luego continuó, sentado en una mesa al otro lado del restaurante. El primer hombre miró a Mateo y luego disparó con el pulgar y el índice antes de unirse a su compañero en la mesa.

"¿A qué se debió todo eso?" María susurró.

Uno de los otros agentes del FBI, Ricardo o Héctor, se acercó a los dos nuevos clientes. El primer hombre tomó su billetera y le entregó algo al agente.

"¿Crees que te están siguiendo?" María preguntó.

"Posiblemente", afirmó Cracker Jack.

"¿Está todo el trabajo de tu padre patentado?"

"Cientos de patentes y patentes pendientes".

"Energía perpetua", señaló Mateo.

"Técnicamente, es casi perpetua, y eso no solo es posible, sino que lo hemos hecho una y otra vez en nuestros laboratorios. Esa es la magia, niños. Por eso matarían las personas".

Cracker Jack miró el antiguo reloj de Coca-Cola en la pared y luego a los hombres en el otro extremo del restaurante. "Mejor nos ponemos en marcha". Se puso de pie y se estiró; sus manos casi tocando el techo. "Marcos debería tener la plataforma y tu autobús listos". Mateo no estaba seguro de poder levantarse. Se repetía a sí mismo: *energía perpetua, energía perpetua, energía casi perpetua*. Él dijo: "Una nueva fuente de energía es una cosa, pero una fuente casi perpetua es otra muy distinta".

"Eso es lo que todos le habían estado diciendo a mi padre durante mucho tiempo. Ridiculizándolo, de hecho".

"Los grandes inventores sufren por sus ideas", dijo Mateo. "Y luego son etiquetados como genios después de mucho tiempo muertos".

"¿Por qué te llaman Cracker Jack?" María preguntó.

"Se remonta mucho antes de que existiera el bocadillo. Aunque mantuvimos un paquete de doce cajas alrededor de la cocina y el laboratorio en todo momento". Se rio entre dientes. "Papá incluso llamó a la celda…"

"¿Celdas Cracker Jack?" María intervino.

"Algo como eso. Al principio no me dijo mucho sobre lo que estaba haciendo. Supongo que pensó que cuanto menos supiera, más seguro estaría. Pero leí sus cuadernos mientras estaba fuera y adquirí un buen conocimiento del trabajo para cuando tenía ocho o nueve años".

Cracker Jack se colocó detrás de la barra para pagar la cuenta. Deslizó su mano hacia la parte baja de la espalda de Juanita y la levantó del suelo. La besó larga y duramente.

Ella se sorprendió. "Se sentía como…" Luego preguntó: "¿Eso eso un beso de despedida?"

Él pasó su mano por su impecable cara ovalada.

"Me pregunto cuál es la historia detrás de su relación. Parecía una despedida, en lugar de un te veré más tarde", dijo retóricamente. Mateo miró a los hombres que estaban al fondo del restaurante. El más bajo de los dos hombres sonrió y saludó. El otro hombre estaba de espaldas a él.

En el mostrador, Cracker Jack dijo: "Estoy apostando mucho por ustedes, niños. Esta puede ser la última vez que pueda verte por un tiempo".

"¿A dónde vas a ir?» María preguntó.

"Lo más probable es que regrese a una isla donde mi tío es socio en algunos edificios antiguos que renovaron como posadas y un restaurante. Cuando esté seguro de que es seguro, me pondré en contacto con ustedes con la ubicación. No escriban esto, pero recuerden el nombre de Robyn Law, Elgol y los extremos de la Tierra".

Mateo hizo una nota mental.

Cracker Jack miró por encima del hombro. Un hombre caminaba hacia el restaurante, pero se detuvo y cruzó la calle donde encendió un cigarrillo. Marcos miró por la ventana, se tocó la muñeca y luego levantó las manos con impaciencia.

Cracker Jack fue al baño. Mateo luchó por interpretar a Juanita y María mientras entablaban una animada conversación. Aparentemente, Cracker Jack había intervenido cuando los pandilleros intentaron robar el restaurante. Ella dijo que eran cuatro y que Cracker Jack se enfrentó a ellos y les pidió a los matones que se fueran. "Uno balanceó un estilete", dijo Juanita, "y mi Jack, le quitó el cuchillo, como un juguete a un niño. Otro le apuntó con un arma e hizo lo mismo. Todos corrieron. Todos en Miami Beach lo amaban por eso. Debido al FBI, piensan que es un jefe de la mafia, pero es un hombre muy bueno ", dijo Juanita. Abrazó a María y se dio la vuelta.

Cuando Mateo y María abrieron la puerta principal, regresaron y asintieron a los agentes del FBI con cara de piedra. Mateo se apoyó contra una farola y observó a Marcos caminar.

Marcos miró a Mateo, sombrío, y sacudió la cabeza. Abrió la puerta del restaurante y gritó: "¡Vamos!"

Uno de los agentes dijo: "¿A dónde crees que vas?"

Cracker Jack apareció momentos después, saliendo por la puerta con el mismo paso fácil que en el callejón a medianoche. Si algo andaba mal, no lo sabrías.

"Como dije, el FBI me está me tiene bien agarrado. En sus palabras, hay una amenaza verificada e inminente para mi vida. Después de los últimos dos intentos... No está bien que te ponga en peligro", dijo Cracker Jack, "así que ve con Marcos. Te llevará a la casa de tu tío Carl, y te alcanzaré. No te preocupes, nuestro destino no se nos puede quitar".

"Es un regalo", dijo Mateo, terminando la línea Dante.

Marcos apareció junto a ellos en la puerta. "Sí, el destino", imitó Marcos. "*Si Dios quiere*".

Mateo frunció el ceño. Le susurró a María: "Nunca dije el nombre de mi tío Carl". Ella respondió: "Podríamos haberlo hecho... cuando lo conocimos".

Cracker, Jack sonrió y fue. ¿Es posible que Cracker Jack supiera que vendría al sur?

Mateo pateó una piedra en la acera. Una vez que durmiera un poco, podría resolver el rompecabezas y, diablos, había mucho tiempo, ¿No? Mateo vio a Cracker Jack entregarle un juego de llaves y un sobre a Marcos y, en español, dijo: "Pon todo en el autobús. Ahora".

"¿Todo?" Marcos preguntó incrédulo.

"Todo." Dijo Cracker Jack con severidad.

"Absolutamente, mi amigo. ¡Tenga cuidado!"

"Cariño, siento que estamos en una película de James Bond", dijo María.

"Estaba pensando en Casablanca", bromeó Mateo.

Cracker, Jack se unió a ellos.

"Espero que no te arrepientas de conducir a Miami Beach con tu camioneta".

"Autobús", dijeron María y Mateo al unísono.

"Mira", dijo Mateo, "María y yo hablaremos sobre esto. Si podemos ayudarte, lo haremos, aunque no puedo imaginar cómo. ¿Hay algún lugar donde pueda llamarte cuando volvamos a Maine?"

"Te llamaré", dijo Cracker Jack. Todos se volvieron para ver a Marcos gritando desde la grúa junto a la estación de Shell con el autobús a cuestas.

"¡*Vamos! ¡Amigos!*" Marcos gritó. Mateo pensó que parecía... frenético.

Caminaban hacia la estación de Shell cuando María dejó escapar lo que Mateo había estado pensando, tratando de racionalizar un conjunto de circunstancias locas. "Vinimos aquí por accidente. Hace unos días, ni siquiera estábamos planeando venir a Florida. ¿Cómo nos conoces?"

Cracker Jack parecía nervioso, nervioso como si esperara que algo saltara sobre ellos desde detrás de las palmeras.

"Vas a tener que confiar en mí. En pocas palabras, Mateo, quiero que sigas adelante con el proyecto".

Mateo sintió como si el cielo se cayera.

"Tendrás que terminar lo que comenzamos, pero tendrás ayuda, te lo aseguro".

"Estoy en la universidad. No entiendo cómo puedo ayudar". Mateo pateó la arena.

María lo agarró del brazo. "Mateo, tenemos que hacer lo que podamos".

"Si estas personas pueden llegar a Cracker Jack, ¿Qué te hace pensar que no nos rastrearán?" Mateo volvió a darse cuenta de la gravedad de la situación. María era su responsabilidad, al menos en los ojos de sus padres. Por supuesto, si dijera eso en voz alta, María podría golpearlo.

María se volvió hacia Cracker Jack. "Te ayudaremos, por supuesto, pero debes nivelarte con nosotros".

"Los conozco a los dos y confío en ustedes". Cracker Jack puso una mano sobre el hombro de Mateo. Él dijo: "He leído los estudios que hiciste sobre la gestión de la energía y las fuentes de energía. Tus hipótesis, teorías, postulados e incluso tus conclusiones fueron visionarias. Si no hubiera sabido que era tu trabajo, habría pensado que mi padre había escrito esos documentos. Hay pocos en el mundo entero que se puedan comparar. Más importante aún, Mateo, nosotros conocemos tu corazón y tu carácter y... necesitamos confiarte CJ Energy".

"¿Quiénes nosotros?"

Cracker Jack se volvió y caminó hacia los agentes.

Mateo nunca se consideró un genio. La ciencia le era fácil como a un artista que sin esfuerzo pone en el papel lo que ve, mientras que otros luchan para hacer figuras de palo.

Cuando Cracker Jack regresó, María dijo: "Es un poco modesto". Pellizcó a Mateo en el costado. Comenzaron a caminar hacia la estación de Shell.

"También es un buen rasgo; puedo ver que tienes algo en ti, Mateo, suficiente valor para llegar a algo en lo que crees. Demonios, empacaste y condujiste 1,800 millas solo por el gusto de hacerlo, ¿Verdad?

"Sobre eso…" comenzó Mateo.

María intervino: "Sí. ¿Por qué creo que tal vez no llegamos a este lugar por nuestra cuenta?"

"No tuve elección. Necesitaba su ayuda" dijo Cracker Jack distraídamente. Estaba mirando por la calle.

¿Acaso lo admitió? se preguntó Mateo ¿Pero admitir qué?

"No confíes en nadie. Todo podría perderse, y podrías poner a todos los que te rodean en peligro mortal".

"Eso parece un poco macabro", dijo María.

"Quizás. Le dije al FBI que tus padres son viejos amigos. Creo que lo compraron. No quiero que ellos o cualquier otra persona empiece a seguirte. La idea es que puedas avanzar con el proyecto sin que Gran Hermano mirando por encima de tu hombro".

Alguien gritó: "¡Jackson, ven aquí, rápido!"

Mateo se sentó con fuerza en la acera. La emoción, el peligro y el potencial para su futuro lo intoxicaban, pero al mismo tiempo su mente calculadora estaba gritando, ¡Esto no funciona!

"*¡Vamos!*" Marcos gritó desde la grúa. Maldijo en español y apoyó la cabeza sobre los brazos sobre el volante.

Mateo notó que los agentes del FBI y Cracker Jack estaban en una acalorada discusión, y luego dijo: "¿Ves a esos tipos, los del otro lado de la carretera?

Desde las sombras de un callejón al otro lado de la calle entre los edificios, otros dos hombres habían aparecido de la nada.

"Ahora *esos* tipos no se parecen a los agentes del FBI", dijo María.

Mateo notó que los hombres estaban fuera de la línea de visión de los agentes del FBI. Pensó que el hombre parecía una mesa de billar con una bola blanca encima, mientras que el otro hombre tenía la cabeza llena de cabello grasiento negro y una cara esquelética. Parecían nerviosos y agitados.

Un silencio espeluznante llenó la noche, roto por un borracho ocasional, o un grupo de hombres tropezando en uno de los bares.

Cracker Jack se apresuró a volver con Mateo y María.

"¿A qué se debió todo eso?" Mateo preguntó.

"Quieren que tú y yo esperemos al agente del que te hablé. Flanagan. Mira", se sentó en la acera, "un día estarás listo para traer a tu propio grupo de expertos en tecnología y administración, pero hasta entonces, yo o alguien cercano a mí te avisaremos cuando sea seguro ir al mercado. Todo lo que hagas debe permanecer confidencial. Deberás poder evitar las preguntas directas de otros científicos, los medios de comunicación y ", señaló con un dedo largo y huesudo en dirección al restaurante "especialmente evitar los tipos del gobierno".

Cracker Jack se puso de pie y alcanzando la mano de Mateo, lo puso de pie. Puso una mano sobre cada uno de sus hombros. "Hablaremos pronto, chico; todo se aclarará, lo prometo".

Caminó de regreso hacia el restaurante dejando a María y Mateo estupefactos.

"Hace unas horas", dijo María, "todo de lo que tenía que preocuparme era dónde iba a comprar un traje de baño nuevo".

Marcos cerró la puerta de la grúa y se unió a ellos en la esquina.

Mateo notó que uno de los hombres en el callejón al otro lado de la calle buscaba debajo de su abrigo a la espalda y sacaba algo en la mano. Mateo comenzó a gritarle a Cracker Jack cuando Marcos lo jaló de su brazo.

"*¡Por favor, Mateo!*"

Mateo instintivamente agarró la mano de María. En segundos, cruzaron la calle y llegaron a la grúa.

Marcos los condujo al lado del pasajero de la grúa estacionada. Corrió hacia el lado del conductor, saltó su pequeño cuerpo como un gimnasta, cerró la puerta de golpe y se adelantó antes de detenerse entre el conjunto de bombas de gasolina. Mateo miró hacia el restaurante y notó que un agente sostenía su arma con ambas manos en alto junto a su mejilla mientras miraba al otro lado del edificio. El otro agente también tenía su arma desenfundada en una mano y la otra estirando la mano para tomar a Cracker Jack por el brazo para llevárselo. Cracker Jack levantó el brazo del agarre del hombre más bajo.

Marcos encajó la transmisión manual con fuerza en primera marcha. Se estremeció, gruñó y protestó hasta que se tambaleó hacia adelante. Volvió a la calle en dirección al restaurante.

Marcos estaba inclinado hacia arriba y sobre el volante para tener una mejor vista de ambos lados de la calle. Mateo notó que Cue Ball y su grasiento compañero habían desaparecido.

"*¡Dios! ¡Dios mío!*"

CAPITULO VEINTISÉIS
Huir
17 de Marzo de 1995
2:00 a.m.

HACE UN BREVE MOMENTO, su mayor preocupación eran los exámenes parciales universitarios. En unas pocas horas, sus vidas se habían salido de control con más peligro e incertidumbre de lo que podrían haber imaginado. Mateo pensó en Cracker Jack de nuevo frente al restaurante, muerto o moribundo.

Marcos murmuró por lo bajo, seguido de un susurro, "*¡Si Dios quiere!*" Se limpió las lágrimas debajo de los ojos.

Estaban a treinta kilómetros al sur de Miami antes de que alguien volviera a hablar.

María le susurró a Mateo: "Él estaba diciendo: 'Le dijimos que era hora de irse de Miami, le dijimos, ósea yo le dije'".

"¿Quiénes 'nosotros'?"

Mateo cerró los ojos por primera vez en treinta y seis horas. Recordó pasar tiempo con María cuando ella visitaba el hospital o el hogar de ancianos. Cuando su padre notó que una persona mayor no había estado en el restaurante, ella los localizaba. También trabajó con niños en un orfanato cerca de Millinocket. Los niños la amaban y ella sabía cómo comunicarse con ellos cuando nadie más podía hacerlo. Eso le recordó a otra amiga, Penélope Thiourea, a quien había conocido durante sus competencias del Smithsonian en DC. Ella también trabajó con niños desfavorecidos, junto con su santa madre, Annie. Su padre, Andrew, era un magnate inmobiliario. Los volvería a ver a todos en octubre.

Abrió los ojos, sintiéndose un poco culpable por mezclar a los dos amigos en su mente. Él sonrió mientras María consolaba e interrogaba a Marcos. Mateo no tenía dudas de que algún día sería una investigadora brillante, el trabajo de sus sueños, aunque se encogió ante la idea de que se convirtiera en patóloga forense. Su propia Clarice Starling.

María manejó muy bien el estrés. Mateo no estaba realmente sorprendido.

María explicó: "Él y Cracker Jack se hicieron amigos mientras Cracker Jack estaba bajo custodia del FBI. Cracker Jack no podía salir de la península, así que Marcos hizo viajes para él, le pasó mensajes a los contactos y le consiguió las cosas que necesitaba para su investigación".

Se volvió hacia Marcos de nuevo. "¿No deberíamos llamar a la policía o al FBI o alguien?"

"*No, señora.* Él no querría que, *como se dice, interfiera.* Debes confiar en mí. Me dijo *instrucciones muy específicas.*"

"Le advertiste. Entonces, ¿Sabías que algo así podría suceder?" Mateo dijo y se preguntó sobre el inusual inglés de Marcos. Incluso *Spanglish* no lo describiría.

"Sí." Marcos volvió a quedarse callado.

Marcos condujo la grúa y el autobús VW colgante al estacionamiento de un restaurante y una estación de servicio en la carretera.

Dentro, Mateo fue al baño y se echó agua en la cara. Se miró en el espejo y juró que era una persona diferente mirando hacia atrás, retraída y seria.

Mateo eligió una mesa cerca de la pared del fondo. Pensó en Sean y sonrió. Levantó la mano y apagó la bombilla de la lámpara que colgaba sobre la mesa. Miró el reloj de pared y notó que eran más de las dos de la mañana. María lo miró con curiosidad.

"Algo que mi hermano me enseñó. Siéntate en un rincón oscuro con la espalda contra la pared. ¿Te das cuenta de que todo ha sucedido en menos de tres horas?"

"Parece que han pasado semanas", dijo María.

Desde donde estaban sentados, podían ver la grúa Shell y el autobús VW. "No me sorprendería que nos siguieran". Mateo buscó la cocina, una posible ruta de escape.

Después de tacos, papas fritas y salsa, y de vaciar una taza de café espeso, salieron a inspeccionar su autobús, que colgaba del camión de auxilio como una camisa rota en un tendedero. Mateo examinó los agujeros de bala, a uno apenas evitó el tanque de gasolina.

Mateo se subió al asiento del conductor para recoger su mochila e inspeccionar el interior. Alguien había plegado el asiento trasero y la pila de sus pertenencias que había cubierto con viejas mantas móviles parecía haber crecido. Antes de meterse en la parte de atrás para investigar, rebuscó en la guantera para obtener su licencia de conducir y encontró un gran sobre de papel manila.

Mateo abrió el sobre y sus ojos se hincharon. Dentro había cinco fajos de billetes de veinte, cincuenta y cien dólares. Había algo más. Alcanzó el fondo del sobre y sacó una chequera encuadernada en cuero. La primera línea mostraba un depósito de cien mil dólares. La fecha de apertura fue el 2 de enero de 1990, bajo el nombre de Mateo Thaddeus Eaton en el Banco de Boston.

"Qué demonios..." Hace cinco años, pensó Mateo.

Tremont Jackson había firmado el comprobante de depósito.

"Oye." María se detuvo junto a Mateo y miró por encima de su hombro. "¡Mateo! ¿De dónde sacaste eso?"

"¿Pensaste que te estaba ocultando algo?"

Ella lo golpeó en el hombro. "Para. ¿Qué está pasando?"

"Realmente no lo sé. Estaba en la guantera. Tendremos que preguntarle a Marcos qué sabe sobre esto. Estoy adivinando que mucho".

Tomó la chequera de la mano de Mateo y desdobló una carta recortada en la portada interior. "Es un montón de dinero malintencionado. Es una cuenta conjunta con alguien llamado Tremont Jackson. ¿Así se llamaba Cracker Jack?"

Mateo asintió.

"Todo lo que tienes que hacer es firmar al lado del nombre de Tremont, y tienes todos los derechos y privilegios para la cuenta. No entiendo."

Adjunto a la carta de la cuenta bancaria había una nota escrita a mano. María lo leyó en voz alta. *Mateo. Por favor, toma este efectivo para arreglar el VW, para el dinero de viaje y para cuidar las cosas de mi padre hasta que podamos reunirnos para discutir el futuro.*

Después de ayudar a María a bajar de la cabina de la grúa, miró en el asiento trasero y tuvo una idea de por qué su pila de pertenencias había crecido.

La cuenta es un seguro en caso de que algo salga mal aquí en Miami. Mi gente estará en contacto cuando esto se agote. Los mejores deseos. CJ

¿Mi gente? Pensó Mateo. «No me siento bien tomando su dinero».

Miró por la ventana y vio a Marcos en el teléfono público en una animada conversación. Se frotó las sienes, siempre recuerda uno de sus sueños locos cuando se sentía así; palmeras, una pelea, un avión volando bajo, un perro, una explosión y murciélagos.

Mateo escuchó una voz ronca que decía: "Eres una cosa muy entusiasta. Ahora, ¿Por qué no sigues al viejo Bubba y revisas mi cabina de lujo Peterbilt?" Mateo miró por la puerta y encontró al hombre peludo y sin camisa que parecía un toro con un overol con la cara a una pulgada de la de María.

Mateo saltó de la cabina y dio cuatro pasos rápidos y le dio una palmada al hombre en el hombro.

"Lárgate, amigo, estoy ocupado", dijo Bubba, el camionero.

Mateo tiró del hombro del toro. El hombre giró y se balanceó. Mateo se agachó, pero no antes de que un puño parecido a un yunque pasara por el costado de su cabeza. Escuchó a María gritar y vio luces intermitentes frente a sus ojos.

Marcos dijo: "¿Estás bien?" Mateo asintió con la cabeza.

Marcos había venido con un arma sacada de la funda de su bolsillo. Golpeó al hombre más grande contra el costado del autobús con el cañón del arma presionando firmemente bajo su barbilla. Marcos dijo: "Mateo, lleva a María a la grúa. Joe Redneck y yo tendremos una pequeña charla".

Mateo tomó la mano de María y la llevó al lado del pasajero de la grúa. "Iré a asegurarme de que Marcos no necesite ayuda"

"Mateo, no creo que necesite ayuda, Quédate aquí ¿Por favor?"

Un momento más tarde Marcos se metió en la grúa.

"Gracias, Marcos", dijo María mientras salían del estacionamiento y regresaban a la carretera.

"Sí, gracias, Marcos", dijo Mateo. "Me tomó por sorpresa..."

"No hay problema", dijo Marcos.

Los tres estuvieron callados por un momento mientras Marcos aceleraba. Mateo determinó que Marcos era más que un empleado de una estación de servicio y un amigo casual de Cracker Jack. Metió la mano en el bolsillo de la caja de plata de pastillas y esperó que Marcos frenara su pie de plomo, para que pudieran llegar a la casa del tío Carl en una sola pieza. Expresó su preocupación.

"Está bien, *amigo*. No hay *problema*." "¡Solo espera, y llegamos a la casa *del tío Carl muy rápido*!" Marcos era inusualmente comunicativo "Saben, chicos, siempre quise ser un piloto de carreras como Mario Andretti".

"Puedo verlo. Ya sabes, puedes cortar el acto de cubano recién salido del barco si quieres".

Marcos lo ignoró. "Decidí que los autos no son lo suficientemente rápidos. Entonces, ahora vuelo aviones".

Mateo sabía por el creciente dolor causado por las largas uñas de María que se clavaban en su antebrazo, que ella no estaba disfrutando el viaje. Tenía miedo de cerrar los ojos para dejar que la píldora surtiera efecto, aunque lo necesitaba.

María jadeó, "Marcos, hay una señal de alto delante".

El velocímetro estaba a más de 70 mph. Marcos estaba hablando sobre Top Gun, cuando pisó los frenos y giró el volante, un giro de 90 grados. El autobús VW casi se cayó de la parte trasera de la grúa.

Marcos exclamó en inglés claro y sin acento, "¿Por qué no me dijiste sobre esa señal de alto?"

Marcos habló sobre su vida en Cuba antes de que su familia intentara escapar de Cuba en un pequeño velero. Tenía nueve años. A pesar de sí mismo, Mateo creía esa parte de la historia.

"¿Tu apellido es Estébanez?" Mateo preguntó.

"Estefan, Estefan". Parecía irritado, pero no perdió el ritmo y explicó que su padre, José Estefan, había caído en desgracia con Fidel Castro al expresar su opinión demasiadas veces en público. "Mi padre escuchó el rumor de que Castro iba a confiscar todas sus cuentas bancarias, por lo que transfirió todo su dinero un día y escapó al siguiente con todo lo que podía cargar".

"Entonces, él murió en la tormenta".

"Si *María*, junto con *mi madre, hermano y dos hermanas*. Fui salvado por la Guardia Costera y adoptado por una tía que vive en Miami".

Mateo quería decirle a Marcos que cortara la basura de Spanglish, pero también quería saber más sobre él. Marcos estaba fabricando algunas partes de la historia y otras partes eran ciertas. Sean solía decir que hay verdad en la desinformación.

Marcos frenó como jugando a Daytona 500 y Mateo se durmió. Soñó con Cracker Jack y los agentes cayendo al suelo; luego estaba en lo que parecía una morgue con alguien en la mesa de autopsias; entonces él y María estaban en un bote en un huracán; y luego... reconoció a la chica en la mesa.

-229-

CAPÍTULO VEINTISIETE

Llegar
17 de marzo de 1995
3:00 a.m.

LEGARON A LA CASA DE TÍO CARL. Carl Eaton estaba parado en la esquina de dos grandes garajes, uno adjunto a la casa y otro a la derecha. Los últimos modelos y autos especiales flanquearon al tío Carl por todos lados. Marcos retrocedió el andrajoso autobús VW hacia el camino de entrada, y los tres viajeros exhaustos salieron. Carl tomó la mano de Mateo y tiró de él para abrazarlo, hombro con hombro.

"Así que, la descripción de Mateo fue insuficiente", dijo Carl a María.

"¿Y qué dijo?"

"Que eras hermosa".

Carl la abrazó y la besó en la mejilla. Mientras hablaban, Mateo condujo a Marcos por el camino de entrada y le mostró el dinero.

"No sé, estoy tan sorprendido como tú debes estar", dijo Marcos, después de haber abandonado por completo el acto de *No hablo inglés*.

"Entonces, al menos, puedes tomar algo de dinero por los problemas".

"No, no puedo aceptarlo".

"¿Puedes decirme qué pasó en Miami Beach?"

"Ojalá pudiera, Mateo, pero tengo que regresar y descubrirlo por mí mismo".

"¿Me llamarás?"

"Por supuesto."

"Entonces… probablemente necesitarás mi número".

"Oh, cierto, cierto".

"¿Vas a ir a la policía cuando vuelvas?"

"Tal vez."

María corrió por el camino de entrada cuando Marcos estaba subiendo a la grúa. Ella lo bajó, le echó los brazos al cuello y lo besó en la mejilla.

"Gracias por protegernos y por el paseo en rusa Six Flags", dijo, agradeciéndole por protegerlos, a pesar de que había sido una montaña rusa.

Marcos sonrió y le susurró algo en español a María, luego se volvió y abrazó a Mateo como un hermano.

"Lo siento", dijo Mateo, con un tartamudeo. "Lamento lo de Cracker Jack. No sé qué más decir… "

"Ustedes dos saben cómo hacer llorar a un hombre adulto", dijo Marcos. "Estaremos en contacto."

Mientras la grúa aceleraba calle abajo, Mateo miró el número que Marcos había garabateado en la parte posterior del recibo de gasolina. Era el mismo número al costado de la grúa. Se giró para ver a su tío inspeccionando los agujeros de bala en el autobús.

Carl los condujo adentro. Cuando estuvieron solos, María preguntó: "¿Parecía que Marcos conocía a tu tío?"

"Sí, y nos estaba esperando en la entrada a las tres de la mañana". Mateo examinó todo lo que sucedió desde la primera llamada de su tío, invitándolo a Miami. Las piezas del rompecabezas comenzaron a encajar. Eso fue hace meses. Se frotó la barbilla y dijo en voz alta: "Maldición".

"¿Qué?" María preguntó.

"No estoy seguro. Ya vuelvo".

Mateo abrió la puerta del pasajero del VW y miró debajo del asiento. María se acercó y silenciosamente le preguntó qué estaba buscando. Levantó un sobre de correo urgente.

"Olvidé por completo que se suponía que debías entregar el sobre", dijo María.

"Lo sé, pero creo que era importante".

"Podemos dejarlo en el camino de regreso a casa, ¿No te parece?"

"Supongo." Y verificó a Cracker Jack. La idea de regresar a la escena del crimen lo hizo encogerse.

Después de que María se volvió hacia la casa, Mateo abrió el sobre. Se le cayó la mandíbula mientras miraba dentro. "¿Esta vacío?"

"Vacío."

"¿Cuándo te lo dio el Sr. E?" Ella preguntó, sospechosamente.

Antes de que pudiera pensar, Mateo dijo: "Al sur de la frontera".

"¿Qué? ¿Qué más no me ha dicho, señor?"

"Lo explicaré..." Estaba a punto de llamar al Sr. E cuando levantó la vista para ver el Cadillac gris calle abajo. Trotó hacia el auto e intentó abrir la puerta principal. "¡Oye!" gritó, golpeando su palma contra la ventana polarizada.

El hombre que se parecía a Sarge en el espectáculo de Gomer Pile, saludó con un dedo y puso el auto en marcha.

Furioso, Mateo recogió una piedra y la arrojó, golpeando una de las luces traseras.

Mateo luchó por recuperar la compostura y se volvió hacia la casa.

María lo miraba con las manos en las caderas.

Carl les dijo a los muchachos que compartirían una habitación por la noche. María llevó sus cosas a la habitación desocupada y Mateo dejó una manta en el sofá.

Después de que Carl se fue a su habitación, María salió al sofá. Se sentó en el suelo y apoyó la cabeza sobre el hombro de Mateo. "¿Estás bien?"

Mateo se alegró de que no mencionara el sobre y el sur de la frontera. Pero sabía que ocurriría, más temprano que tarde. "Estoy bien. Simplemente no puedo sacar de mi mente las imágenes de Cracker Jack y los agentes del FBI cubiertos de sangre".

"Me alegro de no haber visto eso".

"Me pregunto si podría haber hecho algo para ayudarlo. Mi mente dice que no, pero mi corazón dice que debería haberlo intentado".

"Marcos parecía incapaz de hacer nada, y obviamente tiene mucha más experiencia que nosotros. Y después de verlo manejar a Bubba, supongo que es algo mucho más que un empleado de una estación de servicio".

Mateo tocó el moretón nuevo en el costado de su cara.

Ella lo besó y se arrastró hasta el sofá. Mateo cruzó un brazo para sostener su cabeza y con el otro alrededor de su cintura, apretándola fuertemente contra él.

Mateo soñó con el Barón Rojo y Snoopy, ambos volando biplanos

Sopwith Camel, y con Cracker Jack parado en el restaurante con el Tío Carl, Nick St. Adams y... el padre de Mateo.

Se despertaron con el olor a tocino y huevos. Mateo estudió con mirada fija las tejas de cobre de estaño al estilo español mientras intentaba sacar cabezas o colas de sus sueños. María abrió los ojos y se encontró mirando un par de grandes ojos azules. Se incorporó rápidamente, se abrochó la blusa y se revolvió el pelo. "Bueno, hola. Debes ser Kenneth". Ella extendió la mano. "Soy María". Kenneth dejó escapar una risita aguda y corrió hacia la cocina.

Mateo se estiró y se sentó. "¿Tratando de darle al pequeño algo de educación?"

María miró con los ojos muy abiertos a Mateo. "No quise quedarme dormida. ¿Qué pensará tu familia de mí?

"Que eres una imbécil de los bosques de Maine que se ha aprovechado de su sobrino indefenso". Él la abrazó.

Ella se alejó con una sonrisa y dijo: "Creo que vi una gran botella de Scope en el baño, señor".

Bobby entró pesadamente en la habitación mientras Mateo se vestía. "Entonces, ¿Eres el genio?" Bobby preguntó.

"¿Qué clase de genio se avería en Miami Beach y tiene que ser remolcado hasta su casa?"

"Vi tu autobús. 1968, ¿Verdad?"

"67. ¿Estás seguro de que solo tienes nueve años?"

Mateo se refrescó, lo que incluía enjuague bucal. Se unió a María en la sala de Florida. Tía Carol lo observó mientras comía dos porciones grandes y dijo: "Veo que el apetito de Eaton es hereditario. Dicen que es porque los padres de Mainer pusieron un hacha y una motosierra en sus cunas en lugar de una pelota de béisbol y un guante".

María mordisqueó fruta fresca. "Hemos tenido dos desayunos desde la medianoche. Pero tienes razón, Mateo podría desayunar tres veces al día".

Carol dijo: "Le estaba diciendo a Carl cómo ustedes dos actúan como una pareja casada".

Tanto Mateo como María se concentraron en su comida.

Carl dijo: "Carol y yo solo teníamos dieciocho años cuando nos enganchamos".

"Se fue con la Fuerza Aérea, y apenas lo vi durante los próximos ocho años".

Sonó el teléfono y Carl lo tomó en el vestíbulo. Mateo se excusó para ir al baño y salió al pasillo. Escuchó a Carl decir: "Sí, sano y salvo. Qué mierda más loca, ¿Verdad?" Escuchó por un minuto y luego dijo: "De una forma u otra. Llega a un lugar seguro, ¿Me oyes?" Escuchó nuevamente y dijo: "Sí, ya lo llamé".

Mateo se metió en el baño y abrió el agua.

Después del desayuno, el tío Carl y Mateo salieron a evaluar los daños en el autobús VW. El garaje para tres autos de Carl se parecía una tienda de autos. En el patio había varios autos antiguos en diferentes etapas de reparación. Mostró con orgullo un Biscayne azul de 1958, un Dodge Pioneer lima de 1960 y un Packard rojo de 1952.

"Puedo ver de dónde saca Bobby su afinidad por los autos".

"Es un hábito que aprendí en Maine. ¿Quién crees que fue mi mentor?"

"¡Ah! Sr. Johnson Él fue quien nos enseñó a Sean y a mí, pero no sabía que era tan viejo".

"Oye. Muchas gracias." Carl levantó los puños en una postura de lucha simulada.

Mateo esquivó un puñetazo y también levantó los puños.

"Reflejos rápidos".

Mientras examinaban el autobús, Mateo le preguntó a Carl sobre su tiempo en el ejército. Carl le dijo que una relación tensa con el abuelo y el padre de Mateo era parte de su motivación para unirse a la Fuerza Aérea. "Me puse a volar como un pájaro", dijo. Después de ocho años y 150 misiones, él y Carol se mudaron a Miami, donde compró un avión comercial. Pasó la última década volando carga hacia y desde América Central.

Mateo pensó que estaba dejando algo afuera. Algo más grande.

Carl dijo que todavía estaría volando, si los guerrilleros en Nicaragua no lo hubieran derribado en 1990, la lesión en la espalda redujo sus horas de vuelo a la mitad. Continuó arrendando sus aviones de carga a otras compañías y compró en un grupo de inversión hotelera. Aunque partes de la historia eran innegables debido a los comentarios que había escuchado a su padre decirle a su madre, Mateo estaba seguro de que Carl no era un piloto de carga ordinario. Que nunca abandonó por completo el empleo del gobierno.

Mateo dijo: "Estás viviendo el sueño, ¿Verdad? El señor Estébanez siempre dice…"

"¿Estébanez?"

"Él es mi… tutor en Millinocket. De todos modos, dijo que las personas más exitosas fracasan en numerosas ocasiones antes de llegar a la cima".

"Suena como un tipo inteligente".

"Lo es. Algún día espero llevar uno de mis inventos energéticos al mercado. No quiero inventarlo y dejar que otra compañía obtenga todos los beneficios".

"Conoce a tu enemigo."

"Determinar su estrategia".

"Aprende qué funciona y qué no". Carl se rio entre dientes y levantó una ceja.

"Posiciónate para superar a tu enemigo".

"Golpéalos antes de que te golpeen", dijo Carl, completando la paráfrasis de El arte de la guerra de Sun Tzu.

Mateo se rio entre dientes y dijo: "Suenas como el Sr. E."

"Sabes, tu abuelo construyó ELF de un aserradero de dos hombres en lo que es hoy. Tu padre lo trajo al siglo XX".

"Papá no habla mucho de eso".

"No seas demasiado duro con él. Pasó por mucho antes de que nacieras".

"La guerra", dijo Mateo, y Carl asintió.

"El Señor. E dice que muchos inventores nunca ven los frutos de su genio…" El Dr. Jackson fue un caso, pensó Mateo.

Carl dijo: "Tengo la sensación de que encontrarás tu camino más pronto que tarde".

Mateo quería preguntar sobre Cracker Jack, pero decidió esperar.

Empujaron el autobús en el montacargas. Carl tomó algunas notas y luego le indicó a Mateo que lo siguiera. Sin abrir las puertas, subieron a un Porsche América Roadster Convertible 1993. Salieron rápidamente del camino de entrada y volaron por la autopista 1 hasta el cementerio de automóviles de Sam. Mateo se alegró de descubrir que Sam tenía tres autobuses VW de últimos modelos destartalados para elegir repuestos.

Mientras cruzaban el depósito de chatarra, Mateo se preparó y preguntó:

"Tío Carl, ¿Por qué empezaste a llamarme para venir aquí? ¿Qué está pasando realmente?"

"¿Hay algún problema conmigo queriendo ver a mi sobrino favorito?" Carl le dio a Mateo un empujón juguetón.

"No, es solo por el momento".

"Sé que ustedes niños están bajo mucho estrés. Me han disparado más veces de las que puedo contar, en el aire y en tierra".

"No te dije sobre el tiroteo".

"¿De verdad? Tu máquina se parece al queso suizo".

Mateo no estaba satisfecho. Su tío respondió cada pregunta con una pregunta. Al igual que Cracker Jack, al principio. Mateo había sido víctima de esa técnica de Sean y el Sr. E. Él cambió de dirección. "¿Habías oído hablar de Estébanez antes de que lo mencionara hoy? ¿Conoces a Marcos?"

"¿Quién?"

"¿El conductor de la grúa?"

"Su etiqueta con nombre decía George".

"¿Qué hay de Estébanez?"

Sacudió la cabeza.

Mateo sacó una foto del Sr. E de su billetera, era del Smithsonian en D.C.

Carl miró hacia el cielo. "Una vez conocí a un Juan Estébanez que manejaba importaciones entre El Salvador y Miami hasta que la DEA lo sacó del agua ".

¿DEA? Mateo intentó recordar por qué su padre había mencionado la DEA cuando hablaba de Carl. Mateo era muy joven. "Entonces, ¿Qué hay de Marcos, George?"

"Nunca lo vi antes de hoy".

"¿Y un chico llamado Tremont Jackson? Su padre, Cameron, fue un gran científico e inventor. Fue asesinado en DC en 1989. "

"Creo que los recordaría, chico. No, no conocía a los pobres bastardos. Parece que tus dos científicos estaban mezclados con algunos personajes bastante malos".

¿Pobres bastardos? ¿Cómo sabía que el otro está muerto? "Si puedes llamar a los personajes malos del FBI, entonces supongo que sí".

"¿El FBI?"

Mateo estaba enojado porque Carl era evasivo, francamente mentiroso. Volvieron a inspeccionar los VW desechados.

Las únicas piezas disponibles eran de un modelo anterior, pero su vendedor dijo que se alinearían bien. Carl dijo: "Sr. Johnson nunca nos habría permitido poner algo en un motor que no fuera el modelo y año exactos. Él habría dicho que estábamos invitando al desastre".

Con las partes encajadas entre ellos, se apresuraron a regresar a la casa.

Para el mediodía, habían desarmado el motor y lo habían vuelto a armar. "El señor Johnson estaría orgulloso", dijo Mateo.

"Era todo un hombre. Pasé muchos fines de semana en el viejo taller mecánico. ¿Todavía usa ese viejo granero del aserradero, el que está contra la montaña?"

"¡Sí!"

"Hay un intenso mojo de Micmac allá arriba".

"Pamola está viva y bien", dijo Mateo.

"Se metió en mi mente cuando mis hermanos y yo caminamos por los cementerios y las cuevas".

"¿Cuevas?"

"Oh sí. La próxima vez que estés allí, dirígete hacia el oeste hacia Moosehead Lake y Seboomook. Tienes que alejarte a lo largo de las crestas. Pero..." Se rio entre dientes "¡Asegúrese de que un oso no te encuentre primero! Nos encontramos directamente en una madre de media tonelada y sus cachorros".

Mateo tocó la cicatriz y luego la garra. Seboomook.

"Ah. He oído sobre eso. Tuviste suerte."

Mateo asintió y dijo: "Sí, como dije, Pamola está viva y bien. Créeme. Y el granero es donde Sean y yo volvimos a armar el autobús, la primera vez". Mateo pensó en cómo María casi se desmaya cada vez que conducían sobre el dique entre los lagos. Mateo se levantó en el asiento delantero con los muchachos de Carl y giró la llave en el encendido. Ella se dio la vuelta y comenzó a tararear y disparar.

"Ese es el aire que escapa del colector. Esa mierda de motor enfriado por aire. Espera." Hizo algunos ajustes. "Inténtalo de nuevo." El autobús giró y zumbó.

"¡Todo bien!" Dijo Mateo. Dio una vuelta a los muchachos por el vecindario. Durante la cena, Mateo le preguntó a Carl qué planeaba hacer después del negocio del hotel.

"No sé qué haré después".

"¿Alguna vez consideraste el FBI o tal vez la DEA?"

Carl gruñó y preguntó: "¿Por qué preguntas eso?"

Mateo se encogió de hombros. "Muchos exmilitares entran en la aplicación de la ley... y estás en Miami, la segunda casa del cartel".

"Siempre leías muchos libros de espías. No, estoy pensando, tal vez iré a Maine y me meteré en el negocio de la madera con mi hermano mayor".

"No durarías un invierno de Maine", dijo Carol.

"¡Tienes razón! Quizás puedas mudarte aquí después de la universidad, y puedo ayudarte a comenzar tu negocio. Puedo comercializar el producto por ti y haremos millones. Eso es si tu papá no te tiene cortando árboles en el Katahdin".

"Creo que él ya sabe que eso no está en mi plan de juego. Tampoco en el de Sean. Creo que eso le preocupa".

"Sean no volverá, así que tu papá te estará mirando. Justo como lo hizo conmigo". Él se rio entre dientes, pero se detuvo cuando vio que Mateo no se estaba riendo. "Escucha, chico. Eres tu propio hombre. Si te apegas a lo que estás haciendo, y creo que deberías hacerlo, tendrás las manos ocupadas. El problema con la energía no desaparecerá pronto. Mira a Venezuela. Vuelo allí dos veces al mes. El gobierno es inestable, pero dependemos de América Latina para el veinte por ciento de nuestro petróleo, el diez por ciento del Golfo Pérsico. Cuanto antes se pueda obtener algo viable en el mercado, mejor, y soy tu hombre para la distribución internacional".

¿Qué tal acerca de la energía perpetua? Pensó Mateo. ¿O ya lo sabes?

Carl, los muchachos y Mateo volvieron a salir. Mateo y María jugaron kickball con los niños y luego llevaron sus maletas al autobús.

Carl abrió la puerta lateral del autobús y colocó una bolsa de sándwiches y bocadillos detrás del asiento. Levantó una de las pesadas mantas móviles. "¿Qué demonios es todo esto, Matt? Pensé que habías dicho que empacabas poco". Sacó una gran bolsa de lona.

Antes de que Mateo pudiera protestar, Carl dejó la pesada bolsa de lona en la entrada de cemento y deslizó la cremallera de arriba a abajo. Estaba lleno de archivos, libros y cintas.

Mientras Mateo examinaba los archivos, Carl hojeó algunos libros y revistas de ingeniería. Mateo comenzó a darse cuenta de la gravedad de lo que Cracker Jack le estaba confiando. Extrajo una bolsa de cuero que contenía dos cajas de metal que parecían unidades de computadora, excepto que eran mucho más pequeñas que las que conocía. En la misma bolsa había tres pilas de discos, cada uno etiquetado y numerado; eran mucho más grandes y gruesos que los discos de computadora estándar.

"¿Qué piensas, Matt?"

Demasiado ensimismado para responder, Mateo examinó los documentos blancos unidos por una banda de goma alrededor de cada video. Leyó una de las cartas. Eran chantajes.

Carl sacó la segunda bolsa de lona de la furgoneta. Tras examinarla, encontraron pilas de archivos similares, fechadas entre 1970 y 1975. Mateo volvió a mirar la primera bolsa, y las fechas en los archivos iban desde 1964 hasta 1969. En esta bolsa, había más discos duros de computadora en un estuche de cuero y una caja de libros encuadernados en cuero marrón. ¡Revistas! El corazón de Mateo se aceleró. Sacó un libro con fecha de octubre de 1964 y hojeó las páginas. Se sentó con fuerza en el pavimento. Los diarios eran prueba de que estas bolsas contenían el trabajo de la vida de Cameron Jackson. El padre de Cracker Jack.

"No sé tú, Matt, pero creo que alguien limpió toda la oficina y los laboratorios del hombre en un instante. Aquí hay documentación de sus años en el MIT, que datan de mediados de los años cincuenta. No soy científico, pero creo que tienes el trabajo de la vida del hombre. Supongo que tu amigo Cracker Jack guardó esto..."

Mateo lo miró directamente. "Nunca mencioné el nombre, Cracker Jack".

"Claro que lo hiciste, Matt. De vuelta en el depósito de chatarra".

"No, no lo hice". Pero, pensó, tal vez lo hice.

Mateo lo dejó pasar por el momento. En lugar de discutir, pensó en Miami Beach y en las veces que estuvo lejos del autobús.

"¿Crees que esto es lo que buscan? ¿Los tipos que te estaban disparando?" Preguntó Carl.

"No lo sé. Simplemente no lo sé". Mateo se preguntó si Marcos sabía qué contenían las bolsas.

Mientras el tío Carl leía, Mateo abrió la tercera bolsa y se maravilló ante una docena de trenes modelo a escala G cuidadosamente envueltos. Recordó que había un anciano en Medway, a pocas millas de la ciudad, que tenía trenes en toda su casa. Todas las escuelas programaron excursiones a su casa. Volvió a colocar cuidadosamente el único tren. Estos eran bastante únicos, y estaba desconcertado en cuanto a su propósito. La cuarta bolsa contenía varios artículos voluminosos, incluido un gran cartel pintado a mano y algo pesado que sobresalía de un bolsillo con cremallera. Metió la mano y sacó una bolsa de cuero negro. Escondido dentro había una pistola, atada con una envoltura de cuero aceitoso.

Carl profundizó en una pila de diarios, por lo que Mateo caminó por el otro lado del autobús, abrió el lado del pasajero y colocó la bolsa en el asiento. No estaba seguro de por qué, pero no quería que Carl o alguien más lo viera. Desdobló el cuero para encontrar una hermosa Glock .45 ACP negra. Inscritas en oro estaban las iniciales CJ en cada lado de la empuñadura. Un bolsillo lateral de la bolsa contenía cuatro cargas vacías y dos cajas de municiones. Metió el arma y la munición debajo del asiento del conductor. Cuando se volvió, Carl estaba de pie detrás de él.

"¿Qué estás haciendo?" Preguntó Carl.

"Buscando un mapa".

Se produjo una pausa incómoda.

"Si insistes en conducir en lugar de volar, tenemos muchos mapas de Florida en la casa". Mientras caminaban de regreso a las bolsas de lona, Carl hojeó un libro de cuero. "Esto es increíble, es su diario de 1959".

"Deberíamos llevar todo esto de vuelta al autobús", dijo Mateo mirando nerviosamente hacia la casa.

"Dime, Matt, ¿Cuáles son tus planes? Quiero decir, si estoy leyendo esto bien, eres el hombre para el trabajo".

"¿Qué trabajo?"

Carl vaciló. "Supongo que... trabajar en lo que sea que Jackson estaba trabajando. He estado leyendo sobre tus experimentos e investigaciones. Tu madre está muy orgullosa de ti. Bueno, demonios, todos lo estamos". Carl hojeó un cuaderno de espiral gastado. "Estas son décadas de trabajo. Mira aquí, esta entrada es del 4 de abril de 1948, sobre la calefacción con solares en una casa".

Mateo tomó el cuaderno de Carl y leyó. Él sonrió. "El Dr. Jackson no podía tener diez años. He leído sobre estos experimentos fallidos en Capturando El Sol. Este estaba en Dover, Massachusetts. La siguiente investigación notable fue el próximo año en Francia, donde un hombre creó un microondas solar: solo emanaba cincuenta kilovatios, pero fue un hito".

Se escuchó una voz desde la casa y Mateo comenzó a cargar las maletas en el autobús.

Carl enderezó las mantas móviles sobre los muelles. "¿No vas a mostrarle a María?"

"Aún no."

Carl se echó a reír. "Tu funeral". Justo cuando Carl cerró las puertas de golpe, María salió de la casa seguida de dos niños enamorados.

María, que sabía mucho de árabe, alemán, francés y español, les estaba enseñando a los niños algunas palabras en cada idioma. Los tenía bajo su hechizo. ¿Quién podría resistirse a ella?

"Ella es bastante especial", dijo Carl, y Mateo asintió.

"Tengo problemas con un idioma, imagínate con cinco".

Acercándose a Mateo, Carl dijo: "Si es demasiado, chico, avísame".

"¿Hay algo más que quieras decirme?"

Carl sacudió la cabeza. "Nada que decir."

"Correcto", dijo Mateo sarcásticamente. "Me estoy dando cuenta de cuán profundo es todo esto.

Pero no te preocupes, ya has hecho demasiado".

"Sabes, podría enviarte este cargamento a Maine. Podríamos catalogarlos como toronjas".

Carl examinó bien una bala alojada dentro de la rueda. La sacó, y luego otra, con una navaja de bolsillo y volcó las balas en su mano. "Treinta y ocho y nueve. Parece que alguien realmente no quería que te fueras de Miami Beach. Sabes, puedo hacer que te envíen todo el maldito autobús en un camión y llevarlos a los dos fuera de Miami".

Tentador, pensó Mateo. Luchó con la promesa que le hizo a Cracker Jack, para mantener la investigación segura y secreta.

"Déjame arreglar todo entre aquí y Maine", dijo Mateo. "Prometo llamarte cuando regrese al campus".

"10-4". Le dio una palmada en la espalda a Mateo y se dirigió hacia la casa.

Mateo estaba emocionado de volver a Maine y profundizar en sus nuevos tesoros. Nunca lo admitiría, pero era un poco abrumador.

María salió, enrollando su bolso detrás de ella. Mateo puso sus cosas en la parte de atrás mientras ella abrazaba al niño despidiéndose.

Carl rechazó el dinero que Mateo le ofreció y dijo: "Somos familia, Matt. Si necesitas algo, cualquier cosa, llámame. Si no puedo resolver el problema, encontraré a alguien que pueda".

Mateo se preguntó quién podría ser "alguien".

Mateo y María salieron del área de Homestead y regresaron a la autopista 1, en dirección norte. Estuvieron callados por un rato.

Los acontecimientos de la noche anterior fueron como una pesadilla. Algunas partes, que él no pudo controlar, eran de un sueño recurrente. Cuando abrió las bolsas de lona, la realidad comenzó a asentarse.

"¿Que voy a hacer?" murmuró por lo bajo.

"¿Qué?" María preguntó, poniendo su mano sobre su hombro.

"No puedo creer lo que hemos pasado estas últimas veinticuatro horas. Es surrealista."

"Creo que deberíamos conducir de regreso a Miami Beach y ver si alguien puede decirnos qué sucedió o pasar a ver a la policía".

Mateo estaba considerando lo mismo hasta su descubrimiento. "¿Qué podríamos decirles? Conocimos a un tipo llamado Cracker Jack... a quien el FBI tenía bajo custodia protectora... y recibió un disparo mientras escapábamos en una grúa".

"Suena un poco increíble", estuvo de acuerdo María.

CAPITULO VEINTIOCHO

Persecución

17 de Marzo de1995
5:00 p.m.

EL CÁLIDO VIENTO SALADO era relajante y el autobús ronroneaba. María dormía en el asiento del pasajero, su cabeza descansaba en la curva de su brazo. Teniendo en cuenta que estaban esquivando balas hace menos de dieciocho horas, las cosas iban bien.

Recordó los molinos de viento y los paneles solares que dibujó cuando era niño. Luego su hermano le dio una copia de *Capturando el Sol* de Cameron T. Jackson. Y ahora, con las valiosas valijas, escondidas debajo de las mantas móviles, sabía que no tendría un momento de paz hasta que salieran de Florida.

Se fusionaron con la I-95, y él saludó cuando pasó los letreros de Miami Beach. Una anciana que conducía una vieja miniván los pasó como si estuvieran quietos. Un BMW cortó tres carriles y los esquivó por una pulgada. El conductor tocó la bocina como si Mateo hubiera hecho algo mal. "Idiota", dijo Mateo.

"¿Qué es eso?" María preguntó, estirándose y frotándose los ojos.

"Pensé que los conductores de Boston estaban locos".

"No, eso no", dijo ella, inclinándose hacia adelante y señalando al cielo. "¡Me refiero a eso!" Desde su ángulo, Mateo no pudo ver nada más que unas nubes. Luego se abalanzó delante de él: ¡El avión de su sueño!

"Estamos en una película de *Indiana Jones*", dijo María. A unos cuantos autos delante de ellos, no más alto que las palmeras, un avión de alas dobles

-243-

Sopwith Camel de la Primera Guerra Mundial con ametralladoras gemelas debajo de la joroba, se colocó en un curso de colisión con el autobús VW.

María gritó y se cubrió los ojos con ambas manos cuando Mateo giró el volante y se alejó a un lado de la carretera. Algo estaba golpeando el autobús, haciéndolo estremecer. El parabrisas se hizo añicos y el vidrio se voló al autobús. Podía ver los ojos salvajes del piloto a través de gafas de cuero: el hombre estaba sonriendo.

Justo cuando la hélice alcanzaba la longitud de un auto del autobús, Mateo golpeó el acelerador para acelerar debajo del Sopwith. Escuchó un choque en la parte trasera del autobús.

María gritó: "¿Qué fue eso?"

"¡El motor!" Cuando miró hacia adelante, el Sopwith había desaparecido justo cuando el autobús comenzó a perder velocidad. "Seré hijo de... ¿Cómo salimos de debajo de él?»

"No lo sé. Tenía la cabeza hacia abajo", dijo María mientras se sacudía el vidrio del cabello.

Sin previo aviso, escuchó un sonido como grava pateando a todos los lados del vehículo. Mateo deseó que fuera grava. Vio el Sopwith en el espejo de María. Debe haber dado vueltas detrás de ellos. El avión parecía inestable, sumergiendo sus alas de izquierda a derecha. Las balas zumbaron a través del autobús entre él y María y salieron por el frente sin ventanas.

Mateo obligó a los automóviles a salir de la carretera mientras el autobús bajaba por una rampa de salida al área de proyectos de Liberty Square. Al final de la rampa, Mateo giró a la izquierda y cortó debajo de un puente. El Sopwith Camel mantuvo su cola a un par de metros de la carretera.

"¡Nos va a seguir debajo del puente!" María gritó.

"¡Este tipo está loco!" Mateo pisó el acelerador. Todo el autobús chisporroteó y tembló, pero siguió avanzando. Salió de debajo del puente con el piloto loco justo detrás, poniendo más balas en la parte trasera del autobús. Giró a la derecha hacia la primera calle, entre un McDonald's y un BP. Mateo notó muchos edificios, casas y una hilera de palmeras a la izquierda. Pensó que podría perder el avión. También notó un pequeño barranco entre los vecindarios, por lo que se arriesgó a que el marco bajo del autobús lo lograra y atravesó el campo y bajó al barranco. Estaba seco y rebotaban como una súper pelota. Se apresuraron a través de un cercado de alambre, arrastrándolo con ellos por cien yardas postes de madera y alambre golpeando contra ambos lados del autobús, luego a través de un campo y finalmente en un camino de tierra estrecho. Mateo se hizo a un lado y se detuvo para dejar que el polvo se asentara.

Miró a María mientras ella sacudía más vidrios de su cabello. Él dijo: "Bueno, querías agregar un poco de emoción a nuestras vacaciones de primavera. Estaba pensando que podríamos parar en Orlando y nadar con los tiburones en Sea World para una repetición".

"Son delfines, no tiburones", se quejó.

Estaban en medio de un camino bordeado de palmeras, dándoles una buena cobertura.

"Él no está allí. Creo que lo perdiste, Matt..." entonces ella gritó.

"¿Qué? ¿Lo ves a él?"

"¡No! Es tu cabeza".

Mateo se tocó la frente y la sangre cubrió su mano.

María buscó en su bolso de noche y sacó una camisa. "No, esa no", protestó Mateo, "usa la camisa de la tripulación de Boston".

"¿Estás sangrando y te preocupan tus preciosas camisetas?" Al no encontrar la camisa de Boston, sacó otra, que Mateo aprobó a regañadientes: Harvard Rugby, Ivy League Champions 1979.

"A Sean nunca le gustó esa camisa. Además, la sangre será una buena historia".

María trató de tocar la herida y Mateo hizo una mueca. "Estamos perdidos". El termostato parpadeaba en rojo y el motor estaba chisporroteando. Miró hacia una calle arenosa y sin salida. Había una docena de casas descuidadas, la mayoría de las cuales parecían abandonadas con patios delanteros cubiertos de hierba y sin automóviles en el camino de entrada.

Su mente giró para idear un plan, luego vio a un pastor alemán que dormía en los escalones de una casa de un piso blanqueada por el sol. De alguna manera, sabía que tenía que girar en esa entrada. Se detuvo en el garaje y suspiró aliviado. "Está cubierta de palmeras es genial". En una revisión más detallada, la casa estaba en buenas condiciones, aunque la hierba en el patio delantero tenía dos pies de altura, y semanas de periódicos rodeaban el buzón. Todo parecía extrañamente familiar.

"María, mira si puedes abrir la puerta del garaje". Ella saltó fuera. Mateo entró y cerraron la puerta.

"Nos persiguieron y dispararon dos veces", dijo María. "¿Qué debemos hacer?"

Mateo cerró la puerta del garaje. No sabía qué decir.

"Está bien, genio, ¿Qué sigue?" ella dijo, más suavemente. "¿La policía?"

Mateo probó la puerta y entró en la casa, María lo siguió. En la cocina, levantó el auricular del teléfono de pared y buscó un tono de marcado. Muerto.

Pasó un dedo por el grueso polvo del mostrador. Todavía había platos apilados en el fregadero. Dos mecheros Bunsen estaban sentados en el mostrador conectados a tubos de ensayo. Miró por la puerta batiente a la siguiente habitación infestada de juguetes. Coloridos videos para niños se alinearon en la pared detrás de la televisión.

Mateo probó los grifos del fregadero de la cocina. Las tuberías gimieron cuando una corriente de agua oxidada chisporroteó. Soltó el grifo mientras probaba las luces. Nada. En el garaje, encendió probó el calentador de agua. Le sorprendió que las compañías de servicios públicos hubieran apagado el teléfono y la electricidad, pero no el gas. Imaginando una CJ Energy Cell que proporciona energía para todo en la casa, sonrió. Mateo fue al autobús a buscar su bolso cuando, pensándolo bien, regresó para recuperar la bolsa aceitosa que había guardado debajo del asiento del autobús. Cargó catorce rondas en un cargador, la colocó en su lugar y comprobó dos veces el seguro. Aunque su hermano le había enseñado a quitar las rondas a diario, para que no se comprimieran, decidió que mantendría al menos un cartucho cargado y listo hasta que estuvieran a salvo en casa.

Cerró el agua en la cocina.

Podía escuchar a María explorando. "El agua debería estar caliente en una hora más o menos". Se encontró con ella en el pasillo donde estaba hurgando en un pequeño armario. Sosteniendo gasas, cinta adhesiva, peróxido, lo condujo al baño.

"Siéntate"

Mateo obedeció, sentado en el borde de la bañera. Se miró en el espejo. "Creo que me gustó más con la sangre seca".

Recogió mantas y almohadas de una de las habitaciones. A juzgar por los animales de peluche y los libros ilustrados, el niño apenas tenía edad escolar. María tomó las mantas de sus manos, las llevó a la sala de estar y rápidamente se durmió en el sofá. Mateo deslizó una almohada debajo de su cabeza antes de sentarse en el suelo para descansar, solo por unos minutos.

Se despertó con ruidos en la puerta principal. Estaba oscuro afuera.

Deslizando el .45 de Jackson debajo de la almohada, se arrastró hasta la ventana y miró hacia afuera. Él se rio entre dientes, "Oh, eres tú".

Cuando abrió la puerta, el pastor alemán negro y tostado entró a la casa y corrió hacia la cocina. Mateo lo siguió y se arrodilló. A través de su abrigo, podía sentir sus costillas.

"¿Te abandonaron?" Mateo imaginó a la perra en los escalones delanteros día tras día, esperando que su familia regresara. Tenía manchas blancas en las patas, la cola, debajo de la barbilla, y dos ráfagas justo por encima de los ojos se volvieron lo suficiente para darle una mirada triste. Ella movió la cola y le lamió la cara. "Oye, no sé dónde ha estado esa lengua. Ya basta". Mateo recuperó un poco de carne seca y llenó un recipiente con agua. La perra empujó a Mateo y se acostó al lado del sofá.

María se despertó nariz con nariz con el perro. Ella rascó las orejas del perro y se echó a reír.

"¿Quién es este chico bonito?"

"Es ella y me gusta Soledad".

"Ella no se parece a una Soledad".

"¿Qué sugieres?"

"¿Cómo se llama South Beach?" María preguntó.

"¿SoBe? No sé si ella se parece a un SoBe. Quizás un SoHo. Bueno, no deberíamos nombrarla. ¿Qué piensas?"

"Mi mamá siempre decía: darle un nombre a un perro, es tener un perro". Mateo miró a los tristes ojos marrones del pastor y pensó en sus dos últimos perros, el señor Pibbs, una mezcla de chow y pitbull, y su amado collie barbudo, Nuke.

Después de una larga ducha caliente, Mateo salió a revisar el motor. Hizo algunos ajustes, desconectó un cilindro defectuoso, quitó las bujías y el solenoide, los limpió y los reemplazó. El motor continuó chisporroteando y retrocediendo mientras el aire todavía escapaba alrededor del carburador. Rebuscó en el armario de herramientas y sonrió cuando lo encontró. ¿Qué sería de la vida sin cinta adhesiva? Pensó.

El perro salió trotando y le olisqueó la pierna. "Ya sabes", dijo, "tu amo ha dejado una seria colección de herramientas. De donde soy, un hombre no dejaría sus herramientas o a su perro". SoBe ladró en acuerdo.

El motor estaba funcionando, pero se tambaleó como si pudiera salirse del bloque del motor. "Tendré que conseguir piezas de repuesto de inmediato, o ella no lo lograra otras cien millas".

"Eso no suena bien. ¿Y qué hay del parabrisas?" María había entrado en el garaje. "¿Estás hablando contigo mismo de nuevo?"

"No. Hablando con el perro".

"¿Por qué no volvemos a casa de tu tío y volamos a casa?"

"¿Sabes por qué nunca mencionaron un tiempo de 0-60 mph para este bebé?" Ella sacudió su cabeza. "La velocidad máxima era de 59". Él se rio entre dientes y continuó pegando la línea de combustible y la tapa de la válvula. "Pensé en ir al aeropuerto, pero..." Mateo pensó en la investigación. "Me he apegado a esto".

María puso los ojos en blanco. "Sé cómo estás con tus juguetes, pero esto es serio, Mateo".

"Encontraremos un taller mecánico o depósito de chatarra en la próxima ciudad". Mateo comenzó a cerrar la puerta cuando el pastor pasó junto a él y se subió al autobús. SoBe se acostó encima de una de las bolsas de lona cubiertas con una manta y se quejó.

El ojo izquierdo de María se entrecerró mientras fruncía los labios. "Ahora estás en problemas, señor". Ella se rio y se subió al asiento del pasajero. "Ustedes dos estaban hechos el uno para el otro, pero no puedes mantenerla en el dormitorio. Y no creo que tu padre esté demasiado contento de tener otro perro en su casa".

Mateo pensó que luego se preocuparía por los detalles. Tomaron SoBe y dejaron atrás su resistido santuario. Después de algunos callejones sin salida, encontraron la autopista 7 y condujeron por el camino hacia la pequeña ciudad de Carol City, asoleada por el sol. "Un día", dijo, "tendremos GPS en el automóvil". Explicó cómo la teoría de la relatividad de Einstein conduciría a que todos tengan un dispositivo GPS portátil personalizado algún día.

Ella se rio y dijo: "Si tú lo dices, Einstein".

El sol estaba saliendo cuando entraron en el garaje y depósito de chatarra de Paulo. Mateo se detuvo delante y abrió su escotilla trasera perforada.

Un hombre moreno, bajo y de mediana edad con una etiqueta con su nombre, Paulo, se acercó a Mateo. Sin esperar una presentación, comenzó a jugar con el pequeño motor. Metió la mano, sacó dos babosas grandes y miró fijamente a Mateo. Mateo solo pudo encogerse de hombros cuando Paulo entró en su tienda. Antes de que Mateo pudiera considerar la posibilidad de huir, Paulo regresó y le indicó a Mateo que condujera el autobús hacia la bahía de mecánicos. Mateo exhaló un largo suspiro.

María fue a una tienda cercana y compró una correa y comida para perros. SoBe saltó del autobús y la siguió por la esquina del edificio. María casi tropezó con un perro sabueso rojizo dormido. Tan pronto como SoBe vio al perro del depósito de chatarra, bajó las orejas, mostró los dientes y dejó escapar un gruñido amenazante mientras se colocaba entre María y la bestia. "Tranquila, SoBe", dijo María. El perro de orejas caídas se retorció. SoBe dejó de gruñir y ladeó la cabeza mientras trotaba para oler. Con el corazón acelerado, María dijo: "No creo que un huracán pueda molestar a este viejo, ¿Eh, SoBe?" Llenó uno de los platos de perro con agua y el otro con croquetas. Ella también llenó el plato del perro de caza.

Mateo se sintió culpable por usar el dinero de Cracker Jack. También había una cuenta bancaria para tratar en Boston. Ni siquiera sé qué equipo necesitaré comprar. Se preguntó si el Dr. Jackson había completado al menos una CJ Energy Cell que podría realizar ingeniería inversa, o si las fórmulas serían suficientes. Muchas preguntas.

Se giró para ver a Paulo pasando la mano por unos agujeros de bala.

"Se parece el queso suizo". Dijo Mateo. Paulo sacudió la cabeza y se volvió hacia María. Ella se rio y le dijo algo a Paulo. Paulo asintió con la cabeza.

"Dijo que alguien podría venir a reemplazar el parabrisas".

Mateo trató de determinar si Paulo pudo haber llamado a la policía. Parecía de la vieja escuela. Cuida tu propio negocio y cobra el doble del precio. "¿Cuánto dinero estima?" Sabía que no podía equivocarse con esa pregunta, ya que era una de las diapositivas en su clase de español de séptimo grado.

Paulo sacó una calculadora. "Quinientos dólares, quizás, quizás más". Mateo le pagó y le dijo a María que le dijera que, si era más, pgarían antes de irse. Por recomendación de Paulo, caminaron hasta el café de Loma para desayunar.

Cuando volvieron de consumir tortillas españolas, el autobús tenía un parabrisas nuevo. María entró en la oficina mientras Mateo arrancaba el motor. ¡Estaba libre de bamboleo!

María salió de la oficina seguida de Paulo. "Dice que no le debemos más por el trabajo", dijo María. Mateo le dio a Paulo otros cincuenta dólares. Eso trajo la primera sonrisa del día a la pequeña cara bronceada del colombiano, revelando algunos dientes con corona de oro. "Bueno, señor, bueno. Vayan con cuidado. Dallo con Dios".

"Que Dios te conceda un viaje seguro", tradujo María.

"Lo tengo", dijo Mateo. Sintió una punzada de compasión por los inmigrantes que intentaban aprender un nuevo idioma. Gracias a la tía de María y su madre, cuando era pequeño, entendía la esencia de la mayoría de las conversaciones.

Paulo abrazó a María. Mateo estaba pensando en lo contento que estaba de haber confiado en el mecánico, cuando escuchó que un automóvil se acercaba. Un sedán blanco, con el SHERIFF estampado en letras doradas brillantes, bloqueó el autobús VW. SoBe se sentó en el asiento delantero con las patas en la puerta y gruñó. Un diputado que vestía un elegante uniforme marrón claro salió y habló con Paulo. "Tal vez juzgamos mal a Paulo", susurró Mateo por el costado de su boca.

"No lo creo."

El diputado se acercó a Mateo. "Parece que tu furgoneta hippie estaba de gira en Vietnam".

"Me sentí así", dijo Mateo. No ofrezcas información, le diría su hermano.

El diputado pasó un dedo por un agujero y luego por otro. "¿Y qué tal el parabrisas roto que reemplazó Paulo? Y, ¿Estoy seguro de que hay una explicación lógica para ese vendaje en tu cabeza? "

"Es una larga historia."

"¿Tiene algo que ver con Miami Beach la noche anterior? O, había un piloto loco en el Sopwith Camel disparando por la carretera anoche. Sacamos babosas Vickers 303 Machine Gun de cuatro autos". Se giró hacia uno de los agujeros más grandes en el costado del autobús. "Hacen un agujero, así de grande".

"Ambos", admitió Mateo, pensando en su sueño con Snoopy y el Barón Rojo. "Nos quedamos atrapados en medio de ambas situaciones".

"¿Cuál es la posibilidad de eso? ¿Informó cualquiera de ellos?"

Mateo sacudió la cabeza y se apoyó contra el autobús. Maldijo por lo bajo mientras veía pasar el Cadillac gris, y el sargento Carter saludó.

"¿Tienes algo que esconder?"

"No señor. Estábamos en el lugar equivocado en el momento equivocado".

"Dos veces."

"Sí, señor."

El diputado entrecerró los ojos y metió los pulgares en el cinturón de la funda.

Mateo le contó la mayor parte de la historia. Dejó de lado lo que tenía que ver con Cracker Jack. Le estaba costando creer esa parte, él mismo.

El diputado Alonso asintió y no interrumpió. Y no estaba sacando las esposas. Una buena señal

"¿Te importa si miro en tu camioneta?"

"Autobús", dijo María.

"No. Claro, adelante ", dijo Mateo sin confianza.

"Cierto. Autobús." Abrió la puerta lateral y SoBe ladró y le enseñó los dientes. El hombre sonrió, pero retrocedió de todos modos.

Alonso se rio entre dientes. "Conozco a este perro del 9 del este. ¿Qué estaban haciendo allí?"

Mateo explicó y no llegó a admitir que había entrado.

"Ese es uno de los peores barrios de crac en la zona. A ella no le gusto demasiado" dijo, indicando a SoBe. "Pero es bueno que la lleves contigo. Ella ha estado rondando esa vieja casa desde que arrestamos a los propietarios".

"¿Están en la cárcel?" María preguntó.

"Sí, tenían un laboratorio de metanfetamina en la casa".

Mateo pensó que la cocina se parecía mucho a un laboratorio de química.

"¿Y los niños?" María preguntó.

"Servicios sociales."

"Oh, eso es terrible", dijo María, y Alonso asintió con la cabeza.

"Llevamos bastante tiempo vigilando la casa, demonios, todo el vecindario. No podría haber elegido una calle en todo el condado de Dade con más delincuencia". Miró a Paulo y dijo: "Excepto tal vez en Miami Gardens, aquí en Carol City". Paulo estuvo de acuerdo.

Mateo contuvo el aliento cuando el oficial levantó la manta móvil. Abrió la cremallera de una de las bolsas de lona y sacó un diario. Mateo miró a María, que no podía ver a Alonso. El diputado volvió a guardar el diario y subió la cremallera. Se trasladó a la parte trasera del autobús y abrió la puerta del motor. Luego se dirigió a la puerta del lado del conductor. Mateo aspiró otra respiración profunda. El arma.

La radio en el auto del diputado sonó. "Alonso, tenemos un 390 con un posible 417 en la 42, ¿Estás cerca?"

Alonso caminó hacia su auto y lo alcanzó por la ventana. Sacó el micrófono y dijo: "Sí, Jorge, estoy en camino".

"El capitán dijo que dejaran ir a los niños en el VW, con una advertencia. Dice que lo explicará más tarde".

Alonso regresó al autobús. "No sé si arrestarlos o darles una palmada en la espalda y desearles mejor suerte".

Mateo dijo: "Entonces, ¿Me cree?"

"Yo mismo vi al Sopwith. Vimos al loco después de que él voló debajo del puente, era un buen piloto o era pura suerte. Unas treinta patrullas lo persiguieron a unas cincuenta millas de la costa, y luego desapareció. Él frunció el ceño. "Él causó cuatro accidentes y una fatalidad"

"¡Oh no!" María jadeó.

"Por el aspecto de tu bicho Volkswagen..."

"Autobús."

"Cierto. Cierto. De acuerdo, me tengo que ir. Tengan cuidado."

"Sí, señor, lo haremos, señor", dijo Mateo.

Una vez de vuelta en el camino, María dijo: "Alguien más murió a causa de ese maníaco. ¿Por qué? ¿Por qué vimos lo que le pasó a Cracker Jack? No tiene sentido. No sabemos nada, y no podríamos tener nada de lo que quieren".

Mateo se volvió y miró las mantas que cubrían las bolsas.

CAPITULO VEINTINUEVE

Arrinconado

18 de Marzo de 1995
6:00 p.m.

MATEO ENFOCÓ SU ATENCIÓN en que María regresara a Maine a salvo. Debería haber aceptado la oferta de su tío de tomar un vuelo. La carretera estaba llena de estudiantes en vacaciones de primavera.

María sacudió la cabeza y se quejó de que le tomó todo el día que su cabello se secara.

"¿Qué estás pensando?"

Mateo se encogió de hombros. Esconder algo de María pesaba una tonelada. Tenía muchos amigos, pero nadie como ella, su confidente. En tu vida, podrías contar con una mano, tus verdaderos amigos, dijo su padre una vez.

"Sé que estás preocupado. Estamos juntos en esto, y estaremos bien".

Juntos en esto, Mateo repitió en su cabeza.

Mateo vio una señal de Daytona a 30 millas y una salida con una gran parada de camiones. María fue a los baños mientras él llenaba el tanque. Luego fue al teléfono público y llamó al número que tenía para los gemelos. Eso era lo correcto que hacer. Su tía respondió, le dijo a Mateo que era irresponsable y colgó. Visualizó romper el auricular en pedazos, pero lo colocó suavemente en el receptor.

Se giró para ver dos SUV negros estacionados cerca de la entrada de los baños. Tres hombres de aspecto grave estaban parados alrededor de los vehículos. Del tipo que podrías ver flanqueando a un dignatario durante un desfile. Entonces dos hombres más salieron del edificio.

Mateo aceleró el paso hacia los baños y suspiró aliviado cuando apareció María. Caminaron juntos hacia el autobús.

Cuando salían de la parada de camiones, Mateo vigilaba a los hombres que estaban en el SUV a través del espejo retrovisor. Parecían completamente desconectados del autobús VW. La paranoia, decidió, sin embargo, parecían fuera de lugar.

Treinta millas después, Mateo se desvió hacia la Ruta 92 de EE. UU., la salida de Daytona Beach y Speedway.

"¿Donna y Darma?"

"No. Gracias a Dios. Pero tengo algo que mostrarte".

Llegó al enorme estacionamiento del Speedway y se detuvo debajo de un árbol. Se encontró con María junto a la puerta lateral, destapó las lonas y agitó una mano como lo haría un mago al sacar un conejo del sombrero.

"¿De dónde demonios vinieron esas cosas?"

"De Cracker Jack. Estoy pensando que hizo que Marcos los metiera en el autobús mientras estábamos en el restaurante".

"¿Cuánto tiempo has sabido que esto estaba aquí?" Sin esperar una respuesta, agregó, "¿Y cuándo planeaste contarme el gran secreto?"

"En la salida 261A".

"No seas un sabelotodo. ¿Qué hay en ellos"

"Una vida de trabajo".

"El padre de Cracker Jack", dijo, con naturalidad.

Él asintió y cerró la puerta. Cuando salieron del estacionamiento y regresaron a la I-95, él la pudo al tanto. "Así que realmente, Marcos, tú, yo y el tío Carl somos los únicos que sabemos algo sobre esto".

"Que amable de tu parte contarme tu secreto", murmuró.

Auch, pensó.

Condujeron en silencio por un rato. La siguiente señal indicaba 89 millas a Jacksonville.

"Deberías sentirte mal", ella lo regañó.

"¿Dije que me sentía mal?" Él la miró con las cejas arqueadas.

"Bueno. Me siento mal."

"Entonces, ¿Por eso la gente está tratando de matarnos?"

Ella se arrastró hacia atrás y abrió la bolsa que estaba más cerca de ella. Condujeron en silencio durante un rato mientras María revisaba algunos de los diarios. Se alegró de haber puesto la bolsa con el arma debajo del asiento.

"Esto cambia las reglas del juego", dijo, mientras organizaba las bolsas con cuidado y las cubría con mantas.

SoBe se arrastró sobre las mantas y se tumbó con la cabeza sobre las patas.

"Ahora veré chicos malos en cada esquina", dijo Mateo.

"¡Estamos viendo chicos malos en cada esquina!"

"Tal vez deberíamos entregarlo a las autoridades".

"Esta es la oportunidad de tu vida".

"Lo sé."

Condujeron en silencio y luego María dijo algo en español sobre la importancia de la honestidad. "Puedes hacer esto, ¿No?"

"Sí", dijo.

"¡Bueno!" Ella le echó los brazos al cuello mientras él luchaba por mantener el autobús en la carretera.

"Volvamos a casa, para que puedas ocuparte de salvar el mundo".

Mateo miró uno tras otro a cada uno de los tres espejos. Tenía la sensación de que la paranoia acababa de comenzar.

Mientras se dirigían a la carretera, María dijo: "Lamento que no pudieras trabajar con Cracker Jack, pero ahora, de una manera macabra, sí puedes. Tremont Jackson te confió todo esto, bueno, es más que increíble".

"¿Y el peligro? Escuchaste al diputado Alonso. Es un milagro que estemos vivos".

María estiró los brazos. "Estamos vivos porque es nuestro destino. Nunca nos encontrarán en Millinocket".

Su confianza lo dejó sin aliento. Le gustaba esa palabra, destino. Ella se acurrucó contra él.

"Sabía que estábamos destinados a estar juntos desde Willow Run", dijo.

Raramente mencionaba ese día y nunca hablaba de la muerte de su madre.

"Dudo que pueda ser de mucha ayuda".

"Pero siento que siempre puedo hablar contigo sobre mi investigación. Te mantienes al día incluso con las hipótesis más desafiantes".

"Lo finjo".

Mateo la miró con las cejas arqueadas. Ambos se rieron.

"Siempre estás ahí para mí", dijo.

"Y tú para mí."

"Sin mencionar que me haces reír y me motivas cuando me siento deprimido", agregó.

"Si esa es una propuesta, la respuesta es sí, pero primero tendrás que preguntarle a papá".

Mateo sintió que se le calentaba la cara.

Ella dijo: "Tú eres el único que entiende mi interés en el análisis forense. Realmente te voy a necesitar cuando llegue a la química orgánica".

"Ah, ahora veo la razón por la que me mantienes cerca. ¿Quién me va a ayudar? "

"Podrías enseñar la clase".

"Espero que entres en la pasantía en Augusta". Secretamente, Mateo no podía imaginar a su María trabajando en una morgue, pero él nunca le diría eso.

"Sería la primera estudiante de primer año en el programa. Calvin Haybrook es el primo del médico forense. Lleva años llevando al Dr. Haybrook a la casa de Godello. Le encanta el pulpo a la gallega".

"Por alguna razón, el forense que ama el pulpo viscoso, tiene sentido".

"¡Oye! ¡Me encanta el pulpo también!"

"Bueno. Bueno. Tu primera calificación para la profesión. Pero realmente esperaba que aún pudieras dedicarte a la lingüística. Es un don." Mateo era demasiado optimista. Habría menos posibilidades de que tuviera que oler formaldehído.

"Bueno, gracias, amable señor. Pero es solo un pasatiempo. ¿Te lo dije, he estado aprendiendo farsi de Marjan y Marzieh? "

"Sí, me dijo Marjan. ¿Es muy diferente del árabe?"

"Completamente. El Farsi tiene influencias francesas. Como, gracias es Merci".

"Bueno, Clarice, si... cuando entres en el programa, ¿Puedo cancelar mis visitas a la morgue?" Él notó su puchero, quitó las manos del volante y se las llevó a la garganta, haciendo un sonido ahogado, y luego se echó a reír.

"¡Dios mío, pon las manos en el volante! Eres una reina del drama", dijo con una sonrisa.

Él se rio y dijo: «Leí que la Universidad acaba de comenzar a construir un laboratorio forense molecular».

"Lo sé. De lo contrario, tendría que ir a Cal State". Ella sonrió ante su expresión de asombro. "Centraré mis estudios de pregrado en psicología criminal y menor en ciencias forenses. Supongo que no estoy realmente interesada en el ángulo médico tanto como en la forma en que la investigación forense se relaciona con la mente criminal".

Mateo sonrió.

"¿Qué?"

"Nada", dijo, girando hacia la rampa de salida.

Mientras esperaban en el parqueadero por hamburguesas, Mateo llamó la atención de un hombre con un traje negro que salía del restaurante. Mateo estaba seguro de que era uno de los tipos que había visto en el área de descanso de Florida. Mientras conducía el VW fuera del estacionamiento, buscó los SUV negros que aún no le había mencionado a María. Seguiría mirando su espejo retrovisor. Si los volviera a ver, se lo diría. Cuando salió del tráfico, vio un T-Bird blanco con techo rojo. "¿Cuál es la posibilidad de eso?"

"¿Qué?"

"Mira ese carro."

"¿Y?"

"No se trata de cualquier automóvil viejo. ¿Recuerdas cuando nos averiamos por primera vez y mencioné un T-Bird blanco en perfecto estado con un techo rojo que también había visto en Carolina del Sur al bajar?"

"¿Eso fue antes o después de tu berrinche?"

Se quejó. "Después. Justo antes de conocer a Cracker Jack. De todos modos, ese es el auto. El mismo auto".

"¿Qué te hace pensar eso?"

"Confía en mí, es el mismo".

Observó al T-Bird en su espejo retrovisor. Observó de cerca a uno de los dos hombres. Podría ser uno de los hombres de Oriente Medio del restaurante en Miami Beach. El T-Bird se detuvo en el tráfico a pocos autos detrás de ellos. El maldijo. Más atrás, pudo ver un SUV negro.

María estudió el mapa. "Podemos estar en Boston a las tres mañanas si manejamos toda la noche".

"Estoy exhausto. Si continuo otras ocho horas, tendré suerte".

"¿Quieres que conduzca?"

"Claro, si quieres. Tal vez podemos detenemos en el pequeño México en Carolina del Sur ". Cuando Mateo lo dijo, la idea de que el Sr. E lo arrastrara fuera de las tiendas. Tiene mucho que decir, señor E. Frunció el ceño y escuchó un traqueteo en el motor y se preocupó. Según las instrucciones de Paulo, Mateo había apretado los tornillos sueltos en la última parada de descanso y volvería a hacerlo en unas pocas horas.

Las palabras del diputado Alonso sonaron en la cabeza de Mateo: tienes amigos en lugares altos. Mateo dijo una oración tranquila. Entonces pensó: ¿A qué amigo se refería?

Mateo vio las luces azules que venían desde atrás justo cuando escuchó la sirena. Sacudió la cabeza con incredulidad cuando levantó la vista y reconoció el gran cartel verde. "No puede ser". Golpeó ambas manos en el volante, despertando a María.

"¿Qué pasó?"

"¡Brunswick, maldita Georgia! Esta es la misma área en la que nos detuvieron en el camino".

"¿Cuál es la posibilidad de eso?" María miró su reloj. "Es casi a la misma hora también. ¿No sería divertido si lo fuera, cómo lo llamaste? "

"Jefe Hog". Maniobró a un lado de la carretera. "Y no, eso no sería divertido". El oficial pasó la mano por el costado del autobús mientras se acercaba al lado del conductor.

"No lo creo", exclamó Mateo.

El Jefe Hog primero miró en el asiento trasero y luego a María, que saludó con poco entusiasmo. Ese familiar olor a tabaco de mascar rodeaba la cabeza de Mateo y, como antes, sintió náuseas.

"¿Hippies en tu camino de regreso a Woodstock? ¿Dónde están las gemelas y dónde consiguieron el perro?"

"Decidieron volar de regreso, y SoBe es un polizón".

"No puedo decir que las culpo. Y nunca puedes equivocarte con un buen perro de caza".

Extrañamente, SoBe yacía con la cabeza sobre sus patas sin siquiera un gruñido.

"Parece que las gemelas tuvieron algo de sentido junto con algunas quemaduras solares". Se giró y escupió. "No recogiste un montón de mari-ju-wana para todos tus amigos de la universidad, ¿Verdad?"

"No señor." Mateo iba a decir que había visto en 60 Minutes, una historia sobre los agricultores de Georgia que habían convertido sus campos de algodón y tabaco en cannabis.

Hog miró por encima del hombro de Mateo. Mateo contuvo el aliento. Hog dijo: "¿Qué tienes debajo de las mantas allí?"

"Solo nuestro equipaje y algunos materiales de investigación". Sean había dicho que Mateo bien podría decir la verdad, porque no podía mentir, incluso si su vida dependía de ello.

"¿Te importa si le echo un vistazo?" Preguntó el Jefe Hog. Sin esperar una respuesta, rodeó el autobús y entró por la puerta lateral.

Búsqueda ilegal vino a su mente cuando Mateo vio a Hog rascarle a SoBe debajo de la mandíbula. Para su sorpresa, ella se deslizó y Hog arrojó las mantas y abrió la cremallera de un par de bolsas de lona. "¿Qué dijiste que estabas estudiando en la escuela?"

"Física, física cuántica", respondió Mateo, y sintió que el arma debajo de su asiento se había incendiado.

Como si Mateo hubiera dicho *cazar y pescar*, Hog dijo: "Eso está bien, eso está bien", y cerró la puerta lateral.

De vuelta en la ventana de Mateo, Hog preguntó: "¿Qué le has hecho a tu cabeza?"

Mateo tocó sus rasguños. "No es nada. Es algo con lo que me topé en Miami".

"Sal de la camioneta, joven amigo. Quiero que veas algo conmigo".

Mateo siguió al ayudante del sheriff alrededor del autobús mientras señalaba los agujeros de bala uno por uno. "¿Ahora quieres explicarme qué pasó aquí y en tu cabeza?"

Mateo suspiró. "Literalmente condujimos a través de dos tiroteos".

"En cualquier otro momento diría que es uno de los cuentos más locos que he escuchado en mucho tiempo". Se limpió un poco de baba de la cara. "Pero creo que podría ser cierto. Por lo que entiendo, hay un montón de locos con armas ahí abajo. Agrupa a un par de Cubies que los lleve con los I-uh-talians y judíos de regreso a Nueva York".

Mateo tuvo que pasar por alto los prejuicios y dijo: "Aprecio su comprensión, Sheriff".

Al diputado parecía gustarle la etiqueta de Sheriff. Alzó su cinturón, pero desapareció nuevamente. "Bueno, hijo, la verdad es que alguien de la oficina del gobierno envió un boletín del FBI explicando todo el asunto y decía que te vigilara. Como ya nos conocíamos, se podría decir, bueno, aquí estamos".

"¿Qué decía el boletín?"

"Cosas de la policía, pero mencionó un tiroteo en Miami Beach, probablemente tuvo algo que ver con narcotraficantes y un tiroteo de un psicótico en la carretera".

"No puedo ver cómo se relacionan las dos situaciones. ¿Y tú?"

"Sí señor. Quiero decir no, señor. Simplemente desafortunado, supongo".

"¿Cómo encontrarnos dos veces en un solo viaje?"

Miró a Mateo, entrecerró los ojos y luego asintió con la cabeza a María. Se tocó el sombrero de ala ancha y dijo: "Señora". Mientras se alejaba, murmuró: "La cosa más maldita que he visto en un mes de domingos".

Mateo volvió al autobús, pero Hog se detuvo y se dio la vuelta. Llegó a la ventana, señaló con el pulgar sobre el hombro y dijo: "¿Conocen a esas personas?"

Mateo inclinó la cabeza para mirar más allá del diputado. Estaba señalando los SUV negros. "No, pero si no le importa, ¿Podría revisarlos? Han estado conduciendo como si estuvieran borrachos".

"Lo tienes, Dylan", dijo Hog y regresó a su crucero.

"Me pregunto si él sabe que Dylan no estaba en Woodstock", dijo María. "Vivía cerca de la granja de Yasgur, pero estuvo en Inglaterra esa semana".

"No lo sabía. Entonces, ¿Eres una experta en Woodstock? "

"Escribí un artículo sobre eso. Asistieron 500,000 personas, dos murieron, nacieron dos bebés, Rockefeller fue gobernador y detuvo a la Guardia Nacional cuando recibió una llamada de Arlo Guthrie, uno de sus cantantes favoritos, y la base de la Fuerza Aérea Stewart ayudó a transportar las bandas mientras la gente del pueblo hacía carteles que decían Hippies váyanse a su casa".

"Mi tío Carl estaba allí".

"Bueno, eso fue intenso".

"Que sea una lección para ti, whippuh-snappuh", dijo con un timbre.

Mateo se retiró hacia la I-95. Cuando el SUV negro comenzó a seguirlos, el oficial le indicó al conductor que se detuviera y bajara.

Una vez en Carolina del Sur, cerca de Charleston, el tráfico disminuyó y no vio ningún vehículo. Entraron en el estacionamiento masivo del sur de la frontera, y Mateo lo vio. "Siéntate, María, y mantén las puertas cerradas. Ya vuelvo".

"¿Qué pasa?" Cuando él no respondió, ella gritó a través de la ventana cerrada, "¡Ten cuidado!"

Mateo se acercó al hombre que lo había saludado al costado del edificio. Levantó las manos y dijo: "Tienes mucho que decir, Lucy".

"Vas a tener que confiar en mí, chico. Te hemos estado vigilando y..."

"¿Nosotros?" Mateo preguntó. "¿Es mi vida un guion? ¿Quiénes somos nosotros? ¿Qué está pasando? ¿Qué sabes sobre todo lo que pasó en Miami? ¿Cuál punto del sobre exprés vacío? ¿Quién es Marcos? ¿Conoces a Cracker Jack? ¿Y el tipo del Cadillac?"

"Wow, bájale dos", dijo Estébanez. "Solo tenemos unos minutos, y las cosas van a ser complicadas por un tiempo".

"¿Van a ser?" La voz de Mateo subió un tono."¿Van a ser?"

"Te tengo cubierto."

"¡Responde mis preguntas!"

Estébanez se cruzó de brazos y Mateo bajó un poco. "Por favor."

"Todo a su debido tiempo, hijo".

"¡Casi nos matan! Dos veces."

Estébanez miró hacia otro lado por un momento, claramente perturbado por esto.

"Entonces", dijo Mateo, "al menos dime, ¿Conoces a los Jackson? Yo no-"

"Vienen", dijo y asintió con la cabeza hacia los SUV negros.

"¿Quiénes son?"

"Sabré más para cuando llegues a casa. Vuelve a la carretera. Yo me ocuparé de las cosas aquí".

Mateo se frotó la cara con las dos manos. "Tiene que estar bromeando, Sr. E. ¿Qué pasa con el T-Bird?"

"¿T-Bird?"

"Había estos dos tipos en el restaurante... Cracker Jack parecía..."

"¿Cracker Jack?"

"Ahora, no me digas que no sabes... se llama Tremont Jackson y"

"Vuelve a la carretera, chico. Todo saldrá bien de aquí en adelante. Créeme".

Mateo odiaba lo descortés que estaba actuando el Sr. E. Las piezas del rompecabezas volaban en su cabeza como murciélagos. Murciélagos, pensó.

"Has atraído mucho interés, incluido el FBI"

"Sí, ¿Qué tal un Agente Flanagan?" Mateo pensó que detectó una leve contracción cuando mencionó al agente del FBI. "¿Qué tal... has oído hablar de los Taliffan? ¿P7? Y, y, y le dispararon a dos agentes, junto con Cracker Jack, me refiero a Tremont y... ¡Y mira mi autobús! ¡Parece queso suizo!"

"Me estás matando, chico. Tienes que salir a la carretera".

"¿Para quién trabajas?"

"No trabajo para nadie, chico. Créeme."

"Estoy teniendo dificultades con eso en este momento".

"Lo siento, eso es todo lo que puedo decirte, Matty".

"No es justo."

"Cuando sea el momento adecuado."

"No es suficiente." Las sirenas apartaron la atención de Mateo del Sr. E. Cuando miró hacia atrás, Estébanez estaba a centímetros de distancia y agarró a Mateo por detrás del cuello y dijo: "Todo lo que los Jacksons sacrificaron depende de tu éxito. Esta es una de las pocas cosas que he hecho en mi vida que realmente me importa. Hasta que te conocí, había hecho un mal trabajo, y ahora Tremont..." Se frotó los ojos y se aclaró la garganta. Soltó a Mateo y dio un paso atrás.

Las puertas de los SUV se cerraron de golpe. Los hombres comenzaron a dirigirse en su dirección. Estébanez tomó a Mateo por el codo y lo condujo por el edificio mientras las sirenas se volvían más fuertes. Las patrullas estatales se apresuraron al estacionamiento bloqueando el camino de los hombres. Alguien en un altavoz dijo: "Quédese justo donde estás. No se mueva." El hombre lo repitió una y otra vez.

Mateo se ahogó: "¿Cómo... quiero decir, dónde hicieron...?"

Estébanez tomó firmemente el brazo de Mateo y dijo: "Necesito que te mantengas enfocado; mantén tu ingenio. Tu entrenamiento rendirá frutos, no te preocupes".

Mateo se preguntó a qué entrenamiento se refería; el mes que pasó en Quántico con Floyd; o todo el entrenamiento con Sean; o… todo lo que había aprendido del Sr. E a lo largo de los años. O todo eso.

"Estaremos en contacto."

Estébanez le dio un empujón firme. Mateo regresó al autobús y recorrió los edificios. María no estaba allí, y SoBe estaba manoseando la ventana. Estuvo al borde del pánico. Entonces María, que llevaba dos bolsas al sur de la frontera, vino corriendo detrás de él. Mateo tenía el autobús en marcha antes de que ella cerrara la puerta.

"Escuché las sirenas de la policía y vine a buscarte. ¿Dónde estabas?"

"Te lo diré en un minuto. ¡Tenemos que salir de aquí! "

Cuando estaban a una docena o más millas de distancia por la carretera, y Mateo no vio un solo automóvil en sus espejos, dijo: "No vas a creer quién estaba allí".

"¿No me digas, el señor E, otra vez?" Ella dijo, y Mateo asintió. Ella continuó: "Todavía me debes una explicación sobre el sobre".

"Todavía estoy confundido acerca de eso".

"¿Que dijo él?"

Mateo pensó en una frase de uno de sus libros de espías: Necesitas saber y no necesitas saberlo. "Realmente no sé lo que él sabe", dijo Mateo, sinceramente. No apreciaba que el Sr. E ni a nadie que lo usara como un títere. "No lo sé, quiero decir, él no dijo nada que tuviera sentido, ni ayudó a darle sentido a todo".

"¿Qué quieres decir? ¿Cómo está involucrado?"

"Es confuso. Pero justo cuando aparecieron los SUV, llegó la caballería. El señor E no estaba sorprendido"

Ella sacudió su cabeza en incredulidad.

"Nuestra mejor defensa será permanecer en el tráfico y las estaciones de servicio abarrotadas". Miró desde la desolada carretera arbolada por delante y luego en el espejo retrovisor en la carretera vacía detrás. Al menos estaban en el claro. Él esperó.

CAPITULO TREINTA

Objetivo
19 de Marzo de1995

ERA TEMPRANO EN LA MAÑANA en Viena cuando John Lomax, bronceado y en excelentes condiciones, acompañó al senador Green, completamente gris y cuarenta libras más pesado que desde su último viaje del aeropuerto hasta el edificio de la OPEP. Dos soldados escoltaron a Lomax y al senador al interior del edificio, el ascensor y la sala de juntas. Los soldados, ambos con rifles A-4 estadounidenses, tomaron posiciones fuera de la puerta. Lomax estudió al nuevo líder, Bahir bin Taliffan y al hombre barbudo a su derecha que le parecía demasiado familiar.

Lomax examinó la habitación llena de rostros enojados. En los años sesenta, sus miembros eran visionarios: príncipes, jeques, jefes y estadistas de edad avanzada. Los años setenta marcaron el comienzo de un conflicto de ideas e ideales, pero bajo el liderazgo del moderado asistente del secretario general, jeque Mohammed bin Bandar, se mantuvo enfocado en los negocios, la diplomacia y la política. Cuando los radicales se involucraron a principios de los 70, lo que llevó al embargo de petróleo de 1972, Lomax creía que Estados Unidos debería haber rechazado al grupo no sancionado.

Después de su servicio en Vietnam, DOD DIA, Lomax trabajó como agente de campo para el FBI, y luego como agente del Servicio Secreto en los detalles presidenciales. Fue durante su mandato con el presidente Reagan, que conoció al senador Green de Texas, y James Seebert, supuestamente el líder de P7. Si eran un grupo de viejos locos que pensaban que eran difuntos de los Caballeros de la Mesa Redonda o no, Lomax ahora ganaba más dinero cada mes de lo que había ganado en todo un año, más bonos. Los fondos llegan como un reloj a su cuenta suiza desde otra cuenta en una costa en altamar.

Después de que mataron a su tío Omar bin Taliffan, el jeque Mohammed bin Bandar, el último miembro moderado de Hafiz, el nuevo liderazgo autodenominado de los hermanos bin Taliffan se inclinó por el fundamentalismo islámico radical. Lomax estaba seguro de que Omar y sus hermanos eran capitalistas, no fundamentalistas. Utilizaron la ideología y los seguidores de bin Laden para su propio beneficio personal. A su vez, bin Laden los usó para promover su conquista de los infieles a través de la yihad; sin embargo, la guerra santa se había transformado de dos ejércitos alineados uno contra el otro para colocar bombas sobre mujeres y niños y enviarlos a un edificio o centro comercial lleno de gente.

Un documento sacado de contrabando de 93 Obere Donaustrasse Street en 1990 y publicado por *The Guardian* reveló mucho sobre la élite de la sociedad islámica y acusó a muchas familias prominentes del Medio Oriente. Una línea estableció su misión: asegurar el dominio mundial islámico y la destrucción de las influencias occidentales. Los miembros no musulmanes de la OPEP como Venezuela, el país que inició el cartel en 1960, junto con la OPEP y la familia real saudí, denunciaron cualquier participación en cualquier comportamiento extremista.

Lomax estudió a los hombres en la habitación, notando las miradas amenazantes que recibió de los nuevos rostros jóvenes, hombres de la mitad de edad que sus predecesores. Venir aquí fue un error, consideró. Omar bin Taliffan eligió a mano a estos hombres. Un coche bomba sacó a Omar el otoño pasado en Londres. ¿CIA o MI6 británico? Posiblemente, pensó Lomax. O tal vez fue la OPEP, tratando de desmalezar su propio jardín. Si es así, no funcionó. La muerte de Omar condujo a la sucesión de su hermano menor extremo, Bahir, que tenía vínculos con al-Qaeda. Volvió a mirar la mesa a la derecha de Bahir. Maldición, pensó. Mierda. Primo Osama. ¿Aquí? Había visto fotos del militante de treinta y ocho años, pero hoy parecía un clérigo.

Lomax no creía que Bahir quisiera destruir a Occidente; era uno de sus mayores clientes. ¿Pero por qué traer a Al Qaeda?

El senador Green juagueteó impacientemente con un bolígrafo y comenzó a empujar su silla hacia atrás. Lomax le puso una mano en el hombro y susurró: "No quieres interrumpir a Bahir mientras está en una conversación privada con Bin Laden".

"¿Bin Laden?" El senador maldijo por lo bajo repetidamente.

Lomax tenía una comprensión aceptable del árabe y escuchaba mientras los jóvenes discutían el destino de Tremont Jackson y la investigación energética. Hubo noticias sobre un posible confederado de Jackson: un estudiante universitario. El corazón de Lomax se hundió ante la idea de que Tremont podría estar muerto. Pensó en su confrontación en el laboratorio y se tocó la cicatriz en la cabeza donde Tremont lo había golpeado con un trofeo de baloncesto. Él subestimó al niño. ¿Niño? El Especial Ops de la Marina altamente decorado.

Bahir puso las manos sobre la mesa de mármol de la sala de juntas y se inclinó hacia su principal teniente, el hombre más cercano a su izquierda. "Entonces, ¿Está hecho?" le preguntó a Mahmoud, su jefe de seguridad y primo.

"¿Tenemos la investigación en nuestra posesión?" Bahir preguntó.

Mahmoud dijo: "No fuimos responsables de lo que le sucedió a Tremont Jackson. Todavía no estamos seguros del paradero de la investigación".

"¿Qué le pasó a Tremont?" Preguntó Lomax, emocionado.

"¿No están seguros?" Bahir golpeó la mesa.

"Estamos siguiendo una pista".

"Leí tu informe", dijo Bahir con un gruñido. Se puso de pie y se dirigió a la sala de juntas llena. "Es absurdo que podamos controlar el precio del petróleo, eliminar la competencia y apoyar las redes de luchadores por la libertad islámica más grandes del mundo, pero esta investigación aún se nos escapa. Ahora, ¿Debo entender que estamos persiguiendo a un niño en la costa este de los Estados Unidos? ¿Quién es él?"

Mahmoud, un personaje peligroso, entrenado por la policía secreta saudita, se puso de pie y caminó hacia la pared del fondo. El proyector cobró vida y transmitió un video reciente tomado de un hombre y una mujer hablando con Tremont Jackson.

"Esto fue antes del tiroteo", dijo Mahmoud. "La persona de la izquierda es Mateo Eaton; la chica del medio es María Valdeorras, ambos son estudiantes de la Universidad de Maine. Existe una posible conexión entre Jackson y un antiguo agente del servicio secreto entrenado. ¿Creo que nuestros amigos estadounidenses podrían saber más sobre esto?" Miró a Lomax, que se encogió de hombros. Mahmoud continuó: "Se llama Estébanez".

"¿Solo Estébanez?"

"Eso es todo lo que sabemos, hasta ahora. Nuestro primo, el príncipe Ali, intentó obtener información en el norte de Maine, en un pueblo llamado

Millinocket, pero fue atacado en la noche. Continuará con su vigilancia. Aparte de eso, todo es una conjetura".

Lomax conocía a Ali, una persona de interés del FBI sin antecedentes penales. Entonces, pensó, ese fue el que entró en la oficina de Fazio antes que yo. Lomax habría tropezado con Ali, si Estébanez no lo hubiera alcanzado primero y lo hubiera golpeado con ese bate. La palabra disparando seguía sonando en sus oídos. Dios, espero que Tremont esté bien.

Bahir le dijo a Mahmoud: "Por favor, primo".

"Ali y yo estábamos en el Mabahith juntos. Él es capaz. Él cree que conoce a Estébanez. Si es el mismo hombre, entonces es un fantasma. Asesinado hace años, por un agente de la KGB. Su nombre en clave de la CIA era Zebo; uno de los agentes más peligrosos en el campo, junto con Wolf e Ivan Mikhailovich con el KGB e Israel Samuels con Mossad ".

"Sangran igual que cualquier hombre", dijo bin Laden, con desprecio.

"Ali ha localizado un detective en Millinocket. Joe Fazio ha estado investigando este Estébanez. Si Estébanez es Zebo y el que golpeó a Ali en la cabeza... independientemente de quién sea, dijo que tenía un mensaje para ti ".

"¿Lo tiene?" Bahir preguntó.

"Dijo que te dijera que era su ciudad y que la próxima vez vendría por nosotros".

Lomax casi se rio en voz alta.

"Entonces, ahora es un fantasma de la CIA y un comediante", dijo Bahir.

Mahmoud se volvió y miró a Lomax y al senador. "¿Algo que le gustaría agregar, Sr. Smith? ¿Senador? Me cuesta creer que no sepas nada de esto".

Lomax levantó las manos y dijo: "Sé sobre Estébanez. Voy a enviar a uno de mis hombres, Domenic DelGercio, para que vigile las cosas".

Los ojos de Mahmoud se entrecerraron y dijeron: "¿Qué saben tus amigos James Seebert y el P7 sobre esto?"

Lomax se encogió de hombros.

Mahmoud continuó: "Es aún más interesante, señor Lomax, que el niño sea el hermano de Sean Eaton". Se cruzó de brazos satisfecho.

La sala quedó en silencio.

De nuevo, Lomax se sorprendió. Si hubiera una lista de los diez más buscados desde Afganistán hasta Bagdad, Sean Eaton sería el enemigo público número uno. Se echó hacia atrás y juntó las manos detrás de la gorra de béisbol de los Cowboys. "Ahora eso, mi amigo Mabahith, es interesante".

El senador Green se inclinó y susurró: "¿Eaton, el francotirador de la Marina?"

Lomax asintió con la cabeza.

"Es hora de irse", dijo el senador.

Bin Laden habló. "Conozco a Sean Eaton. Majnūn fi lraas jundiin. Luchamos juntos cerca de Kandahar. Esto no es casualidad".

Bahir los interrumpió. "¿Cómo podría no saber esto, senador? ¿Cómo se involucra el hermano de Sean en todo esto? ¿Eaton está trabajando con Estébanez?"

El senador Green cambió su peso. "Realmente no lo sé".

Lomax le dirigió una larga mirada al senador y dijo: "Supongo que cuando Sean no está en una misión. Sean trabaja para Sean, su eminencia".

El senador se aclaró la garganta y barajó algunos papeles. "Tendremos que investigar esto más a fondo cuando regresemos a los Estados Unidos. No me importa decirte que todo esto va más allá de lo que mis electores consideran apropiado. No deseo tener nada más que ver con tu obsesión por eliminar la competencia... Tú, tú... traes a un terrorista a..."

"Es demasiado tarde, senador", dijo Mahmoud. "Mientras hablamos, todos estamos en una carrera para recuperar la investigación".

"¿A quién tenemos en los Estados Unidos?" Bahir preguntó.

"Al mejor". Mahmoud exhibió el indicio de una sonrisa.

"¿Nuestros primos, Ahmed y Saleh? Ah, debería haber sabido que Ahmed estaba cobrando mi American Express. Cuéntame de su progreso".

"Han seguido a Eaton a las Carolinas". La cara de Mahmoud mostró su satisfacción. "Parece que tu amigo DelGercio y su equipo también están persiguiéndolo junto con otros, tal vez el FBI".

Lomax maldijo por lo bajo. Quizás no le dio suficiente crédito a Mahmoud. El senador Green maldijo y dijo: "Taliffan, esto es inaceptable. Si algo les sucede a estos jóvenes, el FBI se ocupará de todo. Eso sería perjudicial para nuestra relación, sin mencionar que comprometería mi posición en el Senado".

Mahmoud respondió: "Vamos a limpiar tu desorden. Saleh y Ahmed son los más capaces y bien entrenados. Tal vez recuerdes, fueron los dos guardias Cobra que conociste durante tu última reunión aquí".

"Estamos de acuerdo en una cosa. Dejar que la investigación caiga en las manos equivocadas no es una opción", dijo el senador Green. Lomax levantó una ceja porque muchas de las manos equivocadas estaban sentadas en esta mesa. Era hora de irse.

Alguien encendió las luces y Bahir agitó una mano desdeñosa hacia Lomax y el senador. "Gracias por tu visita." Las puertas se abrieron y dos guardias Cobra se pusieron firmes.

El senador Green no se levantó. Finalmente dijo: "Has ido demasiado lejos, Príncipe Taliffan. Tendré que informar esto al Departamento de Justicia".

John Lomax y Bin Laden se miraron a los ojos. Lomax se estremeció, pero mantuvo su asiento.

"Volveremos a considerar nuestra relación, y si el resultado son los cargos contra usted y su grupo, ¡Que así sea!" el político continuó.

Lomax puso una mano sobre el hombro del senador y dijo: "Wayne", pero el senador se sacudió.

El senador levantó la voz. "¡Has admitido claramente que conspiraste con terroristas conocidos!" Evitó los ojos de Bin Laden. "¿Estás loco? Has admitido que dos de tus agentes persiguen a ciudadanos estadounidenses".

Mahmoud estaba ahora parado detrás del senador. Sacó una pequeña pistola de su túnica y giró un silenciador hasta el final mientras el político hablaba.

Lomax chasqueó la lengua, deslizó la silla hacia atrás y se alejó del senador. Tenía dos opciones: desarmar a Mahmoud y nunca salir de esta habitación con vida, o dejar que las cartas caigan como puedan. Los hombres más cercanos al asesino ya se habían levantado y se habían movido hacia las esquinas de la habitación.

El senador parecía ajeno. Mahmoud colocó el silenciador contra la parte inferior de su cuello debajo del hueso occipital; Lomax sabía que esto era para minimizar la dispersión de huesos y sangre. Con su otra mano, Mahmoud arrojó una bolsa sobre la cabeza del senador y apretó el gatillo. Una pequeña cantidad de sangre salpicó como un resplandor solar sobre la mesa de mármol.

Bahir parecía disgustado. "Limpia este desastre." Él cambió su atención. "¿Señor. Smith?"

"Esto será difícil de explicar. En cuanto a mí, no estaba aquí. Esto no cambiará el curso para mis asociados o para mí". Hizo una pausa y miró a su alrededor. Sabía que su vida era tan frágil como la de una oruga bajo un pie.

¿Tremont, muerto? Wayne, muerto. Lomax tuvo que forzarse a controlar sus emociones. Continuó: "¿Confío en que nuestro acuerdo no ha cambiado? Cuando obtengamos la investigación de Jackson, su gente ayudará a financiar el desarrollo de productos y compartiremos equitativamente las ganancias".

Su boca se torció en una sonrisa. "Mientras tanto, juntos continuaremos controlando los precios y manteniendo la demanda de petróleo y lo que sea que descubrió el Dr. Jackson. ¿Estamos bien?" Lomax se ajustó la gorra de béisbol y recogió su cartera gastada. "Me pondré en contacto con Sean cuando regrese y le hablaré sobre la conexión con su hermano. Estoy tan perplejo como tú. Y no te preocupes por DelGercio y sus hombres, harán lo que yo les diga".

Bahir hizo un gesto de despedida. Lomax no miró a ninguno de los Bin. Los guardias Cobra lo escoltaron al elevador. Lomax dijo: "Escuché que hay una alta probabilidad de lluvia". Ellos no respondieron. En la parte delantera del vestíbulo, los guardias se detuvieron, y Lomax se hizo a un lado cuando la unidad Wiener Rettung, los paramédicos austriacos, llevaron una camilla por las escaleras. Lomax les sostuvo la puerta. Lamentó haber perdido al senador en su guardia.

Si no hubiera jugado bien sus cartas, habría dos camillas dirigidas al sótano.

Después de que Lomax se fue, Bahir le dio la espalda al grupo.

Bahir no miró el cuerpo del senador cuando le preguntó a Mahmoud: "¿Estás seguro de que nuestros primos no apretaron el gatillo en Miami?"

"Estoy seguro. No habrían dudado si así hubiéramos obtenido la investigación, pero no, no tuvimos nada que ver con el golpe en este Jackson".

Bahir hojeó algunas notas. "El 14 de marzo tuve un cargo en mi American Express por 131,000 Riyal, es decir, 35,000 dólares estadounidenses. ¿Los coches clásicos de Calvin?"

Mahmoud se encogió de hombros. Bahir sacudió la cabeza. "Ahmed".

Mahmoud dijo: "Sintió que un auto antiguo parecería menos sospechoso. Ya conoces a Ahmed".

Bahir se volvió hacia Osama y dijo: "¿Es así como entrenan a los miembros de nuestra familia?"

Bin Laden sonrió y dijo: "Como sabes, primo, Ahmed estudió en

Princeton. Desde entonces, ha tenido una propensión hacia las ideas occidentales. Insha'Allah. Saleh, es un verdadero soldado de la Jihad". Todos en la sala repitieron, insha'Allah.

"Debo admitir que su entrenamiento EKO Cobra parecía paradójico. Ahora veo dónde el plan mayor de Alá excede nuestro entendimiento terrenal".

Mahmoud dijo: "Ahmed tiene una colección de automóviles en la casa de su familia en Salzburgo". Dejó de hablar cuando se dio cuenta de que había interrumpido. "Mis disculpas, por favor continúe".

Después de una pausa embarazada, Osama dijo: "Eso es todo. Saleh mantendrá a Ahmed concentrado".

"Y quizás Ahmed evitará que Saleh haga algo imprudente", dijo Bahir.

Bahir se volvió hacia los miembros de Hafiz, y bajó la voz, y sus ojos parecieron arder mientras presentaba su bendición. "Allah está con nosotros. El fracaso no es una opción. El Islam depende del control de la energía, de todos los recursos energéticos". Se inclinó ligeramente y dijo: "Assalamu alaikum". La paz sea con vosotros.

Dos mujeres, vestidas con cubiertas negras completas de Niqab, con solo sus ojos visibles, comenzaron a limpiar la sangre, mientras que los dos paramédicos de la unidad Wiener Rettung colocaron nerviosamente al senador en la camilla y lo sacaron de la habitación.

CAPITULO TREINTA Y UNO

Fallar
19 de Marzo de 1995

"¿QUÉ DEMONIOS PASÓ?" Flanagan dijo mientras caminaba al otro lado de la sala de conferencias del FBI del séptimo piso. Frunció el ceño ante la imagen a tamaño real de J. Edgar Hoover que lo miraba con disgusto. Lo que quedaba del equipo del detalle de Miami Beach se sentó encorvado en sus asientos o se inclinó sobre la mesa, resignados a su fracaso.

El agente Sven Stevens dijo: "Estos niños aparecieron y..."

"¡Sé lo que pasó! Y he escuchado excusas por los últimos..."

Stevens se frotó los ojos. Por lo como lucía, podría haber jugado en la línea de la NFL. Tartamudeó y dijo: "Lo siento, estaba tomando una siesta, debería haber..."

"Espera, Patrick", dijo Juan Cerraro. "Dejé a mis hombres a la luz de la luna como guardaespaldas de Tremont Jackson como un favor para ti. Los chicos todavía están tambaleándose, así que ve con calma. Veintidós incursiones, y no hemos perdido ni un agente. En una noche, perdemos dos".

"Ah, demonios, lo sé", dijo Flanagan y arrojó un fajo de papeles contra la pared. "Mierda."

Cerraro se puso las gafas de lectura y miró un archivo. "Sabemos que los niños están entre Dillon, Carolina del Sur y Richmond, suponiendo que todavía se dirijan al norte. Ahí es donde los perdimos". Miró por encima de sus gafas al agente de gran tamaño y preguntó: "Stevens, ¿Quién está en la lista de sospechosos?"

"Por lo que hemos reunido en el sur de la frontera, esos niños se enfrentan a algunos pesos pesados", dijo el agente Stevens. "Alguien ha contratado profesionales".

"¿Podría ser la NSA?" sugirió otro agente.

"No, estos tipos eran todos contratistas independientes, seguridad gubernamental retirada o mercenarios. Hemos rastreado cuatro SUV negros que persiguen el autobús VW. Tenemos dos de ellos, pero los otros dos pasaron por alto nuestra trampa".

"¿Qué trampa?" Preguntó Flanagan.

"Recibimos una llamada anónima", dijo Stevens.

"Zebo", dijo Flanagan.

"¿OMS?" Cerraro preguntó; Flanagan le hizo un ademan y le dijo: "¿Quién más, Stevens?"

"Hemos identificado dos EKO Cobras".

"¿Dos qué?" Preguntó Flanagan.

"Soldados antiterroristas austriacos", dijo Stevens.

"No vas a creer lo de estos dos bromistas", dijo Cerraro. "Son hijos del consulado de Yemen en Austria. Uno estudió y boxeó en Princeton, y el otro asistió a la escuela de guerra de Arabia Saudita hasta que lo echaron. Es sospechoso de estar con al-Qaeda".

"¿Cuál es su ángulo?" Preguntó Flanagan.

Stevens intervino: "Están relacionados con Bin Taliffan y Bin Laden".

Eso provocó un silbido y exclamaciones de todos en la sala.

"Bahir es dos veces más tonto que su hermano. Tenemos que sacarlo luego, y Osama, mientras lo hacemos".

"¿Sacamos a Omar?" Preguntó el agente Diaz.

Cerraro respondió: "Podría haber sido MI6, pero mi apuesta está en el Mossad. De todos modos, eso está por encima de nuestras calificaciones salariales, centrémonos en la situación en cuestión".

Stevens continuó: "Todos buscan lo mismo: lo que sea que Tremont le confió a los niños. Hicimos que la patrulla de carreteras los detuviera en Florida, pero sus pasaportes salieron claros. Conducen un modelo T-Bird tardío y afirman que están viajando para visitar a un primo que enseña en Harvard".

"¡Mierda!" Gritó Flanagan. "Eso es demasiada coincidencia".

"Estamos de acuerdo", dijo Cerraro, "especialmente desde que estaban en

Miami Beach el 17". Cuando el Agente Alaron..." Se detuvo ante la mención de uno de los dos agentes que dispararon y mataron mientras protegía a Cracker Jack "cuando Ricardo se registró, dijo que se estacionaron cerca de los Clubes Ejecutivos. Dijo que mataría por tener ese T-Bird en su entrada".

"Sí", agregó Stevens, "sabes cómo es Ricardo, cómo era".

"Tráigalos para interrogarlos. Cobras austriacas o serpientes de cascabel yemeníes, haré que hablen", dijo Flanagan.

"¿Con qué cargo?" Cerraro preguntó.

"Cruzar la calle imprudentemente o hurgarse las narices, ¡No me importa!" Flanagan se arremangó las mangas de su camisa arrugada. Dirigiéndose a la pared, dijo: "Si algo les sucede a esos niños..."

"¿De quién estabas hablando antes? ¿Zebo?"

"Estébanez", dijo Flanagan. Todavía no quería cruzar ese puente. Se estaba dando la idea de que el amigo de Jackson y el padrino de Tremont, era el mismo.

"Correcto, Estébanez. ¿Cuál es su estado?"

"No lo sé", dijo Flanagan. Pasó sus manos por el cabello canoso y su rostro se suavizó. Le dijo a Cerraro: "Iré a reunirme con la esposa de Ricardo Alaron y los padres de Héctor Paya".

Cerraro puso sus lentes sobre la mesa y levantó una mano. "Yo me encargaré de eso, Patrick". Ignorando a su amigo, Flanagan miró a Mildred y le preguntó: "¿Me traes una copia de sus archivos de empleados?" Luego, mirando a Cerraro, agregó: "No los hubieras tenido allí si no fuera por mí. Es mi responsabilidad".

"Iré contigo", dijo Cerraro.

Alguien llamó y entró. "Fey", dijo Cerraro, "¿Qué tienes?"

"Aquí están los archivos de los hombres en Dillon en el lugar mexicano"

"Al sur de la frontera", ofreció Stevens.

Cerraro leyó las dos páginas de notas escritas. "Eran ex agentes del servicio secreto. Los tenemos bajo custodia en nuestra oficina local de Raleigh, detenidos por cargos de armas, algunas registradas, otras no. Hasta ahora, balística no ha podido vincularlos con Miami Beach. Tendremos que dejarlos ir o arriesgarnos a que esto se convierta en un incidente".

"¿Y el Sopwith Camel?" Pregunto el agente Diaz.

«¿El qué?» Preguntó Flanagan.

Cerraro le contó lo que sabía sobre el piloto disparando contra autos en la carretera, matando a uno e hiriendo a otros. "Eaton habría estado cerca cuando eso sucedió". Le entregó una página de notas a Flanagan.

Después de leer algunos párrafos, dijo: "Alguien tomó prestado un avión que debería estar en un museo, disparó por la carretera y luego lo devolvió a su percha. Nadie vio al piloto. Si está relacionado, entonces mi nombre es Plácido Domingo".

"Entonces, fuiste un buen compositor", dijo Cerraro, "porque si lees más, verás que el diputado Alonso verificó que un VW de 1967 estaba en reparación en Carol City, y que había agujeros de bala de .50 cal y 9 mm en el costado del autobús ".

"Eso es extraño", dijo Stevens.

Flanagan comenzó a pasearse de nuevo. "No podemos permitirnos que la prensa recoja esto. Espera veinticuatro horas y deja ir a los muchachos de Charleston, pero encuentra los otros dos SUV. El subdirector Harrington irrumpió en la sala de juntas. "¿Qué diablos está pasando? ¿Estás ejecutando una acción encubierta a mis espaldas de nuevo?" Agitó un archivo. "Te atraparé al final, trabajarás en Dunkin' Donuts y te preguntarás qué pasó con tu pensión, si no te tengo encerrado en su lugar. ¡Dos hombres buenos muertos! Con tu nombre en su sangre".

Flanagan se dirigió hacia el Subdirector. Pero Stevens echó la silla hacia atrás, se levantó y rodeó a Flanagan con los brazos. Solo después de que Harrington saliera rápidamente Stevens lo soltó.

"Lo siento, jefe", dijo Stevens, "pero pensé que ibas a llegar al AD".

Tosiendo una tormenta, Flanagan le dio unas palmaditas en el hombro a Stevens. "Realmente deberías haber sido un draft de la NFL". Regresó al final de la habitación. "Déjame preocuparme por Harrington. Tú enfocate en encontrar a los niños. A menos que hayan cambiado de vehículo, esa camioneta no puede ser demasiado difícil de encontrar".

"Cierto", dijo Díaz, "parece que Kent State se encontró con Woodstock sobre ruedas".

"No tengo idea de lo que eso significa, Díaz". Cerraro despidió al resto del equipo. Cuando el último agente cerró la puerta, ambos se recostaron en sus sillas cuando Flanagan le ofreció un cigarrillo a Cerraro. Después de encenderlos, Cerraro dijo: "Es un buen lío en el que me metiste esta vez, Ollie".

"Seguro que sí, Stanley". Ambos tomaron largas caladas de sus Marlboros y, claramente no por primera vez, expulsaron humo ante el letrero de no fumar al lado de J. Edgar.

"Gracias, Juan".

"No hay problema. Quiero conseguir a todos estos bastardos tanto como tú. Nos han estado haciendo parecer tontos, también podríamos ser Laurel y Hardy".

Flanagan cerró los ojos y pensó en Tremont. Su corazón se hundió. De nuevo.

"¿Cuál es su opinión sobre la conexión austríaca y del Medio Oriente?" Preguntó Flanagan.

"Esta es el área del Departamento de Estado o de la CIA, pero si estos tipos están en los Estados Unidos, entonces también es nuestro problema. ¿Qué sabes sobre este grupo Hafiz?" Cerraro preguntó.

"Justo lo que leí en los periódicos", dijo. "Creo que usan la OPEP como una cobertura para coordinar el terrorismo y los asesinatos en todo el mundo. Mi chico en Spook Central dice que mataron a su propio secretario general: curita o bandar o algo así. Si fuera yo, enviaría algunas Sidewinders a su edificio y a cualquier lugar donde duerman. Eso va para Osama bin Laden también. Si no lo detenemos ahora, él estará ejecutando a Al Qaeda desde una cueva, y nunca lo atraparemos".

"¿Todavía usamos esos Sidewinders que buscan huellas de calor?"

"Acaban de salir con una versión actualizada, el Aim 9X Sidewinder. Ese bebé puede encontrar una hormiga en medio de un estacionamiento".

"Esos periódicos que lees te mantienen bien informado". Cerraro sacó algunas fotografías en blanco y negro y las deslizó hacia Flanagan. "Estas son las dos EKO Cobras con el T-Bird. Pasaron por la aduana en Miami hace dos días. Esta mañana confirmamos sus lazos con el príncipe Bahir bin Taliffan. Son primos criados en Austria. Ahmed Jobrani Maher es solo un aspirante a vaquero, pero él es el inteligente. Saleh, el otro, es conocido en el mundo árabe como koshrakan, la sombra de la muerte. El loco. El rastro de Saleh ha sido difícil de seguir. No dudaría que pasó años en el desierto de Yemen entrenando con sus parientes beduinos y con Bin Laden". Cerraro se apoyó en las patas traseras de su silla.

Flanagan bajó la cabeza. Después de solo dos horas de sueño inquieto, llegó la llamada sobre Miami y se apresuró a la oficina. Iba a volar para ver a Tremont hoy. Las muertes de Karen y Cameron destellaron como una señal digital en su cabeza. Él levantó la vista. "¿Por qué?"

"La investigación de Jackson debe estar en esa camioneta".

"Eso es lo que estaba pensando. Entonces, ¿Dónde demonios está el T-Bird ahora?

"Perdimos la pista en Carolina del Norte".

"¿El Tirador?" Preguntó Flanagan.

"Tiradores. La camarera del restaurante, Juanita Florez, estaba histérica. Ella dice que vio a estos dos", él tocó fotos en el archivo," al otro lado de la calle antes de que comenzara el tiroteo".

Cerraro empujó un archivo. Flanagan recogió la primera foto de un hombre calvo y de cara ancha. "¿Cue Ball?"

"Alfonse D'Amato, también conocido como Cue Ball, acaba de terminar un centavo en Leavenworth". Cerraro agregó: "Se sospecha que D'Amato estuvo involucrado en al menos diez ataques relacionados con la mafia en los últimos veinte años, pero como Capone, todo lo que pudimos lograr fue evasión de impuestos".

"Fue el mejor", dijo Flanagan, "emitió un APB sobre el Sr. D'Amato".

"No hay necesidad. Cue Ball y Clayton..."

"¿Clayton el tallador? El bastardo enfermo que termina su contrato con..."

"El mismo. Ambos demonios están a las puertas del infierno. Ambos fueron aplastados en su sedán mientras perseguían a la grúa".

Flanagan recogió una pila de archivos y caminó hacia la puerta. "Encontremos a esos niños. O vamos a tener más funerales a los que asistir".

CAPITULO TREINTA DOS
Esconder
19 de Marzo de 1995
3:00 a.m.

L A CANSADA PAREJA buscaba las señales verdes de la carretera en busca de un lugar para detenerse.

"Ahí. Turners Crossroadsss ", exclamó María. La primera señal indicaba dos hoteles, la siguiente mostraba un restaurante y la última presentaba dos estaciones de servicio.

"En comparación con las últimas cinco salidas, Wilson es una ciudad en auge", dijo Mateo.

Ambos hoteles habían visto mejores días. María dijo: "De tin marín, tomemos el de la foto del hombre de aspecto gracioso que bebe esa taza de café de gran tamaño".

"Hecho. Al menos podemos tomar café y comer huevos antes de irnos".

Después de estacionarse, subieron tres tramos de escalones oxidados de hierro forjado hasta su habitación en la esquina. María fue directamente a la ducha y Mateo volvió al autobús. Él y SoBe caminaron por todo el edificio dos veces. Múltiples pares de ojos brillantes lo miraban desde el basurero y el bosque. SoBe se abalanzó y los felinos salvajes se dispersaron. Aparte del empleado nocturno y los gatos, no podrían estar más solos. Regresó a la habitación para encontrar a María en la cama, envuelta en una toalla blanca. Él sonrió, se sentó, se quitó los zapatos y apoyó la cabeza en su regazo.

"Deberías darte una ducha", dijo.

"Quizás más tarde."

"Ahora."

"Así de mal, ¿Eh?"

"Así de mal."

Ella se rio y lo apartó. Él dejó caer su ropa en la puerta del pequeño baño. Una cucaracha, algo que nunca se ve en Maine, corrió por el suelo. Estaba fuera de la vista detrás del inodoro antes de que pudiera hacer algo. Si María la hubiera visto, seguramente lo habría sabido.

Cuando salió, María estaba debajo de las mantas y profundamente dormida. Mateo sacó la pistola del Dr. Jackson de su bolso de noche y la colocó debajo de la almohada. A pesar de las cucarachas, el lugar no estaba tan mal. En poco tiempo ya estaba dormido.

Mateo se despertó y miró el techo sucio, iluminado por rayos de luz solar que emanaban a través de las cortinas rojas hechas jirones. Sus sueños eran inquietantes y trató de descifrar las imágenes fragmentadas: la tormenta, un enjambre de murciélagos, su amigo Micmac Kyle, el jefe Tanner, Sean y la última visión que lo hizo despertar, María en un laboratorio con cadáveres alrededor. Una morgue. Parece que, determinó, es algo que tendré que aceptar.

Entonces, los ojos de SoBe siguieron a Mateo cuando se deslizó fuera de la cama y se dirigió al fregadero donde se enjuagó con enjuague bucal. "Soy adiestrable", susurró Mateo a SoBe, "¿Y tú?» Se arrastró de regreso a la cama y besó a María para despertarla.

María se acercó a la ventana y abrió las cortinas. Esperó a que María fuera al baño antes de recuperar el arma. Sonó la campana de una iglesia.

En Cup O'Joe's habían optado por no tomar el desayuno completo, decidiéndose por el café y los pasteles preenvasados.

"Al menos el cup-o-joe está caliente", dijo María con una sonrisa.

"Los huevos teñidos de azul me atraparon".

Cuando Mateo salió del estacionamiento en el lado este del hotel, un sedán gris con etiqueta del gobierno de los Estados Unidos se detuvo en el lado oeste. Dos hombres salieron del auto y entraron a la oficina del gerente.

Divertido, un hombre con un Cadillac gris sorbió su café y esperó. Observó a los niños entrar al estacionamiento, mientras el Crown Victoria se detenía al otro lado. Dos agentes del FBI salieron corriendo de la cafetería y pusieron en marcha el motor. El hombre en el Cadillac cortó frente a ellos haciendo que el sedán golpeara al Caddy. Salió del auto, se dirigió hacia los jóvenes agentes nerviosos y fingió una diatriba.

Insistió en que la policía local venga a escribir un informe. Cuando uno de los jóvenes agentes mostró su identificación del FBI, el propietario de Cadillac dijo: "¡No me importa si eres el fantasma de J. Edgar Hoover! Esperaremos."

Después de que el oficial de policía de la ciudad de Wilson terminó su informe, y los agentes enojados salieron corriendo del estacionamiento, el dueño de Cadillac se acercó al teléfono público al lado de la cafetería e hizo dos llamadas. Entró para una recarga de lo que él pensó que era un maldito buen café, espeso y negro; ordenó huevos que también resultaron ser excelentes. No tenía prisa, imaginando que no sería difícil ponerse al día con la cabalgata. Aunque no había visto los dos SUV negros o el T-Bird en las últimas doce horas, pensó que no estarían muy lejos. Qué circo, pensó.

Tan pronto como Mateo salió de la carretera en la frontera de Carolina del Norte y Virginia, se dio cuenta de su error. Señales de construcción salpicaban el área desolada. Además de un par de camiones en el estacionamiento trasero, el suyo era el único vehículo de pasajeros. No es un problema, pensó, seguiré adelante. Se miró en el espejo y maldijo. El T-Bird blanco se acercaba. Mateo intentó acelerar, pero su autobús estaba perdido en contra del motor V-8 de 292 caballos de fuerza bajo el capó del T-Bird. El T-Bird giró ampliamente alrededor del autobús y los bloqueó.

"¡Mateo!" María gritó.

Mateo se detuvo justo antes de embestir la antigüedad. Uno de los dos hombres del restaurante sonrió y saludó. Mateo no sabía qué pensar, pero buscó debajo del asiento, levantó la pistola de la bolsa de cuero y cerró la mano alrededor de la culata del arma de Jackson. SoBe gruñó.

"Mateo, ¿De dónde sacaste eso?" María preguntó. "Me estás asustando."

"Confía en mí, no quiero tener que usarlo. Si me pasa algo, mantén la cabeza baja, conduce a través de su automóvil y busca ayuda. No te quedes aquí". Salió dejando el motor en marcha y se alejó del autobús con la pistola en la espalda.

Ambos hombres estaban ahora fuera del T-Bird. El hombre más cercano a él habló primero. "Señor. Eaton, lamentamos detenerle de esta manera, pero esta..." Parecía estar luchando por encontrar la palabra correcta. "¿Farsa? Sí, esta farsa ha durado lo suficiente. Hemos tenido bastante tiempo tratando de llamar su atención. Afortunadamente, aquellos que pretendían hacerle daño, han sido detenidos".

Es extraño, pensó Mateo, el hombre tenía acento germánico.

"No queremos hacerle daño, señor Eaton. Permita que mi hermano inspeccione su Volkswagen, el cual me entristece ver que ha sufrido una gran paliza desde Miami. Quiero que sepa que no tuvimos nada que ver con todo eso". Extendió la mano. "Soy Ahmed."

Mateo no tomó la mano de Ahmed. El otro hombre se estaba moviendo hacia el autobús en el lado de María. SoBe ladró una advertencia. "Por favor, para", dijo Mateo. "¿Qué estás buscando?" El hombre se detuvo, cruzó los brazos y se apoyó en el capó. Mateo no detectó ninguna arma de fuego, pero podrían tenerlas escondidas detrás de sus espaldas.

"Una pregunta honesta merece una respuesta honesta. Creemos que puede tener algo nuestro, que un nuevo conocido suyo pudo haber tenido en su poder. Nos gustaría recuperarlo y le pagaremos generosamente... como recompensa, por supuesto... por su retorno seguro".

"No tengo idea de lo que estás hablando".

"Entonces no tiene nada que temer. ¿Esa es una pistola que tiene?" El hombre levantó las manos. "Mantenla entrenada mientras mi hermano mira. Si lo que buscamos no está en su Volkswagen, lo dejaremos en sus viajes y no lo molestaremos más".

Si Mateo decía que no, podría haber una pelea. Si aceptaba, podría tener que entregar las bolsas de lona para sacar a María de aquí a salvo. Ahora, ¿Dónde está el señor E? ¿Y dónde está la patrulla de carreteras cuando los necesitas? Miró hacia las camionetas. "Ninguno de ustedes se mueve. Te lo mostraré, pero luego debes irte antes de que cualquiera de nosotros tenga que recurrir a la violencia".

Ambos hombres mantuvieron sus manos a medio camino y caminaron hacia la puerta lateral del autobús.

Mateo dijo: "Por favor, párate en la hierba". Luego le indicó a María que abriera las puertas.

"Mateo", dijo en un susurro.

"Por favor, solo hazlo y agarra a SoBe".

Mateo mantuvo sus ojos y la pistola en los dos hombres. El hombre llamado Ahmed seguía sonriendo.

Entonces, se separó de María, ambos hombres saltaron hacia atrás y Mateo agarró su collar justo a tiempo mientras ella gruñía y ladraba.

María retiró las mantas para revelar bolsas de malla de naranjas y toronjas, así como cajas de fuegos artificiales y suficientes cacahuetes tostados para alimentar a un ejército.

"¡Ya ibn el kalb!" dijo el otro hombre, seguido de un gruñido gutural. Continuó murmurando en árabe mientras los dos hombres bajaban los brazos. Ahmed no estaba sonriendo.

Mateo estaba seguro de que si no estuviera sosteniendo a SoBe, el segundo hombre lo habría atacado. Hizo contacto visual con María; ella estaba a punto de decir algo, y él negó con la cabeza.

"¿Es esto por lo que estás dispuesto a pagarme mucho dinero?" Preguntó Mateo, con la voz quebrada muy levemente. "¿Frutas y fuegos artificiales?"

Ahmed estiró el cuello para mirar más profundamente en el autobús. Se echó a reír. "Realmente no tienes idea de lo que estamos buscando, ¿Verdad?" preguntó.

"Sea lo que sea, debe ser valioso porque la gente ha estado tratando de matarnos... Creo que porque lo que creen que tenemos".

"¿Has visto o escuchado de tu amigo Estébanez desde que dejaste Maine?"

Antes de que Mateo pudiera hablar, alguien de los semirremolques gritó: "¿Qué está pasando allí? ¿Todo está bien?"

"Bueno, lo está ¿Verdad, Mateo? ¿Todo está bien?"

Mateo bajó el arma un poco. "Si nunca te volvemos a ver, seguro".

"*Kama law' anana humqaa* ", dijo el otro hombre.

"Mi hermano dice que debes pensar que somos tontos".

"No sé qué más puedo decir", dijo Mateo.

"Ya le hemos causado suficiente preocupación". Se volvió y trató de tomar al otro hombre por el brazo, pero sacudió a Ahmed y miró a Mateo. Miró a María y habló en árabe. Luego escupió en el suelo a los pies de Mateo.

SoBe estaba tirando de su cuello, todavía gruñendo. Mateo consideró dejarla ir.

Los hombres regresaron al T-Bird. Ahmed puso en marcha el motor. El otro hombre se paró junto a su puerta e imitó dispar una pistola con su mano derecha, antes de subir al auto y cerrar la puerta.

El camionero volvió a gritar. Mateo dejó el arma dentro del autobús y saludó. "Todo está bien gracias." Mateo se subió al autobús cuando el T-Bird se alejó.

"Sabían nuestros nombres, Mateo".

También sabían sobre el Sr. E, consideró Mateo. ¿Dónde diablos están las bolsas de lona? ¿De dónde viene toda esta fruta y esas cosas?

"¿Qué dijo el loco?"

"Muchas maldiciones, que eras hijo de un perro, creo, y luego dijo algunas cosas muy desagradables sobre lo que le haría a tu princesa, esa soy yo, si no les das lo que quieren".

Se sintió mareado, metió la .45 en su cinturón en la espalda y se frotó las sienes. Metió la mano en el bolsillo y no encontró nada más que cambio.

"Aquí." María le entregó el estuche de plata de la píldora que tenía en su bolso. Llevaba repuestos para él desde que podía recordar. "Tal vez deberías acostarte unos minutos y dejar que el medicamento surta efecto".

"Realmente deberíamos salir de aquí. El camionero podría haber llamado a la policía, y no quiero tener que intentar explicar nada de esto". Se tragó la píldora, pensó por un momento y luego tomó otra.

"¿Dónde está la investigación?"

Mateo sacudió la cabeza con incredulidad.

Colocó el arma debajo del asiento.

Conozco al Sr. E desde que tenía seis años. Pero ¿Realmente lo conozco?

CAPITULO TREINTA Y TRES
Escapar
19 de Marzo de 1995
11:00 p.m.

NO HABÍAN VISTO los SUV negros desde Carolina del Sur, y el T-Bird parecía estar fuera de su camino. Pasaron por Delaware y condujeron la New Jersey Turnpike hacia Nueva York.

A mitad del puente George Washington, Mateo miró el indicador de combustible. "Debería haber llenado en el último centro de servicio de Turnpike".

"Quizás podamos llegar a Greenwich. Me sentiría mucho más segura si hubiéramos pasado la ciudad de Nueva York".

"Ya no nos queda gasolina".

"¿Qué podría ser peor de lo que ya hemos pasado?"

"¿Escapar de Nueva York?"

"¡Lo recuerdo!"

"¿Kurt Russell y Adrienne cuál-es-su-nombre con Ernest Borgnine?"

"Adrienne Barbeau", dijo.

"Como nadar en el océano después de ver Jaws".

"Mateo Thaddeus Eaton, tienes una fobia, o debería decir, otra fobia".

"No lo sé, y ese no era mi punto", protestó, mientras subía al tren de psicoanálisis de la Dra. María. De todos modos..." De repente se dio cuenta de que no tenía idea de qué camino tomar. Se encontraron en medio de la hoja de trébol de la autopista Cross-Bronx. Recordaba el colorido lenguaje de su padre cuando pasaba por las mismas coyunturas, especialmente cuando omitía las señales o terminaba en la carretera equivocada.

"Hay una señal para Getty". Salió de la salida de Tremont Avenue, apropiado, pensó, y aterrizó en el centro de un sitio de construcción de carreteras con luces halógenas cegadoras, martillos neumáticos y cargadores frontales que arrojaban concreto. No pudo volver a subir la rampa, y mientras maniobraba alrededor del sitio cavernoso, llegó a la rampa bloqueada.

"Odio ser supersticioso, pero ¿Sucedió esto en la película?" María preguntó.

"No estás ayudando", espetó y lo lamentó tan pronto como lo dijo.

María le dio *esa* mirada. "Solo sácanos de aquí, Mateo".

Las luces llenaron el espejo retrovisor y luego se enfocó una gran parrilla plateada con el símbolo de Chevrolet. No pudía ser. No podía avanzar, no podía ir a la izquierda debido a lo que parecía ser un centro comercial, así que giró a la derecha hacia la ciudad. Se convirtió en el campo negro. Se frotó los ojos y trató de concentrarse en la calle que tenía delante.

"No me gusta esto, Mateo. Realmente deberíamos parar por instrucciones".

Después de menos de una milla, giró a la izquierda en la primera intersección principal. Esperaba señales para un camino de acceso a la I-95. Bloque tras bloque, condujo más y más hacia la ciudad. Se emocionó cuando regresó a Tremont Avenue, luego la carretera se convirtió en Bronx River Parkway.

Las luces brillantes que se reflejaban en su espejo retrovisor le llamaron la atención. "Maldición. ¡Ahí está, el SUV negro!

María miró por la espalda y contuvo el aliento. "¡Hay dos de ellos!"

Él aceleró. No había otro auto a la vista. No se molestó en detenerse por la luz y giró a la izquierda bajo el gran puente.

Justo cuando estaba a punto de entrar en el Bronx Parkway, uno de los camiones se abrió de par en par y lo interrumpió.

María gritó.

Mateo trató de recuperar el control sin golpear el SUV y fue de la única manera que pudo: directamente al Bronx Park. "Tiene que haber policías por aquí. Tiene que haberlo".

Un trueno retumbó. Mateo se estremeció y un relámpago iluminó el parque. SoBe se quejó, abriéndose camino hacia adelante y sobre el regazo de María. María leyó el letrero más cercano y dijo: "¿Jungle World Road? Estamos en Jungle World Road. Esto no puede ser bueno".

Pasaron sobre el río Bronx cuando el camino los llevó más adentro del parque. La calle estrecha y sinuosa tenía farolas intermitentes que proyectaban una luz tenue. Esperaba que hubiera una salida al fondo del parque. Después de girar a la izquierda, se dio cuenta demasiado tarde que lo alejó de su ruta de escape. El río estaba adelante entre un bosquecillo de pinos y mesas de picnic. Giró a la izquierda para retroceder. Nuevamente incorrecto. "¡Estamos atrapados!"

Mateo buscó junto a su asiento el .45 de Jackson cuando los SUV flanquearon el autobús, obligándolo a detenerse en una calle sin salida. Se enfrentaron a dos edificios de mantenimiento, con el río a la derecha y bosques a la izquierda. El trueno se estrelló y rodó. Le espetó a María, "¡Ponte en la parte de atrás con SoBe!"

María estaba a punto de protestar cuando alguien abrió la puerta y la sacó del autobús. Mateo gritó, pero SoBe estaba delante de él, zambulléndose en la espalda del hombre. Mateo escuchó un ruido sordo y un gemido horriblemente enfermo de SoBe. Levantó la pistola cuando su puerta se abrió. Alguien lo tenía por el hombro. Mateo llevó el arma debajo de su brazo izquierdo y apretó el gatillo. El sonido reverberó a través del autobús cuando Mateo y el hombre al que había disparado cayeron juntos al suelo. Mateo se alejó, pero el hombre yacía inmóvil.

Los cielos expulsaron toda su lluvia a la vez. Cegado, dio un paso adelante cuando otro hombre rodeó la parte trasera del autobús con un brazo alrededor de María. En su otra mano, sostenía un arma apuntando a Mateo. Mateo levantó las manos. Desde atrás, alguien tomó su arma y luego lo golpeó en los riñones. Mateo cayó de rodillas y jadeó.

El hombre que sostenía a María dijo: "Eso es suficiente, Frank. No hay nada en el VW. Nada más que fruta y mierda".

"¿Mierda? ¿A qué te refieres con mierda, DelGercio?" gritó el hombre detrás de Mateo. Lluvia torrencial amortiguó sus voces.

"No literalmente." Arrojó algo delante de Mateo. "Los llevaremos con nosotros y recogeremos el autobús más tarde. Date prisa."

Frank se movió para recoger las fijaciones de plástico negro.

Una vez atado al SUV, Mateo supuso, sería el final de ellos. ¿Qué haría Sean? Se lanzó sobre las rodillas del hombre, agarró la muñeca de su arma y le llevó una rodilla a la ingle. El hombre se dobló pero aun así logró clavar un codo en las entrañas de Mateo.

DelGercio reapareció y María gritó: "¡Va a disparar!" Mateo giró a su oponente cuando sonó el arma. La bala alcanzó a Frank en la espalda, a una pulgada de las manos de Mateo. Mateo cayó en un charco cuando el arma rugió de nuevo. Le quitó el arma a Frank de la mano y la puso al nivel de DelGercio. Mateo gritó: "¡Ahora!" María cayó al suelo, tal como Sean les había enseñado. Mateo pensó que había disparado alto, muy por encima de la cabeza del hombre, pero DelGercio lo agarró del hombro y dejó caer su arma.

María había desaparecido y Mateo se preparó para recibir una bala. Llegó un automóvil a toda velocidad que se detuvo en hidroplaneo.

En lugar de disparar, DelGercio se alejó tambaleándose, sosteniendo su hombro. Mateo parpadeó con fuerza y levantó su arma. DelGercio dijo: "Parece que es su día de suerte, niños. Dile a tu ángel de la guarda gracias por no plantar un doble golpecito entre mis ojos".

El otro SUV comenzó a rugir y estuvo a punto de golpear al guardaparque.

Mateo miró el arma en su mano y los hombres a sus pies, sangre y agua mezclándose y fluyendo hacia la alcantarilla.

El guardabosque gritó: "Manos en el aire; Te tengo cubierto ". Cuando Mateo no respondió, el hombre gritó otra advertencia. "Suelta tu arma, o que Dios me ayude, dispararé. Lo haré."

Una voz familiar dijo: "Mateo, no te des la vuelta. Suelta la pistola. Una mano estaba en su muñeca, otra en el arma. "Yo no estaba aquí. Solo responde sus preguntas. Pensé que los iba a perder a los dos por un minuto allí. ¿Cómo explicaría eso?"

"Qué... cómo... quienes son…"

"Lamento no haber llegado antes", dijo Estébanez. "Los perdimos en el sitio de construcción. Gracias a Dios por ese dispositivo de rastreo.

"¿Dispositivo rastreador?" Mateo repitió, su voz sonaba hueca. Se volvió para buscar a Estébanez, pero todo lo que vio a través de la lluvia fueron misteriosas siluetas. Estudió a los hombres a sus pies y se sintió enfermo.

Con la voz quebrada, gritó: "¡María!"

"Estoy aquí abajo. Creo que estoy atrapada".

"¡Gracias a Dios!"

"¿Que estoy atrapada?"

"Que estás bien. Quédate ahí."

"Como si tuviera alguna opción. ¿Están muertos esos hombres? ¿Era ese el señor E?

"Creo que sí, y sí, si lo era".

María susurró: "El hombre está destinado a morir una vez y después de eso a enfrentar el juicio".[14]

La lluvia había disminuido y la luna se asomaba entre nubes que se movían rápidamente. Mateo y María se sentaron en patrullas separadas cuando llegaron ambulancias y equipos de televisión. El área del parque se convirtió en un zoológico diferente, pensó Mateo. Miró al guardabosque que le contaba su historia a un reportero del Canal 5. Señaló hacía ellos. Antes había ayudado a desalojar a María mientras Mateo levantaba el lado del autobús de su eje una pulgada o dos. Cuando el guardabosque cortó las ataduras de María, dijo que había trabajado en el parque diez años y que nunca había visto algo así. La única vez que sacó su arma fue para limpiarla o colocarla en el cajón de la oficina cuando llegaba a casa.

Cuando se les preguntó, Mateo y María aceptaron decir que después del giro equivocado, se encontraron en medio de un tiroteo. De nuevo.

El oficial de policía de Nueva York, Coleman, abrió la puerta de Mateo y lo llevó a donde María y un hombre estaban apoyados contra el otro coche patrulla. En medio de ellos estaba SoBe, con un vendaje manchado de sangre en la cabeza.

El detective, guapo, robusto y que llevaba un traje oscuro con una insignia colgada del bolsillo de la solapa, se rio de algo que dijo María. Más allá del detective, Mateo observó a un hombre que sonreía, tocaba el borde de su gorra de los Dallas Cowboys, se alejaba y se subía a un taxi.

SoBe ladró y tiró de la correa. Cuando María vio a Mateo, lo abrazó. Así que casi los tiró al pavimento.

El oficial Coleman le dijo al detective: "Revisé a los niños y creo que son quienes dicen que son, lugar equivocado en el momento equivocado". Luego se volvió hacia Mateo y le susurró: "Tu amiga dijo que te mantuvieras fuera de problemas durante las siguientes 500 millas".

El detective dijo: "Ustedes dos deben tener la peor suerte entre los colegiales en de vacaciones en la historia. Hay un rastro de informes policiales que se remontan al condado de Dade". Le entregó a María su tarjeta. "Llámame si piensas en algo más en lo que pueda ayudar".

---

14 Paráfrasis de: Y como está establecido para los hombres que mueran una vez, pero después de esto el juicio. –Hebreo 9:27 (KJV)

El oficial Coleman le guiñó un ojo a Mateo y caminó hacia el guarda-bosque. El detective se subió a su auto y se fue.

"¿Eso es todo?"

"Mejor nos vamos a la carretera antes de que cambien de opinión", susurró Mateo. Una vez que salieron del zoológico del Bronx y del circo mediático, Mateo se detuvo en la primera estación de Getty para obtener gasolina. María le contó lo que el detective le contó sobre los hombres muertos. Uno de los hombres tenía un largo historial de trabajo de inteligencia militar, policial y del gobierno de EE. UU. El que los otros llamaron Serg, no tenía identificación. El SUV restante tenía placas del gobierno de EE. UU.

Respirando hondo, María preguntó: "¿Qué estaba haciendo el Sr. E allí?"

"No lo sé. Pero apareció justo a tiempo para salvar nuestras vidas".

María puso los dedos sobre la mejilla de Mateo. "¿Vas a estar bien?"

"Parece que fue solo un día en el parque".

"Una noche en el parque".

Se frotó el hombro dolorido. Le dolió un poco peor que todo lo demás. "Tengo que admitir que todavía estoy conmocionado".

"Pasará un tiempo antes de que la conmoción desaparezca. Incluso los profesionales capacitados pasan por un período de post-trauma después de algo como esto".

Mi doctora María, pensó Mateo.

"Entonces, tú... apretaste el gatillo... dos veces. ¿Cómo te sientes?"

"¿En serio, Doc?" Mateo agregó: "No los maté a los dos. El tipo que te sostenía le disparó al segundo. Se llamaba Frank".

Deseó poder hablar con Sean. O un psiquiatra. Miró a María. Otro psiquiatra. O tal vez el jefe Tanner. Durante meses, sus sueños incluyeron imágenes locas que se habían reproducido en tiempo real en los últimos días.

Estaba agarrando el volante con tanta fuerza que sus nudillos se habían puesto blancos. "Lamento meterte en esto".

"*Estoy donde Dios quiere que yo este*. No quisiera estar en ningún otro lado, mi amor".

Cuando giraron hacia la 1-95 y vieron el gran cartel verde de Nueva Inglaterra, abrió la ventana y aspiró una bocanada de aire fresco.

"Vamos a casa."

CAPITULO TREINTA Y CUATRO
Seguridad
20 de Marzo de 1995
3:00 a.m.

VOLVIENDO AL CAMINO Mateo navegó por la arbolada Merritt Parkway mientras María dormitaba. Encendió la radio, y un nombre familiar llamó su atención. El presentador del programa de entrevistas estaba discutiendo sobre el senador Green de Texas, jefe del Comité de Energía del Senado. Aparentemente, unos niños habían descubierto el cuerpo del senador a lo largo del río Danubio cerca de Nuremberg, Alemania.

Mateo cambió el canal a jazz ligero. El mundo se estaba volviendo loco. La gente estaba lista para matar por alguna investigación que la mayoría creía que era especulativa.

¿Cómo me involucré en todo esto? Pensó en el tío Carl, Marcos y el señor E. Todos parecían estar en un juego que no sabía que estaba jugando.

María se despertó sobresaltada y lo miró. "¡Estaba soñando con ese avión! Eso no sucedió, ¿Verdad?"

"No sé cuál es peor".

"Lo sé, ¿Verdad?" Se sacudió el pelo con las dos manos, se lo echó todo hacia adelante y se ató una coleta alrededor de una cola de caballo, y luego se la sujetó a la cabeza.

Le encantó esa acción de cinco segundos.

"Te ves cansado. ¿Por qué no nos tomamos un descanso? O puedo conducir", dijo.

Tomó la siguiente salida, a pocos kilómetros de New Haven, y entró en un área de descanso en la carretera.

Tomó una pastilla y se tumbó en un banco con la gorra de UMaine Crew cubriéndose la cara. SoBe le lamió la mano que colgaba antes de sentarse a sus pies.

De repente, corría detrás de dos hombres, Dennis Weaver, el propietario de la cabaña deportiva, y el hombre con la gorra de los Cowboys. Ambos hombres se volvieron hacia él y tenían seis pistolas atadas a la cintura. Weaver dijo: "¡Dibuja!" El Sr. E había tomado su arma, por lo que Mateo metió la mano en las bolsas de lona y arrojó los libros del Dr. Jackson cuando una tormenta comenzó, los murciélagos pululaban y Pamola les arrojó rayos a todos.

¡Boom! Mateo se sentó, ahogándose como si tragara agua en la piscina. El cielo estaba oscuro con nubes de tormenta y truenos retumbaron en la distancia. Miró a izquierda y derecha; solo estaban ellos tres.

"Eso es lo que llaman una siesta", dijo María.

"No podía conciliar el sueño".

"Estuviste dormido durante casi una hora". Ella le entregó una naranja medio pelada. "¿Soñando?"

Él le dijo lo que podía recordar mientras se rascaba detrás de las orejas del perro, con cuidado de evitar su herida. "Lo hiciste bien, niña. Lo hiciste realmente bien".

"Pamola otra vez. Esta semana soñé mucho con él y con las tormentas de las leyendas de Micmac. Ojalá el viejo jefe no nos hubiera contado esas historias. Siempre siento que me estoy ahogando".

"Yo también."

Recogieron el auto de María en el campus de UMaine. Siguiendo a María, Mateo casi se salió de la carretera mientras buscaba problemas en los espejos. En Millinocket, la primera parada fue en el Restaurante Godello, donde Mateo le dio al Sr. Valdeorras una enorme bolsa de naranjas. El Sr. V le preguntó sobre el corte en la cabeza y Mateo le dijo que se cayó en la playa.

En la casa de María, Mateo llevó todo el equipaje de María. "Creo que duplicaste lo que trajiste", la reprendió. Ella se rio y no parecía estar interesada en desempacar.

"Papá no estará en casa hasta esta noche", dijo María, agarrando su camisa y empujándolo hacia el sofá. SoBe se estiró sobre la alfombra oriental y apoyó la cabeza sobre sus patas con un largo suspiro.

En un momento, ambos cayeron en un sueño profundo, y después de unas horas, Mateo se bajó del sofá, la besó y salió de la casa a trompicones. Condujo el autobús directo al antiguo complejo de aserraderos ELF. Todo parecía normal, así que después de apagar la seguridad, estacionó el autobús VW en el granero.

Mateo cerró las puertas del establo, abrió una cerveza Sea Dog Old Gollywobbler y se sentó en el taburete en el escritorio del mecánico mirando los últimos proyectos del Sr. Johnson: el Jeep Grand Cherokee azul de Sean que necesitaba una nueva cadena de distribución y transmisión, un '64 Mustang y un cargador '74. Él suspiró profundamente. Se necesitarían más que unas pocas piezas del motor para arreglar el autobús.

¿Dónde está la investigación?

Recordó las últimas palabras del jefe Tanner para él, unas semanas antes. "Solo después de mirar al sol puedes razonar sobre lo que es". Mateo se preguntó primero si el jefe había leído a Platón. ¿He estado mirando al sol? O en la pared de una cueva. Se preguntó si las palabras del jefe y los sueños recurrentes podrían ser relevantes para todo lo que había sucedido y algo que iba a suceder. "Todo es cualquier cosa menos científico", dijo, en conclusión.

Salió del granero con SoBe pisándole los talones, encendió el Jeep Grand Cherokee azul de Sean y se dirigió a la finca Eaton.

En la cocina de Eaton, la madre de Mateo lo abrazó y lo besó. Pasó los dedos sobre el corte en la cabeza de Mateo. "¿Qué demonios pasó?" Ella preguntó. Mateo amplió la historia de la caída en la playa mientras su madre estudiaba la lesión de SoBe.

"¿Y quién es este? ¿Ella también estaba surfeando?" Levantó el vendaje y contuvo el aliento. Mateo le contó una versión resumida de encontrar a SoBe.

"Ni siquiera sabía que debería haberme preocupado. Ya sufro lo suficiente con las hazañas de tu hermano, ¿Sabes? "

Mateo asintió y se sintió aliviado de que la noticia de sus hazañas no hubiera llegado tan al norte. Se sentó a la mesa e inhaló galletas, salsa de salchichas y papas gratinadas mientras su madre conocía a SoBe.

Su madre hizo un proyecto doblando un paño de cocina y le preguntó por María.

Tenía la cara ardiente, así que agachó la cabeza y sonrió.

"Cariño, necesitas terminar la universidad antes de pensar en tener una familia".

"¡Mamá!" Dijo y se rio.

"Bueno, alguien tiene que decirlo. Y las cosas suceden, y espero que no sea demasiado tarde". Ella puso su mano sobre la de él y sonrió. "Supongo que si algo… bueno, no tienes que ir hasta Miami. Solo recuerda, soy demasiado joven para ser abuela". Y los dos se rieron.

"No te preocupes, mamá. Además, está Sean".

"Espero que conozca a una linda chica. Sé que está solo".

Mateo pensó en algunas de las historias de su hermano. Sean era cualquier cosa menos solitario. Pero él también se preguntó si su hermano querría, o podría, establecerse y criar una familia. Era difícil de imaginar.

"¿Cómo están tus dolores de cabeza, cariño?"

"Manejable", mintió. De hecho, se dio cuenta, se habían vuelto mucho más severos y frecuentes.

"¿Debo agendar una cita para ti?"

"Me gusta la Dra. Greco, pero ella piensa que los narcóticos son una solución. No necesito todos los efectos secundarios. Estoy bien, mamá, de verdad".

Escucharon la camioneta de su padre. Entró por la puerta principal y dijo: "Bueno, si no son buenos tiempos, Charlie". Como si no hubiera visto a SoBe, se sirvió un vaso de whisky escocés. Se volvió hacia su esposa, le dio un beso y miró inquisitivamente a su hijo.

"Hola, papá. ¿Cómo van las cosas en los molinos?"

"Con todo este tiempo libre, tengo mucho trabajo en uno de los aserraderos", dijo Parker. Bajó la vista. "¿Qué estás mirando?"

SoBe ladeó la cabeza.

Se volvió hacia Mateo y dijo: "Podríamos usar un perro guardián pastor alemán en el aserradero de Oxbow. Podría usar tu ayuda allí también".

"Es bueno verte también, papá".

Su padre gruñó, pero Mateo creyó ver una sonrisa. Sacó una botella de aceitunas de la nevera y regresó a la gran sala donde encendió las noticias.

"Lo siento, cariño", dijo su madre.

Mateo hizo un ademán.

"Cuando conocí a tu padre, él era gentil y se reía todo el tiempo".

Encontró *esa* imagen de su padre difícil de imaginar. Besó a su madre y llevó a SoBe a su habitación. Cayó sobre la cama sin quitarse los zapatos. Pronto se sumergió en un sueño profundo, luchó contra una tormenta horrible en un lago rodeado de pagodas y estructuras funerarias Micmac hechas de troncos y ramas de árboles. Pamola estaba enojado como siempre y comenzó a lanzar rayos desde la cima del Monte Katahdin, y Cracker Jack estaba tratando de lanzarle a Mateo un salvavidas. Luego, el hombre con la estrella del vaquero en su gorra sostuvo una pistola en la sien de Mateo cuando, en una colina, Kyle Gespasian retiró su arco y dejó volar una flecha.

Las campanas de la iglesia sonaron a la mañana siguiente cuando María se encontró con Mateo en el AT Café, repleto de excursionistas que se preparaban para atacar el sendero de los Apalaches. Pidieron sopa de tomate y un emparedado de queso a la parrilla, mientras que María sugirió que confiaran en el padre de Johnny Fazio, ya que había sido policía. Mateo confiaba en Joe Fazio, pero al final, cuantos menos supieran, mejor. "Además, el Sr. Fazio y el Sr. E no se llevan bien".

María miró su reloj, besó a Mateo y salió corriendo por la puerta. Tuvo que ponerse al día con su padre en St. Martin of Tours, en Colby Street. Hasta las vacaciones de primavera, nunca había faltado a misa. Sus dos tías a menudo miraban mal a Mateo, y él había aprendido a evitar el tema de manera experta. La familia de Mateo asistía a la Iglesia Episcopal de St. Andrews, o la Iglesia Congregacional Presbiteriana, pero solo en días festivos. No podía recordar la última vez que su padre se había unido a él y a su madre. Al igual que Mateo, prefería encontrarse con Dios al aire libre.

Esa tarde se lanzaron al lago Millinocket en una canoa de madera de cerezo negro que él y Kyle construyeron cuando tenían dieciséis años.

"Incrédulo."

"¿Qué?" María preguntó, mientras se recostaba contra él.

Mateo giró con su remo mientras la corriente los empujaba. "Esa es la palabra que me viene a la mente cuando considero este contraste con nuestras tumultuosas vacaciones de primavera".

"Creo que cuando el Sr. E regrese, tendrá algunas respuestas".

Mateo esperaba que sí. Sería difícil regresar a Orono y dejar a María atrás; y su pobre autobús. Tantas preguntas sin respuesta, reflexionó.

Mateo escribió el lunes 26 de marzo de 1995 en la parte superior de una de una docena de almohadillas amarillas. Las metió a todas en su mochila y caminó hasta la Biblioteca Fogler, donde se instaló en su rincón favorito del cuarto piso. Colocó un cubo de basura alto y vacío en la esquina, a unos tres metros de distancia. Comenzó a planificar cómo iba a atacar el futuro, con o sin la investigación. Llenó la primera libreta con todo lo que recordaba de los diarios, y cada palabra que Tremont había dicho. En el siguiente bloc y en el siguiente, dibujó gráfico tras gráfico, gráfico tras gráfico y fórmula tras fórmula. Después de unas horas, había docenas de bolas arrugadas de papel rayado amarillo en el bote de basura de la esquina. Las piezas del rompecabezas no se conectaron. En la primera página de la última libreta amarilla que escribió en negrita, algo que Tremont había dicho y que también leyó en la última entrada del último diario del Dr. Jackson con fecha del 2 de agosto de 1989:

El premio en la caja CJ Energy Cells la fórmula 3/3

Mentalmente exhausto y hambriento, se echó hacia atrás y miró a los estudiantes que se apiñaban en el patio entre Grove Street y Moosehead Road.

Miami Beach parecía haber sido hacia cien años.

Se volvió hacia su copia gastada de *Capturando el Sol* y pensó, qué trágico desperdicio fue perder no uno, sino dos Jackson.

Un golpecito en el hombro lo sobresaltó de un sueño sobre perseguir al hombre en el Caddy gris. "Hola, Matty. Todavía estoy enojada contigo por dejarnos en Daytona sin siquiera un beso de despedida".

Se giró para ver a Donna y Darma sonriendo sobre su hombro. "Las hubiera recogido chicas, pero…"

Donna interrumpió: "Solo estoy bromeando. Mi tía me dijo que llamaste cuando llegaste a nuestra salida. ¿Por qué te fuiste de Florida tan pronto? Bueno, olvídalo. He estado cargando esta cosa por días". Ella dejó caer un sobre gordo sobre el escritorio. "Un tipo me pagó doscientos dólares para entregártelo".

"¿Cómo se veía?"

"Probablemente cerca de la edad de mi padre", dijo Donna, "pero en mejor forma, bronceado, una barbilla hendida. ¿Te suena familiar?"

Mateo sacudió la cabeza.

"Sombrero de Dallas", dijo Darma. "Y guapo de una manera áspera. Como Redford".

"¿Un sombrero de los Dallas Cowboys? ¿Con una estrella plateada en el frente?" preguntó, y ellas asintieron.

"Seguro que podría haberse ahorrado unos dólares dándotelo a ti mismo,

¿No crees?" Dijo Darma. Ella lo besó en la mejilla y le susurró: "Si María alguna vez se cansa de ti..."

Donna lo besó en la otra mejilla y le dijo: "Eso va doble para mí; a pesar de que tengo un enamoramiento hacia ella. Desearía tener su confianza".

Cuando se fueron, abrió el sobre y encontró fotografías. Había fotos de él y María con Cracker Jack en Miami Beach, y más tarde con Marcos en la parada de camiones, luego algunos de ellos en el camino de entrada con la familia del tío Carl. También había fotos de él y María en Millinocket el fin de semana pasado, una foto de su madre colgando ropa en la línea y una de Mr. V en el restaurante. No había una nota. No tenía que haberla.

Mateo empacó sus libros. "Me pregunto cuándo aparecerá la cabeza del caballo ensangrentado en mi cama".

La primavera pasó. Mateo hizo todo lo posible para concentrarse en sus clases y su programa MIT. Hablaba con María todas las noches. Casi todas las mañanas, antes de que saliera el sol, agotaba su ansiedad en el río con su equipo de remo o en la piscina.

Un día, Erich se detuvo junto a la piscina en su camino hacia la pista y después de sus bromas habituales, comentó sobre lo serio que se había vuelto. "¿Qué demonios pasó en las vacaciones de primavera, hombre?"

Mateo casi confió en él, pero la advertencia de Tremont lo detuvo.

Por lo menos, Mateo esperaba saber de las autoridades, pero para el final, todavía no había escuchado nada. De alguna manera, sabía que el Sr. E había intervenido. ¿Dónde demonios estaba el señor E? Sobre todo, se preguntaba y estaba preocupado por la preciosa carga que Cracker Jack le había confiado.

Terminó sus finales semestrales y envió por correo urgente su proyecto revisado del MIT. Ahora se especializó en física cuántica, en lo relacionado con el almacenamiento de energía. Esa fue también la concentración del Dr. Jackson en los años 50.

Hoy fue su última mañana en el río hasta septiembre. En lugar de remar, se metió en el agua intraquila del Penobscot en un kayak de siete pies. Mientras sus músculos se tensaron e hincharon, pensó en cómo él y su hermano habían pasado muchos veranos corriendo en kayaks y esperaba que Sean volviera pronto. La última postal tenía un matasellos de Kuwait y decía: "Estudia mucho, nos vemos pronto". Quería contarle a Sean sobre las vacaciones de primavera, pero ¿Podría? ¿Debería hacerlo?

Todas las noches desde Miami, se sentaba en la Biblioteca Fogler, devorando todo lo que podía encontrar sobre la física de las reacciones químicas, metálicas, de fisión, atómicas y neutrónicas. Y cuando no estaba compitiendo en el río, condujo hasta Cambridge, donde sus entusiastas profesores del MIT reservaron artículos y libros sobre sus nuevas materias principales. También investigó las biografías y el paradero de los antiguos compañeros de equipo del Dr. Jackson, la Orden Fraterna de Energía Alternativa. Esperaba encontrarlos algún día.

Su asesor del MIT, el Dr. Hessen, era un pájaro extraño. Mateo esperaba que cuando asistiera al MIT a tiempo completo para su doctorado, pudiera solicitar otro asesor. El hombre era... como se dice, siniestro. Sí, decidió, siniestro.

Mateo empacó el Jeep azul de Sean, ató su kayak y un cráneo en la parte superior, y enganchó su bicicleta de carretera y de montaña en la parte trasera.

Ahora estaba satisfecho de poder estudiar, trabajar en laboratorios y presentar su investigación, todo el tiempo rodeando CJ Energy Cells, una fuente de energía completamente nueva y renovable. Nadie adivinaría que se estaba preparando para el momento en que recibiría las bolsas llenas de milagros.

"Si las recibo", dijo en voz alta.

CAPITULO TREINTA Y CINCO

Enigma

2 de Junio de 1995

UN CAMIÓN MADERERO SE VOLCÓ en la I-95. Mateo había dejado pasar mucho tiempo para ir del campus a la graduación de María. Él pensó.

Condujo hasta Stearns High School, pasó el cartel de "Graduación de la clase de 1995", estacionó y corrió hacia el edificio, por el pasillo y hacia el auditorio. La sala repleta no tenía más de doscientos asientos, con familias alineadas en las paredes y niños sentados en los pasillos. Escuchó una voz familiar saludar a la audiencia. María estaba en el podio entregando su mensaje de despedida. Levantó la vista y había una versión diferente de *esa* mirada. Vio a sus padres y al Sr. V, sentados juntos en la primera fila. Se lanzó a través de la multitud de mamás, papás y hermanos.

Después de la graduación, la mayoría de la clase de último año y sus familias gravitaron unas pocas millas al este de la casa de Godello. Una banda local horrible tocó para la multitud mientras la fiesta duraba hasta altas horas de la noche.

Mateo se sentó en el patio delantero del restaurante mientras María se despedía de los últimos invitados.

"Hola, Matt. ¿Te dije que escuché de Sean la semana pasada?"

Mateo se volvió para ver a Nick St. Adams sosteniendo el último caso de alcohol para llevarlo de regreso a su camioneta. Se apoyó en un poste de la cubierta y estaba más que un poco borracho.

"Mamá y el Sr. V estaban hablando de no tener noticias suyas. Sean había planeado estar aquí, pero sus órdenes deben haber cambiado, en el último minuto. ¿Dijo dónde estaba?"

"No lo sé. Bosnia o Afganistán, sospecho. Pero él podría estar en DC. ¿Quién sabe? Él no puede decirlo, ya sabes. Así que, Quería que te revisara y te preguntara ¿Viste a tu tío Carl cuando estabas en Miami? ¿Y si tuviste algún problema en tu viaje?"

"¿Tío Carl?" Mateo pensó en un viejo espectáculo que su madre amaba, *Perdidos en el Espacio*.

Peligro, Mateo Eaton. "Sí, María y yo nos detuvimos para ver al tío Carl, y no, tuvimos un gran viaje. Sin problemas."

"Oh". Parecía luchar por sus siguientes palabras. "Bueno, eso es bueno. ¿Cómo esta Carl? Amo a ese tipo, ya sabes".

"Está bien, señor St. Adams", dijo Mateo.

"Nick. Siempre deberías llamarme Nick. De acuerdo, bueno, entonces voy a llevar mi trasero al Sailor Son. Esa bruja Cockney se quedará sin todos mis clientes habituales si la dejo", dijo, refiriéndose a su cocinera y camarera, Val Hare. Una mujer muy peculiar.

Era medianoche. Mateo y María vieron a St. Adams alejarse.

"Lo siento, llegué tarde, había un camión de tala"

"Llegaste; eso es lo importante. Ayudaré a mi papá a cerrar. ¿Vamos a desayunar y ponernos al día? "

Mateo la besó justo cuando escuchó al Sr. V aclararse la garganta y abrir la puerta.

«Gran cena, señor», dijo Mateo, y María se echó a reír.

En casa, se unió a su madre en la cocina ya que su padre se había acostado hacía mucho tiempo. Mateo juró que los platos en el fregadero resonaban por sus ronquidos. Se sentó en su silla habitual.

"Esa fue una gran noche. ¿Hmm? El discurso de María fue tan natural, tan lleno de esperanza para el futuro. Ella era la mejor estudiante imaginable. ¿No te parece?"

"Maravilloso."

Su madre se secó las manos y le dio una pila de correo. La carta en la parte superior tenía una dirección de retorno de Destin, Florida. Señaló que no había franqueo o sello de cancelación de franqueo.

"¿Cuándo llegó esto?"

Se giró hacia los platos en el fregadero. "Félix", comenzó, "Sr. Estébanez lo trajo ayer por la mañana.

La silla de Mateo casi se cayó cuando se levantó. "¿Él estaba aquí? ¿Todavía está en la ciudad?"

"No cariño." Miró por el pasillo y ambos esperaron a escuchar a su padre roncando de nuevo. Ella continuó: "Dijo que tenía asuntos que atender, y todo lo que dejó fue ese sobre".

Desconcertado, miró a su madre. "¿Estuvo aquí mucho tiempo?"

"Oh, tal vez una hora o dos".

Cuando abrió la carta, preguntó: "¿Le dijiste que hoy estaría en casa?"

"Sí, cariño, pero dijo que tenía negocios en el extranjero y que no podía esperar. Me dijo que lo entenderías".

Mateo escaneó la página escrita a mano. El único hombre que posiblemente tenía respuestas visitó a su madre en lugar de él, y solo le dejó una nota de una página con el último acertijo.

"Buenas noches, cariño." Ella lo besó buenas noches y se retiró a la sala de estar.

Mateo recogió el correo y su equipaje y subió a su habitación. Arrojó todo sobre la cama y se sentó en su escritorio. Un acertijo. Excelente.

Él y el Sr. E se habían topado con acertijos y adivinanzas desde su reunión en el cementerio hace doce años. Pero este era diferente. Se paseó y lideó por el contenido hasta quedarse dormido con la carta en el pecho. Su mente continuó analizando cada línea mientras dormía. Extrañas imágenes bailaban en su mente de un pirata y su tesoro, misiones espaciales, arquitectura europea, como el Puente de Londres y la Torre Eiffel, monjes y esos malditos murciélagos.

Dentro de este año, el mortero se puso y ahora el tesoro yace: La sonda lunar Clementine lanza una vieja botella verticalmente desde la superficie de la luna. Cuatrocientos treinta milisegundos después del lanzamiento, la botella está exactamente a 2.222 milímetros de la superficie de la luna, y 5 segundos después de la liberación, la botella se mueve hacia la superficie de la luna a exactamente 5 metros por segundo. El tiempo en milisegundos indica el año fundamental cuando el objeto está exactamente a 4 metros de la superficie de la luna. Una vez dentro, el único hilo, uno que gira tiene que vender, es contarlo. Su destino se encuentra a cuatro pasos al sur de lo que se hizo en masa en el más antiguo de los más grandes de Europa. Has superado el barril ya que el vendedor ha presentado precios altos.

La mañana siguiente, María y Mateo se sentaron en Danny's Nook en el centro de la ciudad. Se tomaron de las manos sobre la mesa hasta que la hermana Madeline pasó y se aclaró la garganta. Se soltaron, se rieron y se dedicaron a estudiar el enigma del Sr. E.

"¿Dormiste algo?" María preguntó.

"Ni una cabezada".

"Dormí como un oso hibernando".

"Esa es imagen. Entonces, tengo la parte matemática resuelta, pero creo que fue una artimaña para desanimarme. No sé cuál es su juego ahora. Mi madre estaba actuando rara anoche. Llamó al Sr. E, Félix. Nunca me dijo su nombre de pila".

"No piensas…"

Mateo levantó la mano. "No pondría nada más allá de él, especialmente ahora, pero mi madre nunca lo haría. Así que… no vayas allí".

"No digo que hayan hecho nada, pero es posible que haya algo de química entre ellos. El Sr. E es encantador, y tu madre es de clase alta y hermosa. Ha sido parte de la vida de tu familia durante más de una década, así que… "

"¿Qué parte de no ir allí no entiendes?"

Le dio un mordisco a su galleta de huevo y queso jalapeño y murmuró: "Solo digo".

Aplanó el acertijo y lo leyó en voz alta una vez más.

"¿Qué más podría ser una ruleta? ¿Quizás es un gusano de seda o una araña? Y fíjate, ¿Indica que la ruleta no tiene hilo? Entonces, tal vez en lugar de hilo, es una hebra ".

"O un cuento".

"¿Una cola?"

"Un hilo puede ser una historia o un cuento".

"Oh, cierto", dijo riendo.

Intentaron analizar cada palabra, pero a medida que transcurría la mañana, cada cinco minutos estaban escuchando interrupciones para felicitar a María y darle la bienvenida a Mateo de regreso a la ciudad.

El Sr. Baker hizo su pregunta habitual de camino a la puerta: "¿Cuándo van a dejar de molestarse y casarse?"

María rara vez se sonrojaba. Mateo notó el tinte rojo en su piel color oliva. Solo lo vio cuando estaba a punto de golpearlo en el brazo por hablar fuera de la escuela.

Ignorando la parte de la conmoción, María respondió, como siempre: "Soy demasiado joven para casarme, Sr. Baker".

Y el Sr. Baker respondió, como siempre lo hacía, "Margaret y yo, solo teníamos quince años, pero las cosas eran diferentes en ese entonces".

Al salir por la puerta, se encontraron con Joe Fazio, que tenía una oficina encima del restaurante.

El oso Joe los abrazó, uno en cada brazo enorme. "¿Es ese tu perro sentado junto a la puerta?" Mateo asintió y Joe continuó: "¡Johnny volverá de la universidad el lunes y la esposa insiste en que ustedes dos se unan a nosotros para la berenjena a la parmigiana e molto bene!" Le aseguraron que no se lo perderían por nada del mundo.

"Hola", dijo Joe, "¿Dónde está ese cubano? Cuando te fuiste a la universidad, él desapareció".

"Realmente no lo sé", respondió Mateo.

SoBe los siguió al Todoterreno y saltó al asiento trasero, mientras conducían al granero. En el interior, presentaron sus respetos al autobús VW.

"Sigo pensando en Cracker Jack, y esos hombres en el Bronx", dijo María.

Yo también, pensó. La abrazó con fuerza, todavía pensando en el enigma. Pero María tenía otras cosas en mente.

Más tarde, se sentaron en una manta que cubría un par de pacas de heno, riéndose de SoBe, que ahora estaba profundamente dormida con sus patas delanteras cubriendo sus ojos.

"Cada vez que la miro, pienso en esos niños pobres que viven con padres traficantes de drogas".

"¿Quizás deberíamos haberlos recogido también?"

Ella lo golpeó en el hombro. "No te burles de mí. ¿Te imaginas cuánto extrañan esos niños a SoBe y cuánto debe extrañarlos?

"Quizás algún día volvamos a buscarlos", dijo.

"Está bien, de vuelta al negocio".

Leyó el acertijo varias veces, luego se recostó mirando las vigas del techo.

Después de unos minutos, lloró: "¡Lo tengo!" Se puso de pie de un salto. "¡El tesoro está en el sótano del Katahdin Sporting Lodge!"

Se golpeó la mano contra la frente. "¿Tejedor?en inglés Weaver ¡Señor Weaver! ¡El hilandero es un tejedor!"

"Exactamente. El Sr. E pasó más tiempo en esa posada que en cualquier otro lugar, y habló sobre el vino prohibido en la bodega más que nada".

Él activó el sistema de seguridad, y los tres salieron corriendo del granero, saltaron al Todoterreno y salieron a toda velocidad hacia Fire Road 13 hacia Golden Road.

"Mientras estudiaba en la posada, escuché a Estébanez tocar las excentricidades de Weaver. Discutieron todo: la historia de una botella de vino, el valor y el año de una edición rara de las Hojas de hierba de Walt Whitman, o los escritos de Thoreau sobre los bosques de Maine. Cuando Weaver no estaba allí, solo sé que el Sr. E iría solo al sótano, lo que significaba que tenía una llave o entró. "

María preguntó: "¿La ecuación?"

"La respuesta es 1776. Esa es la fecha en la piedra angular. El Sr. E dijo que Weaver a menudo vivía en esa época, en su mente".

"¿Qué pasa con la mayor masa de tierra en Europa?"

"Francia."

"¿Sobre un barril?"

"No sé, ¿Tal vez un barril de vino?"

"¿Vas a estar bien, conduciendo sobre el dique?"

"Ha pasado mucho tiempo, no lo sé".

Llegaron al estrecho paso que los lugareños llaman el dique, entre el lago Millinocket y el lago Ambajejus. Mateo estaba sumido en sus pensamientos acerca de lo que esperaba encontrar en la posada cuando se dio cuenta de que María estaba inusualmente callada. Se giró para encontrarla hiperventilando. El Todoterreno se detuvo. "¿Está sucediendo?"

"No lo sé. Quiero decir, lo sé, pero yo…" luchó por hablar y se llevó las manos al pecho, ahogándose entre respiraciones. SoBe se quejó y le lamió la cara.

"Creo que debería llevarte de regreso a la ciudad. Apuesto a que Doc Malone te vería en poco tiempo".

"¡No! Quiero decir que no, sigamos adelante, pasará".

Mateo no estaba convencido.

"De verdad. Solo salgamos de aquí".

De mala gana, Mateo puso el Todoterreno en marcha y tomó Baxter Park Road, diez millas hacia el lado oeste del Parque Estatal Baxter. Minutos después se apagó en el cartel de Katahdin Sporting Lodge y condujo por el empinado camino de grava hasta el frente del edificio rústico de doscientos años de antigüedad.

Él la estudió.

"Estoy bien. De verdad. ¡Es hermoso y las vistas son impresionantes! "

"¿Nunca has estado aquí?"

"Mmm no. He estado esperando que me invitaras".

SoBe salió y corrió tras una liebre con raquetas de nieve, colocándola en el bosque. "¡SoBe!" María llamó.

"Todavía no ha atrapado uno. Ella volverá El ejercicio es bueno para ella". Mateo miró el área de estacionamiento. El invierno es la temporada alta para Weaver, pero generalmente hay mucha actividad durante todo el año. Había cuatro camiones y dos SUV en el lote, así como el Jaguar Roadster Weaver56 XK-140 de Weaver, exactamente como uno que conducía su ídolo actor.

"Los visitantes son probablemente cazadores", señaló.

Subieron los escalones de granito hasta un enorme porche y atravesaron gruesas puertas de roble macizo, colgadas a fines del siglo XIX.

"¿Cómo vas a entrar en el sótano?"

"No tengo idea. Tal vez solo nos deje entrar".

María rio. "Incluso a mi padre nunca se le permitió entrar en el santuario del vino, y lo ha intentado muchas veces".

Señaló con un dedo a SoBe y dijo: "Quédate en el Todoterreno. Volveremos en seguida."

Se acercaron a la recepción donde el Sr. Weaver estaba de espaldas a ellos. Estaba ajustando una imagen autografiada del actor Dennis Weaver. Firmado en persona mucho antes de que el actor presentara una orden de restricción al propietario de la posada. Satisfecho, Weaver juntó las manos y se volvió hacia sus invitados. Levantó las cejas cómicamente y preguntó: "¿Te he hablado alguna vez del otro Dennis Weaver?"

"Sí, señor", y antes de que Weaver pudiera preguntarle a María, "también se lo dije a María", dijo Mateo. Con esa pequeña mentira, intentó ahorrar una hora o más.

"Entonces te guardaré los detalles aburridos. ¿Sabías que él y yo tenemos la misma edad? Nacido el 4 de junio de 1924, ambos somos 6'4, y el nombre de mi esposa también era Geraldine, Dios descanse su alma. Creo que vendrá a visitarnos uno de estos días pronto, ¿No te parece? "

"Absolutamente, señor Weaver. Mi padre estaba diciendo algo al respecto el otro día", dijo, sabiendo cuánto el Sr. Weaver respetaba a su padre. Lo que su padre había dicho tenía más que ver con el lado loco de la historia. Weaver sonrió y empujó un poco el borde de su sombrero de vaquero.

Weaver caminó por la recepción que abarcaba el ancho de la habitación. Cabezas montadas de caza mayor decoraron las paredes, junto con reliquias de los nativos americanos. Metió la mano detrás de la fotografía y sacó la llave que Mateo lo había visto esconderse muchas veces. "Ya es hora de que los niños lleguen aquí".

Sorprendido, Mateo dijo: "¿Nos estabas esperando?"

"Dije que te tomaría una semana resolver el enigma". El miro su reloj. "Supuse que recibirías la carta después de la graduación, por cierto, felicidades, señorita Valdeorras, así que han pasado menos de doce horas. Me has costado un Torbreck Shiraz australiano de 1947. Una botella rara de hecho". Él suspiró.

Mateo y María se sonrieron el uno al otro.

"Serás el primer Eaton en más de cien años en visitar las bodegas Weaver. Y tú, la primera Valdeorras de la historia. Caminó hasta el final del escritorio antes de decir: "Y la último".

"Sin fotografías, damas y caballeros, y por favor no toquen nada. Lo rompes, lo compras."

Mateo quería preguntar sobre el Eaton que visitó la bodega hace cien años.

Siguieron a Weaver a la biblioteca de la logia llena de sillones, pequeñas mesas con juegos de ajedrez listos para jugar, y miles de libros, de los cuales muchos eran primeras ediciones, algunas anteriores a la Revolución Americana. Los ojos de María se abrieron cuando Weaver sacó una estantería falsa de nueve pies por cuatro pies de la pared para revelar una puerta negra redondeada con barras de acero entrecruzadas. Crujió y gimió bajo su propio peso cuando el aire mohoso les echó el pelo hacia atrás. Weaver les indicó que avanzaran mientras tiraba de los estantes de la biblioteca y luego la puerta medieval detrás de él.

María dijo: "No puedo ver frente a mí". Hubo un chasquido cuando Weaver encendió una lámpara de aceite con un encendedor de chimenea. "Esto es espeluznante", dijo. "Me encanta."

Al pie de los escalones había una puerta más grande que requería un esfuerzo hercúleo para abrirse. Aún más fresco, el aire más húmedo se apresuró a encontrarlos. Weaver alcanzó más allá de Mateo y encendió otra lámpara de aceite.

La cavernosa bodega se iluminó frente a ellos, revelando pasillos de botelleros hasta donde se podía ver. Escucharon otro clic detrás de ellos. Cuando Mateo se volvió, Weaver, que, a la luz parpadeante de la lámpara, parecía un asesino de una película de Hitchcock, estaba cerrando la puerta. "Me gusta mantener las puertas cerradas cuando estoy aquí abajo. Miren por donde van, niños".

Cuando llegaron al fondo, Mateo preguntó: "Sr. Weaver, ¿Sabs lo que estamos buscando?

"Baja hasta el final del tercer pasillo y gira a la derecha".

"¿Cerca de los vinos franceses más antiguos, Sherlock?" María preguntó.

"Elemental, mi querido Watson", confirmó Mateo.

Encontraron, apiladas contra la pared del fondo, las bolsas de lona de Jackson. Mateo saltó hacia adelante y los acarició con reverencia. "He estado pensando en ustedes por bastante tiempo".

"Más bien como obsesionarse", dijo María, riendo. "¡Yo también!" Mateo se dio la vuelta esperando ver a Weaver, pero ya no estaba. Dio la vuelta a la esquina y miró hacia el pasillo. Él gritó: "Sr. ¿Weaver?" Cuando llegó a la base de las escaleras, llegó justo a tiempo para ver la puerta cerrada y escuchar la llave girando en el candado. Corrió y probó el mango de hierro negro. No se movería.

Mateo regresó a María y rebuscó en las cuatro bolsas y se sintió satisfecho de que el contenido estuviera intacto. Quitó un gran cartel pintado a mano desteñido: Jackson's Place. Visualizó a Cracker Jack extendiendo la mano y soltando el letrero por última vez. En sus sueños vio a Tremont, los dos rottweilers y dos mecedoras vacías. Fue una visión triste. Excavó profundamente en una de las bolsas y sacó el arma de sus trapos aceitosos.

"Espero que no vuelvas a necesitar eso", dijo María.

"Yo también, pero es bueno saber que la tenemos. Por lo que puedo ver, no hay otra forma de salir de aquí, excepto arriba".

"¿Por qué Weaver nos encerraría aquí abajo? El Sr. E no lo convencería de esto".

"¿Por qué pasaría por todos estos problemas cuando obviamente él es el que sacó las bolsas de lona del autobús en el sur de la frontera? Él es el único que podría haber vuelto a poner el arma en la bolsa. ¿Cierto? Si planeaba que Weaver nos encerrara aquí, no nos habría dejado un arma".

"Entonces, ¿Quién lo convenció de esto?"

"Quizás Weaver está trabajando con los muchachos del zoológico del Bronx o con los árabes. Es un bastardo codicioso, por no mencionar a los locos, por lo que si alguien lo alcanza después de que el Sr. E entregó las bolsas, están en Millinocket o en camino. Confío en el señor E."

Aunque, pensó Mateo, parece que, de alguna manera, él es el autor intelectual detrás de todo esto.

Mateo dijo: "Entonces otra vez..."

"¿Qué?"

"Nada." Me siento como una maldita marioneta, pensó Mateo. El Sr. E tiene que ser uno de los buenos. Ha trabajado conmigo todos estos años. Palmeó la bolsa de lona debajo de él. "Incluso si él no es quien dijo que es, está claro que siempre me ha estado cuidando, a nosotros".

"007, eh", dijo con una sonrisa.

"Ahora no parece tan descabellado".

María se sentó a su lado.

"Dedicó una década a trabajar contigo. Incluso si era bajo falsas pretensiones. ¿Pudiste contactarlo?"

"Llamé al número que tenía. Hace clic cinco o seis veces como si estuviera siendo reenviado, luego una mujer responde; ella dice: "Destin Sailboat and Wine Sales".

"¿De verdad?"

"Sí, y luego ella toma un mensaje. Llamé a la estación Shell en Miami Beach. Le dije al tipo que respondió que yo era un reportero que hacía una historia sobre el tiroteo. Nunca había tenido a nadie trabajando para él con el nombre de Marcos, Estébanez, Estefan, o alguien que cumpliera con esa descripción. Le robaron una grúa esa misma noche, y el empleado, George, que se suponía que estaba de guardia esa noche, nunca volvió a aparecer. Pero el disparador lo hizo".

Se sentaron en silencio por un rato, y luego María se echó a reír.

"¿Qué es gracioso?"

"¡Acabo de tener una imagen en mi mente de Clarice atrapada en el sótano con un asesino en serie!"

"Tú, querida, estás loca, pero no hay otra mujer en el mundo, además de Clarice, con quien prefiero estar".

Ella arrojó una rodilla sobre su regazo y se sentó a horcajadas sobre él. "Lo sé." Ella lo besó. "Vamos a salir de este desastre. Tenemos la investigación, y vas a estar ocupado salvando al mundo".

María empujó a Mateo y comenzó a explorar el sótano. Mateo cargó doce municiones en un cartucho y encajó el clip en el .45 de Cameron Jackson. Se preguntó cuántas veces a lo largo de los años, Cameron o Tremont habían sostenido esta misma arma, esperando que alguien entrara por la puerta.

Cuando se encontró con María, ella tenía una botella de Canon La Gaffeliere de 1988 en una mano y Chateau Montelena Chardonna de 1973 en la otra. Ella dijo: "¿Blanco o vinotinto?"

"Bueno, no puedo evitarlo, Ollie":

Mateo respiró hondo y soltó el aire lentamente. Bajó la mirada hacia una larga y oscura fila de estanterías. Gracias por el acertijo, Sr. E, pensó. *Has superado el barril ya que el vendedor ha presentado precios altos.* Sobre un barril de hecho, pensó.[15]

---

15 *Sobre Un Barril es una frase que tiene poca o ninguna etimología. Su origen y significado se dejan a pura especulación, pero pueden tener que ver con la práctica de poner a un hombre sobre un barril para eliminar el agua de sus pulmones. La interpretación es mucho más clara, poner a alguien en una situación sombría, dejarlo en alto y seco. Ese idioma es más fácil de rastrear. Cuando un barco estaba atrapado en el barro, estaba alto y seco. La primera indicación del uso de la impresión fue en el London Times, alrededor de fines de 1700, que [el bote] quedó alto y seco. Esa [persona] quedó alta y seca. La yuxtaposición del Sr. E usando este modismo es, en el mejor de los casos, irónica.*

CAPITULO TREINTA Y SEIS

Perdido
Junio 3, 1995

AL DÍA SIGUIENTE, todos en la ciudad zumbaron sobre la desaparición de sus Mateo y María. The *Katahdin Times* trasladó su historia de primera plana sobre una controversia sobre los nuevos propietarios de la propiedad Great Northwestern Paper Mill. Antes de esto, la historia más grande en el área fue el accidente de tren de 1979, escuchado a dos condados de distancia. El titular de hoy decía: "¡DESAPARECIDOS! Todoterreno encontrado abandonado. El artículo, completo con una foto, informaba que un empleado de Great Northern Paper Mill se dirigía hacia Millinocket para trabajar y notó un Todoterreno al costado de Golden Road entre Ambajejus y Millinocket Lakes. "Simplemente parecía fuera de lugar", le dijo al periodista. El guardia de Mill llamó a la policía de Millinocket.

Cuando llegó el primer patrullero, el guardabosque, Pete Cartier Marks, un nativo americano nacido en Millinocket, se encontró al oficial Franklin Dubois. "Hola Frank, me dirigía a Baxter cuando escuché tu llamada por radio. Entonces, con Sean fuera, ¿Supusiste que debía haber sido Mateo conduciendo el Todoterreno?"

"Odio pensar que alguien les haga daño. Son como mis propios hijos. Tal vez fueron a caminar y se perdieron".

"Eso no tiene mucho sentido, Frank. ¿Por qué se estacionarían aquí, dejarían las puertas abiertas y las llaves adentro?

"Gracias, Pete. Le diré a Harry que necesitamos búsqueda y rescate".

El coronel Harry K-9 Williams ocupó el primer puesto en el Departamento de Pesca y Vida Silvestre del Interior de Maine. El Coronel fue mejor conocido por actualizar el equipo de búsqueda y rescate de la oficina a uno de alta tecnología y por llenar a sus guardianes en técnicas hasta que cayeron. Harry llegó a la Oficina de Servicios Warden recién salido de la Escuela de Recursos Forestales de UMaine como especialista de K-9 a principios de los años ochenta.

"Voy a colgar aquí. Llamé y tenemos cuatro Rangers fuera de servicio en camino. También llamé a mi madre", dijo Pete, "y ella va a llamar al Jefe Tanner. Si alguien ha visto algo aquí, lo sabrá o lo descubrirá".

"No empieces a decirme que esto tiene que ver con ese maldito espíritu de granola en la montaña, Pete. Realmente no tengo tiempo para eso".

"Pamola. Y sé que no eres un creyente, Frank, pero he visto muchas cosas locas aquí".

El oficial Dubois escupió y sacudió la cabeza. "Tú y ese primo perro lobo tuyo son cercanos a Mateo, ¿Verdad?"

"Kyle Gespasian, y sí, ya está al norte de aquí buscando señales".

Dubois asintió y buscó su micrófono en su patrulla. Le dijo al despacho que definitivamente se trataba de un Código-2 10-57, un caso urgente de persona desaparecida, y solicitó ser conectado con Maine Fish and Game.

Mientras esperaban, Pete dijo: "Me gradué con Sean".

Parker Eaton aceleró en el área en un camión etiquetado con las letras ELF.

Dubois le informó sobre lo poco que sabía mientras caminaban por el lado Ambajejus del dique y luego caminaron hacia el lago Millinocket, en el lado este del dique. Cruzaron Golden Road, presionaron entre gruesas hileras de arbustos y luego cruzaron el camino del parque Baxter. Parándose para descansar entre The North Woods Trading Post y Big Moose Inn, Parker dijo: "Alguien tuvo que haber visto algo. Esta es una época del año concurrida aquí".

Mientras bajaban por un empinado terraplén hacia el lago Millinocket, Dubois dijo: "Pete y yo hemos interrogados a algunos. Hasta ahora... no tenemos pistas".

Respirando con dificultad, caminaron el resto del camino a través de un matorral de pinos. Permanecieron mucho tiempo contemplando el vasto lago Millinocket y hacia las montañas orientales más pequeñas.

"Nada más que trucha, perca y lubina", dijo Dubois, pero gritó el nombre de Mateo lo más fuerte que pudo, esperó y luego volvió a gritar. Sonido llevado por millas allá abajo.

Caminaron el cuarto de milla de regreso al Jeep de Mateo, bajaron a través de los abedules blancos, y luego a la orilla de Ambajejus debajo, donde un hombre se agachó a la orilla del agua. El sargento Allen Willis, un guardián de coto, tenía una complexión muscular a pesar del gris en sus sienes debajo de una gorra negra. Parecía tener unos cincuenta años, pero algunos dirían que tenía más de setenta años. Llevaba el uniforme de tipo militar verde bosque del buró con insignias rojas y parches sobre los bolsillos y los hombros.

Willis extendió la mano, estrechó la mano de Parker y luego le hizo un gesto amistoso a Dubois. "Una condenada situación, Parker. El coronel ha hecho de esto nuestra máxima prioridad. Las posibilidades de encontrarlas son mucho mayores en los primeros días, por lo que no perderemos el tiempo".

"Gracias, Al, significa mucho para mí que Harry te haya enviado".

"Solo estaba a unas pocas millas al norte, revisando a un borracho loco acosado por un alce. ¡Estaba a punto de arrestarlo por acosar al alce! Pero esto era más importante".

"¿Tienes las tres lanchas a tu disposición?"

"Solo dos, pero están en camino. Harry, quiero decir, el coronel Williams también ha dedicado nuestros equipos K-9. Y sabes que tenemos el mejor equipo de buceo en el país..." Hizo una pausa y apartó la mirada de la expresión de asombro de Parker.

Los hombres se pararon en la playa, mirando hacia el norte hacia la base del hidroavión. Dubois intervino: "Jean LeVasseur tendrá dos hidroaviones en el aire en una hora". Hacia el sur había un bote y varias cabañas de temporada, y hacia el sudoeste, podían ver algunas pequeñas islas y la montaña Jo-Mary, parte del desierto de cien millas. "Ya hay un par de docenas de lugareños en sus botes buscando en el área costera de los ocho lagos. Los guardabosques fuera de servicio de Baxter Park los están organizando".

Parker suspiró profundamente y dijo: "Tenemos cien mil acres para cubrir y la mitad de eso es agua; más allá de eso, tenemos más de medio millón de acres de desierto".

El director Willis lo alentó. "Los encontraremos".

La cara arrugada y desgastada de Parker se suavizó brevemente. "Sé que ustedes harán todo lo posible. Todos mis empleados estarán aquí dentro de una hora para ayudar a buscar". Miró a cuatro hombres conglomerados sobre un mapa extendido sobre el capó de un camión. "Es seguro que los Rangers que ingresen serán apreciados. Ese se parece a Pete. Él conoce estas partes incluso mejor que Mateo y Sean. Aparte de Kyle, él es el mejor. Kyle es un fastidio, protege a esos lobos, pero es el mejor rastreador de Micmac en el país del norte". Se frotó la frente cuando Dubois le dijo que Kyle había estado rastreando a Mateo y María a los pocos minutos de ver el Jeep abandonado.

Parker asintió y dijo: "Nada tiene sentido aquí, Frank. ¿Qué piensas realmente? Y no me des la versión prefabricada de policía".

"Tienes razón, Parker. Es como si hubieran desaparecido. Llamé a Augusta, y están enviando un equipo forense para desempolvar el Jeep. En este momento, es todo lo que tenemos. Joe Fazio parece ser el último en verlos en el café. Solo espero que haya una explicación simple, como cuando extravías tu billetera o llaves. Siempre están en algún lugar cercano".

"Matt es un leñador experto, Sean le enseñó bien".

"¿Crees que el perro estaba con ellos?" Dubois preguntó.

"¿Que perro?"

"Los niños tenían una mezcla de pastor con ellos en la ciudad".

"Oh, claro, no sé, le preguntaré a Kate", dijo Parker. Observó a Phil Valdeorras acercarse con Kate.

"Cariño, Sean está en camino. Pude contactar a su CO esta mañana".

Parker asintió y se abrazaron. Luego estrechó la mano de Phil, cuyo semblante le hacía parecer que un fuerte viento podría partirlo en dos.

Habían pasado cuarenta y ocho horas desde que Mateo y María desaparecieron. Docenas de autos y camiones se alinearon en el tramo de una milla de caminos paralelos. El guardabosques Pete había llamado a todos los propietarios de ATV y navegantes de la zona, oficiales o civiles. Los grupos de búsqueda estaban en marcha por tierra y por agua y Pete ayudó a los agitados guardias a coordinar un centro de comando improvisado en la costa de Ambajejus.

Alguien llamó al Guardián Willis desde Golden Road. "Ese es el Guardián Donnie Leighton", dijo Willis. "Está armando una gran carpa y algunas mesas aquí abajo". El alcaide corrió colina arriba para encontrarse con el teniente Leighton.

Un hombre universitario rubio, de mandíbula cuadrada se acercó a Parker Eaton. "Señor. Eaton, lo reconocí por la foto en la habitación de Mate". Estrechó la mano del señor Eaton. "Soy Erich Schmidt. Mateo y yo vamos a la universidad juntos".

"Correcto, el tallador", dijo Parker.

"Mateo nos mostró fotos de sus águilas. Estoy de acuerdo con Mateo, olvídese de la ingeniería".

"Intentando decirle eso a mi papá. Entonces, escuché las noticias en la radio".

Todos los ojos se centraron en dos grandes furgonetas coloridas, revestidas con grandes antenas parabólicas, mientras corrían por el Golden Road desde Millinocket.

Un reportero conocido estaba hablando por la lente. "Estamos aquí en North Woods, Maine, donde el experto en ciencias, Mateo Eaton y su amiga María Valdeorras, desaparecieron hace dos días".

En segundos, Mateo y María se habían convertido en noticia nacional.

Un fornido desconocido de los asistentes escribió notas en una libreta en espiral mientras se apoyaba en un Cadillac Seville gris. Kip Ackerman, el reportero del *New York Times* que había escrito extensamente sobre el Dr. Jackson durante muchos años, se apresuró hacia el hombre.

Estébanez llegó esa mañana desde Bahrein. Él y Marcos yacían en sillones acolchados y gruesos, tomando el sol en su oficina y casa en el Catamarán, amarrados frente a la costa de Destin, Florida. Un guardia, con un .45 enfundado en los hombros, se acercó para darle a Estébanez un teléfono portátil. El hombre regresó a su puesto en el babor donde estaba parado mirando hacia la orilla. Al otro lado del bote había otro hombre de altura y complexión similar, con un cigarrillo colgando de los labios mientras miraba a su lado del océano.

Estébanez dijo: "He estado fuera. Ve más despacio. ¿De qué estás hablando?" Escuchó por un momento antes de dejar caer su cigarro en la cubierta y ponerse de pie. "Bruno, Marty, toma el bote". Corrieron a mitad de la nave y bajaron a la cocina para cambiarse y empacar bolsas de viaje. Ambos deslizaron cartuchos adicionales y cajas de municiones con su equipo. Marcos y Estébanez, luego corrieron a un bote atado a la popa del yate. A Bruno le gritó: "Llama con anticipación para que saque mi avión de la percha. Volveremos a Maine".

Cuatro horas después, el Cessna Citación V aterrizó a cien millas al norte de Millinocket en el aeropuerto regional de Presque Isle. Consideró volar al Aeropuerto Regional de Millinocket para ahorrar tiempo, pero no quería que los medios cayeran encima de él.

"¿Vas a llamarlo? ¿Qué hora es allá?"

"Tarde. Probablemente ya lo sepa". Estébanez maldijo y subió a la oficina del controlador de tránsito aéreo donde tomó prestado el teléfono. "Oye chico. Estoy en Maine y estaré en escena en unas pocas horas". Escuchó por un minuto. "No estoy seguro de qué pensar". Escuchó por otro momento. "Hijo de… te llamaré en cuanto llegue. Lo siento, chico".

"¿Está molesto?" Marcos preguntó.

"Maldita sea, lo está. No puedo creer que nadie me haya llamado".

"Estoy seguro de que nadie sabía cómo contactarte, y nadie sabe de mí".

Puso ambas manos sobre su cabeza y se las pasó por la cara, deteniéndose para masajearse las sienes. ¿Cómo he podido ser tan estúpido?

Veintisiete pies por encima de Mateo y María, dos equipos de noticias acamparon en el vestíbulo del Katahdin Sporting Lodge. Stacy Stossel, transmitiendo en vivo, entrevistaron al propietario.

"Sí, conocía bien a los niños", dijo Weaver, "y sería una tragedia si no los encuentran. Porque no hace mucho tiempo, el joven Mateo estaba estudiando química o astronomía allí mismo". Señaló con un dedo huesudo en dirección a la biblioteca. "Por supuesto, no lo he visto a él ni a la señorita Valdeorras... ¿Te gustaría ver la biblioteca? ¿O tal vez mi colección de recuerdos de Dennis Weaver?" Con eso, el camarógrafo le respondió a Stacy que, a través de un pequeño receptor en su oído y un pequeño micrófono en su solapa, estaba conversando con el presentador de noticias de Atlanta. "Sí, John, la gente de la pequeña ciudad de Millinocket está en estado de shock". Ella dijo a la cámara: "No ha habido noticias de las autoridades de que tienen una pista". Ella escuchó antes de responder: "Así es, John. Es el mismo joven que sorprendió a la comunidad científica cuando era niño. Su profesor de ciencias de la escuela secundaria me dijo esta mañana que Eaton ganó el Smithsonian Youth Inventors Award, seis veces. Mateo actualmente es estudiante en la Universidad de Maine". Ella escuchó de nuevo. "Gracias John. Le enviaremos información a medida que se desarrolle la historia". Sacó el pequeño micrófono de su cuello y se lo entregó a su asistente. "Envíe a Rick y Landon a la ciudad y obtén algunas entrevistas con los lugareños, ve si pueden encontrar al empleado de la fábrica de papel que primero denunció el Jeep abandonado. Carlos, tú y Sheila, deténganse en los campos de picnic donde establecieron el centro de comando de búsqueda y rescate. Linda, si te encuentras con sus padres, llámame".

De vuelta en Millinocket, los periodistas acamparon frente a la casa de

Eaton. Godello estaba cerrado. La oficina de ELF y los molinos funcionaban con equipos sin nadie que los operara.

Parker, Phil y Kate apenas habían dormido desde que desaparecieron sus hijos. Sean había llegado y lideró un equipo de búsqueda al noroeste del campamento.

María se estremeció y miró su reloj mientras volvía a colocar la cabeza en una de las bolsas de lona. "Es casi mediodía. Serán tres días. Papá estará enfermo y estoy preocupada por SoBe". Observó a Mateo sacar una botella polvorienta de un botellero.

"¿Qué tal un 1962 Chablis Grand Cru?" Tropezó con la pronunciación de Vaudesir Billaud-Simon y se sentó junto a ella para sacar el corcho con su navaja. "También estoy preocupado por SoBe". Miró las botellas de vino vacías alineadas frente a ellas. "¿Quieres otra papa?"

"No creo que quiera ver otra papa mientras viva".

"Mis antepasados sobrevivieron con papas, frijoles y avena antes de la hambruna".

"Bien por ellos. Quiero un bistec". Se sentó y sostuvo su cabeza con ambas manos. "Pero tomaré otra zanahoria".

"Si solo tuviéramos un poco de aceite, sal, pimienta, papel de aluminio y una estufa de campamento, podría hacernos un gran guiso para excursion-istas. Unas pocas libras de carne no estarían de más". Se acercó a las cajas de zanahorias, papas y cebollas. Con su navaja de bolsillo, quitó la piel de una zanahoria antes de entregársela a María.

"Eh, ¿Qué pasa, doc?" dijo ella con una sonrisa de vino.

Mateo levantó la vista de leer el último de más de cuarenta diarios. "Eres un lindo exuberante come zanahorias, Bichos".

"Estoy preocupado por SoBe. No crees que Weaver la lastimaría. Y aquí hay muchos linces y lobos..."

"Ella puede cuidarse sola", dijo Mateo, poco convencido. SoBe era un perro de Florida; no había sido criado en el norte de los bosques de Maine como los perros con los que creció.

Tomó la nueva botella de Mateo para lavarla. "Al menos somos borrachos exigentes". Se llevó una mano a la sien. "Oh, me duele la cabeza. Hablando de dolores de cabeza, no has necesitado tus píldoras desde que hemos estado aquí".

"Es verdad. ¿Quizás es el vino caro?" Mateo sacó un pequeño cuaderno de su bolsillo trasero e hizo anotaciones sobre el medio ambiente, la humedad, la presión barométrica, las zanahorias, las papas y el vino. Extraño, concluyó. Había mantenido correspondencia con el Dr. Sacks en la ciudad de Nueva York y esperaba encontrarse con él algún día.

"Creo que tendremos que mantenerte borracho en un calabozo. No te preocupes, podemos colocar tu laboratorio de energía y te permitiré visitas conyugales".

"¿De verdad? ¿Con quién?"

La mandíbula de María cayó, y ella lo miró. Sabía lo que venía cuando ella le golpeó el hombro con los nudillos. No pudo controlar su risa, lo que la enfureció aún más.

Después del combate, y un poco de romance de reconciliación por la tarde, Mateo se recostó contra la pared fría y miró una de las lámparas. "Las llamas parpadean".

"¿Y?"

"Tiene que haber una brisa proveniente de alguna parte".

María recogió la botella y lo siguió mientras caminaba por el perímetro exterior de la bodega. Mateo descubrió que el aire frío era más fuerte en el suelo. Caminaron hacia la esquina más alejada, donde cajas de botellas y cajas de equipos de vinificación antiguos bloqueaban la esquina trasera. La brisa provenía de los elementos rústicos.

María trepó inestablemente a uno de los barriles. Ella entregó cajas y herramientas inusuales de hierro y madera, mientras Mateo las apilaba contra otra pared. Cuando finalmente lo limpiaron todo de la pared negra, se materializó una puerta, idéntica a la que conduce desde la biblioteca al sótano. Un candado oxidado con un ojo de cerradura esqueleto en la manija, colgaba del pestillo de una barra de acero que abarcaba el ancho de la puerta. La brisa provenía de donde el suelo de tierra y roca se había erosionado para revelar un espacio de cuatro pulgadas.

Mateo volvió a la pila donde había arrojado un poste de hierro. Lo deslizó en el candado y apoyó un extremo contra la pared de roca. "Esperemos que la vieja cerradura se haya debilitado con el tiempo". Con su pie contra la pared, tiró del otro extremo con todas sus fuerzas. No se movía. Entonces, escuchó el crujido de una puerta pesada.

"Alguien viene, Mateo".

"Ocúltate", dijo, corriendo para recuperar la pistola de Cameron Jackson.

CAPITULO TREINTA Y SIETE

Búsqueda
6 de Junio de 1995
11:00 a.m.

CUANDO LLEGARON A LA ESCENA DEL DELITO, Estébanez y Marcos vieron el Jeep rodeado por cuatro oficiales del CSI rodeados por una cinta amarilla. CSI había rociado cuadrados de evidencia en el césped alrededor del vehículo. Coches, camiones y furgonetas de todo tipo se alineaban en la carretera.

Estébanez y Marcos se unieron a los locales y la policía. Estébanez trató de evitar a Flanagan. Camisa desabrochada, corbata colgando arrugada justo debajo de uno o dos días de rastrojo, el agente levantó la cabeza y asintió. Estébanez se volvió para buscar a Kate. Miró al hombre cuadrado apoyado contra el Cadillac Sevilla gris. Los dos se saludaron.

Marcos siguió a su tío y le dijo: "El Sr. Kerr es un amigo confiable".

"Siempre está dispuesto a tomarse un tiempo lejos de su retiro para ayudar", dijo, y luego pensó, oh, mierda, cuando Flanagan lo interrumpió. "Oye, chico", le dijo a Marcos, "dame unos minutos".

"Hola, Estébanez, o es Zebo hoy, o Smith?"

Los hombres se miraron el uno al otro. Flanagan eligió sus siguientes palabras con cuidado. "Los Jackson también significaron mucho para mí. ¿Estás aquí por ellos? De lo contrario, un hombre con tus credenciales, que sigue a un niño en Maine, no tiene sentido".

Estébanez entrecerró los ojos.

"Una palabra de advertencia." Flanagan volteó su pulgar sobre su hombro.

"Puede haber algunos tipos aquí que apestan a mercenarios pagados. Creo que siguieron a tu chico de Miami a Maine".

"¿Tienes algún nombre para estos tipos?"

"Lomax y DelGercio". Buscó una reacción y cuando no la obtuvo, preguntó: "¿Sabes algo sobre ellos?" Estébanez sacudió la cabeza. Flanagan señaló hacia la orilla. "¿Ves al tipo junto al agua, el que habla con Sean Eaton? Se llama Kip Ackerman, está en el *New York Times*".

Ese nombre hizo sonar las campanas, pensó Estébanez. Cameron lo mencionó algunas veces. Y... algo que Cameron había dicho la semana anterior...

"Dice que puede conectar a tu Mateo con Cameron y Tremont Jackson y planea lanzar la historia, una vez que se encuentren a los niños". Flanagan volvió a hacer una larga pausa. "Si yo fuera tú, mantendría a la prensa lo más lejos posible de Mateo".

Estébanez sacudió la cabeza y dijo: "Gracias por el aviso".

Flanagan asintió y luego, a regañadientes, se dio la vuelta.

Cerca de uno de los refugios, Estébanez vio a Joe Fazio, Sean Eaton y el amigo alemán de Mateo. Flanagan se acercó a ellos y le entregó su tarjeta a Erich mientras Estébanez entablaba una conversación con el oficial Dubois. Se enteró de que el grupo de búsqueda de Sean acababa de regresar de trabajar al norte de los lagos alrededor de la base del monte Katahdin.

Fazio dijo: "¿Qué demonios estás haciendo aquí?"

Estébanez miró a un hombre que llevaba una gorra de los Dallas Cowboys. Comenzó a caminar hacia él cuando Fazio lo interrumpió.

El oficial Dubois terminó de escribir en un cuaderno y dijo: "Te lo haré saber tan pronto como lo sepa. ¿Harás lo mismo?"

"Absolutamente, Frank. Es bueno verte de nuevo", dijo Estébanez. Luego se volvió hacia Joe Fazio y sonrió. "Vine tan pronto como pude". Extendió la mano para estrecharla, pero Fazio cruzó los brazos y se volvió. Sean dio un paso adelante y aceptó el apretón de manos y lo apretó con fuerza.

"Es bueno verte de nuevo, Sean, aunque desearía que fuera en mejores circunstancias. Escuché que has tenido algunas giras serias: Irak, Afganistán, DC". Estébanez asintió a Erich.

Los hombros de Sean se relajaron. "Gracias por venir", dijo, "peinamos el lado norte de los lagos. Mi papá está subiendo en un helicóptero ahora mismo. Mamá está por aquí, pero tú ya lo sabías". Él sonrió. "Conoces a

Erich Schmidt, uno de los amigos de Mateo de UMaine". Estébanez asintió y presentó a Marcos, y luego Sean se retiró a la tienda.

"Sean es un buen tipo", dijo Erich distraídamente. "Mateo hablaba de él todo el tiempo. Igualmente. Me gustaría hablar con usted acerca de entrar en su línea de trabajo. También estoy hablando con el agente Flanagan".

"¿Te gustan los barcos y el vino?" Preguntó Estébanez. Erich lo miró inexpresivo y luego se echó a reír. "Bien, bien. Entendido." El guiñó un ojo.

"¿Tu padre es el conocido industrial automotriz de BMW?" Estébanez había leído un archivo sobre el padre de Erich y le pareció interesante que Erich y Mateo se hubieran convertido en amigos en la universidad. El archivo de Wilhelm Schmidt comienza como un joven ingeniero, trabajando en el Führerbunker en Berlín, Alemania, jefe del grupo de motor de Hitler. Y más tarde, como conspirador con Claus von Stauffenberg en el FHQ Wolfsschanze de Prusia Oriental, en la operación conocida como Valkyrie. Schmidt huyó a Suecia y emigró a los Estados Unidos después de la Segunda Guerra Mundial.

"Sí, así es", dijo Erich nerviosamente. "Yo, um, espero que los encontremos pronto". Erich regresó al refugio donde Sean estaba llenando paquetes con provisiones para otro día en las montañas.

El corazón de Estébanez comenzó a acelerarse cuando vio a Kate Eaton acercarse. Marcos sonrió y Estébanez levantó un dedo como advertencia. Marcos bajó la cabeza y se cubrió la sonrisa con una mano.

"Kate, llegué aquí lo más rápido que pude. Este es mi sobrino, Marcos".

"Gracias, Félix, todo es muy extraño. Tienen que encontrarlos". Ella luchó para contener las lágrimas. Recuperando la compostura, Kate miró a Marcos. "Encantada de conocerte. Estaba empezando a pensar que Félix no tenía familia y lo arrojaron aquí desde una nave alienígena.

"Bueno, eso todavía puede ser cierto".

Kate le dirigió una sonrisa a medias y preguntó: "¿Te importa si hablo solo con tu tío?" Tomó a Estébanez por el brazo y se alejaron de toda la conmoción.

"Te extrañé, Kate. Y a Mateo".

"No puedo decirte cuán molesto estaba Mateo por haberte ido y venido sin verlo".

"Las cosas se volvieron locas con mis otros negocios y..." Notó algo más que preocupación en sus ojos. "¿Qué pasa, Kate?"

"Tengo que preguntarte algo, Félix".

"Por supuesto."

"¿Sabes algo de todo esto?"

"¿Cómo puedes siquiera pensar tal cosa?" Estébanez se apartó de Kate en una muestra de indignación.

Kate parecía avergonzada. "Nunca te he presionado sobre tu pasado, pero Joe Fazio…"

"No tienes que decir más. El viejo Colombo Joe ha estado en mi trasero por años. No tengo nada más que el mejor interés de Mateo en el fondo". Esa parte era real, pensó.

"Lo sé. Joe también está cuidando a nuestra familia". Ella vaciló. "Pero todo esto sucedió después de que Mateo leyó tu nota".

"Ese no era más que un juego, ya sabes, el juego de palabras que hemos estado jugando durante años. Todavía estoy tratando de resolver el último que me dio para resolver".

"Debo admitir que pensé que el acertijo era un poco extraño".

Estébanez frunció el ceño. "¿Lo leíste?"

"Por supuesto", dijo.

El sonido de los camiones al llegar llamó su atención. Se retiró para saludar a la última partida de búsqueda que venía del norte. Estébanez quiso decir algo para disipar todas sus preocupaciones cuando notó que el grupo de búsqueda que llegaba incluía a Parker Eaton.

Le dijo a Marcos: "Este sería un buen momento para visitar la posada y ver qué sabe Weaver".

"¿No quieres enfrentarte al otro hombre, tío?" preguntó.

"Mantén tus pensamientos para ti mismo, o habrá otra persona desaparecida por aquí".

Mientras caminaban hacia el auto rentado, Marcos no pudo resistirse. "Ella es cercana a tu edad. Es la primera vez".

No exactamente la primera, pensó. Como siempre, cuando pensó en Kate, Karen le vino a la mente.

Marcos se agachó cuando Estébanez intentó golpearlo junto a la cabeza. "Estás malinterpretando la preocupación entre amigos. Encontremos al joven Eaton, ¿De acuerdo?" Se retiraron cuando llegaron los otros vehículos con tracción de cuatro ruedas.

Estébanez aceleró Baxter Park Road. Miró por el espejo retrovisor para ver un Land Rover familiar girar a través de la tierra y hacia la carretera detrás de él. Al principio, pensó que debería perder la cola, pero tenía que encontrar a Mateo y verificar la investigación de Jackson. Se preguntó cuál era más importante. Su entrenamiento profesional decía la investigación, pero su corazón decía el niño. Quizás eran uno y lo mismo.

Subieron por el camino de grava al Katahdin Sporting Lodge.

"¿Confías en este chico? ¿Dennis algo?"

"Dennis Weaver. ¿Sabes, como el actor?"

"No lo conozco".

"¿McCloud?"

«No».

"*¿Siete hombres enojados?*"

"No".

"*¿Gentle Ben?*"

"Nunca fui de ver la televisión".

"Bueno, no se lo menciones a él".

"Lo tengo".

Después de un largo silencio, Estébanez dijo: "¿Qué pasa?"

"El agente Flanagan tenía algunas cosas interesantes que decir".

"Sí, bueno, cada vez que está involucrado, alguien sale herido. Debería mantenerse alejado del infierno".

"Estuve allí en Miami", dijo Marcos. "Yo no..."

"Hiciste exactamente lo que Tremont te dijo que hicieras. Sacaste a esos niños de allí a salvo. Como dije antes, no había nada más que pudieras hacer. Tremont conocía los riesgos".

"Lo sé, pero…"

"Centrémonos en encontrar a Mateo". La verdad era que Estébanez se culpaba a sí mismo. Debería haber estado allí abajo, cuidando la espalda de Marcos y Tremont. Si, pensó, hubiera cometido tantos errores en los operativos, como cometí con los Jackson y Mateo, habría muerto hace mucho tiempo.

Se detuvieron en el estacionamiento frente a la posada. Cuatro cazadores con camuflaje completo guardaban equipo en su camioneta. Se veían fuera de lugar. Pero esta era una zona turística donde venía gente de todo el mundo para cazar, pescar y caminar. Estudió a los hombres otra vez.

Estébanez se alegró de ver que los medios se habían ido. Una pareja de ancianos caminó por un sendero a lo largo del acantilado que domina el valle y el monte Katahdin. Un halcón peregrino, blanco con manchas negras y una cara con capucha negra, gritó y se abalanzó a pocos metros de los cazadores. El Micmac llamaría a eso una señal, y no una buena. Un perro ladró cerca. Se preguntó dónde estaría SoBe.

"Wow", dijo Marcos, "no se ve eso en Florida".

"Pensándolo bien, ¿Por qué no te quedas aquí? Intenta detener a Joe Fazio".

"¿El gran siciliano? No hay problema", respondió Marcos.

"Y vigila a esos cazadores; el árabe"

"¿Árabe?"

"Ha puesto la misma bolsa dentro y fuera del camión dos veces. Solo tardaré unos minutos".

Un Land Rover aceleró en el estacionamiento y se detuvo abruptamente al lado de Marcos. Joe Fazio salió del vehículo. "Todo este senderismo es más de lo que estoy acostumbrado", le dijo a Marcos. Trató de hacer a un lado a Marcos, pero Marcos continuó bloqueándole el camino. "Es Joe, ¿No?"

"¿Qué están haciendo tú y tu tío aquí?"

"Pensó que podrían saber algo".

Marcos agarró el brazo fornido de Fazio mientras lo empujaba.

"Realmente no quieres tocarme, chico", dijo Fazio. "Rompo palitos de pan más grandes que tú".

"Mi tío quería hablar solo con el dueño, primero. Es menos amenazante".

"Te diré lo que sé. Tu tío está tramando algo y sabe muchísimo más de lo que está diciendo. Apuesto a que no ha hecho nada bueno desde que apareció en la región". Fazio se quitó el broche de la funda del hombro y comprobó la carga de su viejo revólver calibre 38 de la policía. Estaba a punto de subir las escaleras cuando escuchó el sonido chirriante de un cartucho colocado en el marco de una pistola. Se dio la vuelta para ver a Marcos sosteniendo una Beretta de 9mm.

Marcos sonrió. "Esperemos y veamos qué encuentra mi tío".

Antes de que Fazio pudiera responder, un disparo se disparó dentro del refugio, luego otro y otro. Sin mirarse, los dos subieron corriendo las escaleras. Marcos puso una mano en la puerta y esperó el asentimiento de Fazio para abrir la enorme puerta. Ambos mantuvieron sus armas en posición preparadas cuando entraron al vestíbulo.

Weaver y otro hombre yacían en el suelo en charcos de sangre. En la mano de Weaver había una pistola Colt de cañón largo del siglo XIX de su colección de antigüedades. La sangre salió de una herida en su cuello. Fazio se arrodilló, comprobó el pulso de Weaver y luego cerró los ojos del posadero. Levantó su arma hasta la altura de la cintura, luego desapareció a la vuelta de la esquina.

Marcos mantuvo su arma sobre la otra víctima mientras la pateaba de la mano.

Él buscó un pulso. «Muerto», anunció.

El sonido de la gente en lo alto de las escaleras llevó a Fazio de regreso al vestíbulo. Marcos apuntó su arma escaleras arriba. "Está bien" Los huéspedes del Lodge se quedaron mirando la pasarela de arriba. Una mujer gritó cuando vio los cuerpos.

"Regresen a sus habitaciones, amigos", dijo Marcos. "Ha habido un tiroteo".

Una mucama vino por el pasillo detrás de Marcos y gritó cuando vio el cuerpo de Weaver. Marcos le dijo que volviera a un lugar seguro.

Fazio se fue otra vez para revisar el resto de la cabaña. Se encontró con Marcos en el vestíbulo. "No hay señales de tu tío y el primer piso está despejado". Miró el arma y dijo: "Apuesto a que la reliquia fue contraproducente. ¿Dónde diablos está Estébanez?

Estébanez vino del salón este de la cabaña. "Había al menos uno más en el hotel. Salió por la parte de atrás y lo perdí". Arrodillándose sobre el cuerpo no identificado, susurró "Domenick, idiota". Puso una mano sobre los ojos del muerto. "Que Dios tenga en la gloria", susurró.

"¿Lo conoces, tío Z?"

"Trabajamos juntos en La Habana en el pasado. Fue justo antes de que el Gipper firmara la Orden Ejecutiva 12333. Esa fue la última vez que intentamos legalmente eliminar a Castro. Domenick DelGercio", dijo,"tenía la mayor autorización de seguridad de la CIA. Lo último que escuché fue que era un CON en Europa".

"¿Z? ¿Es eso lo que eres, Estébanez?" Presionó Fazio. "¿NOC? ¿CIA?

Me imaginé algo así cuando tus registros salieron más limpios que la Madre Teresa".

Estébanez no le prestó atención a Fazio. Se frotó los ojos. "Domenick era un buen hombre, pero debe haberse convertido en un arma de alquiler después de que la Guerra Fría empeorara".

Marcos preguntó: "¿Era él el que estaba en el Bronx Park? Le pusiste una bala en el hombro".

"Tiré de él antes de que le disparara al niño".

"¿Qué?" Fazio dijo y levantó su .38 hacia Estébanez.

"Somos los buenos, Fazio". Dijo Estébanez.

"No estoy muy seguro. Ese tipo con gorra de Dallas Cowboy estaba hablando de los niños atrapados en medio de un tiroteo en el Bronx. Tienes algunas explicaciones que hacer".

Estébanez notó la broma familiar y miró a Fazio extrañamente. "Dejemos de lado nuestras diferencias hasta que las encontremos, ¿De acuerdo?"

"Deja el acto", dijo Fazio. "¿Dónde están los niños, bastardo? Puede que hayas engañado a la gente de Millinocket, pero en Chicago, te hubiéramos dejado en un tren hace años".

"Joe, baja el arma", dijo Marcos. Se había deslizado detrás de Fazio y estaba apuntando su 9 mm a su espalda.

"Por el bien de Mateo, vas a tener que confiar en mí", dijo Estébanez. "¿De verdad crees que tenía la intención de lastimar a estos niños?"

Joe bajó su arma. "Sigue."

"Parece que Weaver los estaba reteniendo por rescate", dijo Estébanez, alterando un poco la verdad. Le explicó a Fazio que segundos antes de que DelGercio le disparase a Weaver, el anciano había confesado que dos partes interesadas le habían ofrecido una suma considerable: DelGercio y un hombre árabe.

"¿Por qué la gente como ellos estaría interesada en Mateo?"

"No tengo ni idea".

"Estás mintiendo. Puede que DelGercio le haya disparado a Weaver, pero no me digas que Weaver le disparó a DelGercio".

"Cuando entré en el vestíbulo, estaban discutiendo. Weaver tenía su arma en DelGercio.

"Entonces, ¿Qué querían con los niños?"

"Puede que nunca lo sepamos", mintió Estébanez. "Antes de que Weaver intentara dispararle a Domenick, me dijo que todo lo que tenía que hacer era retener a los niños durante unas horas. Cuando las horas se convirtieron en días, debe haberse apagado mentalmente. El Weaver que conocía era excéntrico y tal vez un poco codicioso, pero no habría hecho daño a los niños. Lo he visto cerrarse así varias veces. Justo antes de que Dom le disparara, Weaver me corrigió diciendo que se llamaba McCloud, no Weaver, que Weaver era un alias y que estaba encubierto".

"Es un caso", dijo Fazio. "Entonces, ¿Dónde están?»

"Si puedes mantener a los cazadores distraídos, puedo buscar a Mateo y María. Necesitamos ganar algo de tiempo hasta que llegue la caballería".

"¿Qué cazadores?"

Marcos fue a la puerta principal y miró hacia afuera. "Se están moviendo hacia nosotros". Fazio se acercó a Marcos. "Si esos son cazadores deportivos, entonces yo soy la princesa Di".

"Llamé al centro de comando y hablé con Flanagan". Estébanez mintió. Lo último que necesitaba era el FBI y los medios de comunicación aquí.

Fazio bajó su arma. "¿Por qué no miras a los árabes y yo buscaré a Mateo y María?"

Marcos bajó su arma también y fue a las ventanas delanteras.

Estébanez dijo: "Conozco esta posada. Con suerte, puedo encontrar a Mateo y María antes de que alguien más lo haga. Con tu ayuda."

"Si estás jugando conmigo", agregó Fazio mientras entraba por la puerta principal, "me aseguraré de que nunca vuelvas a pisar Maine y *nunca* vuelvas a hablar con ninguno de los Eaton".

Marcos dijo. "Veré la parte de atrás".

Fazio salió al porche, silbando. Se sentó en una de las mecedoras con su arma a un lado. Marcos miró a su tío esperando una explicación. Cuando no llegó ninguna, se apresuró a proteger las puertas traseras de la cabaña.

Estébanez corrió hacia la recepción y sacó una linterna y fósforos. De vuelta en el vestíbulo, miró al frente. Los presuntos cazadores se apiñaban en el estacionamiento con marcada precaución profesional. Se preguntó qué les impedía irrumpir en la cabaña.

Cuando Estébanez estuvo seguro de que solo eran él y los dos cadáveres, fue a la biblioteca y buscó en un estante junto a la estantería falsa. Encontró el libro que estaba buscando, la primera edición de *The American Spelling Book de Noah Webster*, 1801. Pensó que este libro había estado en el estante no más de una docena de veces en los últimos doscientos años, y cada vez debido a él. . Recuperó la llave duplicada pegada detrás de ella.

Luego apagó las luces y esperó. El trueno rodó en la distancia. Mientras giraba la llave maestra en su mano, pensó en la ciudad de Nueva York hace diez años, cuando hizo que un cerrajero duplicara la llave original. Mientras esperaba la llave, se desvió hacia Sotheby's, donde puso a la venta el primer vino de Weaver. Podría haberse sentido culpable, pero teniendo en cuenta todas las leyes internacionales que había violado durante su carrera, esta pequeña aventura fue la más fácil de olvidar. Depositó la mitad del dinero en su cuenta bancaria suiza, y la otra mitad en lo que le gustaba referirse como MEET, Mateo Eaton's Energy Trust, también una cuenta suiza. Antes de que el francotirador matara a Cameron, Estébanez había prometido al científico que seguiría vigilando a Tremont y Mateo, y que los ayudaría a llevar a buen término a CJ Energy, en caso de que algo le sucediera. Estébanez también le hizo la misma promesa a Karen sobre Cameron y su bebé por nacer. También debía asegurarse de que nunca necesitaran ir al gobierno o al público en busca de fondos. Weaver proporcionó los recipientes perfectos para aumentar los ahorros, para agregar a su colección de objetivos ilícitos las ganancias obtenidas ilegalmente. Él nunca mató ni robó a nadie que no se lo hubiera pedido. Estébanez justificó las donaciones de Weaver debido a la forma en que atesoraba vinos que pertenecían al mundo. Bien, pensó, eso es un poco exagerado.

Cuando abrió la estantería falsa y abrió la primera puerta, sonrió al recordar esa primera botella. Eligió una de las cinco botellas antiguas raras de la bodega que ninguno de los expertos de Sotheby's London pensó que existiera. No les dijo que había más. Vendió la botella en una subasta privada por $ 314,000. Poco después de conocerse, Estébanez se dio cuenta de que Weaver hacía mucho tiempo que había perdido el rastro del extenso inventario en el sótano. Durante diez años, Estébanez había vendido cincuenta y tres botellas. Cada cuenta suiza ahora tenía más de cinco millones de dólares. Con interés y buena inversión, debería haber suficiente para que Mateo lance el mayor invento que cambie el mundo desde la electricidad. Su sonrisa se convirtió en un ceño fruncido mientras se preguntaba si Mateo todavía estaba vivo. Weaver, si aún no estuvieras muerto, te mataría.

Abrió las puertas detrás de él y bajó los escalones hasta la siguiente puerta. "¿Qué demonios es esto?" Levantó un candado pesado, como el de la parte superior de las escaleras. Maldijo y esperó que la misma llave encajara. Soltó la llave en su apuro, pero cuando finalmente la consiguió en el ojo de la cerradura del esqueleto, lanzó un suspiro de alivio.

Entró en el sótano y llamó. Sacó su arma y caminó hacia el extremo derecho donde había guardado las bolsas de lona. Cuando llegó a la parte de atrás, las bolsas se habían ido. Se inclinó y empujó una pila de virutas de zanahoria y patata. Detrás de él, notó un montón de botellas de vino vacías en filas ordenadas y sonrió. A juzgar por las etiquetas, habían consumido una pequeña fortuna. Se arrodilló, recogió algunos corchos que estaban en perfectas condiciones. Estudió las rendijas en la parte superior. Inteligente, pensó. Estébanez sabía diez maneras de quitar un corcho sin un sacacorchos, y parece que Mateo usó el método del cuchillo de sierra.[16]

Retrocediendo por el laberinto, llegó al otro lado y encontró montones de cajas y equipos de vinificación. Se abrió camino hacia una puerta. Pateó algo y se arrodilló para encontrar un candado roto y una tubería larga. Empujó la puerta y ésta se abrió. El anochecer se estaba acomodando. Podía ver mucha vegetación exuberante, pero nada más. Puso todo su peso contra la puerta y ésta se abrió de golpe. Se agarró al marco de la puerta y sus dedos se apretaron mientras colgaba sobre el acantilado. Balanceó sus piernas hacia adelante, y su cuerpo pasó verticalmente en el camino de regreso. Sin suerte. Lo intentó una y otra vez. En el cuarto intento, lo soltó y aterrizó en el borde del piso del sótano, se tambaleó... y recuperó el equilibrio.

Mientras estaba en el suelo recuperando el aliento, notó una mancha carmesí.

Mientras se retiraba a los escalones, estudió el piso. Encontró lo que estaba buscando: manchas de sangre a lo largo de la pared donde alguien tropezó hacia las escaleras. La imagen se estaba volviendo clara. Corrió escaleras arriba. Más sangre. Él empujó los estantes y miró dentro de la biblioteca. Podía escuchar a Fazio hablando, o más exactamente, discutiendo. Dejó la puerta abierta y cerró las estanterías.

Miró las manos de Weaver. Uno estaba cubierto de sangre seca. Su

---

16 Aparentemente, Matthew usó el método del cuchillo de sierra, empujando la punta de su cuchillo lo más posible y luego atornillando y sacando el corcho. También podría haber golpeado el extremo de la botella contra una pared; empujar una cuerda anudada a través de un agujero; empujar el corcho dentro de la botella; atornillar un tornillo grande en el corcho (pero necesitaría unos alicates); o empujar una aguja de inflar pelotas en el corcho, con una bomba de bicicleta, y el corcho saldrá.

chaqueta azul reveló una lágrima donde una bala le había rozado el brazo. La sangre había corrido por su brazo donde goteaba de su mano.

"¿Qué has hecho, Weaver?" siseó. "¡Marcos!"

Marcos dobló la esquina. "Uno de los árabes estaba atrás. No se despertará por un tiempo. ¿Qué encontraste en la bodega?"

"Nada. Pero los niños estaban allá abajo. Quiero mirar hacia atrás y hacia la izquierda, hacia el valle y el lago. O alguien los sacó del sótano, o se fueron al precipicio. Es una caída directa al fondo".

"¿La investigación?"

"Ida."

"Eso no puede ser bueno".

Marcos se acercó a la ventana y Estébanez a la puerta. Con una mirada al cielo, Marcos dijo: "Esa tormenta está llegando rápidamente".

Uno de los cazadores gruñó a Fazio. "Mira, Capone, ¿Eres una polla privada? No hay autoridad aquí. Entonces, creo que nos dejarás entrar en el albergue, ¿Sí?"

"No lo creo, Saddam", respondió Fazio.

Marcos le susurró a Estébanez: "Hay uno a la derecha del porche. No puedo ver a la izquierda. Hay al menos uno por allí, y hay uno junto al camión. Eso deja a un árabe más y al hombre de DelGercio sin reportarse".

Metiendo su arma fuera de la vista, Estébanez salió. "¿Tenemos un problema aquí, Joe?"

Caía una lluvia ligera. El trueno estalló. "No creo que estos tipos estén cazando conejos o alces".

"¿Cuál es su negocio aquí, señor?" Preguntó Estébanez, aunque reconoció al líder. La semejanza familiar era extraña.

El árabe relajó sus hombros. "No queremos ningún problema, señor Estébanez. Estamos de vacaciones en esta hermosa tierra y preocupados por los disparos que escuchamos dentro del albergue. Te aseguro que no queremos hacer daño. Nos gustaría registrarnos y cenar".

Estébanez razonó que si tuvieran la investigación, ya se habrían ido. Weaver debe haber pensado que podría beneficiarse de una guerra de ofertas entre Dom y estos hombres.

"Ali bin Taliffan", afirmó Estébanez.

El hombre enderezó los hombros y dijo: "Príncipe Ali Mohamed Sharif bin Taliffan, a su servicio".

"Estoy familiarizado con tu familia. Particularmente tus hermanos, Omar y Bahir".

"Primos. Qad yastarih eumar alrruh mae Allah ", que el alma de Omar descanse con Dios.

"Omar rruhih mae lashshaytan", dijo *el alma de Omar,* Estébanez en perfecto árabe sunita, *está con Satanás.*

"Si no supiera que eres un occidental ignorante, podría insultarme y obligado a vengarme".

"Es bueno que sea ignorante, entonces", dijo Estébanez. "Bueno, príncipe, aquí está la situación. Creo que tenías negocios con Weaver. Él está muerto." Bin Taliffan no parpadeó. "Por lo que veo, el viejo Weaver te estaba jugando contra otra parte interesada, y ahora hay dos cuerpos en el vestíbulo".

La sonrisa de Bin Taliffan desapareció. "Me gustaría ver esto por mí mismo".

Fazio estaba a punto de objetar. Estébanez levantó una mano para cortarlo y abrió la puerta para bin Taliffan. Le indicó a Fazio que continuara guardando guardia afuera. Pareciendo confundido y molesto, Fazio se acomodó en la mecedora. "Si ustedes son cazadores deportivos, yo soy el Sultán de Arabia".

Dentro, Ali bin Taliffan miró a Marcos. "¿No supongo que hay un precio que podría ofrecerle por la mercancía que el Sr. Weaver tenía amablemente por nosotros?"

"No sé a qué mercancía te refieres, Príncipe Ali. ¿Cómo le va a su equipo de Harvard Crimson Rowing? Tengo entendido que condujiste a una gran tripulación allí".

"¿Fuiste a Harvard?" Marcos dijo. "Hombre, estoy a favor de la emigración, pero seguro educamos a nuestra competencia, ¿No? Usted y su familia regresan y juegan con la oferta y la demanda y aumentan los precios por barril utilizando modelos económicos que aprendieron en Harvard".

Estébanez le dirigió a Marcos una mirada que decía: "Ahora no".

Los ojos de Bin Taliffan se entrecerraron. "Creo que este país ha sido bueno con los disidentes cubanos". Él reveló una brillante sonrisa blanca.

Marcos se apartó de la pared para responder, pero su tío levantó una mano. Marcos se echó hacia atrás, cruzó los brazos de tal manera que su arma de 9 mm era más visible.

"No bailemos alrededor del tema. Mis patrocinadores están dispuestos a ofrecerle una suma de siete dígitos, negociable".

"Lo que sea que estés buscando, debe ser una amenaza para sus patrocinadores. Pero no puedo ayudarte. Antes de que este lugar esté lleno de policías, FBI y medios de comunicación, debes seguir tu camino. Y haz una llamada a Austria. Deja que el primo Bahir sepa lo que lo que está buscando, si existiera, se ha ido".

"¿Y qué seguridad tengo de eso, Sr. Estébanez?"

"Mi palabra."

"¿La palabra de un espía internacional?"

"Me halagas, Ali. No soy más que un maestro y un comerciante de vinos y veleros", dijo Estébanez.

Marcos no pudo reprimir una risita.

A medida que la lluvia caía más fuerte y oía sirenas a lo lejos, Estébanez puso una mano en la espalda de Ali y lo acompañó hasta la puerta. Las sirenas se hicieron más fuertes.

Ali se detuvo y se volvió; sus ojos parecían cambiar de color a medida que ardían en dirección a Estébanez. "Nos reuniremos de nuevo."

"Fabuloso. Traeré mis catálogos a la reunión". Acercó su mano a la muñeca de Ali y la apretó. "Si tú o alguien se acerca a Millinocket nuevamente, sufrirá más de unos pocos golpes. Y luego, te unirás a Omar. *Hal Tefahome*? ¿Lo entiendes?"

Los ojos de Ali brillaron más.

Fazio, señalando un tótem de siete pies, dijo: "Y los enviaré a todos a lo que los nativos aquí llaman las praderas eternas de caza".

Bin Taliffan pellizcó la mejilla de Fazio. Se apartó a tiempo para perder un golpe del detective enojado. Ali retrocedió los escalones, miró hacia la lluvia y las espesas nubes negras, luego volvió a mirar a Fazio. "Por cierto, Capone, no hay Sultán de Arabia. Pero si lo hubiera, no podrías hacer brillar los rubíes en su túnica".

El trueno cayó y la lluvia sopló en olas. Fazio se levantó y sostuvo su revólver. Estébanez puso su mano sobre el frío acero.

"Pongamos nuestra a tención en encontrar a los niños".

Los presuntos cazadores, incluido uno que tropezó con el lote desde la parte trasera de la cabaña, se retiraron a su camioneta de doble cabina y se dirigieron por el camino de entrada.

Las luces brillaban bajo la lluvia y con las sirenas a todo volumen, una cabalgata de vehículos rugió en el estacionamiento de la posada.

-331-

CAPITULO TREINTA Y OCHO

Tormenta
6 de Junio de 1995
9:00 p.m.

KATE SE INCLINÓ CONTRA EL POSTE que constituía el centro de la gran carpa: el centro de mando. Observó a Parker, Sean y Erich escanear un mapa topográfico con dos guardianes del juego. Sean marcó todas las áreas peinadas por los tres grupos de búsqueda y sacó un marcador amarillo para marcar las áreas no buscadas.

Un hombre se acercó a Parker. Él dijo: "Hola, hermano mayor".

Todos volvieron la cabeza para mirar al recién llegado. Kate corrió y abrazó a su cuñado. "Estoy tan contenta de que estés aquí".

Parker se acercó a su hermano. "Entonces, ¿Se necesita de esto para traerte a casa?"

"No. Si estuvieras en una caja de pino, también vendría por eso".

Eran como dos osos negros frente a una colmena de abejas, pensó Kate, mientras se miraban fijamente. Se podía escuchar el agua chapoteando contra la playa. Después de un largo momento, Parker extendió la mano y se sacudieron. Ella sacudió la cabeza pero sonrió. Era difícil lograr que los hombres de Mainer se abrazaran en un funeral.

"¿Qué volaste, el Phenom?" Preguntó Sean, refiriéndose a uno de los aviones más pequeños de Carl.

"No, tenemos un nuevo Piper Cheyenne; pensé en estrenarla".

"¿Cómo supiste de este desastre?" Parker preguntó.

Carl dudó y miró rápidamente a St. Adams, quien se dio la vuelta. "Lo escuché en la radio y encendí la televisión".

Parker miró a su hermano pródigo por un minuto más, luego volvió a estudiar los mapas.

Kate observó cómo el padre de María se retiraba hacia el cielo oscuro. Él dijo: "Esa tormenta se está moviendo rápidamente. El jefe Tanner dice que es un mal presagio, que la montaña está enojada. Tenemos un dios mitológico similar en el País Vasco, *El monstruo de Bibao*".

"Si están allá afuera…"contuvo las lágrimas. "Kate. Si perdiera a María…"

Kate le puso una mano en el hombro. "Los encontraremos pronto, Phil. Lo sabría en mi corazón si algo le sucedíera a Mateo".

"Sí. Salina siempre lo supo… incluso antes de que María se resfriara". Kate puso su brazo sobre su hombro y lo condujo hacia el refugio, lejos del viento y la lluvia.

El diputado Dubois y un guardabosque se acercaron a la carrera. El guardabosque dijo: "Recibí una llamada del Lodge. Hubo disparos, y el invitado dijo que dos hombres estaban muertos. El posadero era uno de ellos".

Vieron cómo los reporteros y sus equipos corrían hacia sus camionetas.

"¡Buitres!" Parker los criticó. "Huelen sangre y se van".

Sean dobló los mapas. Él y Erich se dirigieron hacia la entrada de la tienda.

«¿Cómo podría estar relacionado con todo esto?» Erich preguntó.

"Dudo que así sea", dijo Sean. "Estoy seguro de que obtendremos detalles una vez que ese grupo de lobos reporteros llegue allí".

"¿Dónde diablos crees que vas?" Parker ladró.

Erich respondió: "Sr. Eaton, estábamos estudiando el mapa, y hay un área en el lado norte de… algo del lago Jesús ".

"Ambajejus".

"Correcto", dijo Erich, "Ambos equipos de búsqueda lo evitaron. Es un terreno bastante accidentado, pero pensamos que los dos podríamos manejarlo mejor que un grupo grande".

"Toma la mula", dijo Parker, entregándole a Erich las llaves del camión de la compañía de seis ruedas.

Kate saltó cuando el trueno estalló y comenzó a llover más fuerte.

Pete cruzó la colina con un perro mojado detrás. Dos pastores alemanes mucho más grandes de la unidad K-9 salieron corriendo de la tienda ladrando al nuevo perro.

"¡Señora Eaton, señor Eaton!" Pete dijo sin aliento. "Pamola puede estar cambiando de opinión. Creo que querrán venir a la playa del lago Millinocket". Él sostenía un par de binoculares. "Estaba contando los botes de búsqueda cuando este perro salió de la nada", se inclinó para recuperar el aliento. "Ella siguió corriendo hacia el agua, y luego de regreso a mí".

"¡No tiene sentido, Pete!" Dijo Parker.

Kate echó los brazos alrededor del cuello del perro. "¡SoBe! ¡Qué buena chica!"

"Mamá, ¿Conoces a este perro?" Sean preguntó incrédulo.

"Ella es de Mateo... ¡Y de María! ¡Es SoBe! "

"¿Mateo tiene un perro?" dijo Sean, y miró a su padre. Parker Eaton levantó las cejas y asintió.

Sean agarró a Pete por la camisa y lo sacudió. "¿Qué más, Pete? Escúpelo".

"Bueno, después de que el perro salió del agua, corrí hacia mi camioneta y saqué mis binoculares infrarrojos, y tuve que decirte que..." Se detuvo y se inclinó. "Sabía que Pamola estaba detrás de todo esto. Mi madre dijo que se llevó a sus prisioneros".

"¿Prisioneros? ¿Qué prisioneros?" Erich preguntó.

"Mateo y María los debe haber llevado a Alomkik, pero, hace unas horas, el Jefe Tanner dijo que vio en una visión que estaban en el agua. Yo sabía…"

Sean todavía tenía a Pete del brazo y lo sacudió nuevamente. "¡Maldita sea, Pete, sabemos todo sobre el Dios del Trueno! ¿Por qué todo es una producción para ti? ¿Qué pasa, hombre?"

"¡Podrían ser Mateo y María!"

Cuando la lluvia se intensificó, SoBe ladró, corrió hacia adelante, luego de regreso a la multitud y luego de regreso a la colina. Como una escena de Frankenstein, el grupo empujó a Pete a través del dique, hacia la otra orilla del lago.

Al borde del agua, era imposible ver algo con la luna detrás de las nubes.

"Todos cállense por un minuto", gritó Parker. "Escucha."

Escucharon el débil sonido de un pequeño motor. Parker le arrebató los binoculares infrarrojos a Pete. Nadie respiró. "¡Los veo! ¡Por Dios, son ellos!"

Sean agarró las gafas. "No me digas."

Hubo una alegría colectiva. "Deben estar a un par de millas", dijo Parker. "Pete, ¿Qué demonios estás esperando? Vamos a subir a un bote e ir a buscarlos".

Sean dejó los binoculares. "Hay un pequeño problema, papá".

Era la primera vez en mucho tiempo que Sean se refería a él como algo más que señor o algo con una obscenidad.

"¿Qué, hijo? ¿Qué?"

"Nunca había visto olas así en ninguno de los lagos".

Erich dijo: "Las olas están dándole vueltas a ese pequeño bote como una copa de espuma de poliestireno".

"Salgamos, o van a nadar", dijo Pete.

"Nadie es mejor en el agua que Mateo", dijo Kate, pero su voz carecía de su confianza habitual.

Un trueno golpeó los cielos, seguido de rayos que parecían extenderse hasta el agua. A la breve luz, el grupo pudo distinguir la pequeña embarcación, aproximadamente del tamaño de una moneda, cuando se levantó sobre las olas y luego desapareció.

"¡Vámonos!" Pete estaba parado en la parte trasera de un bote atado a un árbol. Un trueno calló los motores fuera de borda cuando los Eaton, Erich y el padre de María se subieron al bote. Saltaron al agua picada. "He llamado por radio a los Guardias y Rangers. Con suerte, no los necesitaremos". Pete encendió un reflector cuando las nubes lanzaron una violenta furia de lluvia punzante. La navegación era imposible.

"¿Por qué estás disminuyendo la velocidad, Pete?" Kate gritó sobre el sonido de la lluvia y el motor del bote.

"No quiero agotarlos".

Sean estaba al timón con los binoculares infrarrojos. "No hay señales de ellos".

"No podrían simplemente haber desaparecido", dijo Erich.

"Si se fueron..." el pensamiento de Pete se escapó en el viento.

"¡Veo el bote!" Kate gritó y señaló. Pete dirigió la atención hacia el bote de remos. Estaba flotando boca abajo. El pequeño motor chisporroteó débilmente.

Sean le entregó los binoculares a su padre y se quitó los zapatos y los calcetines. Se zambulló en las olas crecientes. Pete guio al crucero en dirección al bote de remos, que ahora había desaparecido. Sacó el foco del estante para brillar en arcos lentos.

Habían perdido de vista a Sean.

Parker sostenía una boya anillada en su mano. La cabeza de Sean salió a la superficie. Cogió la boya de anillo que fundió su padre. Phil y Parker se prepararon y tiraron. Phil gritó: "¡María!" y casi tira la cuerda. "Espera, Phil", gritó Parker.

Sean se dirigió hacia el bote y levantó los brazos de María. Su padre la tomó de las manos y, con Parker, la llevó al bote. Kate comprobó sus signos vitales.

"¡Ella no respira!" Kate dijo y comenzó a realizar RCP.

Mientras Kate intentaba revivir a María, Pete le gritó a Sean. "¿Viste a Mateo?"

"¡Estoy volviendo! Dame la luz". Pete se subió a bordo, ayudó a Erich a levantarse, mientras Sean nadaba hacia la oscuridad.

"¡Pensé que no podías nadar, Erich!" Pete gritó.

"¡No puedo!" Erich respondió. "Es una larga historia. Mateo y yo..."

Mientras Pete maniobraba el bote, Parker mantuvo la luz sobre Sean. Aun así, no había señales de Mateo.

María tosió detrás de él.

Kate se atragantó con un sollozo y puso a María de costado mientras tosía agua del lago. Abrió los ojos para ver a la señora Eaton y su padre mirándola. Ella articuló, *Mateo*.

Hacia la orilla, podían ver tres, cuatro, ahora cinco luces. Pequeñas embarcaciones de pesca se movieron hacia ellos. Pete se subió al megáfono. "*¡Ve más despacio! ¡Ve más despacio!*" Parpadeó el reflector en código Morse: lento, lento, lento. Él siguió con el hombre al agua. Hombre al agua. Los capitanes de los barcos disminuyeron la velocidad y se extendieron, sus reflectores exploraron el agua en todas las direcciones.

Sean se zambulló en un patrón controlado, sabiendo que la posibilidad de encontrar a su hermanito en el agua oscura del lago era escasa. Se aferró al bote de remos para recuperar el aliento. "¡Mateo!" Se zambulló y resurgió. "Mateo, maldita sea, te necesitamos", jadeó. Se zambulló de nuevo. Todo dependía de su hermano.

Bajo las olas oscuras, vio destellos de luz y los rostros indistinguibles de sus víctimas. Seis caras estaban claras. Una que había visto a menudo en la tienda con Tremont. Pateó a la superficie jadeando por aire. "Si Tremont no se hubiera alejado de él". Estaba cerca de gritar. Una ola lo golpeó con fuerza y se hundió. Cuando llegó, farfulló y tosió. "Tremont. Si no fuera por él..." Cogió el bote de remos y se aferró a un lado. "Lo siento", gritó, "hice lo que tenía que hacer, hermano". Luego se echó a reír, una risa loca. "Pero, fue un gran tiro; 1.823 metros. Un gran tiro. Si el viejo científico hubiera vivido..."

El sonido del metal contra el metal. Él revolvió el agua; torneado; una luz lo cegó. Pete se aferró al otro lado del bote de remos volcado.

"¿Qué demonios, Sean? ¿Ese viejo científico de DC?"

"Solo hablando mierda, Pete, eso es todo. Maldición, PSTD. Los psiquiatras quieren sacarme de acción, pero los muchachos del Pentágono saben que me necesitan. Pero estoy bien. Solo hablando loco. Apaga esa luz... solo necesito un segundo para respirar".

Pete golpeó una mano contra el bote. "¡Jackson! Un día después del asesinato, apareciste en la ciudad. Nick acababa de abrir el Sailor Son. Estabas hablando sobre todos los islamistas radicales locos que mataste y cómo podrías acabar con un terrorista a 1.800 metros".

"Nunca sabías cuándo mantener la boca cerrada".

"¿Qué es todo lo que tiene que ver con Mateo?"

"¡Pete!" Sean espetó.

"Centrémonos en encontrar a Mateo".

Sean respiró hondo y se sumergió bajo el agua.

Después de una docena de inmersiones más, Sean maldijo y comenzó a nadar hacia el bote de pesca. Algo en el agua en el mar abierto llamó su atención. Era más una sensación de algo, como la forma en que sabía que un guerrero muyahidín se acercaba a su campamento. Se detuvo y miró a lo lejos. Se volvió hacia el lago abierto.

La exhausta tripulación se esforzó por ver a través del viento y la lluvia. "¿A dónde va Sean?" Gritó Erich.

Parker giró el bote en la dirección en que Sean estaba nadando y aceleró. Todos vieron su objetivo: una jaula de metal rojo y blanco encima de una boya blanca, rebotando en las olas.

Erich preguntó: "¿Qué pasa, señor Eaton?"

"Es un faro de advertencia. La luz está quemada".

Sean se agarró a la boya. "Maldita sea, buena idea". Mateo se había atado a la baliza. La sangre se filtraba de la vieja herida en la cabeza. Estaba inconsciente pero vivo.

Erich saltó al agua con Sean. Fue todo lo que todos pudieron hacer para llevar el cuerpo inerte de Mateo al bote.

Parker señaló a los otros barcos parpadeando su reflector en Código Morse: Éxito. Viva. Los otros barcos pronto convergieron con la tripulación de Eaton.

La noticia que salió de radio en radio era que los niños de Millinocket estaban vivos. La multitud de la costa observó cómo los reflectores se dirigían hacia la orilla. A cincuenta metros sobre la playa, los medios de comunicación, los médicos y los equipos de búsqueda comenzaron a congregarse en el dique entre North Woods Trading Post y Big Moose Inn.

Parker y Sean estaban parados a un lado de la ambulancia, Kate y SoBe al otro. Los paramédicos cerraron las puertas de la ambulancia. Se apresuraron y desaparecieron en una cortina de lluvia. Sean volvió la cabeza y vio al jefe Tanner. Sus ojos se encontraron. Sean miró hacia otro lado.

Abajo, en el lago Millinocket, el último bote se arrastró hasta la orilla.

La noticia fue grave. El cuerpo de Pete yacía sobre una camilla. El paramédico le cubrió la cabeza con la manta blanca y apretó las hebillas de cuatro correas sobre su cuerpo.

El jefe Tanner sacudió la cabeza gris. Se giró y levantó la vista justo antes de que el trueno retumbara. Todos miraron en la misma dirección para ver un largo relámpago que parecía tocar y quedarse en la cima del Monte Katahdin, delineando a Pamola.

Génesis

El Verano de 1995

EL SALDO DEL VERANO PASADO. Después de tres días en cuidados intensivos y otros tres en recuperación, Mateo se paró en los escalones del Hospital Regional Millinocket. Tenía diez puntos de sutura en el cuero cabelludo.

Mateo se apoyó contra un pilar en los escalones del hospital. Un hombre seguía mirando desde su revista de tenis y sonriendo. Era bajo, más joven que de mediana edad, con el pelo negro, llevaba un suéter estampado feo, un yarmulke en la parte posterior de la cabeza, caquis y una camisa. Otro reportero, Mateo supuso.

Él dijo: «Hola Mateo, soy Kip Ackerman, de...»

"Oh. Sé quién eres…" dijo Mateo sin rodeos. El Sr. E le había advertido sobre Ackerman, y había referencias a él en los diarios del Dr. Jackson.

"Debes estar cansado de los periodistas. Sé que las cosas están bien con María, así que solo quería darte mi tarjeta. Cuando las cosas se calmen, me gustaría llevarte a Nueva York. Sé algunas cosas que debes saber". Bajó trotando los escalones sin mirar atrás.

"¿Qué tipo de cosas?" Mateo gritó tras él. El periodista saludó sin darse la vuelta. Parecía genuinamente preocupado, pensó Mateo.

Mateo bajó trotando los escalones y salió a donde estaba el todoterreno. En el AG Market de Rideout vio un Thunderbird blanco de último modelo, con una capota convertible roja. Hizo girar el Jeep y aceleró por la calle Poplar, pero perdió el T-Bird en la ciudad. Regresó a la tienda y luego regresó al hospital. Se tocó la tierna herida en la cabeza. "Sé lo que vi", dijo, tratando de convencerse a sí mismo.

Mateo se detuvo en la estación de enfermeras y preguntó por la Dra. Nancy Fielding.

"¿Cuándo crees que María se despertará?"

"Cariño, su hipotermia fue severa. Podría pasar un tiempo".

Mateo se quedó con María y durmió en la sala de espera después de las horas de visita, volviendo a escondidas después de que la enfermera Clara lo echara.

Una noche después de salir del hospital, se sentó en su Jeep y examinó detenidamente una pila de correspondencia que su madre le había dado. Un sobre le llamó la atención; la dirección del remitente era la Oficina Federal de Investigaciones. La abrió y adentro había una tarjeta de presentación con el nombre de Patrick R. Flanagan, investigador especial. En el reverso de la tarjeta: llámame si me necesitas.

Mientras caminaba hacia el hospital y guardaba la tarjeta en su billetera, se topó con un hombre que se cubrió los ojos con la gorra de béisbol. La descripción de Darma. La estrella en su gorra y la barbilla hendida fueron suficientes para poner su mente en alerta máxima. El hombre subió los escalones hasta el hospital. Mateo lo siguió. Mientras caminaba, se quitó la mochila, metió la mano y cuidadosamente desdobló una bolsa de cuero negro, cargó un cartucho y lo metió en la .45 de Jackson. Levantó la vista y el hombre se fue. Yendo más allá de la estación de enfermeras, se quedó toda la noche en la habitación de María.

Mateo probó con Sean en su casa, pero su madre dijo que se había quedado en la ciudad. Sabía que Nick St. Adam tenía una habitación en el salón Sailor Son e intentó llamar. Bingo. Nick dijo que Sean estaba durmiendo luego de beber unos cuatro o cinco días. Nick no lo dejó conducir a casa, y dijo que Sean repitió algo sobre los espíritus enojados.

"¿Tu tío Carl dijo algo?"

"¿Acerca de?"

"Haré que Sean te llame al hospital, Matt", dijo Nick y colgó.

La llamada llegó al hospital una hora después. Mateo la tomó en la estación de enfermeras y se sorprendió al encontrar a Sean coherente. Pensó seriamente en contarle a Sean sobre en T-bird y el hombre de la gorra de los Cowboys y no sabía por qué dudaba. Después de un largo silencio, Sean sugirió que se reunieran un par de horas al día en el establo ELF. Sería bueno para Mateo.

De mala gana, con la urgencia del Sr. V y su madre, Mateo salió del hospital y tomó Golden Road hasta el granero. Él y Sean comenzaron a trabajar juntos en el autobús y la distracción pareció ayudar. Parecía que Sean estaba sobrio. Pero era difícil saberlo con certeza.

Sean le informó a Mateo que había recibido órdenes de presentarse al Pentágono en una semana. Sus superiores dijeron que tenía que tomar un trabajo de escritorio por un tiempo.

"¿DIA?" Mateo preguntó.

"Estoy con las tres agencias, DIA, NRO, y TID.[17] No es de extrañar que sea un desastre" bromeó Sean.

"¿Qué quieres decir?"

"Dicen que es TEPT. Pero esa es una etiqueta utilizada para librarse de un soldado, en mi opinión. Pásame esa llave inglesa".

Mateo pensó que explicaba mucho y se preguntó si debería decirle a sus padres. Se frotó los ojos. "Ya vuelvo". Él y SoBe salieron a la brillante luz del sol. Temía tener su propio colapso, su propio TEPT. Se había mantenido bien frente a todos. Cuando estaba solo, se sorprendió al descubrir cuán religioso se había vuelto. No es que fuera algo malo, pensó. Una vez había llamado a su madre y abuela, oradoras profesionales. Algo en lo que no era muy bueno. Levantó la vista para ver un águila dorada que contrastaba con una sola nube blanca. Los Micmac creen que son una buena señal, especialmente después de una tormenta. Necesitaba una buena señal. Las lágrimas brotaron de sus ojos.

El día antes del día más importante del verano, Sean recogió a Mateo en el hospital en la mula, el camión de seis ruedas GMC Dooley de su padre. Condujeron hacia el noroeste por Millinocket Road, giraron a la izquierda hacia Fire Road 13, a la derecha hacia Fire Road 15, luego pronto giraron hacia el norte por un camino de tierra, llevándolos a través de un bosquecillo de pinos. El bosque se abría a un claro donde el taller mecánico abandonado se encontraba entre otros edificios ELF.

Comieron sándwiches que preparó su madre, bebieron cerveza fría de Sea

---

17 La Agencia de Inteligencia de Defensa (DIA) es una sección del Departamento de Defensa (DoD). La Oficina Nacional de Reconocimiento (NRO) es una de las cinco grandes agencias de inteligencia. División de Inteligencia Terrorista (TID). Actualmente no hay información disponible en el TID.

Dog Old Gollywobbler Ale, pintaron y repararon el granero. Al día siguiente comenzaron a parchar el autobús VW devastado por la guerra con Bondo, *mucho Bondo*. Mateo le dijo a Sean que estaba pensando en establecer el granero como un lugar para trabajar en su investigación. Pero no dijo nada sobre el alcance de la investigación, solo que necesitaba mantenerlo seguro y secreto.

A Sean le gustó la idea: "Hagamos esto tan ajustado como el Cheyenne Mountain Complex".

"¿Has estado allí?"

"Yo y... Sí, entrené allí durante tres meses".

Cuando no estaban trabajando en el autobús VW o en el cableado del sistema de seguridad, Sean parecía contento con sentarse, beber cerveza y hablar. "Así que ahora estás entrenado para la batalla". Sacó un cigarrillo y se apoyó contra el VW. "La mayoría de las personas en el tren militar, nunca participan en un tiroteo real. Como civil, sobreviviste a una misión bastante peligrosa".

"No sé sobre eso". Mateo se sentó en el taburete en el banco de trabajo del señor Johnson. "¿Puedes llamar a las vacaciones de primavera una misión?"

"Fue más que un viaje de campo".

Mateo se preguntó cuánto sabía Sean. "¿Cómo te acostumbras?"

"Simplemente lo haces".

"No puedo creer que Pete se haya ahogado. Cuando María salga, iremos a la montaña junto a Sandy Stream Pond, y sacaremos más rocas para Pete. Los Micmac dicen que aplacará el gran espíritu..."

"Pásame un par también, hermano", dijo Sean en voz baja.

Mateo negó con la cabeza y dijo: "En la escuela secundaria, solía patearte el trasero en la milla de verano nadando en el lago Millinocket. ¿Cómo pudo haberse ahogado?"

"Cuando el número de un hombre está arriba, no hay nada que nadie pueda hacer al respecto".

Era una respuesta fría; una estadística desafortunada. ¿Es esto lo que los años en primera línea le habían hecho a su hermano?

Sean caminó hacia el VW. Pasó la mano por el Bondo lijado. "Esto sería un telón de fondo para una pintura. Te golpearon con calibre .50 y calibre pequeño".

Mateo revisó su teléfono en busca de mensajes. Nada. Quería estar allí cuando María despertara. Estudió a su hermano y quería hablar con Sean sobre lo que sucedió esa semana. Pero algo lo detuvo. Entonces, preguntó: "¿Estás pintando de nuevo? Excelente."

"Calma mis demonios", se quejó. "Atraparon al tipo con el Sopwith Camel".

Mateo no pudo ocultar su sorpresa. No le había mencionado el biplano a nadie. ¿Tío Carl?

"¿Qué esperas de la inteligencia militar, hermanito?" Fue a la nevera por otra cerveza. "Nunca sabré cómo esto se mantuvo fuera de los medios de comunicación. Estoy impresionado. Un informe dice que un rico coleccionista de aviación escapó del hospital psiquiátrico. No me lo creo. Dijo que alguien robó el avión y luego lo devolvió a su pista de aterrizaje de Boca. Si no puede probarlo, o probar su coartada, lo clasificaran por asesinato".

Mateo dudaba que un anciano estuviera volando ese avión. "¿Qué más has escuchado?"

"El tiroteo en Miami está cerrado. Quien estuvo allí, no estaba allí. Hay otro informe donde este autobús estuvo involucrado en un tiroteo en Carolina del Sur. ¿Y qué tal dos homicidios en el zoológico del Bronx Park?"

"¿Coincidencias? Lugar equivocado en el momento equivocado".

"Buen intento, junior. Ya sabes lo que siempre digo sobre las coincidencias".

"No hay tal cosa."

"Exactamente. Luego está todo el episodio de Katahdin Sporting Lodge. No me importa lo que digan los periódicos; Weaver estaba loco, pero no tan loco. Te encerró allí por algo que sabías o algo que tenías. No puedo decir que confíe en tu amigo, Estébanez, por muchas razones, pero él y Fazio se encargaron de los asuntos en la posada". Se sentó en el suelo y se apoyó contra el Corvair de los años 60. "¿Cómo saliste al lago?"

"Había una puerta en la parte trasera del sótano. Rompimos la cerradura solo para encontrarla abierta a un acantilado. Estábamos a punto de rendirnos, pero María notó que un conejo corría a lo largo de la ladera de la montaña, suspendido en el aire. Había un camino a un lado. Cuando salimos, apreté algunas ramas de los árboles contra la puerta, en caso de que Weaver regresara. El sendero nos condujo hasta el lado sur de la posada y a abajó al lago; hay un muelle con botes pequeños y canoas". Decidió no mencionar poner una bala en el hombro de Weaver mientras escapaban.

No sabía qué decir al lado de su hermano. Cracker Jack le hizo prometer que mantendría su secreto. De todos. Incluso familia.

"¿Qué es tan valioso en esas bolsas que alguien está dispuesto a matarte por eso?"

Ahí está, pensó Mateo encogido. "¿Qué bolsas?"

"No me trates como a un idiota, chico. Puedo descubrir qué desayuna Clinton y cambiar el menú antes de que tome su primer bocado. Tienes algunos personajes serios en tu camino. Tu ángel de la guarda lo sabe; por eso te ha estado vigilando todos estos años".

"¿Mi ángel?"

"Puedo ofrecerte protección, seguridad y ayuda con lo que sea que estés haciendo, además, soy tu hermano, pero tienes que estar a la altura de mí".

Mateo tomó su decisión.

Mateo comenzó: "No creo que tuvieran la intención de matarme. Solo quería asustarme y robar este trabajo científico que encontré. Me fue confiado a mí". Mateo pensó que detectó un brillo de satisfacción en los ojos de su hermano.

"Bueno, los sauditas, el gobierno de EE. UU. Y los duques del crimen se concentraron en Millinocket. Eres toda una celebridad".

"Preferiría que todo se fuera. Podría ir a la escuela y trabajar en mi propia investigación... ahora que la otra investigación se ha ido. Se fue para siempre."

Su hermano ladró. "¿Qué?"

"Tenía todo en el bote. No sirve de nada tratar de recuperarlo. Eran todas unidades de computadora, diarios y, bueno, papel. La mayor parte era papel".

Sean maldijo por lo bajo y comenzó a pasearse. "¿Crees que puedes replicar la investigación? Si alguien puede, tú puedes, ¿Verdad?"

Mateo sabía que lo estaba pasando ahora y decidió que una verdad a medias sería mejor en este punto. "Creo que sí, Sean".

"¡Vamos a ayudarte a hacer exactamente eso!"

"¿Vamos?"

"Tienes más amigos de los que sabes". Sean caminó por la tienda. "Como dije, puedo ayudarte a convertir este lugar en un fuerte".

"Eso sería genial", dijo Mateo, aturdido. "Me imagino que puedo subir aquí cada dos fines de semana. Probablemente tendré que dejar los equipos de natación y remo. No parecen tan importantes".

Sean dijo: "No renuncies. Trabaja en ellos. Dejé todo para servir a mi país, y no me arrepiento, pero tú..." Él dejó de caminar. "He visto a más niños de tu edad recibir una bala antes de que incluso tuvieran la oportunidad de disfrutar de un buen cigarro, un whisky caro y la cama de una mujer apasionada". Este era el Sean que Mateo recordaba.

Las cosas que Sean no estaba diciendo sonaron en su cabeza. "¿Sean?"

"¿Si?"

"Cuando estabas terminando tu maestría en Yale, trajiste un amigo contigo a la casa. ¿Cuál era su nombre?"

"Tree."

"Lo sé, pero ¿Cuál era su verdadero nombre?"

"John Imbrognio", mintió Sean. "Lo llamamos Tree, y a veces, Little John. ¿Por qué?"

"Recuerdo su visita y lo interesado que estaba en mis dibujos. Eso es todo. Él fue quien me dio los libros sobre energía solar, ¿Verdad?"

"No, ese era otro chico que conocía. Ahora está muerto".

"¿Qué está haciendo él ahora?"

"¿Quién?" Sean abrió la capucha del Corvair. Fue al encendido y trató de darle la vuelta.

"Tu amigo, Tree. John Imbrognio".

"Fue asesinado en el Oriente Medio"

"Lo siento."

Mateo pensó que su hermano no sonaba muy triste. La palabra desinformación vino a su mente. Él frunció el ceño.

"¿Tienes una foto de él?"

"¿Quién? ¿Imbrognio? Puede ser. La buscaré. Pásame ese trapo con aceite de allá".

El día después de que Sean se fue a Washington, la enfermera Reed llamó y Mateo corrió al hospital. Ella estaba despierta. Mateo corrió a su lado. Cuando se enteró de Pete, lloró.

"¿Y qué pasó con…?"

Mateo sacudió la cabeza y ella lo dejó ir.

Al día siguiente, el Dr. Fielding anunció que María estaría fuera del hospital antes de lo esperado. Mateo no había visto a nadie sospechoso en una semana, pero antes de abandonar el hospital, se aseguró de que al menos su padre o el oficial Dubois la vigilaran.

Condujo hasta el cobertizo de almacenamiento de ELF y recuperó un kayak, lo ató a la cima del Jeep y se dirigió al extremo sur del lago Millinocket. Se arrodilló al borde del agua, con solo la mitad de su traje de neopreno y pensó que podría estar enfermo. Sabiendo lo que vendría después, maldijo, dándose cuenta de que no había traído su pastillero. Extendió las manos y estaban temblando.

Podía escuchar al entrenador en su cabeza, y repitió en voz alta: "Ve a enfrentar a tus demonios, vuelve al bote".

"No me han llamado demonio desde que mi tercera esposa presentó una orden de restricción en mi contra".

Alguien chasqueó la lengua. Mateo se volvió para encontrar un 9 mm apuntando a su cabeza, sostenido por el hombre con la hendidura afilada en la barbilla y la gorra de los Dallas Cowboys. Mateo levantó las manos a media asta.

"¿Dónde está la investigación, chico?"

"En el fondo del lago, perdido en la tormenta".

"Estás mintiendo", dijo Lomax con calma, dando un paso hacia él y colocando el silenciador contra la sien de Mateo. "Date la vuelta."

Mateo cerró los ojos y dijo: "¡Mira, estoy cansado de esta basura!" El hombre estaba callado. "¡Está en el fondo del lago!" Con una respiración profunda, Mateo abrió los ojos. El hombre se fue.

Se sentó con las piernas cruzadas sobre la hierba alta y enterró la cabeza entre las rodillas. Luego se dejó caer de espaldas, con los brazos abiertos. Mirando hacia el cielo azul hinchado de blanco, vio una gran V de gansos canadienses pasar por encima. "Dios. ¿Esto va a terminar alguna vez?"

Arriba, en una colina que domina el lago, Estébanez, con el equipo completo de camuflaje, boca abajo con la mira del rifle de francotirador centrado en Lomax, apartó la vista del alcance y quitó el dedo del gatillo. Estaba a 174 metros del objetivo. No lo perdería. Lomax se alejó. Lástima, pensó.

Sacó el visor de su rifle y se lo puso en el ojo. Miró más allá de Mateo y estudió al joven Micmac, el amigo de Mateo, Kyle Gespasian. Kyle, resguardado por perros lobos, estaba a unos cien metros al norte de Estébanez, pero a menos de 30 metros de donde se encontraba Lomax. Tenía una flecha cargada en su arco y estaba a punto de pasarla por el ojo derecho de Lomax. Un buen amigo, reflexionó Estébanez.

Él y Marcos se habían turnado estas últimas semanas después de Ahmed, Saleh y Lomax. Estébanez estaba buscando una razón para eliminarlos a todos.

Se sentó y sacó un cigarro, pero no lo encendió. En cambio, vio a Mateo caer de espaldas, luego, después de un rato, levantarse, terminar de ponerse el traje de neopreno y salir al agua.

Desmontó el rifle de francotirador marino M-40 y pensó en Kate Eaton.

El día que el hospital dio de alta a María, los reporteros entraron como un incendio de tres alarmas. ¿Dónde se habían estado escondiendo todo este tiempo? Mateo no podía imaginarlo.

"Antes de llevarte a casa, tengo algo que mostrarte", susurró Mateo. La enfermera Reed la ayudó a salir de su silla de ruedas en la parte superior de los escalones del hospital. Mateo había convencido al padre de María para que lo dejara llevarla a casa. Primero, tuvieron que tratar con los reporteros, luego se pusieron en camino.

Veinte minutos después, Mateo estacionó en el cementerio Willow Run. Miró a su alrededor para asegurarse de que el viejo cuidador se había ido y subió por la empinada colina a lo largo del camino de adoquines.

María lo miró con curiosidad. No habían estado juntos en la tumba de su madre desde aquella triste noche de funeral.

Mateo metió la mano en el asiento trasero y recogió un libro viejo y ramos de flores. Caminaron de la mano hasta el extremo occidental de la colina y se arrodillaron ante una lápida de mármol blanco brillante. Puso las flores debajo de la lápida y comenzó a limpiar las ramas de su tumba mientras María rezaba y hablaba con su madre.

Mateo la dejó sola y se apoyó contra un álamo alto y delgado a unos tres metros de distancia. María se acercó, le rodeó la cintura con las manos y apoyó la cabeza sobre su pecho.

Ella estaba sollozando, así que él sacó un pañuelo del bolsillo. Ambos se rieron cuando ella se sonó la nariz. Ella trató de meterlo de vuelta en su bolsillo.

"Puedes quedarte con él", dijo.

"¿Quién lleva pañuelos ahora?", afirmó.

"Mi abuelo tenía…"

Ella lo interrumpió y preguntó: "¿Me dijiste que querías mostrarme algo?"

Él sonrió y la condujo hacia la esquina noreste de la colina donde se encontraba el roble más grande y quizás el más antiguo de la zona.

"En un día soleado, el viejo molino no parece tan siniestro, ¿Verdad?" María preguntó. "Solía pensar que parecía un monstruo enorme".

Se tomaron de las manos y miraron hacia el norte sobre los lagos y hacia el Monte Katahdin. Mateo dijo: "Pensé en el molino como un gran oso grande que cuida a sus cachorros. Ahora que el gran oso está muriendo, temo por la gente de esta región. Tal vez algún día podamos regresar y comenzar negocios que ayuden a revivir el área".

"Cuando termines CJ Energy Cells, puedes traer una nueva forma de industria, como la fabricación de productos de eficiencia energética", dijo.

"Lo haré, cuando pueda volver a la investigación con seguridad. Con toda esta atención, no me imagino que sea pronto". Se sentaron en una de las grandes raíces de roble.

Estuvieron callados por un tiempo. Mateo se levantó y dijo: "Cierra los ojos". Sacó su vieja navaja. Cuando dio un paso atrás, la corteza recién tallada brillaba junto a su vieja inscripción.

M&M estuvieron aquí 1984-1995

"Hmm. Siempre me pregunté qué estabas haciendo esa noche. Lo sabías, ¿No?"

"¿Sabía?"

"Que estaríamos juntos".

Abrió el libro y se lo entregó a María. Presionado en la página central, en un capítulo sobre Secretos cuánticos de la fotosíntesis, había una rosa aplanada, una vez amarilla. María miró a Mateo con los ojos llenos de lágrimas. Mateo la tomó de la mano y volvieron al Jeep.

"*Eres el amor de mi vida*", dijo María. Ella lo empujó contra el Jeep, y de puntillas, lo besó apasionadamente.

Unos minutos más tarde, el Todoterreno saltó por el camino de adoquines y salió a Golden Road. Alrededor de la primera curva, Mateo tuvo que desviarse para perderse un sedán blanco que se aproximaba. Frunció el ceño, notando el Canal 9 estampado en la puerta. Mientras estudiaba el auto, apenas evitó chocar la gran camioneta de noticias completa con antenas parabólicas y más calcomanías del Canal 9.

"No nos encontrarán aquí", dijo Mateo. Miró la pared a través del desván, que parecía vibrar. Monjes en túnicas. Un halcón. Kyle. Se frotó los ojos. ¿Qué era? Algo de sus sueños...

"Esperemos que no", dijo María. Se tumbaron juntos sobre una manta de lana hecha con Micmac en el pajar dentro del granero.

"En unas pocas semanas nos preocuparemos por las pruebas, en lugar de que la gente nos dispare. No estoy seguro de estar listo para volver".

María suspiró y luego dijo: "Estoy emocionada, y parece que puedo hacer una pasantía en la oficina de Examinadores Médicos de Augusta los fines de semana".

"En serio, Clarice, ¿La morgue?"

"No tienes que visitar", dijo con un puchero.

"Parece que estaremos demasiado ocupados para viajes largos".

"Creo que pasaremos el descanso en el campus o aquí. Será mucho más seguro".

"¿Crees que estoy a salvo?" Él le hizo cosquillas. Se dieron la vuelta dos veces. Cubierta de paja, María terminó arriba.

"Yo soy la única de la que debes estar asustado. Muy asustado." Se sentó y comenzó a sacar heno de su cabello enrollado.

Estudió sus movimientos. Ella lo hizo sentir delirante. Se preguntó cuándo su relación cambió de amistad a algo mucho más profundo. Quizás su iluminación se desarrolló cuando ella yacía en coma en el hospital. Fue entonces cuando tuvo que considerar un mundo sin ella. Un mundo en el que no quería vivir.

Antes de poder detenerse, dijo: "Amamos las cosas que amamos por lo que son. Un deseo irresistible de ser irresistiblemente deseado".

Ella dejó de desenrollar la paja de su cabello. "¿Estás tratando de estafar a Robert Frost?"

Él se rio entre dientes y dijo: "¿Y qué? Yo leo".

"¿Y qué estás tratando de decir?"

Se puso de pie y se sacudió la paja mientras mostraba una sonrisa tímida.

Ella dejó caer el tema. "Deberías estar emocionado de comenzar tu investigación".

"Si me dejan". Pensó en las fotografías que Donna y Darma le habían entregado en la biblioteca, luego recordó haber visto al T-Bird en el hospital.

Y luego estaba Lomax. ¿Dónde estaba el señor E? Él tiene mucho que explicarle. Una cosa estaba clara: el peligro estaba lejos de terminar.

"No saben que tienes la investigación. ¿Lo saben?"

"Esa es la cosa. No lo sabremos a menos que alguien nos ataque de nuevo. No sé si puedo someterte a un mundo en el que veremos por encima de nuestros hombros cada minuto de cada día".

"Elijo ser sometida", dijo obstinadamente. "Estoy en tu mundo para quedarme, señor. Y no lo olvides". Ella torció la piel de su lado hasta que él gritó.

"Por lo menos, dejaremos la investigación donde la escondimos. Tengo suficiente información en los diarios para mantenerme ocupado. Cuando sentamos que el fervor se ha calmado, entonces podemos planificar cómo mantener a CJ Energy a salvo. Eso es lo más lejos que puedo pensar. Especialmente porque no sabemos en quién podemos confiar".

"Está el Sr. E."

"Si supiéramos dónde estaba".

"Se pondrá en contacto contigo".

«Sí.»

"Y luego está Sean. Si no fuera por él, y el pobre Pete, no estaríamos aquí hoy".

"Cierto", dijo Mateo lentamente.

"Mi padre dijo que después de que Weaver fue asesinado, su hijo mayor regresó de California, con una licencia extendida de su puesto de profesor en Stanford. ¿Sabías eso?"

Mateo asintió y dijo: "Está dirigiendo la posada y la está poniendo a la venta. El vino y las antigüedades están en subasta".

"Dijiste que tú y Sean estaban trabajando en este granero. ¿Que estabas haciendo?"

"Reemplazamos tableros podridos, pintamos y solo habíamos terminado el cableado y el sistema de seguridad básico cuando Sean fue llamado de regreso a Washington. Tenía algunas ideas sobre cómo podría establecer un laboratorio, pero no lo sé. Creo que lo convencí de no esconder trampas explosivas alrededor del perímetro. El señor Johnson o alguien más podría volar en pedazos en smithereens".

"¿Qué es un Smithereen?"

"Es gaélico de smidirīn, pequeños fragmentos".

"¿Cómo supe que lo sabrías?", Dijo, y le golpeó la cabeza con los nudillos.

Se agachó, se encogió de hombros y dijo: "Tengo muchos conocimientos inútiles".

"Tienes muchos conocimientos útiles".

Mateo recordó algo que su madre le había entregado esta mañana. "Ya vuelvo". Salió del desván y lo encontró en el asiento delantero del Todoterreno. Estudió la pequeña caja de cartón. No tenía dirección de devolución. Sacó su cuchillo y cortó la cinta gruesa. Los cacahuetes de espuma de poliestireno se cayeron y se los llevaron el viento. Realmente necesitan prohibirlos, pensó. Contuvo el aliento. Desdobló el plástico de burbujas y sostuvo un hermoso frasco de cerámica multicolor grabado con el nombre de *Wolfgang Pauli*. La nota dentro de leer:

> *Me gustaría que tuvieras esto. El resto de la historia está en los diarios. Siempre sintió que esto estaba encantado.*

La nota no fue firmada. Estudió el frasco. Wolfgang Pauli murió en 1958. Por un breve momento, Mateo pensó que podría haber sido del Sr. E. O... pensó en cómo Tremont había abierto una cuenta a ambos nombres, años antes de conocerlo. Volvió a mirar la nota. ¿Me gustaría? ¿En el presente?

Trató de sacudirse la teoría que se formaba en su mente. Sería imposible. Absolutamente imposible. Lo vi suceder. ¿O no?

Mateo ahora tenía tres recuerdos personales del padre de Cracker Jack; el arma, el frasco y una copia firmada de *Capturando el Sol*. Y, por supuesto, el trabajo completo de la vida de una de las mejores mentes de la física cuántica.

María llamó desde el granero, sacándolo de su ensueño. "¿Me dijiste en el hospital que Sean preguntó dónde estaba almacenada la investigación?" Ella salió y puso la basura de su picnic en la parte trasera del Jeep.

"¿Podías escucharme? ¿Qué más recuerdas que dije?"

Ella rio. "Nunca lo sabrás. Al menos hasta que necesite usarlo contra ti".

"No, pero le dije que se había perdido en la tormenta. No estoy seguro de por qué mentí al respecto, pero me pareció lo correcto".

Regresaron al granero. Mateo subió al desván para recuperar sus mochilas, y ella lo siguió. La envolvió en sus brazos y cayeron sobre la manta.

"Estoy de acuerdo."

"¿De acuerdo con qué?" Hizo retroceder una bandada de rizos y besó su cuello.

"Estoy de acuerdo, todo lo demás puede esperar".

"Bien pensado", dijo Mateo.

Ella puso sus manos sobre su pecho y lo empujó hacia abajo. Su ojo izquierdo se cerró ligeramente.

Esta vez Mateo pensó, esa mirada adquirió una nueva dimensión.

"Entonces te enfocarás en salvar el mundo, ¿Verdad?"

"Absolutamente."

Y los separará unos de otros, como un pastor separa sus ovejas de las cabras: y pondrá las ovejas en su mano derecha, pero las cabras en la izquierda.

– Mateo 25: 32, 33 (Versión KJ)

Agradecimientos

Para mi padre.

James E. Huey (1930–2016) nació y creció en los pueblos mineros de Pensilvania. Pop contribuyó sesenta años de servicio a otros veteranos. Era un ávido lector. Cuando a papá le gustó *Perpetua*, sabía que había esperanza.

Y mi madre.

Darlee Anderson Huey es una campana sureña, nacida en Petal, Mississippi. Conoció a papá en 1954 mientras visitaba a tía Alice en Cleveland, Ohio. Fue parte de una conspiración familiar. Mamá es una mujer llena de fe, tremendamente creativa, una ávida fotógrafa, una botánica y ornitóloga aficionada.

Al reunir los detalles para contar la historia de los Jackson y Eaton, y su búsqueda para hacer del mundo un lugar mejor, cualquier error sigue siendo mío.

Con respecto a las deudas que no pueden pagarse, gracias a mi familia, amigos y asociados que han contribuido con su sabiduría, experiencia, paciencia y tiempo para entregar la serie de novelas *Perpetua*.

Encuentra una lista completa de agradecimientos en mi sitio web.

Sobre todo, agradezco a mi Señor, autor y consumador de mi fe.

—*Hebreos* 12:2 NKJV

Sobre Brian

Nacido y criado en Ohio, Brian se graduó de la UNC donde compitió en natación y buceo. Habiendo tenido negocios en publicidad, fabricación y finanzas, a menudo parafrasea a Mark Twain, diciendo que la realidad es realmente más extraña que la ficción. *Perpetua*, dice, es la historia de soñadores e inventores en una búsqueda para lograr lo imposible, mientras se enfrentan a enormes obstáculos, entre los cuales están los detractores y el estatus quo. Ha trabajado como escritor y editor de revistas especializadas, y ha escrito cuentos, guiones y programas piloto de televisión. Vive en Carolina del Norte y está trabajando en novelas Perpetuas adicionales y una nueva serie de suspenso de aventuras basada en Adirondacks. Cuando se le preguntó sobre Cracker Jack, respondió: "Estén atentos".

Brian le encanta escuchar de los lectores.
Visita a el Escritor de Perpetua: *http://www.BrianHuey.com* …
… y tu librería favorita, para más novelas en la serie Perpetua.

Extracto de
Libro Perpetua II
Asesinos

os SUV los golpearon desde ambos lados.

Sean buscó entre los cristales rotos y buscó su Glock. Sin suerte. Cogió la navaja y se quitó el cinturón de seguridad.

Él dijo: «Tendré que agradecer a tu vecino, el asesino, por tratar de ayudarme con esto. La última vez que la vi... ¿Matty?"

Sean sacudió a Mateo y su cabeza se inclinó hacia un lado. La sangre goteaba de una herida en la cabeza. Sean sintió el pulso y murmuró: "Aguanta, chico". Cogió el .45 de Jackson. Uno de los asaltantes en el asiento del pasajero se desplomó, a menos de un pie de distancia. El conductor levantó la cabeza del volante, se volvió hacia Sean y levantó un Uzi. Sean disparó dos veces. La primera bala hizo añicos la ventana. El segundo disparo se encontró con conductor entre los ojos.

Miró hacia delante, entrecerrando los ojos ante las duras luces que giraban desde una docena de patrullas policiales frente al OCME.

Sean buscó el otro SUV grande. Menos dañado, se había alejado y había girado unos seis metros hacia el Hampton Inn antes de detenerse. Dos hombres asiáticos se estaban liberando de los restos. Uno llevaba una micro pistola Uzi capaz de disparar seiscientas balas por minuto. El otro levantó una ametralladora Tipo 73 mucho más pesada, exclusiva de los norcoreanos. Sean se arrastró hasta el asiento trasero, con la esperanza de alejarlos de Mateo. Su puerta se atascó contra el otro SUV, por lo que solo tenía una opción, salir en la línea directa de fuego del equipo de asalto.

Sean abrió la puerta y cayó al suelo rodando. Las balas patearon a su alrededor. Pensó que una le dio en el costado y otra en el hombro. Se apresuró a la parte trasera de su sedán Lincoln, a la parte trasera del SUV adyacente, y luego al frente, donde alcanzó y tomó el Uzi del conductor. Sean se metió la Glock .45 de Mateo en el cinturón y miró por encima de los capó de los dos vehículos, sacando una docena de disparos de cada uno de los atacantes. Cayó al suelo con el neumático delantero, apuntando ciegamente al Uzi hacia los delincuentes, disparando una ráfaga. El hombre que portaba el rifle Tipo 73 cayó y se agarró la pierna. El otro se quedó sin la línea de visión de Sean.

Los cuatro atacantes eran indistinguibles y llevaban uniforme azul marino no marcado. Se maldijo por bajar la guardia, pero se maravilló de la audacia de esta incursión. Los hombres eran Yong-ui Baen, de la orden secreta de la Serpiente Dragón. La policía secreta de Corea del Norte, el SSD, o de operaciones especiales. El SOF, eligia a cada soldado con cuidado. Los Yong-ui Baen entrenan dieciocho horas al día, siete días a la semana.

¿Cómo podría ser tan estúpido y no darme cuenta de que me estaban rastreando? ¿Cómo diablos llegaron a este país sin ser detectados?

Sean sabía que este ataque no tenía nada que ver con el coronel Xi o con lo que le había sucedido a María.

Sean se había sentido orgulloso del informe de inteligencia que sugería que el joven y nuevo líder de Corea del Norte lo tenía en sus manos. Kim Jong-il supuestamente etiquetó a Sean como el enemigo número uno del estado. Los generales del presidente habían deducido que Sean era responsable de provocar el caos en Corea del Norte. Habían acusado a Sean de los asesinatos de sus cuatro principales científicos, quienes supuestamente estaban involucrados en el desarrollo de una instalación nuclear subterránea en Kumchang-ri.

Sean tuvo que admitir que había sido difícil esconderse como una rubia caucásica de 6'2 "en un país donde todos se veían y vestían igual, y su estatura promedio era de menos de cinco pies.

Un crujido de cristal y Sean se volvió. El pasajero del primer SUV estaba levantando una pistola. Sean escuchó el disparo del coreano, pero su propia bala se alojó en la garganta del hombre.

Rodó desde detrás de los vehículos y disparó dos rondas, puso fin a la carrera del hombre Yong-ui Baen en el suelo.

La sangre cálida corrió por el costado de Sean, y se sintió mareado.

Parpadeó cuando dos mujeres salieron del Hampton, sacudió la cabeza y maldijo. ¿Qué pensaron que estaba pasando aquí? ¿Fuegos artificiales?

Un último asaltante con un Uzi fue demasiado. Lo último que el atacante esperaría era un asalto directo. Entonces, eso es exactamente lo que hizo, mientras disparaba en la dirección en que había visto desaparecer al último hombre.

El último soldado coreano había dado vueltas y estaba esperando. Agarró a una de las mujeres y la sostuvo frente a él. La otra mujer cayó al suelo gritando. Sean cayó y perdió el Uzi cuando el hombre disparó. Rodó detrás del SUV y alcanzó la .45, la apoyó en su antebrazo y esperó.

Comenzando a perder el conocimiento, su último pensamiento fue cómo sacaría a Mateo de esto.

www.ingramcontent.com/pod-product-compliance
Lightning Source LLC
Chambersburg PA
CBHW061041190726
48286CB00006B/1556